DUMB WITNESS

AGATHA CHRISTIE COMPLETE COLLECTION

DUMB WITNESS

벙어리 목격자 애거서 크리스티 장편 소설 | 원은주 옮김

황금가지

DUMB WITNESS
by Agatha Christie

정식 한국어 판 출간에 부쳐

　나는 한국에서 우리 할머니의 작품을 정식으로 출간한다는 소식을 듣고 무척 기뻤다. 할머니가 1920년부터 1970년 무렵까지 오랜 세월에 걸쳐 집필한 작품들은 21세기인 지금 읽어도 신선하고 재미있다. 등장 인물들이 워낙 자연스러워서 요즘 사람들과 다를 바 없고 이들이 등장하는 상황과 장소가 전 세계 사람들의 애정과 향수를 자극하기 때문이다. 한국 독자들은 이번에 새로 나온 정식 한국어 판을 통해 그 동안 접하지 못했던 애거서 크리스티의 일부 작품들을 읽을 수 있을 것이다. 덕분에 한국에 새로운 세대의 애거서 크리스티 팬들이 탄생할지도 모르겠다는 생각을 하면 가슴이 벅차다.

　애거서 크리스티는 대표적인 두 명의 주인공으로 기억되는 작가이다. 14권의 작품에 등장하는 마플 양은 영국의 작은 시골 마을에서 평온한 나날을 보내며 뜨개질과 수다로 소일하는 미혼의 할머니

5

이지만, 놀라운 기억력과 날카로운 두뇌 회전으로 주변에서 벌어진 살인 사건을 해결한다.

그리고 마플 양과 상반되는 성격을 지닌 에르퀼 푸아로는 자신만만하고 콧수염을 포함한 자신의 외모와 벨기에라는 국적에 대한 자부심이 상당하다. 그는 이집트와 이라크를 비롯한 세계 각지에서 수수께끼를 해결하며 『오리엔트 특급 살인*Murder On The Orient Express*』, 『나일 강의 죽음*Death On The Nile*』, 『애크로이드 살인 사건*The Murder Of Roger Ackroyd*』 등 애거서 크리스티의 여러 대표작에 모습을 드러낸다.

황금가지의 대담하고 참신한 표지와 전반적인 디자인 덕분에 작품의 성격이 잘 살아난 것 같아 기쁘다. 또한 한국 독자들이 할머니의 원작이 지닌 참된 묘미를 느낄 수 있도록 충실한 번역을 위해 애써 준 점도 높이 사고 싶다.

할머니의 작품이 20세기의 그 어떤 작가들보다 많이 팔리고 있는 이유는 나이와 국적에 상관없이 읽을 수 있는 재미와 감동을 갖추었기 때문이다. 모쪼록 한국 독자들도 황금가지에서 선보이는 애거서 크리스티 작품들을 즐겁게 감상하기를 바란다.

매튜 프리처드

애거서 크리스티의 손자

ACL 이사장

가장 충직한 친구이자 가장 사랑스러운 동반자,

다른 어떤 개와도 바꿀 수 없는 나의 피터에게

차례

정식 한국어 판 출간에 부쳐 ———— 5

리틀 그린 하우스의 여주인 ———— 11
친척들 ———— 28
사고 ———— 39
아룬델 양, 편지를 쓰다 ———— 51
에르퀼 푸아로, 편지를 받다 ———— 56
리틀 그린 하우스에 가다 ———— 67
조지 여관에서의 점심 식사 ———— 82
리틀 그린 하우스의 내부 ———— 91
'개의 공' 사건의 재구성 ———— 119
피바디 양을 방문하다 ———— 134
트립 자매를 방문하다 ———— 152
푸아로, 사건을 검토하다 ———— 166
테레사 아룬델 ———— 177
찰스 아룬델 ———— 192
로슨 양 ———— 207

타니오스 부인 ———— 231
타니오스 박사 ———— 241
장작 더미 속의 검둥이 ———— 252
퍼비스 씨를 방문하다 ———— 265
리틀 그린 하우스, 두 번째로 방문하다 ——— 282
약사, 간호사, 의사 ———— 296
계단 위의 여자 ———— 314
타니오스 박사가 찾아오다 ———— 336
테레사의 부인(否認) ———— 348
사건의 전말 ———— 360
타니오스 부인, 진술을 거부하다 ———— 371
도널드슨 박사의 방문 ———— 387
또 다른 희생자 ———— 394
리틀 그린 하우스에서의 심판 ———— 403
후기 ———— 425

리틀 그린 하우스의 여주인

아룬델 양이 사망한 것은 5월 1일이었다. 병으로 인한 갑작스러운 죽음이긴 했지만, 그녀가 열여섯 살 소녀 시절부터 쭉 살아온 작은 시골 마을인 마켓 베이싱 사람들에게는 그녀의 죽음이 놀랍지 않았다. 그도 그럴 것이 에밀리 아룬델은 일흔은 족히 넘은 나이로 다섯 남매 중 유일하게 살아남아 있었던 데다 수년간 건강 상태도 별로 좋지 않았던 것이다. 게다가 18개월 전쯤에도 비슷한 병에 걸려 목숨이 위험한 지경에 이른 적이 있었다.

아룬델의 죽음은 그다지 관심거리가 되지 않았지만, 그 대신 다른 무언가가 사람들의 관심을 사로잡았다. 바로 그녀가 남긴 유언장이었다. 이 유언장은 마을 사람들 사이에 놀라움과 기분 좋은 흥분, 격렬한 비난, 분노, 좌절 등등의 변덕스러운 감정들을 불러일으키며 가십거리가 되었다. 몇 주, 아니 몇 달 동안 마켓 베이싱은 유언장 이야기로 술렁였다. '그래도 피가 물보다 진한 법인데.'라는 식료품 가게의 존스 씨부터, 지겹도록 '분명 뭔가가 있어. 틀림없다고! 내 말을 명심해.'라는 말을 반복하는 우체국의 램프리 부인에 이르기까지 마을 사람들 모두 한마디씩 거들었다.

사람들의 이러한 추측에 흥미를 더해주는 것은 그 유언장이 아룬델이 사망하기 며칠 전인 4월 21일에 작성되었다는 사실이었다. 게다가 에밀리 아룬델의 가까운 친척들이 부활절 연휴 동안 그녀의 집에 머물렀다는 사실이 더해지면서 가장 끔찍한 설까지 등장해, 마켓 베이싱의 단조롭고 무미건조한 생활에 활력을 불어넣었다.

단 한 명, 분명히 뭔가를 알고 있을 거라 의심되는 인물이 있었다. 바로 아룬델의 말벗이었던 빌헬미나 로슨이었다. 하지만 로슨은 자신도 다른 이들과 마찬가지로 아무 것도 몰랐다며 사람들의 말을 부인했다. 또한 자신 역시 유언장이 공개되었을 때 깜짝 놀랐다고 주장했다.

물론 마을 사람들 대부분은 이런 그녀의 말을 믿지 않았다. 로슨이 정말 자신의 주장한 대로 아무 것도 몰랐는지의 여부는 오직 한 사람, 죽은 아룬델만이 알고 있을 것이다. 에밀리 아룬델은 절대 자신의 속내를 남에게 털어놓는 법이 없었다. 그녀는 고문 변호사에게조차 자신의 행동 뒤에 숨은 동기가 무엇인지를 절대 말하지 않았다. 그저 자신의 요청 사항을 분명하게 전달하는 것으로 만족할 뿐이었다.

그러한 신중함이 에밀리 아룬델의 성격을 형성하는 주요 요소였는지도 모른다. 그녀는 모든 면에서 봤을 때 그 세대의 전형적인 인물이었다. 그 세대 사람들만의 장점과 단점을 모두 갖추고 있었다. 독선적이고 때로는 거만하기도 했지만, 그와 동시에 아주 다정다감하기도 했다. 혀는 날카로웠지만 행동은 부드러웠다. 겉으로는 정에 약해 보였지만 속으로는 빈틈이 없었다. 그동안 수없이 바뀐 말벗들을 무자비하게 괴롭히기도 했지만, 동시에 아주 관대하게 대접해 주기도 했다. 가족에 대한 책임감도 아주 강했다.

부활절이 시작되기 전 금요일, 에밀리 아룬델은 리틀 그린 하우스의 거실에 서서 로슨에게 분주하게 지시를 내리고 있었다.

에밀리 아룬델은 어릴 적엔 매력적인 소녀였고, 나이가 든 지금도 고왔으며 등도 꼿꼿하고 활기가 넘쳤다. 다만 피부에 남아 있는 희미하고 노르스름한 자국은 기름진 음식을 마음껏 먹어서는 안 된다는 걸 말해 주고 있었다.

"그럼 미니, 방은 다 배정했나?"

"제가 제대로 배정했는지는 잘 모르겠는데요. 음, 제 생각에 타니오스 박사님과 부인은 오크 룸에, 테레사 양은 블루 룸에, 찰스 씨는 옛날 육아실에……."

아룬델이 로슨의 말을 가로챘다.

"테레사에게 육아실을 주고 찰스에게 블루 룸을 줘."

"아, 네, 죄송합니다. 육아실은 좀 불편할 것 같아서……."

"테레사에게는 그 정도면 충분해."

아룬델의 젊은 시절, 남자는 중요한 사회 일원이며 여자는 항상 뒷전으로 물러나는 게 상식이었다.

"귀여운 꼬맹이들도 오면 좋을 텐데."

로슨이 안타까운 마음에 중얼거렸다.

로슨은 아이들을 사랑했지만 아이들을 다룰 줄은 몰랐다.

"네 명이 오는 것만 해도 충분해. 하여간 벨라가 아이들을 망쳐났다니까. 애들이 도대체 말을 듣질 않잖아."

그 말을 들은 미니 로슨은 작은 목소리로 중얼거렸다.

"타니오스 부인은 아이들에게 정말 헌신적이세요."

아룬델은 고개를 끄덕였다.

"벨라는 좋은 여자지."

로슨은 한숨을 쉬며 말했다.

"타니오스 부인도 정말 힘들 거예요. 스미르나(터키 서부 지중해변에 위치한 항구도시, 현재의 이즈미르 — 옮긴이) 같은 오지에 살아야 하니 말이에요."

"침대도 자기가 직접 정리한 다음 잠자리에 들어야 하지."

아룬델은 빅토리아 시대 사람다운 말로 대꾸하고는 이렇게 덧붙였다.

"난 지금 마을에 내려가서 주말에 배달시킬 주문에 대해 얘기 좀 해 봐야겠어."

"아, 아룬델 양? 제가 할게요, 제가……."

"그만 둬, 내가 직접 가는 편이 나아. 로저스는 좋게좋게 얘기해서 말을 들을 사람이 아니니까. 미니, 자네 문제점은 말이야 요점을 분명하게, 강경하게 얘기하지 못한다는 점이지. 밥! 밥! 어디 있니?"

곱슬곱슬한 털을 가진 테리어 한 마리가 계단을 뛰어 내려 와 주인의 주위를 뱅뱅 돌며 기쁨과 기대에 가득 찬 소리로 멍! 멍! 짖어댔다.

여주인과 개는 현관문을 지나 정문으로 이어진 좁다란 길을 따라 걸어갔다.

로슨은 문 앞에 서서 그 모습을 바라보며 입을 약간 벌린 채 바보 같은 미소를 지었다. 순간 그녀의 뒤에서 날카로운 목소리가 들려왔다.

"로슨 양, 당신이 준 베갯잇이 맞지가 않아요."

"네? 이런, 내 정신 좀 봐……."

미니 로슨은 허둥지둥 저택 안으로 뛰어 들어가 다시 집안일에 빠져 들었다.

한편, 밥을 대동한 에밀리 아룬델은 마켓 베이싱의 주 도로를 따라 마치 왕족처럼 행진을 하고 있었다. 정말이지 왕족의 행진이나 다름없었다. 그녀가 가게에 들어갈 때마다 주인들은 재빨리 나와 그녀를 맞이했다.

그녀는 리틀 그린 하우스의 아룬델 양이었다. '가장 오래 된 단골 고객'이자 '깐깐한 귀족 부인, 요즘 세상에는 보기 힘든 사람'이었다.

"안녕하세요. 무얼 도와 드릴까요? 아, 부드럽지가 않다고요? 그런가요? 제가 생각하기에는 등심만큼 좋은 고기 같은데요……. 네,

물론입니다. 아룬델 양께서 그렇게 말씀하신다면 그런 거죠…….
아, 아닙니다. 절대 아룬델 양께 캔터베리 산(産) 쇠고기를 보내드리
려던 게 아닙니다. 네, 제가 직접 확인해 보죠. 아룬델 양."

한편 밥은 푸줏간 주인이 키우는 개 스팟과 마주한 채, 천천히 돌
며 털을 곤두세우고 낮게 으르렁거리고 있었다. 스팟은 혈통을 알
수 없는 땅딸막한 개였다. 스팟은 손님의 개와 싸워서는 안 된다는
사실을 알고 있었지만, 남들이 알아차리지 못하게 상대편 개의 기
선을 제압하려고 했다.

용감한 밥 역시 스팟의 견제에 어느 정도 대꾸를 해 주었다. 하지
만 에밀리 아룬델이 날카롭게 "밥!" 하고 부르자 금세 상황은 정리
되었다.

그런 식료품점 안은 마치 유명 인사들의 회합이라도 열리는 듯
했다. 둥그런 얼굴에 아룬델만큼이나 고귀한 분위기를 풍기는 또
다른 노숙녀가 가게 안으로 들어섰다.

"안녕하세요, 에밀리."

"안녕하세요, 캐롤린."

그 노숙녀는 바로 캐롤린 피바디였다.

"부활절 때 아이들이 내려오나요?"

"네, 전부 내려온다고 하네요. 테레사와 찰스, 벨라 모두요."

"벨라가 집에 오나요? 벨라 남편도요?"

"네."

짤막한 말들이 오갔지만, 둘 다 그 밑에 숨겨진 의미를 잘 알고

있었다.

에밀리 아룬델의 조카인 벨라 비그스는 그리스 인과 결혼을 했는데, 군인 가문인 아룬델 가에서는 그리스 인과 결혼하지 않는 것이 관례였다.

왠지 모르게 위로의 말을 건네고 싶은 마음(물론 그런 말은 공공연하게 입 밖에 낼 수가 없었다.)이 든 피바디가 입을 열었다.

"벨라의 남편은 정말 머리가 좋아요. 게다가 정말 매력적인 신사잖아요."

"확실히 예의 바르고 유쾌한 면이 있죠."

아룬델은 그 말에 수긍했다.

가게를 나오며 피바디 양이 물었다.

"참, 테레사가 도널드슨 씨와 약혼했다면서요?"

아룬델은 어깨를 으쓱했다.

"요즘 젊은이들은 너무 격식이 없어서 아무래도 약혼 기간이 길어질 것 같아요. 별다른 일이 없다면 말이죠. 게다가 그 청년은 돈도 없으니까요."

"테레사에게 있잖아요."

그러자 아룬델은 완고하게 말했다.

"남자가 돼서 아내 덕이나 보려한다는 건 있을 수 없는 일이에요."

피바디가 킬킬대며 웃었다.

"요즘 사람들은 그런 거 신경 안 써요. 당신이나 나나 구세대에요, 에밀리. 내가 이해할 수 없는 건 그 청년에게 도대체 무슨 매력이 있느냐 하는 거예요. 허약해 빠졌잖아요!"

"그래도 똑똑한 의사라고요."

"그 코안경에 뻣뻣하기 이를 데 없는 말솜씨하며! 내가 젊었을 때만 해도 그런 사람은 얼간이 소리나 들었는데!"

피바디가 과거로 되돌아가, 구레나룻을 기른 매력적인 젊은 남자들을 떠올리는 동안 잠시 침묵이 이어졌다.

그러다 피바디는 한숨을 쉬며 입을 열었다.

"찰스가 오면 저희 집으로 한번 보내 주세요. 오겠다고 하면 말이죠……."

"그래요, 오면 전해줄게요."

그리고 두 숙녀는 헤어졌다.

이 둘은 50년은 족히 넘는 세월 동안을 서로 알고 지낸 사이였다. 피바디는 에밀리의 아버지인 아룬델 장군이 살아 생전에 어떤 실수를 저질렀는지, 토머스 아룬델의 결혼이 아룬델 가의 자매들에게 얼마나 충격을 안겨 주었는지 잘 알고 있었다. 또한 아룬델 가의 젊은이들과 관련된 문제점들도 예리하게 파악하고 있었다.

하지만 서로 이런 문제에 대해서는 단 한 마디도 입 밖에 꺼내지 않았다. 둘 다 가문의 긍지와 가족 간의 결속력을 우선시했으며, 가족 문제에 관해서는 완벽한 신중을 기했기 때문이다.

아룬델이 집까지 걸어가는 동안, 밥은 그녀의 발꿈치에서 점잖게 총총 걸음을 걸었다. 에밀리 아룬델은 다른 사람들에게는 절대 털어놓지 못할 고민, 아룬델 가의 젊은이들에 대한 고민에 빠졌다.

테레사……. 21살의 나이에 유산을 상속받은 이후로 테레사는 통제 불가능한 존재였다. 그때부터 테레사는 유명 인사가 되었다. 신문에 종종 그녀의 사진이 실리기도 했다. 그녀는 런던에서 젊고 약삭빠르며 소란스러운 무리들과 어울려 다녔고, 괴상한 파티를 열어 경찰서 유치장 신세를 진 것도 여러 번이었다. 테레사가 얻은 명성은 아룬델 가에는 걸맞지 않은 것이었다. 솔직히 아룬델은 테레사의 사는 방식이 여러 모로 마음에 들지 않았다. 하지만 테레사의 약혼에 대해서는 약간 혼란스러운 감정이 일었다. 한편으로는 갑자기 출세한 의사 도널드슨이 아룬델 가에는 부족한 인물이라는 생각이 들었으나, 또 한편으로는 인정하기 싫지만 조용한 시골 의사의 부인으로 테레사만큼 어울리지 않는 아이도 없을 거라는 생각이 들었다.

한숨과 함께 그녀의 생각은 벨라에게로 옮겨 갔다. 벨라에게서는 아무런 흠도 찾아낼 수 없었다. 그녀는 좋은 여성이고 헌신적인 아내이자 어머니였다. 어느 면으로 보나 모범적인 인물이었지만 끔찍할 정도로 둔해 빠졌다! 하지만 그런 벨라조차도 아룬델 가문에 완벽하게 어울리는 인물은 아니었다. 외국인, 그것도 그리스 인과 결혼을 했기 때문이었다. 아룬델의 편견 속에서 그리스 인은 아르헨티나 인이나 터키 인만큼이나 나쁜 족속이었다. 타니오스 박사가 매력적인 사람이고 다른 사람들에게 좋은 모습만을 보여 준다는 사실도 그에 대한 편견만 더해 줄 뿐이었다. 그녀는 매력과 쉽게 내뱉는 칭찬을 불신했다. 이러한 이유로 두 명의 아이들에게서도 애정을 느끼기가 힘들었다. 두 아이들은 아버지의 외모를 쏙 빼닮아 영국인다운 점이라곤 조금도 찾아볼 수가 없었다.

그리고 찰스…….

그래, 찰스…….

진실을 외면하려 해 봐도 소용이 없었다. 찰스는 매력적이지만 결코 신뢰할 수 있는 인물은 아니었다.

에밀리 아룬델은 한숨을 쉬었다. 갑자기 자신이 늙었다는 생각과 함께 피로와 우울한 마음이 밀려왔다.

이제 살 날이 그리 오래 남지 않았어…….

그녀는 몇 년 전 작성해 둔 유언장을 떠올렸다.

약간의 유산은 하인들과 자선 단체에, 그리고 나머지는 전부 세 명의 살아 있는 친척들에게 똑같이 나누어줄 셈이었다.

다시 생각해 봐도 바르고 공정하게 처리한 것 같았다. 단지 어떻게 하면 벨라의 몫에 그 남편이 손을 대지 못하도록 할 수 있을지가 고민이었다. 퍼비스에게 물어보는 편이 나을 것이다.

그녀는 막 리틀 그린 하우스의 정문에 들어섰다.

찰스와 테레사는 자동차로, 타니오스 부부는 기차를 타고 왔다.

두 남매가 먼저 도착했다. 훤칠한 키에 잘생긴 찰스는 약간 건들 거리며 아룬델에게 인사를 건넸다.

"여, 안녕하세요, 에밀리 고모. 건강하셨어요? 좋아 보이시는데요."

테레사는 자신의 젊은 뺨을 고모의 늙은 뺨에 무심히 갖다 대며 키스를 했다.

"안녕하셨어요, 에밀리 고모?"

고모인 에밀리가 보기에 테레사의 상태는 건강과는 영 거리가 멀었다. 두꺼운 화장 뒤에 감춰진 얼굴은 약간 초췌했고, 눈가에는 주름이 져 있었다.

모두들 응접실에 모여 앉아 함께 차를 마셨다. 어울리지 않게 쓴 화려한 모자 아래로 엉클어진 머리가 삐져나온 벨라 타니오스는, 사촌의 패션 감각을 닮고 싶은 열망에 그녀의 옷을 기억해 두려는 듯 뚫어지게 테레사를 바라보았다. 테레사는 항상 값비싸고 독특한 옷을 입었으며, 옷매무새 또한 세련됐다. 불쌍한 벨라! 패션 감각이라곤 조금도 없으면서 옷에 대한 열정만은 대단했다. 영국에 도착하자마자, 벨라는 보다 저렴한 가격에 테레사의 우아함을 따라해 보려고 나름대로 갖은 애를 쓴 터였다.

풍성한 수염에 유쾌한 인상을 한 타니오스 박사는 아룬델과 이야기를 나누고 있었다. 그의 목소리는 커다랗고 따뜻했다. 너무나도 매력적인 목소리라 듣는 사람은 자신도 모르는 사이에 매혹되곤 했다. 아룬델 또한 마찬가지였다.

로슨은 정신이 하나도 없었다. 층계를 끊임없이 오르락내리락하며 접시를 건네고 티 테이블을 차리느라 야단법석이었다. 완벽한 매너를 자랑하는 찰스는 여러 번 자리에서 일어나 로슨을 도왔지만, 로슨은 조금도 고마워하는 기색을 드러내지 않았다.

차를 마신 다음, 다함께 정원으로 산책을 나가면서 찰스는 여동생에게 속삭였다.

"로슨은 날 좋아하지 않나봐. 정말 이상하지 않아?"

테레사는 코웃음을 치며 말했다.

"정말 이상하군. 오빠의 치명적인 매력에 넘어가지 않는 여자가 적어도 한 명은 존재한다는 거네?"

찰스는 매력적인 미소를 지으며 말했다.

"다행이야, 로슨뿐이라서……."

로슨은 타니오스 부인과 함께 정원을 걸으며 아이들의 안부를 물었다. 그러자 다소 침울해 보였던 벨라 타니오스의 얼굴이 밝아졌다. 그녀는 테레사를 쳐다보던 것은 잊어버리고, 활기에 넘쳐 열정적으로 아이들 얘기를 풀어 놓았다.

"글쎄, 메리가 배 위에서 그렇게 별난 이야기를 하더라고요……."

미니 로슨은 그 누구보다도 사람들의 말에 귀를 기울일 줄 알았다.

순간, 진지한 얼굴에 코안경을 쓴 금발의 젊은이가 정원에 모습을 드러냈다. 약간 쑥스러워 하는 듯 보였다. 아룬델은 예의를 차려 그를 맞이했다.

테레사도 반갑게 달려 나가 그를 맞이했다.

"어서 와요, 렉스!"

테레사는 그의 팔에 팔짱을 끼고, 함께 어디론가 걸어가 버렸다. 그 모습에 찰스는 얼굴을 찌푸리고는, 옛날부터 자기편이었던 정원사와 이야기를 나누기 위해 슬그머니 자리를 떴다.

아룬델이 다시 집 안으로 들어왔을 때, 찰스는 밥과 함께 장난을 치고 있었다. 밥은 입에 공을 물고 꼬리를 살랑거리며 계단 제일 꼭대기에 서 있었다.

"자, 어서!"

찰스가 말했다.

밥은 자리에 웅크리고 앉아 코로 공을 천천히 계단 끝까지 밀었다. 그러고는 아주 신이 나서 펄쩍 뛰어오르더니 머리로 공을 쳤다. 공은 천천히 계단 아래로 굴러 떨어졌다. 찰스는 그 공을 잡아 다시 밥에게 던져 주었고 밥은 깔끔하게 입으로 낚아챘다. 이렇게 놀이는 계속되었다.

"밥이 가장 좋아하는 놀이죠."

찰스의 말에 에밀리 아룬델은 미소를 지었다.

"몇 시간이고 하려 들게다."

그녀는 응접실로 향했고 찰스도 그 뒤를 따랐다. 밥은 실망한 듯 짖었다.

찰스는 창문 밖을 바라보며 입을 열었다.

"테레사랑 저 친구 좀 보세요. 정말 이상한 커플이지 않아요?"

"네가 보기에는 테레사가 정말 저 젊은이를 진지하게 생각하는 것 같니?"

"오, 완전히 저 남자한테 빠졌다니까요!"

찰스는 자신 있게 말했다.

"정말 이상한 취향이지만 뭐 어쩌겠어요. 저 남자는 분명 테레사를 살아 있는 여자가 아니라 과학 표본 정도로 생각할 거예요. 그게 테레사에게는 신선하게 느껴졌겠죠. 그나저나 저 가난한 젊은이가 불쌍하네요, 테레사의 값비싼 취향을 어떻게 감당할 수 있을지."

아룬델은 냉담하게 대꾸했다.

"그럴 마음만 먹으면 테레사도 사는 방식을 바꿀 수 있을 게다. 게다가 자기 몫의 돈도 있잖니."

"에? 아, 그럼요, 그럼요. 물론이죠."

찰스는 머쓱한 표정으로 아룬델을 바라보았다.

그날 저녁, 모두들 저녁 식사를 기다리며 응접실에 모여 있는데 계단 쪽에서 후다닥거리는 소리와 함께 욕설이 들려 왔다. 잠시 후, 찰스가 얼굴이 벌게진 채 응접실 안으로 들어섰다.

"죄송해요. 에밀리 고모. 제가 늦었죠? 고모네 개 때문에 하마터면 계단에서 구를 뻔 했어요. 계단 꼭대기에다가 공을 뒀더라고요."

"이런……, 조심해야지!"

로슨 양은 허리를 숙여 밥에게 소리쳤다.

밥은 뻔뻔하게 고개를 들어 로슨 양을 바라보고는 고개를 획 돌렸다.

"저런, 너무 위험하구나. 미니, 공을 갖다 치우도록 해."

아룬델의 말에 로슨은 서둘러 나갔다.

타니오스 박사는 저녁 식사를 하는 내내 혼자 떠들며 스미르나에서의 이야기들을 즐겁게 풀어냈다.

그날 밤, 모두들 일찍 잠자리에 들었다. 로슨은 털실과 안경, 커다란 벨벳 가방, 그리고 책 한 권을 들고 아룬델을 침실까지 모시며 들뜬 마음에 조잘댔다.

"정말 타니오스 박사님의 이야기는 최고예요. 정말 재미있는 분이세요. 제가 그렇게 살고 싶은 건 아니지만……. 물도 끓여서 마셔야 하고, 게다가 염소 우유라니……. 생각만 해도 끔찍한 맛일……."

아룬델이 중간에 말을 잡아챘다.

"바보 같은 소리는 그만 둬, 미니. 엘렌에게 6시 30분에 깨우라고 얘기해 뒀나?"

"네, 아룬델 양. 차는 준비하지 말라고 해 뒀어요. 그런데 굳이 그러실 필요가 있을까요? 가장 양심적인 분인 사우스브리지의 목사님도 제게 금식을 할 의무는 없다고 분명히 말씀……."

다시 한 번 아룬델은 그녀의 말을 잘랐다.

"난 여태껏 아침 예배 전에 아무 것도 먹지 않았어. 자네는 마음대로 해도 좋아."

"아, 아니에요. 저는 그런 뜻이, 저는……."

로슨은 당황한 나머지 말을 더듬었다.

"밥 목걸이나 떼 줘."

아룬델이 말했다.

여주인에게 헌신적인 로슨은 망설이며 서 있었다.

여주인의 기분을 풀어 주려는 마음에 다시 입을 열었다.

"정말 즐거운 저녁이었어요. 다들 여기 와서 기뻐하는 것 같던데요."

"흥! 다들 원하는 게 있어서 온 게지."

"오, 아룬델 양……."

"이봐, 미니. 난 바보가 아니야! 누가 먼저 그 얘길 꺼낼지가 궁금할 뿐이라고."

하지만 그 점에 대해 오래 생각해 볼 필요는 없었다. 아룬델과 로슨이 아침 예배를 마치고 집으로 돌아온 것은 막 9시가 넘었을 때였다. 타니오스 부부는 식당에 앉아 있었지만 두 남매의 모습이 보이지 않았다. 아침 식사가 끝난 후 다들 식당을 뜨자, 아룬델은 의자에 앉아 작은 장부를 꺼내 정리를 했다.

찰스가 식당에 들어선 것은 거의 10시가 다 된 시간이었다.

"늦어서 죄송해요, 에밀리 고모. 그래도 테레사가 더 나빠요. 아직 눈도 뜨지 못했는걸요."

"10시 30분이면 아침 식사는 종료야. 요즘에는 하인들 생각을 해주지 않는 게 유행인지 몰라도, 내 집에서는 아니지."

"그렇죠, 그거야말로 진정한 빅토리아 시대의 정신이죠!"

찰스는 친근한 태도를 보이며 에밀리 옆자리에 앉았다.

찰스의 미소는 언제나 그렇듯 아주 매력적이었다. 에밀리 아룬델은 자신도 모르는 사이에 표정이 풀려 그에게 미소를 짓고 말았다. 아룬델의 표정에 용기를 얻은 찰스는 과감하게 말을 꺼냈다.

"저, 에밀리 고모. 방해해서 죄송한데 제가 지금 곤경에 빠져 있어요. 저 좀 도와주시겠어요? 100파운드면 돼요."

아룬델은 썩 내키는 표정이 아니었다. 그녀의 얼굴 위로 살벌한 표정이 스쳐 지나갔다.

에밀리 아룬델은 자신의 생각을 말하는 데 주저하지 않았다.

서둘러 홀을 가로질러 가던 로슨은 식당에서 나오는 찰스와 거의 부딪칠 뻔 했다. 그녀는 호기심에 찰스를 흘끗 쳐다보았다. 식당에 들어가자 얼굴이 붉어진 아룬델이 아주 꼿꼿한 자세로 앉아 있었다.

친척들

찰스는 가볍게 계단을 뛰어올라가 여동생의 방문을 두드렸다. 그는 "들어오세요."라는 대답이 들리자마자 문을 벌컥 열어젖혔다.

테레사가 하품을 하며 침대에서 일어나 앉자, 찰스는 그 옆에 가앉았다.

"넌 정말 장식품 같구나, 테레사."

찰스가 감상평을 던지듯 말했다.

"무슨 말이야?"

테레사가 날카롭게 대꾸하자 찰스는 씩 웃으며 말했다. ·

"뭘 그렇게 예민하게 굴어? 귀여운 동생. 내가 선수 좀 쳤지. 네가 시작하기 전에 손을 써둬야 할 것 같아서 말이야."

"그래서?"

찰스는 빈손을 펴 보이며 대답했다.

"아무것도 못 얻어냈어! 에밀리 고모가 교묘하게 일장 연설을 늘어놓으시는 바람에 말이야. 사랑하는 가족들이 자신의 주위에 모인 이유를 의심하지 않는다는 뜻을 슬쩍 비치시더군. 게다가 사랑하는 가족들이 실망하게 될 거라는 뜻도. 자기에겐 애정밖에 줄 게 없다나……. 뭐 그런 얘길 하더군."

"조금 더 기다렸어야지."

테레사가 쌀쌀맞게 대꾸했다.

찰스는 다시 한 번 미소를 지었다.

"너나 타니오스 부부가 먼저 선수칠 게 걱정이 돼서 그랬지. 귀여운 테레사, 아무래도 이번에 아무 것도 얻지 못할까봐 걱정돼. 우리 에밀리 고모께서는 바보가 아니더라고."

"난 한 번도 고모가 바보일 거라고 생각해 본 적 없어."

"그래서 고모에게 겁 좀 줬지."

"그게 무슨 말이야?"

테레사가 날카로운 목소리로 물었다.

"계속 그런 식으로 하시다가는 큰일을 당할 수도 있다, 죽을 때 돈을 싸들고 갈 것은 아니지 않느냐, 그렇게 인색하게 굴 필요는 없다……. 뭐 그렇게 이야기했지."

"오빠, 정말 바보 아니야?"

"아니, 절대 아니지. 나름대로 심리전술을 쓴 거라고. 절대 그 노인네에게 아첨하는 말은 안 했으니까. 오히려 당당하게 구는 걸 훨씬 좋아하시잖아. 게다가 난 상식적인 얘기밖에 안 했어. 어차피 죽으면 우리가 그 돈을 받게 될 텐데, 미리 조금 나눠준다고 해서 다를 것 없다! 그렇지 않으면 고모를 끝장내고 싶은 유혹에 빠져들 수 있다……."

"고모가 오빠 말을 알아들은 것 같아?"

테레사는 섬세한 입술을 비틀어 올렸다.

"잘 모르겠어, 그저 모르는 척 하는 건지. 그저 뚱하게 내 조언에 감사한다고, 자기 일은 자기가 알아서 할 수 있다고 하더군. 내가 '어쨌든, 저는 경고했습니다.'라고 말하니까 '기억해 두마.'라고 했어."

테레사는 화를 냈다.

"찰스 오빠, 정말 바보 아니야?!"

"젠장, 테레사. 나도 화가 났다고! 그 노인네는 정말 수입이 어머어마해. 분명 그 많은 돈의 십분의 일도 채 쓰지 않을 거야. 하긴 돈 쓸 데나 있겠어? 하지만 우리를 봐. 젊고 인생을 즐길 수 있어. 하지만 그 노인네가 백 살까지는 살면서 우릴 괴롭힐 게 분명해……. 난 지금 당장 마음껏 즐기고 싶어, 너도 그렇겠지."

테레사는 고개를 끄덕였다.

그녀는 숨을 죽이고 낮은 목소리로 말했다.

"그 사람들은 이해를 못해, 노인네들은 정말……. 그 사람들은 산다는 게 어떤 건지 몰라!"

두 남매 사이에는 한동안 침묵이 이어졌다.

찰스가 자리에서 일어났다.

"자, 그럼 사랑하는 동생, 나보다는 잘 해내길 바랄게. 물론 그럴 수 있을 지는 의문이지만 말이야."

"차라리 렉스를 이용하는 편이 좋겠어. 에밀리 고모에게 그가 얼마나 영리한지, 일반 개업의로 썩지 않고 기회를 잡는 것이 얼마나 중요한 건지 알려줄 수만 있다면……. 오, 찰스 오빠. 이 시점에서 이, 3000파운드만 있어도 우리 인생은 완전히 달라질 수 있을 텐데!"

"그러길 바라지만 과연 성공할 수 있을까? 그동안 네 멋대로 살면서 흥청망청 써댔잖아. 테레사. 혹시 따분한 벨라나 수상한 타니오스가 뭔가 얻어낼 것 같진 않아?"

"벨라에게는 그 돈이 아무짝에도 쓸모없을걸. 넝마 같은 옷차림에 완전 아줌마 취향이잖아."

"글쎄."

찰스는 애매한 표정으로 입을 열었다.

"분명 귀여운 구석이라곤 하나도 없는 그 아이들의 학비와 교정기, 음악 교습비 때문에라도 바라고 있을 걸. 하지만 문제는 벨라가 아니라 타니오스야. 분명 돈 냄새를 맡고 있을 거라고. 그리스 인들은 돈 냄새 하나는 기가 막히게 알아차리니까. 그 사람이 벨라의 돈을 거의 다 탕진해 버린 거 알아? 투기를 해서 모조리 잃었다지."

"오빠가 생각하기에는 타니오스가 에밀리 고모에게서 뭐 좀 얻어낼 수 있을 것 같아?"

"절대. 내가 막을 테니까."

찰스는 씩 웃으며 대답했다.

찰스는 테레사의 방을 나와 아래층으로 내려갔다. 거실에 있던 밥이 달려와 찰스에게 달려들었다. 개들은 찰스를 좋아했다.

밥은 응접실 문으로 달려가더니 찰스를 돌아다보았다.

"왜 그러니?"

찰스는 밥에게 다가갔다.

그러자 밥은 응접실로 뛰어 들어가 작은 책상 옆에 앉더니 기대에 찬 눈빛으로 찰스를 바라보았다.

찰스는 밥에게 다가갔다.

"무슨 일이니?"

밥은 꼬리를 흔들며 책상 서랍을 애절하게 바라보고는 낑낑댔다.

"이 안에 뭔가 원하는 게 있는 거야?"

찰스는 첫 번째 서랍을 열었다. 그의 눈썹이 치켜 올라갔다.

"이런, 이런."

책상 서랍 한 구석에는 지폐가 한 다발 놓여 있었다.

찰스는 그 다발을 집어 들고 세어 보았다. 그는 미소를 지으며 1파운드짜리 지폐 3장과 10실링짜리 지폐 2장을 주머니 안에 넣었다. 그리고 나머지는 서랍 속의 같은 자리에 조심스럽게 되돌려 놓았다.

"잘했어, 밥. 이제 찰스 삼촌은 적어도 용돈은 벌 수 있게 되었구나. 언제든 조금씩 가져다 쓸 수 있는 현금 보관 장소를 알았으니 말이다."

찰스가 서랍을 닫자, 밥은 원망하듯이 짖어댔다.

"미안해, 밥."

찰스는 사과를 하고 다음 서랍을 열었다. 그 서랍 한 모퉁이에 밥의 공이 놓여 있었다. 찰스는 그 공을 꺼냈다.

"자, 여기 있다. 가지고 놀아."

공을 입에 문 밥은 종종거리며 응접실을 나갔고, 머지않아 쿵, 쿵, 쿵 하는 소리가 들려 왔다.

찰스는 정원으로 나갔다. 따사로운 햇살과 함께 라일락 향기가 밀려오는 상쾌한 아침이었다.

아룬델과 타니오스가 함께 있었다. 타니오스는 영국의 훌륭한 교육이 아이들에게 얼마나 이익이 되는지, 그리고 자신의 아이들이 그러한 혜택을 누릴 수 없다는 사실이 얼마나 안타까운지를 이야기하고 있었다.

찰스는 악의에 찬 마음으로 미소를 지으며 아무렇지도 않은 듯 대화에 끼어든 다음, 능숙하게 대화의 주제를 바꾸어 놓았다.

에밀리 아룬델은 찰스에게 상냥한 미소를 지어 보였다. 찰스는 에밀리가 자신의 전략에 흡족해 하고 있으며, 어쩌면 은근히 자신을 부추기고 있는지도 모른다는 환상에 빠졌다.

찰스는 의기양양해졌다. 어쩌면 여길 떠나기 전에…….

찰스는 구제 불능의 낙천주의자였다.

도널드슨 박사는 그날 오후 자동차를 몰고 와 테레사와 함께 그 지역의 명소 중 하나인 워뎀 사원으로 드라이브를 갔다. 둘은 사원을 나와 숲속을 거닐었다.

산책을 하는 동안 렉스 도널드슨은 테레사에게 자신의 이론과 최근 실험에 대해 장황하게 늘어놓았다. 테레사는 그의 말을 거의 이해하지 못했지만 뭐에 홀린 듯 귀를 기울였다.

'렉스는 어쩌면 이렇게 똑똑할까……. 정말 대단한 사람이야!'

그녀의 피앙세는 잠시 말을 멈추더니 다소 애매하게 말을 이었다.

"아무래도 이런 이야기는 따분하겠죠, 테레사."

"아니에요. 너무 흥미진진해요."

테레사는 단호하게 대답했다.

"계속해요. 감염된 토끼의 피를 뽑았다고요?"

곧 테레사는 한숨을 쉬며 덧붙였다.

"아무래도 당신에게는 일이 정말 중요한가 봐요."

"당연하죠."

도널드슨 박사가 대답했다.

하지만 테레사에게는 전혀 당연한 일이 아니었다. 그녀의 친구들 중 직업을 가진 사람은 거의 없었으며, 간혹 있다 해도 일을 짐짝처럼 취급하기 일쑤였다.

전에도 한두 번 생각한 적 있지만, 렉스 도널드슨과 사랑에 빠지게 된 것은 정말이지 자신에게 어울리지 않는 일이었다. 왜 이런 일들이, 우스꽝스럽고 말도 안 되는 바보 같은 일들이 일어나는 것일까? 헛된 질문이었다. 그리고 그러한 일이 바로 그녀 자신에게 일어나지 않았는가.

테레사는 얼굴을 찌푸린 채 고민에 빠졌다. 그녀가 어울려 다니던 무리들은 아주 쾌활하고 동시에 아주 냉소적이었다. 물론 연애는 인생에 필요한 요소지만 심각하게 생각할 필요도 없지 않아? 하나의 사랑이 끝나면 또 다른 사랑이 찾아오니까…….

하지만 렉스 도널드슨에 대한 그녀의 감정은 이와는 달리 훨씬 더 깊은 것이었다. 그녀는 본능적으로 이 사랑이 변하지 않을 것을 느낄 수 있었다. 그를 소유하고 싶은 테레사의 욕구는 절실했다. 그의 모든 것이 테레사를 매료시켰다. 탐욕스럽고 소란스러운 그녀와 다른 침착함과 초연함, 과학적인 이성에서 나오는 분명하고 논리적인 사고, 그 외에도 완벽히 알 수는 없지만 겸손하면서도 약간은 현학적인 태도에 가려진 비밀스러운 무언가가 느껴졌다. 무언지 확실히 알 수는 없었지만 본능적으로 느끼고 감지할 수 있었다.

렉스 도널드슨은 천재적인 면모를 갖추고 있었으며, 그의 인생에서 직업이 가장 우선이고 그녀는 오직 일부(물론 필요한 일부긴 하지만)라는 사실 또한 그에 대한 매력을 더해 줄 뿐이었다. 쾌락만을 추구하는 이기적인 연애 관계를 이어오던 테레사는, 처음으로 자신이 부차적인 순위가 되는 데 만족하고 있다는 사실을 깨달았다. 둘의 미래에 대한 생각이 그녀의 마음을 사로잡았다. 렉스를 위해서라면 어떤 것이든, 무엇이든 할 수 있다!

"정말 돈이 말썽이에요."

테레사는 안달난 목소리로 말했다.

"에밀리 고모가 돌아가신다면 바로 결혼해서 런던으로 가 시험관과 실험 재료들로 가득 찬 실험실을 하나 얻을 수 있을 텐데. 볼거리에 걸린 아이들이나 간장병에 걸린 할머니들한테 시달리지 않아도 되고 말예요."

"조심만 한다면 고모님은 앞으로 몇 년은 더 사실 수 있을 거예요."

테레사는 도널드슨의 말에 실망한 듯 답했다.

"저도 알아요……."

한편, 낡은 오크제 가구에 커다란 더블베드가 놓인 방에서 타니오스는 그의 부인과 이야기를 나누고 있었다.

"내가 사전 준비는 충분히 해 뒀어. 이젠 당신 차례야, 여보."

타니오스는 오래된 구리 통에 담겨 있는 물을 장미꽃이 그려진 도자기 세면대에 부으며 말했다.

벨라 타니오스는 화장대 앞에 앉아 머리를 빗으며 생각에 잠겨 있었다. 테레사처럼 머리를 빗으려 했지만 아무리 해도 그렇게 되지가 않았다!

잠시 침묵이 흐른 뒤, 벨라가 입을 열었다.

"난…… 에밀리 이모에게 돈을 부탁하고 싶진 않아요."

"벨라, 당신 쓸 돈을 부탁하는 게 아니잖아. 우리 아이들을 위한 거라고. 그동안 투자한 것도 다 쓸모없게 돼 버렸잖아."

타니오스는 등을 돌리는 바람에, 아내가 보내는 의심스럽고 망설이는 듯한 눈빛을 보지 못했다.

벨라는 온순하지만 완고하게 말을 이었다.

"마찬가지예요. 내 생각에는 그러지 않는 편이……. 에밀리 이모는 까다로운 분이에요. 관대하지만 다른 사람에게 부탁받는 건 좋아하지 않으세요."

타니오스는 손을 닦으며 벨라에게 다가갔다.

"벨라, 당신답지 않게 왜 고집을 부려? 결국 우리가 여기까지 온 것도 다 그것 때문이잖아."

벨라는 작은 목소리로 중얼거렸다.

"나는…… 나는 절대 그러려고, 돈을 부탁하려고 온 게 아니에요."

"하지만 아이들을 제대로 교육시키려면 당신 이모의 도움이 유일한 희망이라는 사실에는 당신도 동의했잖아."

벨라 타니오스는 아무런 대답도 하지 않았다. 그녀는 불편한 듯 몸을 뒤척였다.

다만 그녀는 멍청한 부인을 둔 영리한 남편이라면 이미 경험으로 터득했을 법한 온순해 보이면서도 고집스러운 표정을 하고 있었다.

"어쩌면 에밀리 이모가 먼저 제안할 수도……."

"그럴 수도 있겠지. 하지만 여태껏 그런 기미는 발견하지 못했다고."

"아이들을 데려올 걸 그랬어요. 메리라면 에밀리 이모도 예뻐하셨을 거예요. 게다가 에드워드는 아주 똑똑하잖아요."

타니오스는 냉담하게 대꾸했다.

"당신 이모가 아이들을 그렇게 예뻐할까? 오히려 아이들이 오지 않아 다행이라고 생각하실걸."

"오, 제이컵. 하지만……."

"그래, 그래, 여보. 당신 기분 잘 알아. 하지만 이 따분한 영국 노처녀들이란……. 흥! 인정이라곤 조금도 없어. 그러니 우리라도 메리와 에드워드를 위해 최선을 다해야지, 안 그래? 우리를 조금 도와주는 것쯤 아룬델 양에게는 일도 아닐걸."

타니오스 부인은 얼굴이 빨개진 채 등을 돌렸다.

"오, 제발. 제발요, 제이컵. 이번에는 안 돼요. 정말 바보 같은 짓이에요. 정말로, 정말로 그러지 않았으면 좋겠어요."

타니오스는 벨라의 등 뒤로 가까이 다가서 그녀의 어깨를 감싸안았다. 그녀의 몸이 살짝 떨리는 듯 했으나 곧 잠잠해 졌다. 거의 굳어 버린 듯…….

타니오스는 여전히 듣기 좋은 목소리로 말했다.

"벨라, 그래도 나는…… 당신이 내가 부탁한 일은 해 줄 거라고 믿어. 당신은 항상 그래 왔잖아, 그렇지? 언제나 결국엔. 그래, 당신은 꼭 내 말대로 해 줄 거라 믿어……."

사고

화요일 오후였다. 정원으로 향하는 옆문이 열려 있었다. 아룬델이 문지방에 서서 정원에 나 있는 길 저편으로 공을 던지자 밥이 잽싸게 공을 쫓아갔다.

"한 번만 더 하자, 밥. 착하지."

다시 한 번 밥은 공을 향해 전속력으로 달려갔다.

아룬델은 허리를 숙여 발치에 놓인 공을 집어 들고 집 안으로 들어갔다. 밥이 그녀의 뒤를 바짝 따랐다. 그녀는 옆문을 닫고 응접실로 들어갔고, 밥은 여전히 그녀의 발꿈치께에 바짝 붙어 있었다.

그녀는 공을 서랍 속에 넣은 다음, 벽난로 선반 위에 놓인 시계를 흘끗 바라보았다. 6시 30분이었다.

"저녁 식사 전에 조금은 쉴 수 있겠구나, 밥."

아룬델은 위층 침실로 향했다. 밥이 그녀의 뒤를 따랐다. 커다란

사라사 무명천을 씌운 소파에 누워 아룬델은 한숨을 쉬었다. 오늘
이 화요일이라는 것이, 내일이면 손님들이 떠난다는 사실이 반가웠
다. 이번 주말로 인해 그동안 몰랐던 사실이 드러난 것은 아니었다.
다만 그동안 알고 있었던 사실을 망각하지 말아야 한다는 것을 깨
달았을 뿐이었다.

그녀는 혼자 중얼거렸다.

"내가 점점 나이를 먹고 있는 거야……."

그러다 약간 놀라고 말았다.

"난 이미 늙었어……."

그녀는 눈을 감고 소파 위에 누웠다. 30분이 지나고 나이든 하녀
엘렌이 뜨거운 물을 가져오자, 그녀는 자리에서 일어나 저녁 식사
를 받을 준비를 하였다.

도널드슨 박사는 그날 밤 함께 저녁을 하기로 약속이 되어 있었
다. 에밀리 아룬델은 좀 더 가까이에서 그를 관찰해 볼 수 있길 바
랐다. 매력적인 테레사가 다소 뻣뻣하고 학구적인 젊은이와 결혼을
하고 싶어 한다는 사실이 아직도 믿기지 않았다. 게다가 이 뻣뻣하
고 학구적인 젊은이가 테레사와의 결혼을 원한다는 사실 또한 약간
이해가 되지 않았다.

하지만 저녁 식사가 끝나가는 순간까지도 도널드슨 박사를 좀 더
상세히 파악했다는 느낌은 들지 않았다. 그는 아주 예의 바르고 정
중했지만, 에밀리가 느끼기에는 끔찍할 정도로 지루한 사람이었다.
속으로 피바디 양의 말에 맞장구를 쳤다. '우리 젊은 시절의 멋진

신사들'이 그녀의 머릿속을 스쳐 지나갔다.

도널드슨 박사는 늦게까지 머무르지는 않고 10시에 자리에서 일어났다. 그가 떠난 후, 에밀리 아룬델은 올라가서 잠자리에 들겠다고 이야기했다. 그녀가 위층으로 올라가자 젊은 친척들 또한 그 뒤를 따랐다. 오늘 밤은 웬일인지 다들 조용했다. 로슨은 아래층에서 남은 일을 처리하느라 밥은 마음껏 뛰어놀게 내버려 둔 채, 불을 끄고 난로 문을 닫았다. 불이 날지도 모른다는 생각에 난로 앞에 깔린 깔개를 말아 치웠다.

5분 뒤, 그녀는 약간 숨을 헐떡이며 아룬델 양의 방에 도착했다.

"일은 다 마쳤습니다."

털실과 가방, 도서관에서 빌려 온 책을 내려놓으며 말했다.

"이 책이 마음에 드셨으면 좋겠네요. 아룬델 양께서 적어 주신 목록의 책은 하나도 없지만, 이건 마음에 들어 하실 거라고 하더라고요."

"그 여잔 바보야. 책 고르는 취향은 정말 최악이지."

에밀리 아룬델이 말했다.

"아, 저런. 정말 죄송해요. 제가……."

"허튼 소리. 자네 잘못이 아니야."

에밀리 아룬델은 상냥하게 덧붙였다.

"오늘 오후 시간은 즐거웠나?"

로슨의 얼굴이 환해졌다. 어찌나 열성적으로 말하는지 기운이 펄펄 넘쳐 보일 정도였다.

"아, 그럼요. 정말 감사드려요. 신경 써 주셔서 정말 감사해요. 정말 재밌었어요. 플랑셰트(하트 모양 판자의 구멍에 연필을 세워 끼운 뒤 그 밑에 종이를 놓고 판자에 손가락을 얹어 생긴 모양이나 글자로 잠재의식이나 심령 현상 등을 읽어 내는 데 쓰임, 즉 서양식 분신사바―옮긴이)를 했는데 정말 흥미로운 것들이 나타났어요. 몇 가지 메시지가 나오기도 했고요…… 줄리아 트립은 플랑셰트로 정말 큰 성공을 거두었어요. 죽은 사람들이 보내는 메시지에 정말 감사하는 마음이 들더라고요. 그러한 일들은 허용이 되어야…… "

아룬델은 희미하게 미소를 지었다.

"목사님에게는 그런 말 하지 말게."

"아, 하지만 정말이에요, 아룬델 양. 저는 그 일이 조금도 나쁘지 않다고 생각해요. 론스데일 씨가 그에 대해 조사해 주었으면 하는 바람뿐이에요. 잘 알아보지도 않고 비난한다는 것은 너무 속 좁은 짓 같아요. 줄리아와 이사벨 트립 모두 정말로 영적인 사람들이에요."

"살아 있는 사람이라기엔 지나치게 영적이지."

아룬델이 말했다.

그녀는 줄리아와 이사벨이 영 마음에 들지 않았다. 옷차림은 괴상하고 채소와 익히지 않은 과일만 먹는 식습관은 터무니없었으며, 태도 또한 가식적인 데가 있었다. 전통도 뿌리도 혈통도 없는 여자들이었다! 하지만 그녀들의 진지함만큼은 어느 정도 재밌는 구석이 있었으며, 불쌍한 미니에게 베풀어 주는 우정에는 내심 고맙게 생각하고 있었다.

불쌍한 미니! 에밀리 아룬델은 애정과 경멸이 뒤섞인 눈빛으로 자신의 말벗을 바라보았다. 그동안 아룬델은 자신을 돌볼 어리석은 중년의 여자들을 수도 없이 고용했다. 다들 착하지만 소란스러운 데다 비굴하고, 아무런 생각도 없는 사람들이었다.

불쌍한 미니는 오늘 밤 아주 들뜬 듯 했다. 그녀의 눈이 빛나고 있었다. 반짝거리는 눈을 하고 분주하게 방을 돌아다니며 자신이 뭘 하는지도 모른 채 이것저것 만져댔다.

그러다 소심하게 말을 더듬거리며 입을 열었다.

"저……, 아룬델 양도 거기에 가셨더라면 좋았을 거예요……. 물론 제 생각에 아룬델 양은 별로 믿지 않으시는 것 같지만, 오늘 밤에는 메시지가 왔었거든요, E. A.로부터. 그 글자가 아주 확실하게 보이더라고요. 수년 전에 죽은 한 남자로부터 온 메시지였는데 아주 잘생긴 군인이래요. 이사벨이 분명히 봤다고 하던데, 아룬델 장군님이 분명해요. 사랑과 위로, 인내로 인해 무엇을 얻을 수 있는지에 대한 아름다운 메시지였어요."

"그렇게 감상적인 말들은 우리 아버지와는 어울리지 않는군."

아룬델이 말했다.

"아, 하지만 사랑하는 사람들은 변하기도 하는 걸요, 정반대로요. 모든 것은 사랑과 이해에 달려 있대요. 그리고 플랑셰트에 열쇠에 대한 글자가 나타났어요. 제 생각에는 진열장의 열쇠를 가리키는 것 같아요. 그럴 수도 있겠죠?"

"진열장의 열쇠라고?"

에밀리 아룬델의 목소리가 놀란 듯 날카로워졌다.

"제 생각에는 그런 것 같아요. 어쩌면 진열장 안에 중요한 서류가 있을지도 몰라요. 메시지에 특정 가구가 나타나서 열어 보니 그 안에서 유언장이 발견된 적도 있대요."

"진열장 안에는 유언장이 없어."

아룬델은 무뚝뚝하게 덧붙였다.

"이제 그만 자도록 해, 미니. 자네도 피곤할 테고, 나도 마찬가지야. 조만간 그 여자들에게 물어보자고."

"아, 그러면 정말 좋을 거예요! 안녕히 주무세요. 뭐 더 필요한 거는 없으세요? 사람들이 북적거려서 피곤하시죠? 엘렌에게 응접실 좀 환기시키라고 해야겠어요. 커튼도 좀 털고요. 담배 연기 때문에 온통 냄새가 뱄어요. 그나저나 응접실에서 다들 담배를 피우게 해 주시다니 정말 인자하세요!"

"시대가 그러니 내가 양보하는 수밖에. 잘 자게, 미니."

로슨이 방을 나가자, 에밀리 아룬델은 심령술이 미니에게 과연 도움이 되는 것인지 의아한 마음이 들었다. 로슨은 밖으로 튀어나올 것처럼 눈을 휘둥그레 뜨고 들뜬 나머지 안절부절 못하는 듯 보였다.

에밀리 아룬델은 침대 위에 누우며, 진열장 얘기는 좀 신기하다고 생각했다. 오래 전의 그 장면을 떠올리며 그녀는 피식 웃음을 지었다. 아버지가 돌아가신 후 나타난 그 열쇠, 그리고 진열장을 열자 쏟아져 나온 빈 브랜디 병들! 그런 것이었다. 미니 로슨이나 이사벨 트립, 줄리아 트립은 상상도 못 할 것이다. 결국 심령술이란 믿을 게 못 돼…….

커다란 네 개의 기둥이 달린 침대에 누운 아룬델은 잠이 오지 않았다. 최근 들어 잠들기가 더 힘들어졌음에도, 시험 삼아 수면제를 먹어 보는 게 어떠냐는 그레이너 박사의 제안에는 냉소적인 반응을 보냈다. 수면제는 나약한 사람들, 손가락의 통증이나 희미한 치통, 잠 못 드는 밤의 지루함을 견뎌내지 못하는 사람들이나 먹는 것이었다.

잠 못 드는 밤이면 그녀는 침대에서 일어나 소리 없이 집 안을 돌아다니며 책을 줍고 장식품을 만지고, 꽃병의 꽃들을 정리하고 편지를 쓰곤 했다. 한밤중에 집 안을 돌아다니다 보면 무언가가 살아 움직인다는 느낌을 받았다. 그들은 아룬델의 밤 산책을 불쾌해하지는 않았다. 마치 유령들, 그녀의 자매인 아라벨라와 마틸다, 아그네스의 유령, 그리고 그 여자에게 빠지기 전에는 정말 상냥했던 동생 토머스의 유령이 그녀와 함께 걷는 것 같았다! 게다가 찰스 래버튼 아룬델 장군의 유령까지도……. 툭하면 딸들에게 소리를 지르고 못살게 굴었지만 세포이 반란에 참전했던 경험담과 세상에 대한 폭넓은 지식들로 자랑스러운 아버지이기도 했던 매력적인 집안의 독재자……. 딸들이 모호하게 돌려 말하곤 했던, 아버지가 '별로 기분이 좋지 않은' 날은 또 어땠던가?

이번에는 조카의 피앙세에게로 생각이 옮겨갔다.

분명 술이라곤 입에도 대지 못할 게야! 사내라는 사람이 물만 마셨잖아, 물만! 오늘 저녁 아버지가 남겨 준 포트 와인(포르투갈 원산의 적포도주 — 옮긴이)도 특별히 내놨는데.

찰스는 와인을 제대로 즐길 줄 알지. 아! 찰스가 믿음직한 인물이었더라면. 차라리 내가 찰스에 대해 몰랐더라면…….

갑자기 생각의 흐름이 끊겼다. 그녀의 머릿속은 이번 주말에 일어난 일들로 온통 어지러웠다.

모든 것들이 왠지 모르게 불안했다.

불안하고 걱정스러운 마음을 털어버리려 애썼다.

다 쓸데없는 짓이었다.

아룬델은 팔꿈치로 몸을 일으켜 세우고, 작은 접시 위에 올려진 촛불로 시계를 바라봤다.

새벽 1시였지만 잠이 올 것 같지 않았다.

침대에서 나와 슬리퍼를 신고 푹신한 가운을 걸쳤다. 아래층으로 내려가 내일 아침 처리할 장부들을 확인해 볼 참이었다.

그녀는 마치 그림자처럼 방에서 빠져나와 밤새도록 작은 전구 하나가 켜져 있는 복도를 따라 걸었다.

층계에 도달해 난간에 한 손을 뻗고 내려가려는 순간, 뭔가에 발이 걸려 비틀댔다. 균형을 잡아보려고 애썼지만 결국 계단 아래로 곤두박질치고 말았다.

아룬델이 계단에서 구르는 소리, 그녀가 내뱉는 비명 소리는 집 안에서 잠자던 사람들을 모두 깨웠다. 방문들이 열리고 불이 켜졌다.

로슨 양은 층계 꼭대기에 있는 방에서 뛰쳐나왔다.

일그러진 표정으로 울먹이며 계단을 뛰어 내려왔다. 한 명씩 다른 사람들도 현장에 도착했다. 화려한 가운에 하품을 하며 등장한 찰스, 짙은 색 실크 가운을 걸친 테레사, 어두운 남색 기모노를 입고 머리에는 '웨이브를 고정시키기 위해' 빼곡히 빗을 꽂은 벨라.

에밀리 아룬델은 넋이 나간 채로 바닥에 쓰러져 있었다. 어깨, 발목, 아니 딱히 어디라고 할 수 없이 몸 전체가 고통스러웠다. 주위에 서 있는 사람들이 눈에 들어 왔다. 울음을 터뜨리며 아무짝에 쓸모 없는 손동작만 하고 있는 바보 같은 미니 로슨, 검은 눈에 놀란 표정이 깃든 테레사, 멍하니 입만 벌리고 있는 벨라, 어디선가 아주 멀리서 들리는 것 같은 찰스의 목소리…….

"그 빌어먹을 개새끼가 가지고 놀던 공 때문이에요! 그놈이 계단에다 공을 놔둬서 걸려 넘어지신 거라고요. 봐요! 여기 있잖아요!"

그리고 누군가, 다른 사람들을 제치고 그녀의 옆에 무릎을 꿇고 앉아 능숙하면서도 익숙하게 손을 잡아 주는 누군가가 느껴졌다.

안도감이 밀려왔다. 이제 괜찮을 것이다.

타니오스 박사는 차분하고 위안을 주는 목소리로 말했다.

"아, 괜찮습니다. 뼈가 부러진 데는 하나도 없어요……. 좀 심한 타박상을 입은 것뿐입니다. 물론 정신적인 충격이 크시겠죠. 하지만 이만하시길 정말 다행입니다."

그런 다음 타니오스 박사는 사람들을 뒤로 물리고는 거뜬히 아룬델을 안아 올려 침대로 옮겼다. 1분 동안 맥박을 재 보고 고개를 끄덕이더니, 미니(아직도 눈물을 흘리느라 방해만 되는)를 내보내며 브랜디를 가져오고 물을 끓이라고 지시했다.

정신이 없고 심한 고통에 시달리던 아룬델은 그 순간 제이컵 타니오스에게 너무나 고마운 마음이 들었다. 그는 유능한 사람이 돌봐주고 있다는 안도감, 의사가 환자에게 주어야 하는 확신과 신뢰감을 주었다.

하지만 무언가, 확실히 알 수는 없었지만 왠지 모르게 불안한 마음이 들었다. 하지만 지금으로선 생각할 수가 없다. 지금은 브랜디를 마시고 잠자리에 들 것이다.

하지만 분명 무언가, 아니 누군가가 빠졌다.

아……, 하지만 생각이 나질 않는다……. 어깨의 통증이 너무 심했다. 그녀는 손에 쥐어진 것을 마셨다.

편안하고 감미로운 타니오스 박사의 목소리가 들렸다.

"이제 괜찮으실 거예요."

그리고 아룬델은 눈을 감았다.

아룬델은 익숙한 소리, 부드럽고 약한 개 짖는 소리에 잠에서 깼다. 그리고 얼마 지나지 않아 완전히 정신이 들었다.

밥……, 버릇없는 밥! 밥은 현관문 밖에서 짖고 있었다. '밤새 집 밖에 나가 있어서 미안하다'는 의미로 낮은 소리로 계속 짖어 대고 있었다.

아룬델은 귀를 기울였다. 아, 그렇지, 좋았어. 미니가 밥을 집 안으로 들여보내기 위해 아래로 내려가는 소리가 들렸다. 삐걱 하고 현관문이 열리는 소리, 미니가 쓸데없이 책망하는 소리, "아유, 이

버르장머리 없는 개가……, 이 못된 것…….”하고 낮은 목소리로 중얼대는 소리가 들렸다. 식료품 저장실의 문이 열리는 소리가 들렸다. 밥의 잠자리는 식료품 테이블 아래였다.

그 순간, 에밀리는 사고가 나던 순간 무의식적으로 빠져 있다고 생각한 것이 무엇이었는지를 깨달았다. 바로 밥이었다. 계단에서 떨어지는 소리에 사람들이 달려 나오는 소리로 그렇게 소란스러웠다면 식료품실 안에서 시끄럽게 짖어댈 게 뻔한 일이었는데…….

사고 당시 그녀의 마음을 어지럽히던 것은 바로 그 부분이었다. 하지만 이제는 모든 것이 다 밝혀졌다. 지난밤에 밖으로 나갔던 밥이 뻔뻔스럽게도 유유히 놀다가 이제야 들어온 것이다. 때때로 밥은 이런 잘못을 저지르곤 했다. 물론 다시 집으로 돌아와 애처롭게 짖어대는 걸로 무마되곤 했다.

자, 그럼 그 부분은 해결됐고. 그런데 뭐지? 다른 무언가가 마음 한 구석에 걸렸다. 사고……, 바로 지난 밤의 사고와 관련된 무언가가.

아, 그래 누군가가, 찰스가 말했지, 밥이 계단 꼭대기에 올려놓은 공 때문에 미끄러진 거라고…….

그곳에 공이 있었다. 찰스가 손에 공을 들고 있었다.

머리가 지끈거리며 아파왔다. 어깨도 욱신거렸다. 사방에 멍이 든 몸이 쑤셨다.

하지만 그러한 육체적 고통 가운데서 정신은 더 맑아졌다. 더 이상 충격으로 인해 혼란스럽지 않았다. 모든 것이 또렷이 기억났다.

그녀는 어제 저녁 6시부터 일어난 모든 사건들을 되짚어 보았다.

모든 것들을 하나씩 차례차례 되짚어 보았다. 계단에 도착해 계단 아래로 굴러 떨어지는 그 순간까지…….

순간 공포와 전율이 그녀를 휘감았다.

분명……, 분명히 내가 잘못 안 걸 거야. 사건이 벌어진 다음에는 이상한 상상을 하기 마련이니까. 그녀는 발밑에 느껴지는 둥그렇고 미끄러운 공의 느낌을 기억하려 애썼다.

하지만 그런 느낌은 떠오르지가 않았다.

그 대신…….

"내가 신경이 예민해진 게지."

에밀리 아룬델은 혼자 중얼댔다.

"말도 안 되는 생각이야."

하지만 예리하고 날카로운 빅토리아 시대 사람의 이성은 잠시도 그런 생각을 허용하지 않았다. 빅토리아 시대 사람들은 어리석은 낙천주의 따위는 가지지 않았다. 쉽게 최악의 상황을 예상하는 게 보통이었다.

에밀리 아룬델 또한 최악의 상황을 예상하고 있었다.

아룬델 양, 편지를 쓰다

금요일이었다.

젊은 조카들은 이미 돌아간 후였다.

다들 원래 계획했던 대로 수요일에 리틀 그린 하우스를 떠났다. 한 명씩 그리고 다들 더 머물겠다고 했지만, 모두들 단호하게 거절 당하고 말았다. 아룬델은 '아주 조용히' 혼자 있고 싶다고 설명했다.

친척들이 떠난 지난 이틀 동안 에밀리 아룬델은 불안할 정도로 생각에 잠겨 있었다. 미니 로슨이 말을 걸어도 못 듣는 경우가 많았다. 그럴 때면 무뚝뚝하게 로슨을 쳐다보고는 처음부터 다시 시작하라고 지시하곤 했다.

"불쌍하셔라, 그때의 충격 때문이에요."

로슨은 언제나 그렇듯 주책없이 입을 놀려 한층 더 우울한 분위기를 조성했다.

"아무래도 예전과 같은 건강을 되찾기는 힘드실 것 같아요."

한편 그레이너 박사는 아룬델의 건강을 회복시키기 위해 최선을 다했다.

그레이너 박사는 아룬델에게 주말쯤이면 계단을 오르내릴 수 있으며 뼈가 부러지지 않아 다행이고, 최선을 다하는 의사에게 있어 그녀가 어떤 환자인지, 환자들이 다 그녀 같다면 당장 간판을 내려야 할지도 모르겠다는 등의 말을 했다.

에밀리 아룬델은 기분 좋게 그의 말을 받아쳤다. 아룬델과 늙은 그레이너 박사는 오랜 친구였다. 그레이너 박사가 먼저 살살 약을 올리면 아룬델은 맞받아쳤다. 그렇게 서로 투덕거리며 즐거운 시간을 보내곤 했다.

하지만 의사가 돌아간 지금, 아룬델은 얼굴을 잔뜩 찌푸린 채 생각에 잠겨, 선의에서 우러난 법석을 떠는 미니 로슨에게 건성으로 대꾸하고 있었다.

"가여운 우리 강아지."

로슨은 아룬델의 침대 밑에 깔린 러그를 잡아당기고 있는 밥에게 허리를 굽히며 조잘대고 있었다.

"우리 강아지가 제 주인에게 무슨 짓을 했는지 안다면 얼마나 마음이 아플까?"

순간 정신을 차린 아룬델은 날카롭게 쏘아붙였다.

"바보 같은 소리 하지 마, 미니. 영국인다운 정의감은 다 어쩐 거야? 이 나라의 국민들은 죄가 입증될 때까지는 무죄라는 거 몰라?"

"아, 하지만 다들 밥이 한 짓을 알고……."

에밀리가 다시 말을 낚아챘다.

"우린 아무 것도 몰라. 이제 좀 가만히 있어, 미니. 이리저리 법석만 떨어대지 말고. 환자가 있는 방에서는 어떻게 행동해야 되는지 모르나? 나가서 엘렌이나 불러와."

로슨은 아무 소리 못하고 슬그머니 밖으로 나갔다.

에밀리 아룬델은 약간의 자책감을 느끼며 그녀의 뒷모습을 바라보았다. 미니가 사람을 짜증스럽게 만들긴 하지만, 어쨌든 그녀 나름으로는 최선을 다하는 것인데.

아룬델은 다시 얼굴을 찌푸렸다.

영 기분이 좋지 않았다. 그녀는 어떤 상황이든 가만히 있는 걸 싫어하는 활발하고 강한 여자였다. 하지만 이런 상황에서는 어떤 행동을 취해야 할지 결정을 내릴 수가 없었다.

자신의 가족도, 사건에 대한 자신의 기억도 믿을 수가 없었다. 게다가 그녀가 털어놓고 이야기할 만한 사람은 한 명도, 정말이지 단 한 명도 없었다.

30분 후 미니 로슨은 쇠고기 수프를 들고 살금살금 방 안으로 걸어 들어와 눈을 감고 잠들어 있는 아룬델의 모습을 보고 우물쭈물하며 서 있었다. 그때 갑자기 에밀리 아룬델이 힘차게 두 단어를 내뱉는 바람에 로슨은 컵을 떨어뜨릴 뻔 했다.

"메리 폭스."

"박스라고요? 지금 박스를 달라고 하신 거예요?"

로슨이 물었다.

"자네 점점 귀머거리가 되어 가는군, 미니. 박스란 말은 하지도 않았어. 메리 폭스라고 했지. 작년에 첼튼햄에서 만난 여자야. 엑서터 성당에 수사로 있는 사람 여동생이지. 그 컵 이리 내. 컵받침에 흘렸잖아. 그리고 방 안으로 들어올 때 발끝으로 살금살금 걷지 좀 마. 그게 얼마나 짜증나는지 알아? 이제 아래층에 내려가서 런던 전화번호부 좀 가져다 줘."

"전화번호를 찾아다 드릴까요? 아니면 주소요?"

"내가 그걸 원한다면 그렇게 말했을 거야. 내가 시키는 것만 해. 전화번호부를 가져오고, 필기도구를 침대 옆에 갖다 놔 줘."

로슨은 지시에 따랐다.

모든 준비를 다 마치고 로슨이 방을 나가려 하자, 에밀리 아룬델은 생각지도 못한 말을 건넸다.

"자넨 정말 착하고 성실한 친구야, 미니. 내 말에는 신경 쓰지 마, 마음은 그렇지 않은데 말이 고약하게 나가는 거니까. 자넨 정말 나한테 참을성 있게 잘 해줬어."

방을 나서는 로슨의 얼굴은 발그스름해졌으며, 입에서는 두서없는 말이 튀어나왔다.

아룬델은 침대에 앉아 편지를 썼다. 천천히 그리고 주의 깊게, 생각을 하고 밑줄을 치며 써 나갔다. 학교에서 절대 종이를 낭비해서는 안 된다고 배웠기 때문에 편지지를 빡빡하게 채웠다. 마침내 만족스러운 한숨과 함께 서명을 하고 편지를 봉투에 넣고는 겉면에 이름을 썼다. 그리고 새 종이를 한 장 꺼냈다. 이번에는 대강 초안을 작성한 다음 다시 읽고 수정에 삭제를 거듭해 다른 종이에 옮겨 적었다. 다시 한 번 편지를 찬찬히 읽어 보고는, 자신이 의도하는 바가 충분히 표현되었음에 만족해하며 편지를 접어 봉투에 넣고 '하체스터, 퍼비스 퍼비스 찰스워스 앤드 퍼비스 변호사 사무소, 윌리엄 퍼비스 귀하'라고 적어 넣었다.

그녀는 첫 번째 편지 봉투, 에르퀼 푸아로라고 적힌 봉투를 다시 집어 들고는 전화번호부를 펼쳤다. 주소를 찾아 적어 넣을 참이었다.

잠시 후 문을 두드리는 소리가 났다.

아룬델은 막 주소를 적은 편지 봉투, 즉 에르퀼 푸아로에게 보내는 편지를 필기 도구함에 넣었다. 미니의 호기심을 자극하고 싶지 않았다. 미니는 꼬치꼬치 캐묻기를 좋아하는 여자였다.

아룬델은 "들어와."라고 대답하고는 안도의 한숨을 쉬며 베개에 기댔다.

이제 자신이 처한 상황을 해결하기 위한 첫 발걸음을 뗀 것이다.

에르퀼 푸아로, 편지를 받다

지금부터 내가 이야기할 이 사건은, 나 또한 한참 후에야 그 전말을 알게 된 것이었다. 하지만 아룬델 가 가족들에게 상세한 질문을 던져 본 결과 이번 사건을 정확히 기록할 수 있었다.

푸아로와 나는 아룬델 양으로부터 한 통의 편지를 받는 순간부터 이 사건에 빠져들게 되었다.

편지를 받은 그날이 아직도 기억에 생생하다. 6월의 막바지로 향해 가는 무덥고 바람 한 점 없는 아침이었다.

푸아로는 아침에 편지를 읽을 때면 항상 하는 버릇이 있다. 편지를 하나하나 세세하게 살펴본 다음 종이칼로 깔끔하게 봉투를 뜯는다. 봉투 안에 든 편지는 정독을 한 다음 초콜릿 주전자(푸아로는 아침 식사로 항상 핫 초콜릿을 마셨는데 정말이지 메스꺼운 습관이었다.) 뒤쪽에 놓여 있는 4개의 편지 더미 중 하나에 올려 둔다. 기계처럼 언제나 똑같이 반복되는 버릇이었다!

하지만 이번 사건은 적어도 그러한 리듬을 깨뜨릴 정도로 그의 관심을 사로잡는 것이었다.

나는 창가에 앉아 밖으로 지나다니는 차들을 내다보고 있었다. 최근 아르헨티나에서 돌아와 다시 한 번 왁자지껄한 런던의 거리를 바라보며 왠지 모를 흥분을 느끼는 중이었다.

나는 고개를 돌려 미소를 지으며 입을 열었다.

"푸아로, 보잘 것 없는 이 왓슨이 감히 추리 하나 해 보죠."

"앙샹테(환영하네), 친구. 그래, 뭔가?"

나는 거만한 자세를 취하며 대답했다.

"오늘 아침에 특별히 관심이 가는 편지 하나를 받았죠!"

"자네, 왓슨이 아니라 셜록 홈즈구만! 그래, 자네 말이 맞아."

나는 웃음을 터뜨렸다.

"거 봐요. 이미 당신 습관은 다 파악했다고요, 푸아로. 같은 편지를 두 번 읽는다는 것은 그 편지에 특별한 관심을 보인다는 걸 의미하죠."

"그럼 자네가 직접 읽어 보고 판단해 보게, 헤이스팅스."

내 친구 푸아로는 미소 띤 얼굴로 의문의 편지를 건네주었다.

별 생각 없이 편지를 받아든 나는 곧 살짝 인상을 찌푸리고 말았다. 지렁이가 기어가는 듯한 글씨가 두 장이나 이어지는 편지였다.

"제가 꼭 이걸 읽어야 합니까?"

나는 편지를 들고 투덜댔다.

"아, 그렇지 않아. 절대 강요는 하지 않지, 그럼."

"그냥 무슨 내용인지 알려주면 안 됩니까?"

"자네가 직접 판단을 내리길 바라네. 하지만 귀찮다면 굳이 읽지 않아도 돼."

"아니, 아니에요. 무슨 일인지 알고 싶어요."

그러자 내 친구는 건조한 말투로 내뱉었다.

"알아내기 힘들 걸세. 그 편지는 아무 것도 말해 주지 않으니까."

나는 그의 말이 과장이라고 생각하며 편지를 읽기 시작했다.

친애하는 푸아로 선생님께.

많은 고민과 망설임 끝에 이 편지를 쓰게 되었습니다. (마지막 단어가 지워져 있었고 편지는 계속 이어졌다.) 혹시 선생님께서 저의 지극히 사적인 문제를 도와주실 수 있을지도 모른다는 희망에 이 글을 씁니다.('지극히 사적인'이란 말에 세 번 밑줄이 그어져 있었다.) 사실 선생님의 명성은 익히 들어 알고 있었습니다. 엑서터의 폭스 양에게 선생님의 성함을 들은 적이 있습니다. 물론 폭스 양이 선생님을 개인적으로 아는 것은 아니지만 그녀 형부의 여동생(죄송하지만 이름은 기억이 나지 않습니다.)이 선생님의 친절함과 분별력을 높이 칭찬한다는 말을 하더군요.('높이'에 한 번 밑줄이 그어져 있었다.) 저는 물론 선생님이 그녀를 위해 조사해 주신 것과 같은 성질('성질'에 밑줄)의 문제를 부탁드리려는 것은 아닙니다. 폭스 양을 통해 아주 고통스럽고 은밀한 성질의 문제였다고 들었습니다.('고통스럽고 은밀한 성질

의 문제'에 진하게 밑줄)

지렁이가 기어가는 듯한 글씨들을 더 이상 읽기가 힘들었다.
"푸아로, 이걸 계속 읽어야 합니까? 도대체 본론은 언제 시작되는
거예요?"
"계속 읽어 보게나, 친구. 인내심을 가져."
"인내심이라고요!"
나는 투덜댔다.
"완전 잉크병에 빠졌던 지렁이가 종이 위에서 꿈틀거리면서 돌아다
닌 꼴이라고요! 나이 많으신 우리 메리 고모님 글씨랑 판박이네요!"
나는 다시 한 번, 편지를 읽기 시작했다.

  현재 제가 처해 있는 곤란한 상황을 어쩌면 선생님께서 조사해 주
실 수 있겠다는 생각이 들었습니다. 곧 알게 되시겠지만 이 문제는 극
도의 신중함을 요하는 것이며, 완전한 착각이기를 제가 얼마나 바라
고 있는지는 굳이 말할 필요도 없을 겁니다.('바라고'에 밑줄) 사람들
은 때로 별것 아닌 일에 지나친 의미를 부여하기도 하니까요.

"어? 내가 한 장을 빠뜨렸나?"
내가 약간 당황한 마음에 중얼거리자 푸아로가 껄껄 웃으며 말했다.
"아니야, 아닐세."
"앞뒤가 전혀 안 맞잖아요. 도대체 무슨 말을 하려는 거죠?"

"콩티뉘에 투주르(어쨌든 계속 읽어 봐)."

곧 아시겠지만 이 문제는……('아니, 뭔가 빠졌어. 아, 여기 있다.') 제가 처한 상황에서 도움을 주실 수 있는 분은 선생님밖에 없을 겁니다. 마켓 베이싱(나는 편지의 겉봉투를 흘끗 바라보았다. '버크스, 마켓 베이싱, 리틀 그린 하우스'라고 씌어 있었다.)의 사람 누구와도 의논할 수가 없으며, 선생님 또한 제 불안감을 자연스럽게 이해하게 되실 겁니다.('불안감'에 밑줄) 지난 며칠간, 저는 쓸데없는 공상에 빠져 있는 제 자신을 질책해 봤지만('공상'에 세 번 밑줄이 그어져 있었다.) 점점 더 불안한 마음만 더해 가더군요. 결국 별것 아닌 사소한('사소한'에 두 번 밑줄) 문제를 제가 지나치게 부풀려 생각하고 있는지도 모르지만, 그래도 불안한 마음이 사라지질 않습니다. 이것이 해결되어야만 제 마음이 편해질 거라고 생각합니다. 이 문제로 마음이 괴롭고 건강에 악영향을 받고 있는데, 아무에게도 이야기할 수가 없어 매우 곤란한 상황에 처해 있습니다.('아무에게도'에 진하게 밑줄) 물론 현명하신 선생님께서는 이 모든 일이 한 여자의 쓸데없는 호들갑이라고 여기실 수도 있겠죠. 어쩌면 아무런 일이 아닐 수도 있습니다.('아무런'에 밑줄) 사소해 보이긴 하지만 '개의 공' 사건이 일어난 이후로는 의심과 불안감이 급격히 늘어났습니다. 때문에 선생님의 견해와 조언을 나누어 주셨으면 합니다. 그렇게만 해 주신다면 제 마음의 짐이 훨씬 가벼워질 겁니다. 선생님의 수임료가 어느 정도인지, 그리고 이 문제에 대해 제게 어떤 조언을 해 주실 수 있는지 알려 주시겠습니까?

다시 한 번, 이곳 사람들은 아무것도 모른다는 사실을 강조해 드려야겠군요. 아주 사소하고 중요하지 않은 문제인 줄은 알지만, 제 건강 상태가 그리 좋지 못한데다 제 신경('신경'에 세 번 밑줄)도 예전 같지 않습니다. 따라서 이런 종류의 걱정거리를 안고 있는 것이 제게는 매우 괴로운 일입니다. 게다가 생각해 볼수록 제 느낌이 옳으며 쓸데없는 망상이 아니라는 확신이 듭니다. 물론 다른 그 누구(밑줄)에게도 말할(밑줄) 엄두는 내지 못했습니다.

조속한 시일 내에 선생님의 조언을 받을 수 있길 바랍니다.

친애하는 에밀리 아룬델

나는 다시 한 번 편지를 한 장씩 세세히 살펴보았다.

"푸아로."

나는 의아한 마음에 입을 열었다.

"도대체 이게 다 뭡니까?"

내 친구는 어깨를 으쓱하며 말했다.

"뭐가 말인가?"

"이상한 여자예요! 왜 아룬델 부인이라든가 아룬델 양이라고 쓰지 않은 걸까요?"

"아룬델 양 같아, 내 생각에는. 전형적인 미혼 여성의 글이지."

"네, 정말이지 까다로운 노처녀군요. 왜 자신이 하려는 말을 솔직하게 털어놓지 않았을까요?"

푸아로가 한숨을 쉬었다.

"자네가 말했듯이 심리 작용에는 질서와 체계를 적용하는 것도, 적용하지 않는 것도 후회할 만한 실수로 이어질 수 있으니까, 헤이스팅스……."

나는 망설이며 끼어들었다.

"그건 그렇군요. 이 사람에게는 회색 뇌세포가 조금도 존재하지 않았던 거군요."

"그렇게는 말하지 않았네, 친구."

"전 그렇게 생각해요. 그렇지 않다면 도대체 왜 편지를 이딴 식으로 썼겠어요?"

"그래, 어쩌면 아주 조금만 있었던 게지."

푸아로가 마침내 인정했다.

"이 편지는 길고 장황하기만 하지 아무런 내용도 없어요. 어쩌면 퉁퉁한 애완용 강아지나 천식에 걸린, 혹은 쨍쨍거리는 발바리 때문에 화가 났는지도 모르죠!"

나는 궁금한 마음에 친구를 바라보았다.

"그런데 당신은 이 편지를 두 번이나 읽었죠. 이해가 안 되는데요, 푸아로."

푸아로가 빙그레 미소를 지었다.

"헤이스팅스 자네라면 이 편지는 쓰레기통으로 직통이었겠지?"

"저라면 그랬을 것 같군요."

나는 편지를 내려다보며 인상을 찌푸렸다.

"내가 좀 둔한 편이긴 하지만, 아무리 봐도 이 편지에 흥미로운 점이라곤 발견할 수가 없어요!"

"하지만 이 편지에서 한 가지 부분이 아주 흥미롭지. 아주 흥미로워서 보는 즉시 날 사로잡았다네."

"잠깐만요."

난 재빨리 소리쳤다.

"말하지 말아요. 한 번 직접 찾아볼게요."

아마도 내 안의 유치한 승부욕이 드러났던 모양이다. 나는 그 편지를 아주 철저히 검토해 보았다. 하지만 결국엔 고개를 젓고 말았다.

"후, 아무래도 모르겠어요. 이 노부인이 무엇엔가 놀란 건 확실하지만, 노부인들은 가끔씩 그러잖아요! 아무 것도 아닐 수도 있고 뭔가 있는 것일 수도 있지만, 당신이 말한 흥미로운 점은 안 보이는데요. 어쩌면 당신이 본능적으로……."

푸아로는 내 말에 반박하며 손을 들었다.

"본능? 자네 내가 그 말을 얼마나 싫어하는지 알지 않은가. 자네 말은 '뭔가 있는 것 같아.' 이런 뜻이지? 자메 들라비(절대)! 나는 추측이 아니라 논리적으로 생각을 해. 내 회색 뇌세포를 이용하는 거야. 이 편지에는 자네가 완전히 놓쳐 버린 흥미로운 점이 한 가지 있다네, 헤이스팅스."

"아, 그렇다면 그 말을 믿어 보도록 하죠."

나는 따분하다는 듯 대꾸했다.

"믿는다고? 뭘?"

"그냥 표현일 뿐입니다. 내가 바보처럼 이해하지 못하는 부분을 당신이 직접 설명하도록 하는 즐거움을 허락하겠다는 뜻이죠."

"자네는 바보가 아니야, 헤이스팅스. 단지 관찰력이 부족한 거지."

"좋아요, 빨리 말해 주시죠. 도대체 흥미로운 점이란 게 뭡니까? '개의 공' 사건 같은 것은 전혀 흥미로운 점이 아니라고 생각하는데요!"

푸아로는 삐딱하게 반응하는 나를 무시하고 조용히 침착하게 입을 열었다.

"흥미로운 점은 바로 날짜일세."

"날짜요?"

나는 편지를 집어 들었다. 편지의 제일 위쪽 왼쪽 모서리에는 4월 17일이라고 적혀 있었다.

나는 천천히 입을 열었다.

"네, 이상하네요. 4월 17일이라니."

"그리고 오늘은 6월 28일이지. 쎄 퀴리유, 네스파(정말 이상하지, 안 그래)? 벌써 두 달 전의 편지라고."

나는 의심스러운 표정으로 고개를 저었다.

"어쩌면 아무 것도 아닐 수 있어요. 실수일 수 있죠. 6월이라고 쓰려다가 잘못해서 4월이라고 썼을 겁니다."

"그렇다고 해도 10일이나 11일 전에 쓰인 편지지. 게다가 자네의 말은 틀렸네. 잉크의 색을 보면 편지는 적어도 10일이나 11일 보다 훨씬 전에 쓰였어. 아니, 4월 17일에 쓰인 것이 분명해. 그런데 왜 이 편지를 그동안 보내지 않았던 걸까?"

나는 어깨를 으쓱했다.

"그야 간단하죠. 깐깐하신 노부인께서 마음이 변한거죠."

"그렇다면 왜 이 편지를 버리지 않았을까? 왜 2달이 넘도록 가지고 있다가 이제야 보낸 걸까?"

점점 더 대답하기가 힘들었다. 만족스러운 답변이 떠오르지 않았다. 난 아무 말도 못한 채 머리만 흔들었다.

푸아로가 고개를 끄덕였다.

"자네도 알겠지? 바로 이거야! 분명히 아주 흥미로운 점이라고."

"답장을 쓸 건가요?"

"위, 몬 아미(그렇다네, 친구)."

방 안에는 푸아로의 펜이 종이 위를 사각거리며 움직이는 소리만이 울려 퍼졌다. 무덥고 바람 한 점 없는 아침이었다. 창문으로는 먼지와 타르 냄새가 밀려 왔다.

푸아로는 다 쓴 편지를 손에 들고 의자에서 일어났다. 그리고 서랍을 열고는 작고 네모난 상자를 꺼내 그 안에서 우표를 집어 들었다. 편지에 붙이기 위해 작은 스펀지로 우표를 적셨다.

그러더니 갑자기 손에 우표를 든 채 멈춰서서는 힘차게 머리를 흔들며 외쳤다.

"농(아니야)! 이게 아니야."

푸아로는 편지를 찢어 쓰레기통에 집어 던졌다.

"이래서는 문제를 해결할 수 없어! 직접 가세, 친구."

"마켓 베이싱으로 가자는 말입니까?"

"그렇지. 안 될 게 뭐 있겠나? 오늘 같은 날 런던에 있다가는 질식하고 말걸세. 시골 공기를 쐬는 것도 좋겠지?"

"뭐, 그렇게 말씀하신다면야……. 내 자동차를 몰고 갈까요?"

나는 중고 오스틴을 한 대 장만한 터였다.

"좋아, 자동차 타기에는 아주 좋은 날이지. 목도리는 필요 없을 거야. 가벼운 외투에 실크 스카프면……."

"푸아로, 우린 북극에 가는 게 아니라고요!"

나는 그의 말에 이의를 제기했다.

"감기에 걸리지 않도록 조심해야지."

푸아로는 훈계하듯 받아쳤다.

"오늘 같은 날씨에요?"

내 항의를 무시한 채 푸아로는 옅은 황갈색 외투를 입고 흰색 실크 손수건을 목에 둘렀다. 젖은 우표는 마르도록 압지 위에 조심스럽게 얹어 놓은 채, 우리는 방을 나섰다.

리틀 그린 하우스에 가다

외투에 스카프까지 두른 푸아로가 어떤 기분이었는지는 몰라도, 나는 런던을 빠져나오기도 전에 열기에 온몸이 타들어가는 듯 했다. 오늘처럼 뜨거운 여름날, 교통체증으로 인해 도로 한가운데 발이 묶인 오픈카는 상쾌함과는 거리가 멀었다.

하지만 런던을 빠져나와 그레이트 웨스트 도로에 들어서면서 기분이 점차 들뜨기 시작했다.

마켓 베이싱까지는 한 시간 반 정도 거리였고, 12시쯤이면 그 작은 마을에 도착할 터였다. 원래는 주도로에 위치하고 있었지만, 지금은 현대적인 우회도로 때문에 주도로에서 북쪽으로 약 5킬로미터는 더 밀려 들어간 셈이 되었으며 그 결과 마을은 고풍스러운 위엄과 고요함을 간직할 수 있었다. 마을 가운데로 난 한 개의 넓은 거리와 커다란 마켓 광장은 이렇게 말하는 듯 했다.

'나는 한때 중요한 장소였고, 분별력과 혈통 있는 사람에게는 여전히 그러한 곳이야. 신속하고 현대적인 세계는 새로운 도로를 따라 달려가게 내버려 둬. 나는 아름다움과 결속력이 더불어 존재하던 시절에 지어졌다고.'

커다란 광장 한가운데는 주차장이 있었지만, 차는 몇 대 없었다. 나는 적당한 곳에 오스틴을 주차했고, 푸아로는 치렁치렁한 옷가지들을 벗어던지고는 콧수염이 잘 대칭을 이루어 정돈되어 있는지 살폈다. 그리고 우리는 리틀 그린 하우스를 향해 발걸음을 옮겼다.

길거리를 걸으며 질문을 던진 그 누구에게도 "죄송하지만, 저도 여기는 처음입니다."라는 흔한 답변은 들을 수가 없었다. 마켓 베이싱에 외지인이라곤 한 명도 없는 듯했다. 정말 그런 분위기였다. 게다가 푸아로와 나(그리고 특히 푸아로)는 벌써 마을에서 주목받는 존재가 된 듯했다. 전통을 간직한 영국 시골 마을의 온화한 분위기에서 우리는 튀는 존재였던 것이다.

"리틀 그린 하우스요?"

건장하고 눈이 부리부리한 남자가 우리를 유심히 쳐다보며 대답했다.

"하이 로(路)를 따라 쭉 가면 쉽게 찾으실 겁니다. 왼쪽으로 보일 거예요. 정문에 이름은 따로 붙어 있지 않지만, 은행을 지난 다음 처음으로 보이는 커다란 집입니다."

남자는 다시 한 번 덧붙였다.

"쉽게 찾으실 수 있을 겁니다."

우리가 다시 길을 나설 때에도 남자의 눈은 계속 뒤꽁무니를 따라왔다.

　난 투덜댔다.

　"세상에, 이 마을 분위기 때문에 내가 엄청나게 이목을 끄는 것 같은데요. 게다가 푸아로, 당신은 정말 외국 사람 같아 보여요."

　"내가 외국인인 걸 사람들이 알아차렸다고 생각하나? 정말 그런 거야?"

　"누가 봐도 금방 알 수 있을걸요."

　나는 확신에 찬 말투로 대답했다.

　"그래도 이 옷은 영국인 재단사가 만든 거라고."

　푸아로는 생각에 잠긴 채 대답했다.

　"옷뿐만이 아니에요, 푸아로. 당신이 사람들의 이목을 끄는 개성을 지니고 있는 건 부정할 수 없는 사실인 걸요. 그런 점 때문에 업무 수행에 방해가 되는 건 아닌지 가끔씩 궁금했다니까요."

　푸아로는 한숨을 쉬었다.

　"자네 머릿속에는 탐정이란 가짜 수염을 달고 기둥 뒤에 숨어 다녀야 한다는 잘못된 생각이 박혀 있어서 그런 거야! 가짜 수염, 그건 비유 쥬(구식이야). 그리고 몰래 숨는 것은 저급한 탐정들이나 하는 일이라고. 나 에르퀼 푸아로는 말일세, 의자에 앉아 머리만 쓰면 돼."

　"그래서 우리가 이 끔찍하게 무더운 아침에, 또한 끔찍하게 무더운 거리를 걷고 있는 거군요."

"아주 재치 있는 대답이군, 헤이스팅스. 이번만은 자네의 승리를 인정하도록 하지."

우린 쉽게 리틀 그린 하우스를 발견했지만, 충격적인 일이 우리를 기다리고 있었다. 정문 앞에 부동산 중개인의 공고가 붙어 있었던 것이다.

멍하니 공고를 바라보고 있을 때, 개 짖는 소리가 들려 왔다.

성긴 덤불 사이로 개 한 마리가 보였다. 곱슬곱슬한 털을 가진 테리어로, 코트를 입은 듯 털이 무성했다. 개는 발을 넓게 벌리고 몸은 한 쪽으로 약간 기울인 채 당당하게 즐기듯 짖어대고 있었다.

'나 훌륭한 감시견이죠? 신경 쓰지 말아요, 이게 나의 즐거움이니까! 물론 나의 임무이기도 하죠. 이곳에 개가 있다는 사실을 사람들에게 알려 줘야 하거든요. 정말 지루한 아침이죠? 해야 할 일이 있다는 게 얼마나 축복받은 일인지 몰라요. 이리로 들어오실래요? 들어오세요. 정말 끔찍하게 지루해요. 조금 더 이야기를 나누고 싶다고요.'라고 말하는 듯 했다.

"안녕, 친구."

난 손을 내밀며 인사를 건넸다.

개는 울타리 사이로 목을 내밀어 의심스러운 듯 킁킁 냄새를 맡고는, 꼬리를 살랑거리며 짧게 짖었다.

'격식을 차린 소개는 아니지만 계속해요! 당신은 나랑 친해지는 법을 잘 알고 있군요.'

"착하지."

내가 말하자 테리어는 기분이 좋은 듯 짖었다.

"그럼, 푸아로?"

나는 테리어와의 대화를 끝내고 친구를 돌아보았다.

그는 이상한 표정을 짓고 있었다. 나로서는 도대체 어떤 의미인지 짐작할 수가 없었다. '신중하게 억누른 흥분'이 그나마 가장 근접한 설명인 듯 했다.

"'개의 공' 사건, 적어도 그 주인공 개는 만난 셈이군."

푸아로가 중얼거렸다.

"멍멍!"

새로운 친구를 발견한 테리어는 땅바닥에 앉아 입이 찢어져라 하품을 하고는, 기대에 찬 눈으로 우리를 바라보았다.

"이젠 어떻게 하죠?"

푸아로에게 물었다.

테리어 또한 같은 질문을 하는 듯 했다.

"파르블뢰(물론), 가야지. 부동산 중개소에……. 그러니까 게이블러 앤드 스트레처 부동산 중개소로 말이야."

"공고를 보니 그래야 하겠네요."

나는 푸아로의 말에 고개를 끄덕였다.

우리는 다시 발걸음을 돌렸고, 우리의 친구 테리어는 화가 난 듯 등 뒤에서 짖어댔다.

게이블러 앤드 스트레처 부동산 중개소는 마켓 광장에 위치해 있었다. 어두컴컴한 사무실로 들어가자 정신이 산만해 보이고 흐리멍

텅한 눈을 한 젊은 여자가 우리를 맞이했다.

"안녕하십니까."

푸아로가 정중하게 인사를 건넸다. 통화 중이던 여자는 의자를 하나 가리켰고 푸아로는 그 의자에 앉았다. 나는 다른 의자를 찾아 푸아로 옆으로 가져갔다.

"확실하게 말씀드릴 수가 없어요."

젊은 여자는 멍한 목소리로 말했다.

"아니요, 저는 시세가 어떻게 될지는 모르겠어요……. 네? 아, 수도 본관이요. 제 생각에는…… 하지만 물론 확실하지가 않아요. 정말 죄송합니다. 저는…… 아니요, 지금 자리에 안 계세요. 아니요, 그렇지는……. 네, 물론입니다. 그렇게 전해 드리죠, 네……. 8135요? 아무래도 제가 잘못 들은 것 같은데요. 네……, 8935……, 39……, 아, 5135. 네, 전화 드리라고 전해 드릴게요. 6시 이후에. 아, 죄송합니다, 6시 전에……. 전화 주셔서 감사합니다."

여자는 수화기를 내려놓고 종이 위에 5319라고 휘갈겨 쓰고는 약간 호기심에 찬 얼굴로, 하지만 무관심한 눈으로 푸아로를 바라보았다.

푸아로가 먼저 활기차게 입을 열었다.

"이 마을 외곽에 팔려고 내놓은 집이 있다고 들었습니다, 리틀 그린 하우스라고요."

"네?"

"세를 놓거나 팔려고 내놓은 집 말입니다."

푸아로는 천천히 또박또박 말했다.

"리틀 그린 하우스요."

"아, 리틀 그린 하우스……."

젊은 여자의 대답은 흐지부지했다.

"지금 리틀 그린 하우스라고 하셨어요?"

"네, 그렇게 말했습니다."

"리틀 그린 하우스."

젊은 여자는 생각해 내려고 애쓰며 말했다.

"아, 게이블러 씨라면 알고 계실 거예요."

"게이블러 씨를 만나 뵐 수 있을까요?"

"지금 외출 중이세요."

젊은 여자는 '그러니 저에게 말씀하시죠.'라는 태도로 희미한 만족감을 드러냈다.

"언제쯤 돌아오십니까?"

"확실히는 말씀드릴 수가 없어요."

"아가씨도 아시겠지만, 저는 이 근방에서 집을 한 채 구하고 있습니다."

"아, 네."

젊은 여자는 관심 없다는 듯 무성의하게 대꾸했다.

"그리고 리틀 그린 하우스가 바로 제가 찾던 집 같습니다. 명세서 좀 볼 수 있을까요?"

"명세서요?"

젊은 여자는 놀란 듯 보였다.

"리틀 그린 하우스의 명세서 말입니다."

여자는 내키지 않는다는 듯 서랍을 열어 어수선하게 쌓여 있는 종이 한 무더기를 꺼냈다.

그러고는 누군가를 불렀다.

"존."

그러자 사무실 한 귀퉁이에 앉아 있던 호리호리한 젊은이가 고개를 들었다.

"네."

"명세서……, 그러니까 어디라고 하셨죠?"

"리틀 그린 하우스."

푸아로가 또박또박 말했다.

"여기 리틀 그린 하우스 명세서가 있네요."

내가 벽을 가리키며 말하자 여자는 쌀쌀맞게 날 바라보았다. 2대 1은 불공평하다고 생각했는지 지원군을 불렀다.

"리틀 그린 하우스에 대해서는 아무 것도 모르지, 존?"

"모릅니다. 서류를 찾아봐야 할 거예요."

"죄송합니다. 명세서는 전부 나간 것 같네요."

젊은 여자는 전혀 미안하지 않은 표정으로 말했다.

"쎄 도마주."

"네?"

"유감입니다."

"헤멜에 멋진 방갈로가 있는 집이 있어요. 침실 두 개에 거실 하나가 있죠."

여자는 무성의하게, 하지만 고용주에 대한 의무를 다하려는 듯 말을 이어나갔다.

"고맙지만 됐습니다."

"그리고 작은 온실이 딸려 있는 두 채가 연결된 집도 있어요. 그 집 명세서는 보여 드릴 수 있어요."

"고맙지만 사양하겠습니다. 리틀 그린 하우스의 세는 얼마에 놓을 것인지가 알고 싶군요."

"그건 세놓을 집이 아니에요."

여자는 상대방을 눌러 버리는 데서 즐거움을 얻는지, 리틀 그린 하우스에 대해서는 완전히 무시하는 태도로 일관했다.

"팔려고 내놓은 거예요."

"공고에는 '세놓거나 팔 집'이라고 적혀 있던데요."

"공고는 잘 모르겠고, 어쨌든 팔려고 내놓은 집입니다."

그 순간 요란하게 문이 열리며 회색 머리카락을 한 중년의 남자한 명이 사무실 안으로 성큼성큼 들어섰다. 남자의 매서운 눈이 번뜩이며 우리를 훑고 지나갔다. 치켜 올라간 눈썹은 직원에게 무슨 일이냐고 묻는 듯 했다.

"이분이 게이블러 씨에요."

젊은 여자가 말했다.

게이블러는 과장스런 몸짓으로 개인 사무실의 문을 열었다.

"이리로 들어오시지요."

우리를 사무실 안으로 안내해 커다란 몸짓으로 의자에 앉으라고 권하고는 납작한 책상 뒤로 가 우리를 마주보고 앉았다.

"그러면 무얼 도와 드릴까요?"

푸아로는 끈기 있게 다시 시작했다.

"리틀 그린 하우스에 대한 명세서를 좀 봤으면 합니다만……."

게이블러가 끼어드는 바람에 푸아로는 더 이상 말을 이을 수가 없었다.

"아! 리틀 그린 하우스요, 굉장한 곳이죠! 정말 싸게 나온 곳입니다. 막 매물로 나왔죠. 이거 하나는 자신 있게 말씀드릴 수 있는 게, 그렇게 기품 있는 집이 그 가격에 나오는 일은 정말 드물죠. 훌륭하고 완벽한 아름다움을 갖춘 집입니다. 요즘 사람들은 날림으로 지은 집들에 질려 버려서 다들 견고한 집을 원합니다. 튼튼하고 믿음직스러운 집을 원하죠. 훌륭한 토지에 개성, 감각, 조지 왕조풍의 건물. 바로 이런 걸 원하죠, 시대의 특징을 갖춘 집 말입니다. 제 말 무슨 뜻인지 아시겠죠? 아, 리틀 그린 하우스도 금방 팔려 나갈 겁니다. 사람들이 잽싸게 달려들고 있으니까요. 지난 주 토요일에도 하원 의원님 한 분이 집을 보러 왔었죠. 너무 마음에 드신다며 이번 주 주말에 다시 한 번 내려오겠다고 하셨습니다. 그리고 주식 거래를 하는 한 신사분도 그 집을 보러 오셨었죠. 요즘에는 다들 시골의 고요함을 원하기 때문에, 주 도로에서 멀리 떨어져 있는 곳을 선호

합니다. 고요함뿐만이 아니라 기품 또한 필요하지요. 바로 리틀 그린 하우스가 그렇습니다. 품위! 과거에는 신사분들을 위한 집을 제대로 지을 줄 알았죠. 그러니 서두르시는 게 좋을 겁니다, 금방 팔려 나갈 테니까요."

게이블러(수다쟁이라는 뜻이 있음—옮긴이). 딱 이름에 걸맞는 행동을 하는 게이블러는 잠시 숨을 고르기 위해 말을 멈추었다.

"혹시 지난 몇 년간 주인이 자주 바뀌었습니까?"

푸아로가 물었다.

"전혀요, 50년이 넘도록 한 가족이 살았는걸요. 아룬델 가입니다. 이 마을에서는 아주 존경 받는 가문이죠. 깐깐한 숙녀분들이세요."

그는 자리에서 벌떡 일어나더니 문을 열고는 소리쳤다.

"젠킨스 양, 리틀 그린 하우스의 명세서 좀 가져와, 지금 당장."

그러고는 다시 제자리에 가 앉았다.

"저는 런던에서 딱 이만큼 떨어져 있는 곳에 집을 구하고 싶습니다. 시골이지만, 외딴 시골은 아닌 곳에요. 제 말이 무슨 뜻이지 아시겠죠?"

푸아로가 말했다.

"그럼요, 물론입니다. 그런 곳은 흔치 않죠. 우선 하인들이 그런 곳을 원치 않으니까요. 여기는 시골만의 장점을 맘껏 누릴 수 있으면서도 시골의 단점은 전혀 없는 곳입니다."

그때 젠킨스 양이 타이프로 친 종이 한 장을 들고 와 고용주 앞에 놓자, 게이블러는 고갯짓으로 나가 보라는 시늉을 했다.

"자, 여기 있습니다."

숙련된 듯 신속하게 읽어 나갔다.

"명성이 자자한 조지 왕조풍의 저택. 4개의 응접실, 여덟 개의 침실과 옷장, 가사실, 널찍한 주방, 넓은 별채, 마구간 등. 수도 본관, 유럽식 정원, 저렴한 유지비. 모두 1만 2000제곱미터에 달하는 대지, 두 개의 정자 등등. 가격은 2830파운드 또는 협상 가능."

"제가 그 집을 한번 둘러봐도 될까요?"

"그럼요, 물론입니다."

게이블러 씨는 요란스러운 몸짓으로 글을 써 내려가기 시작했다.

"성함과 주소는 어떻게 되시죠?"

놀랍게도 푸아로는 파로티라는 이름을 댔다.

"저희 사무실에 올라와 있는 매물 중에 선생님이 관심을 가질 만한 것이 한두 개 더 있습니다."

게이블러는 계속 말을 이어나갔다.

푸아로는 그가 두어 마디를 더 하도록 내버려 둔 다음에 질문을 던졌다.

"리틀 그린 하우스는 언제든 볼 수 있는 겁니까?"

"물론입니다, 선생님. 현재 그 집에 거주하고 있는 하인들이 있으니까요. 제가 미리 전화를 해둘 수도 있습니다. 지금 바로 가시겠습니까? 아니면 점심 식사를 하신 후에 가시겠습니까?"

"점심 식사 후에 가는 게 낫겠군요."

"그렇죠, 그렇죠. 그럼 제가 전화를 걸어 선생님께서 한 2시쯤 방문한다고 말해 둘까요? 그때쯤 괜찮으시겠어요?"

"예, 고맙습니다. 그런데 그 집의 소유주가 아룬델 양이라고 하셨
나요? 그렇게 말씀하셨죠?"

"로슨, 로슨 양입니다, 현재의 소유주는요. 아룬델 양은 안타깝게
도 얼마 전에 돌아가셨습니다. 그래서 그 집이 매물로 나오게 된 거
죠. 분명 선생님께서 차지하시게 될 겁니다, 틀림없습니다. 선생님
과 제 사이니까 말씀드리는 건데, 선생님께서 결정만 내리신다면
제가 신속하게 처리해 드리죠. 아까도 말씀드렸듯이 이미 두 신사
분께서도 그 집을 보셨기 때문에 두 분 중 한 분은 머지않아 집을
계약하려 할 게 뻔합니다. 두 분 모두 다른 사람들이 그 집을 구매
하려 한다는 사실을 알고 있으니까요. 알다시피 경쟁심은 사람들을
자극하지 않습니까, 하하! 선생님께서 실망하실 일이 일어나지 않
았으면 좋겠습니다."

"로슨 양이 빨리 그 집을 팔고 싶어 하는 모양이로군요."

게이블러는 목소리를 낮추며 확신에 찬 듯 말했다..

"그렇죠. 그 집은 혼자 사는 중년 여성에게는 너무 벅차요. 로슨
양은 빨리 그 집을 팔고 런던으로 가 살고 싶어 합니다. 충분히 이
해할 수 있는 일이죠. 덕분에 그 집이 말도 안 되게 저렴한 가격으
로 나온 겁니다."

"로슨 양이 제가 흥정을 해도 받아들일까요?"

"그것도 좋은 생각입니다. 원하는 가격을 제시하고 이야기를 잘
진행시켜 보세요. 아까 제시한 가격과 비슷하게 맞춰볼 수 있을 겁

니다. 정말 말도 안 되는 가격이죠! 요즘에 그런 집을 지으려면 부동산과 임계지(臨界地)를 제외하고도 6000파운드는 드니까요."

"아룬델 양은 갑자기 돌아가신 모양이로군요. 그렇죠?"

"아, 그렇게는 말할 수 없죠. 워낙 고령이었으니까요. 일흔이 훌쩍 넘은 나이셨습니다. 게다가 오랫동안 건강도 좋지 않으셨죠. 형제분들이 다 돌아가시고 마지막으로 남아 계셨는데. 혹시 아룬델 가에 대해 뭔가 알고 계십니까?"

"이 지방에 사는 똑같은 성을 가진 사람들을 몇 명 알고 있습니다. 같은 가문이 아닐까 생각했죠."

"그럴 가능성이 높죠, 네 명의 자매들이 있었으니까요. 한 명은 비교적 늦게 결혼을 해서 떠났고, 나머지 세 명은 이곳에서 살았습니다. 깐깐한 숙녀 분들이셨죠. 에밀리 양은 그중에서도 마지막으로 돌아가신 겁니다. 이 마을에서는 아주 높은 존경을 받았죠."

그는 몸을 앞으로 숙이더니 푸아로에게 명세서들을 건네며 덧붙였다.

"다시 한 번 들러서 선생님 생각을 꼭 들려 주십시오. 물론 구식이라 여기 저기 조금 손볼 데가 있겠지만 그것만 제외하면 완벽한 집입니다. 제가 항상 하는 말이지만 욕실이 한 개거나 두 개거나 무슨 상관이랍니까? 쉽게 해결할 수 있는 문제지요."

우리는 사무실을 떠나면서 젠킨스 양이 멍한 목소리로 말하는 것을 들었다.

"새뮤얼 부인께서 5391번으로 전화 달라고 하셨어요."

내가 기억하는 한 그것은 젠킨스 양이 종이 위에 휘갈겨 쓴 번호
도, 전화 통화할 때 말한 번호도 아니었다.

아무래도 리틀 그린 하우스의 명세서를 찾아내게 만든 데 대한
복수인 것 같았다.

조지 여관에서의 점심 식사

마켓 광장으로 들어서면서 게이블러는 정말 그 이름에 걸맞는 사람이라고 이야기하자, 푸아로는 씩 웃으며 내 말에 동의했다.

"당신이 다시 찾지 않으면 실망할 겁니다. 마치 당신이 이미 그 집을 구매한 것처럼 굴더군요."

"정말 그렇더군. 뭔가 꿍꿍이가 있는 것 같아."

"런던으로 돌아가기 전에 점심 식사나 하죠. 아니면 돌아가는 길에 좀 더 그럴싸한 식당을 찾아볼까요?"

"이봐, 헤이스팅스. 난 그렇게 빨리 마켓 베이싱을 떠날 생각이 아니라네. 아직 여기에 온 목적을 달성하지 못했잖나."

나는 푸아로를 뚫어지게 쳐다봤다.

"그게 무슨…… . 하지만 푸아로, 이제 끝이라고요. 그 노부인은 이미 돌아가셨잖습니까."

"그렇지."

뭔가 의미심장한 말투에 난 그를 한층 더 뚫어지게 바라보았다. 그 앞뒤가 안 맞는 편지에 대해 뭔가 생각하고 있는 게 분명했다.

나는 부드럽게 말했다.

"하지만 이미 아룬델 양이 돌아가셨다면, 이제와 무슨 소용이 있겠어요? 아룬델 양은 이제 아무런 이야기도 해 줄 수 없잖아요. 문제가 뭐였든 이젠 다 끝난 거라고요."

"자넨 정말 가볍고 뭐든 쉽게 잊어버리는군! 다시 말하지만 이 에르퀼 푸아로가 그 문제에 관심을 끈 순간에서야 그 문제가 끝나는 걸세!"

나는 그동안의 경험으로 푸아로와 논쟁을 벌이는 것이 얼마나 부질없는 짓인지를 깨달았어야 했다. 하지만 나는 경솔하게도 계속 고집을 피웠다.

"하지만 이미 돌아가셨으니까……."

"그래, 헤이스팅스. 그래, 그래, 그렇지……. 자네는 정말 중요한 요점을 아무 생각 없이, 그 중요성도 무시한 채 되풀이하는군. 그게 얼마나 중요한지 모르겠나? 아룬델 양이 죽었다고."

"하지만 푸아로, 그녀의 죽음은 자연의 섭리고 지극히 평범한 것이라고요! 뭔가 수상한 점이나 의문점도 전혀 없고요. 게이블러가 하는 말 들었잖아요."

"리틀 그린 하우스가 2850파운드에 매물로 나왔다는 이야기는 들었지. 자넨 그 사람 말을 곧이곧대로 믿는 건가?"

"사실은 아닙니다. 게이블러가 그 집을 팔려고 갖은 애를 쓰는 것 같더라고요. 아마도 그 집은 구석구석 다 손봐야 될걸요. 분명 게이블러, 아니 그 집주인은 그보다 훨씬 더 낮은 가격에라도 집을 팔려 할 겁니다. 거리에 인접해 있는 커다란 조지 왕조풍 저택은 골칫거리일 테니까요."

"에 비엥(그렇지)? 그렇다면 게이블러가 거짓말이라곤 못하는 예언자라도 된다는 듯이 '하지만 게이블러가 그렇게 말했잖아요!'라는 말은 하지 말게."

나는 뭔가 더 항의를 하려 했지만, 조지 여관의 입구로 들어가며 단호하게 "쯧쯧!" 혀를 차는 푸아로의 모습에 기가 죽고 말았다.

우리는 곧장 식당으로 향했는데, 식당 안은 당당한 위용을 갖춘 반면 꽉 닫힌 창문 때문에 퀴퀴한 음식 냄새가 맴돌았다. 나이 지긋한 웨이터 한 명이 느릿느릿한 걸음에 숨을 힘겹게 몰아쉬며 우리를 맞이했다. 점심을 먹으러 온 사람은 우리뿐인 듯 했다. 우리는 근사한 양고기와 싱거운 양배추 샐러드, 시들시들한 감자를 먹었다. 별 맛 없는 과일 스튜와 커스터드가 후식으로 나왔다. 고르곤졸라 치즈와 비스킷에 이어, 웨이터는 커피라고 보기엔 의심스러운 음료를 두 잔 가져다주었다.

마침내 푸아로는 마을의 상황을 좀 더 자세히 알기 위해 웨이터를 불렀다.

"네, 이 집들이 어디 있는지는 대부분 알고 있습니다. 헤멜은 여기서 5킬로미터 정도 떨어져 있습니다. 머치 번햄 도로에 인접해 있죠. 아주 작은 동네랍니다. 네일러 농장은 1.5킬로미터 정도 떨어져 있고요. 킹스 헤드를 지나 조금만 가면 그곳으로 향하는 길이 있습니다. 비셋 그레인지요? 아니요, 그런 곳은 들어본 적이 없는데요. 리틀 그린 하우스는 바로 이 근처죠. 몇 분만 걸으면 되니까요."

"아, 거긴 좀 전에 본 것 같군요. 아주 그럴싸한 집이던데요. 상당히 관리를 잘 하셨나 봅니다. 그렇죠?"

"아, 네. 지붕과 하수 시설까지 아주 상태가 좋죠. 물론 구식이긴 하지만요. 한 번도 현대적으로 보수를 한 적이 없답니다. 정원은 아주 그림 같습니다. 아룬델 양께서 정원을 많이 아끼셨죠."

"제가 알기로 현재는 로슨 양이 소유주라던데."

"그렇습니다, 로슨 양은 아룬델 양의 말벗이었죠. 노부인께서 돌아가시면서 집이며 모든 재산을 그녀에게 남겨주셨습니다."

"정말입니까? 아룬델 양께서는 재산을 남겨줄 친척이 없으셨나 보군요."

"그게, 그건 아닙니다. 조카들이 살아 있죠. 하지만 항상 곁에 있었던 건 로슨 양이었습니다. 나이가 많은 분이다 보니까. 뭐……, 그렇게 된 겁니다."

"어쨌든 집 외에 남겨 줄 재산은 그렇게 많지 않았나 봅니다."

사람들은 직설적인 질문에 대해서는 대답을 꺼려하지만, 상대방이 잘못된 추측을 하면 그에 반박하는 즉각적인 정보를 내놓는 경우가 많다.

"웬걸요, 정 반댑니다. 다들 노부인께서 남긴 재산의 액수에 입에

떡 벌어졌으니까요. 유언장에 재산 액수며 모든 것들이 다 적혀 있었죠. 오랫동안 들어오는 수입에 비해 아주 검소한 생활을 하셨나 봅니다. 30만에서 40만 파운드는 남겨주셨다고 하니까요."

"정말 놀랍군요."

푸아로가 탄성을 질렀다.

"마치 동화 속 이야기 같네요. 그렇죠? 가난한 말벗이 하루아침에 어마어마한 부자가 되다니. 그 로슨 양은 아직 젊은 분입니까? 새롭게 얻은 부를 만끽할 수 있을 만큼?"

"아, 아닙니다. 중년 여인인걸요."

여인이라는 단어가 연극 대사처럼 느껴졌다. 노부인의 말벗이었던 로슨 양이 마켓 베이싱에서 그리 두각을 나타내지 못했던 인물이란 건 분명했다.

"조카들은 분명히 실망했겠군요."

푸아로가 뭔가를 골똘히 생각하며 말했다.

"네, 제 생각에는 분명 어느 정도 충격을 받지 않았을까 합니다. 아무도 예기치 못한 일이었으니까요. 여기 마켓 베이싱 사람들도 다들 말이 많았죠. 자기 핏줄에게 유산을 한 푼도 남기지 않는다는 건 옳지 않다고 주장하는 사람들도 있고, 모든 사람들은 자신이 소유한 것을 맘대로 처분할 권리가 있다고 주장하는 사람들도 있어요. 물론 양측 다 일리는 있는 말들입니다."

"아룬델 양은 여기서 오래 사셨죠? 그렇지 않습니까?"

"그렇습니다. 전에는 아룬델 양과 그 자매분들, 그리고 아버님이신 아룬델 장군이 함께 사셨습니다. 물론 저는 잘은 기억 못하지만 대단한 분이셨죠. 세포이 반란에 참전하셨답니다."

"딸들이 많았습니까?"

"제가 기억하기로는 세 분이었고 그중 결혼을 하신 건 한 분뿐이었습니다, 네. 마틸다 양과 아그네스 양, 그리고 에밀리 양이죠. 마틸다 양이 가장 먼저 돌아가셨고 그 다음이 아그네스 양, 마지막으로 에밀리 양이 돌아가신 겁니다."

"최근의 일인가 보군요?"

"5월 초였습니다. 아니면 4월 말이던가……. 그때 즈음이었을 겁니다."

"오랫동안 아프셨나요?"

"툭하면 아프셨죠, 툭하면. 몸이 약하신 편이었으니까요. 한 1년 전에는 황달로 거의 돌아가실 뻔한 적도 있죠. 그때부터 한동안은 피부가 오렌지처럼 노랬습니다. 뭐, 지난 5년간은 건강 상태가 꽤 안 좋으셨죠."

"이 마을에는 훌륭한 의사들도 있겠죠?"

"그레이너 박사님이 계십니다. 이 마을에 거의 40년 가까이 계신 분이라 마을 사람들 대부분은 그분께 갑니다. 외고집에 괴팍스럽긴 해도 그만한 의사 선생님은 없죠. 도널드슨 박사라고 젊은 의사도 하나 데리고 계십니다. 신세대죠. 마을 사람들 중에는 도널드슨 박사를 선호하는 사람들도 있습니다. 물론 하딩 박사도 있지만 그다지 평판은 좋지 않습니다."

"그렇다면 그레이너 박사님이 아룬델 양의 주치의셨겠군요."

"네, 그렇죠. 그분께서 아룬델 양의 병세를 여러 번 호전시키셨습니다. 좋든 싫든 살려면 그분 말씀을 따라야 해요."

푸아로는 고개를 끄덕이며 입을 열었다.

"한 마을에 정착하려면 그 마을에 대해 미리 알아둬야 하는 법이랍니다. 그중에서도 훌륭한 의사란 가장 중요한 요소고요."

"옳은 말씀이십니다."

그러고 나서 계산서를 부탁한 푸아로는 후한 팁과 함께 계산을 치렀다.

"감사합니다, 정말 감사합니다. 선생님께서 꼭 이 마을에 자리 잡으셨으면 좋겠네요."

"저도 그랬으면 좋겠군요."

푸아로는 능청스럽게 거짓말을 했다.

우리는 조지 여관을 나섰다.

"이제 만족했나요, 푸아로?"

나는 길거리로 접어들며 그에게 물었다.

"전혀."

그러더니 그는 갑자기 예기치 못한 방향으로 향했다.

"지금 어디 가는 거예요? 푸아로?"

"교회로 간다네. 흥미로울 걸세. 사자(死者)의 놋쇠 기념패며 오래된 무덤들."

나는 의아한 마음에 고개를 갸우뚱했다.

푸아로는 교회 내부를 슬쩍 훑어보기만 했다. 가이드북에 나오는 매력적인 초기 고딕 양식의 표본 같은 곳이었지만, 상당 부분은 빅토리아 시대에 재건되어 흥미로운 점이라곤 조금도 남아 있지 않았다.

교회 내부를 둘러본 푸아로는 교회 마당을 어슬렁거리며 묘비들을 살펴보고 어느 가문의 사람들이 얼마나 죽었는지를 이야기하기도 하고, 때로는 독특한 이름들을 큰 소리로 읽었다.

마침내 그는 처음부터 염두에 두고 있었다고 생각되는 한 묘비 앞에 멈춰 섰다.

인상적인 대리석판에는 부분적으로 지워진 비문이 남아 있었다.

1888년 5월 19일
69세의 나이로 하느님의 품에 잠든
존 래버턴 아룬델 장군을 기리며
'그대 온 힘을 다해 싸울지니'

또한
1912년 3월 10일
마틸다 앤 아룬델
'나 일어서서 내 아버지께 가리니'

또한

1921년 11월 20일

아그네스 조지나 메리 아룬델

'구하라 그러면 받을지니'

그리고 새긴 지 얼마 되지 않은 새로운 비문이 보였다.

또한

1936년 5월 1일

에밀리 해리엇 래버턴 아룬델

'그대의 뜻은 이루어지리니'

푸아로는 한동안 그 자리에 서서 비문을 바라보았다.

그러고는 조용히 중얼거렸다.

"5월 1일……, 5월 1일……. 그리고 그녀의 편지를 받은 오늘은 6월 28일. 이보게, 헤이스팅스. 뭔가 이상하지 않은가?"

나도 그렇다는 생각이 들었다.

아니, 좀 더 분명히 말하자면 푸아로가 뭔가 석연치 않은 이 사건을 풀어 볼 결심을 했다는 생각이 들었다.

리틀 그린 하우스의 내부

교회를 나선 푸아로는 거침없이 리틀 그린 하우스를 향했다. 그는 다시 한 번 잠재적인 구매자 행세를 하려는 듯했다. 조심스럽게 여러 개의 명세서를 손에 쥐고, 리틀 그린 하우스의 명세서를 가장 위쪽에 올려놓은 푸아로는 정문을 열고 현관문까지 이어진 길을 걸었다.

우리의 친구인 테리어는 보이지 않았지만 집 안 어딘가에서 개 짖는 소리가 들렸다. 아마도 부엌 쪽인 것 같았다.

거실을 지나는 발소리가 들리더니 요즘에는 보기 힘든 구식 하녀 복장을 입은 오륙십 세 사이의 인상 좋은 여자가 문을 열어 주었다.

푸아로는 손에 쥔 명세서를 보여 주었다.

"네, 부동산 중개소에서 전화를 받았어요. 이리 들어오세요."

처음 방문했을 당시 굳게 닫혀 있던 덧문은, 우리의 방문을 대비해서인지 모두 활짝 열려 있었다. 집 안 구석구석 먼지 하나 없이 깨끗하고 정갈했다. 우리를 안내하는 이 여성은 양심적인 사람임이 분명했다.

"이곳이 거실입니다."

나는 만족스러운 마음으로 거실을 둘러보았다. 길 쪽으로 기다란 창이 나 있는 멋진 곳이었다. 튼튼하고 견고하며 고풍스러운 가구들은 대부분이 빅토리아풍이었지만, 치펜데일(곡선이 많고 장식적인 가구 ─ 옮긴이) 책장 하나와 매력적인 헤플화이트 양식의 의자들이 놓여 있었다.

푸아로와 나는 집을 보러 온 손님처럼 행동했다. 꼼짝 않고 서서 다소 어색한 표정으로 "아주 좋군요.", "정말 멋진 거실입니다.", "여기가 거실이라고 하셨나요?" 따위의 말을 늘어놓았다.

하녀는 이번에는 홀을 지나 반대편에 있는 비슷한 방으로 우릴 안내했다. 좀 전에 본 거실보다 훨씬 큰 방이었다.

"여기는 식당입니다."

육중한 마호가니 식탁에 과일 문양이 새겨진 묵직한 찬장, 가죽 커버가 쓰인 튼튼한 의자까지 식당은 확실히 빅토리아풍이었다. 벽에는 가족 초상화로 보이는 그림이 걸려 있었다.

테리어는 어딘가에 갇혀 있는 듯 계속해서 짖어 댔다. 그리고 갑작스레 커진 날카롭게 짖는 소리와 함께 홀을 달려오는 소리가 들렸다.

'누가 이 집에 들어왔지? 가만 두지 않겠어.'

마침내 문밖까지 도달한 개가 사납게 킁킁거렸다.

"오, 밥. 이 못된 것 같으니."

우리의 안내인이 소리를 쳤다.

"개는 신경 쓰지 마세요. 물거나 하진 않으니까요."

안내인의 말대로 마침내 침입자를 발견한 밥은 완전히 태도가 바뀌었다. 반갑다는 듯 꼬리를 흔들며 수선을 떨어 댔다.

'만나서 반가워요.'

밥은 우리 발목 주위에서 킁킁 냄새를 맡았다.

'시끄럽게 해서 죄송해요. 하지만 그게 내 일인걸요, 아시다시피 누가 집 안으로 들어오는지 살펴봐야 하니까요. 정말 지루했는데 방문자를 만나게 되니 정말 기뻐요. 혹시 개를 키우세요?'

마지막 말은 고개를 숙여 머리를 쓰다듬어 주는 나에게 건네는 것이 분명했다.

"정말 멋진 녀석인데요."

나는 안내인에게 말했다.

"그런데 좀 묶어 놓으셔야겠네요."

"네, 일 년에 세 번은 묶어 둡니다."

"이 녀석 나이가 많나요?"

"오, 아니요. 아직 여섯 살도 안 된걸요. 가끔은 강아지처럼 군답니다. 가끔은 요리사의 슬리퍼를 물고는 의기양양하게 뛰어다녀요. 좀 전에 요란하게 짖어 대는 걸 들어서 믿기지는 않으시겠지만 아주 얌전한 녀석이랍니다. 우체부한테만 덤벼 대죠. 얼마나 겁을 주는지."

밥은 이번에는 푸아로의 바지 자락을 탐험하기 시작했다. 오랜 경험에서 익힌 듯 한참 동안을 쿵쿵거리며 냄새를 맡고는('음, 나쁘진 않군. 하지만 그다지 개를 좋아하는 사람은 아닌 것 같아.') 다시 나에게로 다가와 고개를 한쪽으로 쳐들고는 기대에 찬 눈빛으로 나를 올려다보았다.

"정말이지 왜 항상 개들은 우체부에게 달려드는지 모르겠어요."

우리의 안내인은 계속 말을 이었다.

"논리 때문이지요."

푸아로가 입을 열었다.

"개들은 논리적입니다. 아주 영리해서 자신의 논리에 따라 판단을 하지요. 집 안으로 들어와도 좋은 사람들이 있고 들어와서는 안 되는 사람들이 있는데 개는 그러한 것을 빨리 터득합니다. 에 비엥(그렇다면), 하루에도 두세 번씩 문을 두드리며 끈질기게 들어오려고 하는 사람, 하지만 절대 안으로 들어오지 못하는 사람은 어떻겠습니까? 우체부 말입니다. 분명 집주인에게 환영받지 못하는 손님이라고 판단하겠지요. 항상 내쫓기지만 끈질기게 돌아와서 다시 들어오려 하니까요. 이럴 때 개의 임무는 분명해집니다. 가능한 이 환영받지 못하는 손님을 몰아내고 물어 버리는 것입니다. 개에게 있어서는 가장 논리적인 행동이라고 할 수 있습니다."

푸아로는 밥을 보며 빙그레 웃음을 지었다.

"제가 보기에는 영리한 게 마치 사람 같군요."

"오, 정말 그래요. 밥은 정말 사람처럼 굴어요."

그녀는 또 다른 문을 열어젖혔다.

"여긴 응접실이에요."

응접실은 마치 지나간 과거의 환상이 눈앞에 펼쳐진 듯 했다. 희미한 포플러 향이 감돌았다. 사라사 무명 커튼은 낡고 닳았으며, 그위의 장미꽃 문양도 색이 바랬다. 벽에는 판화와 수채화가 걸려 있었다. 방 안 곳곳에는 양치기 소년과 소녀가 섬세하게 새겨진 도자기들이 놓여 있었다. 털실로 짜인 쿠션들도 놓여 있었다. 훌륭한 은제 액자에는 빛바랜 사진들이 끼워져 있었고, 상감 세공을 한 뜨개질 상자와 차통도 보였다. 그중에서도 가장 내 마음을 사로잡은 것은 유리 상자 안에 담긴, 얇은 종이로 정교하게 만들어진 여자 인형이었다. 한 명은 물레를, 또 한 명은 고양이를 무릎 위에 얹어 두고 있었다.

지나간 옛날, 한가롭고 우아한 과거, 숙녀와 신사들이 존재하던 과거의 분위기가 날 사로잡았다. 정말이지 과거의 품격을 그대로 간직한 응접실이었다. 숙녀들이 앉아 자수를 놓고, 그 옆에서 숙녀들이 사랑한 신사가 담배를 피워 물면 부드러운 공기의 움직임에 커튼이 살랑거렸으리라!

몽상에 빠져 있던 나의 관심은 밥에게로 옮겨갔다. 밥은 두 개의 서랍이 달린 자그마하고 우아한 탁자에 넋이 빠져 있었다.

내가 자신을 쳐다보고 있다는 것을 알아차린 밥은 애처롭게 낑낑거리며 나와 탁자를 번갈아 쳐다봤다.

"뭘 원하는 거죠?"

내가 물었다.

밥을 아주 아끼는 것이 분명한 하녀의 환심을 사고자, 우리는 계속 밥에게 관심을 보였다.

"공을 달라고 저러는 거예요. 항상 저 서랍 속에 넣어뒀거든요. 그래서 저렇게 앉아 공을 달라고 그러는 거예요."

그녀의 목소리가 변하더니, 아주 높고 상냥한 목소리로 밥에게 말을 건넸다.

"예쁜아, 공은 이제 거기 없단다. 네 공은 부엌에 있어, 부엌에."

그러자 밥은 애타는 눈빛으로 푸아로를 바라보았다.

'이 여자는 바보라니까요. 당신은 좀 똑똑해 보이는군요. 공은 항상 똑같은 장소에 놓여 있었어요, 바로 이 서랍에요. 항상 공은 여기에 있었는데. 그러니까 지금도 공이 이 서랍에 있어야 하잖아요, 내 논리상으로는 말이죠. 그렇지 않아요?'

"이젠 거기 없다는구나."

내가 다시 한 번 말하자 고개를 갸우뚱하며 날 바라보았다. 우리가 응접실을 나서자 밥은 내키지 않는다는 듯이 느릿느릿 우리를 따라 나섰다.

우리는 다양한 벽장과 아래층의 화장실, 아룬델 양이 꽃꽂이를 하던 작은 식료품 저장실을 둘러보았다.

"이 집 여주인과는 오랫동안 함께 지내셨나 보죠?"

푸아로가 물었다.

"22년 동안 이 집에 있었습니다."

"혼자서 이 집을 다 관리하시는 겁니까?"

"저와 요리사 둘이죠."

"요리하시는 분도 아룬델 양을 오래 모셨습니까?"

"4년 됐어요. 그 전에 계시던 분이 돌아가셔서요."

"제가 이 집을 구매한다면 이 집에 남으실 의향이 있으신가요?"

하녀의 얼굴이 살짝 발갛게 달아올랐다.

"정말 친절한 제안이시군요. 하지만 이제는 은퇴하려고 합니다. 아룬델 양께서 제게 유산을 좀 넉넉히 남겨 주셔서 오라버니 댁으로 가려고요. 그저 이 집이 팔릴 때까지만 로슨 양의 편의를 돕기 위해 남아 있는 것뿐이에요."

푸아로는 고개를 끄덕였다.

잠시 동안의 침묵을 깨며 이상한 소리가 들려 왔다.

"쿵, 쿵, 쿵!"

단조로운 그 소리는 점점 더 커졌고, 위에서 아래로 내려오는 듯했다.

"밥이에요."

하녀가 미소를 지으며 말했다.

"입에 공을 물고 있다가 계단 아래로 떨어뜨리곤 하죠. 밥이 좋아하는 놀이에요."

우리가 계단 아래에 도착하자 검은색 고무공이 마지막 계단에 부딪히며 털썩 하고 떨어졌다. 나는 그 공을 잡고 계단 위를 올려다보왔다. 밥은 계단 꼭대기에 엎드린 채 앞발을 쫙 내밀고는 꼬리를 살랑거리며 흔들고 있었다. 나는 손에 쥔 공을 던졌다. 밥은 멋지게 그 공을 잡아서 한동안 기쁜 기색이 역력한 표정으로 씹어 대더니 공을 앞발 사이에 놓고는 코로 난간을 향해 슬슬 밀었다. 그리고 마침내 머리로 다시 한 번 공을 쳐 계단 밑으로 떨어뜨렸다. 공이 내려가는 것을 내려다보며 정신없이 꼬리를 흔들어 댔다.

"몇 시간이고 하려 들 거예요. 밥이 가장 좋아하는 놀이거든요, 아마 하루 종일이라도 할 수 있을 겁니다. 자, 그만하자, 밥. 이분들은 너랑 놀아 줄 시간이 없으셔."

개는 우호적인 관계를 쌓는 데 더없이 좋은 촉매제임이 분명했다. 우리가 밥에게 쏟는 관심과 애정이, 충직한 하인의 특성인 경직된 태도를 상당히 누그러뜨렸다. 위층 침실로 올라가는 동안 하녀는 밥의 영리함에 대한 이야기를 수다스럽게 늘어놓았다. 공은 계단 바닥에 떨어진 채였다. 우리가 옆을 지나가자 밥은 아주 화가 났다는 듯 우리를 쳐다보고는 위엄 있는 자세로 공을 되찾기 위해 계단을 내려갔다. 오른쪽 복도로 꺾으면서 보니 밥은 공을 입에 물고 천천히 계단을 오르고 있었는데 마치 생각 없는 사람에게 억지로 떠밀리는 것처럼 힘들어 보이는 걸음걸이였다.

침실들을 둘러보면서 푸아로는 서서히 우리 안내인의 입을 열게 만들었다.

"여기에서 아룬델 가의 자매들 네 분이 사셨던 거죠?"

"원래는 그랬죠, 하지만 그건 제가 이 집에 오기 전의 일이랍니다. 제가 이 집에 왔을 때는 아그네스 양과 에밀리 양밖에 안 계셨고 아그네스 양도 그로부터 얼마 되지 않아 돌아가셨어요, 막내였는데 말이죠. 언니들보다 먼저 가다니 이상하다 생각했죠."

"언니들만큼 건강하지 못했나 보죠?"

"아니요, 아니에요. 그래서 이상하다는 거죠. 이 집 주인이셨던 에밀리 아룬델 양께서는 항상 병약하셨거든요. 평생 의사 도움을 받으셔야 했죠. 아그네스 양이야말로 항상 건강하고 튼튼하신 분이셨는데 그분이 제일 먼저 돌아가시고 어릴 적부터 병약하던 에밀리 양은 제일 오래 살다니, 세상일이란 참 이상하죠."

"그런 일은 빈번하답니다."

푸아로는 (내가 확신하건대) 새빨간 거짓말임에 분명한 병약한 삼촌의 이야기를 풀어 놓았으나, 여기서 굳이 그 이야기를 반복할 필요는 없을 것이다. 단지 그 이야기가 효과를 발휘했다는 사실을 언급하는 것만으로도 충분하다. 죽음이라는 주제는 다른 어떤 주제보다도 사람들이 심중을 털어놓게 만드는 데 효과적이다. 푸아로는 20분 전이었다면 의심스러운 적대감을 불러일으켰을 만한 질문을 마음껏 던질 수 있는 위치가 되었다.

"그럼 아룬델 양은 오랫동안 고통스러운 병에 시달리셨던 건가요?"

"아니요, 그렇진 않아요. 오랫동안 몸이 안 좋긴 하셨죠. 2년 전부터요. 당시에는 상태가 아주 심각했었어요. 황달에 걸리셔서 얼굴은 노랗게 뜨고 눈에는 흰……."

"아, 맞아요. 사실……."(푸아로는 황색 인종처럼 보일 정도로 황달이 심했던 사촌 이야기를 늘어놓았다.)

"네, 맞아요. 바로 그랬죠. 불쌍하게도 끔찍할 정도로 고생을 많이 하셨죠. 아무 것도 드시질 못했으니까요. 그레이너 박사님조차도 아룬델 양이 이겨내지 못하실 거라 생각할 정도였어요. 하지만 박사님께서 아주 훌륭하게 아룬델 양을 이끌어 주셨죠, 괴롭히면서 말이에요. '죽기로 결심했으면 묘비나 하나 주문해 둘까요?'라고 짖궂은 말을 던지시면 아룬델 양께서 '아직은 싸울 수 있어요.'라고 대꾸하시곤 했죠. 그러면 다시 '잘됐군요. 듣던 중 반가운 얘긴데.'라고 하셨어요. 아룬델 양을 보살피던 간호사들이 다 끝난 마당에 노부인에게 지나치게 음식을 강요하여 환자를 괴롭히는 게 아니냐고 얘기했다가 박사님에게 혼쭐이 났더랬죠. '말도 안 되는 소리말아요. 환자를 괴롭힌다고? 더 괴롭혀서 영양분을 섭취하도록 만들어야 해.'라고 말씀하셨어요. 그러고는 몇 시에는 맑은 소고기 수프, 몇 시에는 브랜디 한 스푼이라면서 지시를 내리시더군요. 그분이 마지막으로 하신 말씀은 아직까지도 잊히지가 않네요. '자네들은 젊다네. 자신과의 싸움에서 이겨낼 수 있는 용기는 나이에서 나온다는 것을 아직 모르겠지. 쉽게 포기하고 죽음을 받아들이는 것은 젊은이들이지. 아직 인생의 참맛을 모르기 때문이야. 일흔 살이넘은 사람들은 누구나 살고자 하는 의지를 가진 전사라네.' 박사님의 말이 사실이죠. 사람들은 항상 노인들이 얼마나 대단한지, 노인들의 생명력과 가족을 지키려는 의지가 얼마나 강한지 이야기하곤하잖아요. 박사님 말씀으로는 바로 그러한 이유로 노인들이 오래도록 그 나이까지 살 수 있는 거라시더군요."

"정말 심오한 말씀이군요, 정말이지 심오해요! 아룬델 양도 그런 분이셨습니까? 활동적이고 삶에 대한 애착을 가진?"

"네, 그럼요. 건강은 좋지 않으셨지만 머리만큼은 그 누구보다도 날카로우셨죠. 스스로 그 병을 이겨내셔서 간호사들이 놀랄 정도였답니다. 옷깃과 소매에 빳빳하게 풀을 먹인 정갈한 옷을 입고 꼿꼿하게 앉아 음식과 차를 기다리곤 하셨습니다."

"건강이 많이 회복되셨군요."

"네, 정말로요. 물론 처음에는 음식을 많이 가리셔야 했죠. 끓이거나 찐 것만 드셔야 했고 기름진 음식이나 달걀도 드실 수가 없었어요. 아룬델 양께는 정말 단조로운 식단이었을 거예요."

"그래도 많이 나아지셨잖습니까."

"네, 물론 가끔 발작도 있었지만요. 제가 보기엔 꽤 심한 것 같았지만 여하튼 그 후로 한동안은 음식에 그다지 신경 쓰지 않으셨어요. 마지막으로 발병하기 전까지도요."

"2년 전의 병환과 같은 것이었습니까?"

"네, 같은 병이었어요, 그 지긋지긋한 황달. 다시 피부색이 누르스름하게 변하시면서 심하게 앓으셨죠. 아무리 봐도 아룬델 양께서 화를 자초한 것 같아요. 먹지 말아야 할 음식들을 너무 많이 드셨거든요. 발병하던 바로 그날 저녁에는 카레를 드셨고요. 알다시피 카레는 지방이 많고 기름기도 있잖아요."

"그렇다면 갑자기 병이 난 거로군요. 그렇죠?"

"뭐, 그렇게 보이긴 했죠. 하지만 그레이너 박사님 말씀으로는 오랫동안 쌓여 있던 것이 한꺼번에 나타나서 그렇다고 하더군요. 쌀쌀한 날씨에……(당시에 날씨가 아주 변덕스러웠거든요…….) 지방이 많은 음식을 너무 자주 드셔서 그렇다고요."

"분명 아룬델 양의 말벗인 로슨 양이……, 로슨 양이 맞나요? 그런 음식을 못 드시도록 만류했겠네요?"

"오, 로슨 양은 그런 말 못했을 거예요. 아룬델 양께서는 남들에게 지시받는 것을 딱 질색하시는 분이라."

"로슨 양은 아룬델 양께서 전에 병이 나셨을 때도 이 집에 있었나요?"

"아니요, 그 후에 왔어요. 이 집에는 한 일 년 정도 있었죠."

"그 전에도 말벗이 있었겠군요."

"오, 그럼요. 꽤 많았죠."

"말벗들은 하인들만큼 오래 견디질 못하나 보군요."

푸아로는 미소를 지으며 말했다.

하녀의 얼굴이 붉어졌다.

"그게, 상황이 좀 다르니까요. 아룬델 양께서는 밖에 잘 나가지 않으시니까 이런 저런 이유로……."

하녀는 말을 얼버무렸다.

푸아로는 잠시 그녀를 쳐다보더니 입을 열었다.

"제가 노부인들의 심리를 좀 알죠. 그분들은 새로운 것을 열망하십니다. 그리고 그 사람에 대한 걸 속속들이 알고 나면 흥미가 떨어지는 겁니다."

"아, 정말 대단하시네요. 정확히 맞추셨어요. 새로운 말벗이 오면 항상 아룬델 양께선 그 사람의 인생이 어땠는지, 어린 시절은 어땠는지, 어느 곳에 가 봤는지, 무엇에 대해 어떤 생각을 갖고 있는지를 물어보시고 흥미를 가지셨죠. 하지만 그 말벗에 대해 모든 것을 알고 나면…… 뭐, 제 생각에는 이 세상이 원래 지루한 것이니까요."

"그렇습니다. 우리 둘 사이니까 이야기하는 건데, 말벗으로 오는 사람들은 대개가 그다지 재미없는 사람들이죠, 그죠?"

"네, 정말이에요. 대부분이 아주 심약한 사람들이죠. 가끔은 아주 어리석은 사람들도 있고요. 말하자면 아룬델 양은 그런 사람들을 금세 속속들이 파악하시고 그 후에는 다른 사람으로 갈아 치우시는 거죠."

"그래도 로슨 양과는 비교적 가깝게 지내셨나 봐요."

"아, 그렇지는 않아요."

"로슨 양이 다른 말벗들보다 뛰어나지 않았다는 겁니까?"

"이렇게까지 말하고 싶진 않지만요, 아주 평범한 사람이었어요."

"로슨 양이 마음에 들지 않으셨나요?"

하녀는 어깨를 슬쩍 으쓱했다.

"좋아할 것도, 싫어할 만한 것도 없었어요. 흔히 나이 많은 하녀들이 그렇듯 수선스러웠고 영혼에 대한 말도 안 되는 소리나 해 댔으니까요."

"영혼이라고요?"

푸아로는 놀란 듯 보였다.

"네, 영혼요. 어두운 색 둥근 탁자에 둘러 앉아 죽은 사람들을 불러내 이야기를 하는 거 말이에요. 제가 보기에는 정말 불경한 짓이에요. 육신을 떠난 영혼이 마땅히 가야 할 장소로 가지 못하고 그 자리를 머문다는 거잖아요."

"그렇다면 로슨 양은 심령술을 믿었던 거로군요! 아룬델 양도 심령술을 믿으셨습니까?"

"로슨 양은 그러길 바랐겠죠!"

날카롭게 말하는 하녀의 목소리에는 만족스러운 듯한 악감정이 배어 나왔다.

"하지만 믿지 않으셨군요?"

푸아로가 끈질기게 물었다.

"아룬델 양은 아주 분별력 있는 분이셨어요."

그녀는 코웃음을 쳤다.

"분명히 말씀드리지만 아룬델 양이 심령술을 즐기지 않았다고 하지는 않겠어요. 아룬델 양께서는 '나도 믿어 보고 싶구나.'라고 말씀하시곤 했죠. 하지만 로슨 양을 바라보는 눈빛은 '불쌍한 것, 그런데 빠지다니 멍청하기는!'이라고 말씀하시는 듯했어요."

"무슨 말씀이신지 알겠습니다. 믿지는 않았지만 즐거움의 원천이긴 했군요."

"그래요. 탁자를 밀어 놓고 요란 법석을 떨어대는데 조금도 재미를 느끼지 못했다면 그것도 이상한 일이라고 생각해요. 게다가 다른 사람들은 어찌나 진지하던지."

"다른 사람들이요?"

"로슨 양과 두 명의 트립 자매요."

"로슨 양이 심령술에 푹 빠졌었나 봅니다."

"철썩 같이 믿었죠."

"그래도 아룬델 양은 로슨 양에게 많은 애정을 가지고 계셨나 보지요."

다시 한 번, 푸아로는 이 말을 꺼냈지만 똑같은 반응이 돌아왔다.

"글쎄요, 그렇게 말하기는 힘들어요."

"하지만 로슨 양에게 모든 걸 다 남겨 주셨다면 애정을 가지고 계셨던 게 분명하겠죠? 그렇지 않나요?"

분위기가 갑작스레 냉랭해졌다. 인간적인 면모는 사라지고, 뻣뻣한 하녀의 모습이 되살아났다. 하녀는 꼿꼿이 허리를 펴고는 그동안의 무례를 책망한다는 듯 무표정한 목소리로 말했다.

"아룬델 양께서 유산을 어떻게 누구에게 남겨주셨는지는 제가 상관할 바가 아닙니다."

나는 푸아로가 일을 망쳐 버렸다고 생각했다. 기껏 조성해 둔 하녀와의 친근한 분위기가 사라져 버린 것이다. 하지만 푸아로는 성급히 자신의 입지를 되찾으려는 행동은 하지 않았다. 단지 침실의 수와 크기에 대한 판에 박힌 말들을 던진 다음 계단으로 향했다.

밥의 모습은 보이지 않았고, 계단 근처에서 나는 무언가에 걸려 비틀거리다 거의 넘어질 뻔했다. 중심을 잡기 위해 난간을 잡고 밑을 내려다보니, 밥이 계단 꼭대기에 두고 간 공에 발이 걸린 것이었다.

하녀가 재빨리 사과를 했다.

"죄송합니다, 밥이 거기다 공을 내버려 두곤 해요. 게다가 어두운 카펫이 깔려 있어 공이 보이지 않으셨을 거예요. 이러다 언젠가는 사단이 나지 싶어요. 아룬델 양께서도 그 공 때문에 계단에서 떨어 지셨죠. 하마터면 큰일 날 뻔 했답니다."

푸아로는 갑자기 계단에서 멈추어 섰다.

"사고를 당하셨다고 하셨습니까?"

"네, 밥이 공을 계단 위에다 놓는 바람에요. 자주 그러거든요. 주 인님께서 방을 나와 계단을 내려오려 하시다가 공에 걸려서 계단 아래로 떨어지셨죠. 하마터면 돌아가실 뻔 했어요."

"많이 다치셨나요?"

"그렇게 많이 다치시진 않았어요. 그레이너 박사님 말로는 아주 운이 좋았다고 하시더군요. 머리에 약간 찰과상이 있고 허리를 삐 끗하신 데다, 여기 저기 멍도 들고 충격도 받으셨지만요. 거의 일주 일 동안을 침대에 누워 계셨지만 그렇게 심각하시진 않았어요."

"오래 전 일인가요?"

"돌아가시기 한두 주일 정도 전이었어요."

푸아로는 뭔가 떨어뜨린 걸 줍기 위해 몸을 숙였다.

"실례합니다, 제 만년필이……. 아, 여기 있군요."

푸아로는 다시 몸을 숙이며 말했다.

"밥이 사고를 많이 치나 보군요."

"뭐, 개니까 어쩔 수 없죠."

하녀는 순한 목소리로 말했다.

"거의 사람 같긴 하지만, 너무 많은 걸 바랄 순 없죠. 아룬델 양께서는 밤에 잠을 잘 주무시지 못해서, 가끔 밤중에 일어나 집 안을 걸어 다니시곤 하셨어요."

"자주 그러셨나요?"

"거의 매일 밤을요. 하지만 로슨 양이나 다른 누가 쫓아다니는 건 싫어하셨죠."

푸아로는 다시 응접실로 향했다.

"정말 멋진 방이네요. 제 책장이 들어갈 만큼 넉넉한지 궁금하군요. 자넨 어떻게 생각하나, 헤이스팅스?"

뜬금없는 푸아로의 말에 당황한 나는 신중하게 잘 모르겠다고 대답했다.

"그래, 눈으로 봐선 알 수 없지. 자, 이 자를 가지고 너비 좀 재 주게. 내가 받아 적을 테니."

나는 푸아로가 건넨 접이식 자를 받아 들고 그가 봉투 뒷면에 받아 적는 동안, 지시에 따라 여기저기를 쟀다.

푸아로는 나에게 봉투를 건네며 말했다.

"다 맞게 적었는지 모르겠군. 자네가 한 번 확인해 보게."

순간 나는 왜 그가 항상 하던 식으로 작은 수첩에 깔끔하게 적어 넣지 않고 봉투에 지저분하게 적었을까 하는 의구심이 들었다.

내가 받은 봉투에는 아무런 수치도 적혀 있지 않았다. 그 대신 '우리가 위층으로 다시 올라가면, 약속이 있는 게 생각난다고 말하고 전화기 좀 쓰겠다고 말하게. 하녀와 같이 내려가서 가능한 오래 시간을 끌어.'라고 적혀 있었다.

"정확합니다."

나는 봉투를 접어 주머니에 넣으며 대답했다.

"책장 두 개 다 완벽하게 맞아 떨어지겠는데요."

"그거면 충분하겠군. 결례가 안 된다면 위층 침실을 다시 한 번 보고 싶군요. 벽면이 어떻게 되어 있었는지 잘 기억이 나지 않아서 그럽니다."

"물론입니다."

우리는 다시 한 번 위층으로 올라갔다. 푸아로는 침실 벽의 일부를 재 보고는 침대와 옷장, 필기용 책상은 어디다 놓으면 좋겠다며 이야기를 늘어놓았다. 그때 난 시계를 쳐다보고는 다소 과장되게 소리를 쳤다.

"저런! 벌써 3시입니다. 앤더슨 씨가 뭐라고 생각하겠어요? 빨리 가서 전화라도 드려야겠습니다."

그러고는 하녀를 쳐다보며 말했다.

"전화 좀 사용해도 될까요?"

"그럼요, 물론이죠. 홀 끝에 있는 작은 방에 있어요. 제가 안내해 드릴게요."

나는 하녀와 함께 서둘러 계단을 내려간 다음, 푸아로의 지시대로 그녀에게 전화번호부에서 번호 찾는 것을 도와 달라고 했다. 결국 나는 하체스터의 이웃 마을에 살고 있는 앤더슨 씨에게 전화를 걸었다. 다행히도 그는 외출 중이었으며, 나는 별로 중요한 일이 아니니 나중에 전화하겠다는 메시지를 남겼다.

방에서 나오자 푸아로는 이미 아래층으로 내려와 홀에 서 있었다. 그의 눈은 희미하게 빛나고 있었다. 무엇 때문인지는 알 수 없었지만, 분명 뭔가 흥미로운 것을 발견한 듯 했다.

푸아로가 입을 열었다.

"계단 꼭대기에서 떨어진 일이 아룬델 양께는 엄청난 충격이었겠군요. 혹시 그 일 이후로 아룬델 양께서 밥과 공에 대해 불안감을 느끼시는 것 같진 않던가요?"

"선생님께서 그걸 알고 계시다니 정말 신기하네요, 많이 초조해하셨죠. 침대에 누워 계실 때도 혼수상태에서 밥과 공, 그리고 열려 있는(ajar) 그림에 대해서도 중얼거리셨어요."

"열려 있는(ajar) 그림이라."

푸아로는 뭔가 생각에 잠겨 있었다.

"물론 말이 안 되죠. 하지만 그때는 정신이 없으셨으니까요."

"잠깐만, 응접실에 한 번 더 가 봐야겠습니다."

푸아로는 장식품들을 유심히 살펴보며 방 안을 서성였다. 특히 뚜껑이 달린 커다란 항아리가 그의 마음을 끈 모양이었다. 내가 보기에는 특별히 훌륭한 도자기가 아니었다. 빅토리아식 유머인 현관문 밖에 앉아 애처로운 표정을 짓고 있는 불독이 다소 조잡하게 그려진 항아리였다. 그림 아래에는 이렇게 쓰여 있었다. '밤을 지새고 돌아와 보니 열쇠가 없네.'

푸아로는 항상 어쩔 수 없는 부르주아 취향이라고 생각했는데 아니나 다를까 그 항아리에 넋을 잃고 있었다.

"밤을 지새고 돌아와 보니 열쇠가 없네."

푸아로가 중얼거렸다.

"이거 참 재미있군요. 밥도 이랬습니까? 밖에서 밤을 새고 오기도 했나요?"

"아주 가끔이요. 어쩌다 한 번이죠. 밥은 정말 착한 개랍니다."

"저도 그렇게 생각합니다. 하지만 아무리 착한 개라도……."

"아, 그건 정말 그래요. 어쩌다 한 번씩은 밖에 나가서 새벽 4시나 되어야 집에 돌아오기도 하니까요. 그러면 계단에 앉아 누군가가 문을 열어 줄 때까지 짖는답니다."

"누가 문을 열어 주죠? 로슨 양입니까?"

"글쎄요, 누구든 밥이 짖는 소리를 들으면 열어 줍니다. 지난번에는 로슨 양이었죠. 아룬델 양께서 사고를 당하신 그날 밤이었어요. 밥이 새벽 5시쯤 집에 돌아왔거든요. 로슨 양이 재빨리 내려가 밥이 소란스럽게 짖기 전에 안으로 들여보냈죠. 아룬델 양께서 깰까 봐 걱정했어요. 그리고 아룬델 양께서 염려하실까 봐 밥이 집을 나갔다는 것도 이야기하지 않았답니다."

"그렇군요, 아룬델 양에게는 말하지 않는 편이 낫겠다고 생각했군요."

"로슨 양이 그렇게 말했어요. '밥은 분명히 돌아올 거예요, 항상 그랬으니까. 하지만 아룬델 양께서 걱정하실지 모르니까 얘기하지 말죠.'라고요. 그래서 다들 아무 말 안 했죠."

"밥이 로슨 양을 잘 따랐습니까?"

"글쎄요. 오히려 로슨 양을 무시하고 깔보는 듯했어요. 개들은 가끔 그러잖아요. 하지만 로슨 양은 밥에게 아주 잘해 줬죠. 착한 강아지, 귀여운 강아지라면서 예뻐했지만 밥은 그녀를 경멸하는 듯한 눈초리로 보곤 했답니다. 게다가 로슨 양이 하는 말은 죄다 무시했고요."

푸아로는 고개를 끄덕이며 "그렇군요."라고 말했다.

그리고 뒤이은 그의 갑작스러운 행동은 나를 놀라게 했다.

주머니에서 편지, 오늘 아침에 받은 그 편지를 꺼낸 것이다.

"엘렌, 이것에 대해 아는 게 있습니까?"

순간, 엘렌의 표정이 눈에 띄게 변했다.

너무 당황한 나머지 입을 쩍 벌린 채 우스꽝스러운 표정으로 푸아로를 바라보았다.

그녀는 갑자기 소리를 질렀다.

"저, 제가 그런 게 아니에요!"

하녀의 말에 일관성은 없었지만, 의심의 여지는 없었다.

정신을 차린 그녀는 천천히 입을 열기 시작했다.

"그렇다면 선생님께서 편지의 수신인이신 그분이신가요?"

"그렇습니다, 제가 에르퀼 푸아로입니다."

대부분의 사람들이 그렇듯, 엘렌은 푸아로가 이 집에 도착하자자 내민 명세서의 이름은 쳐다보지도 않았던 모양이다. 그녀는 천천히 고개를 끄덕였다.

"그랬군요. 에르퀴르 푸아로트."

그녀는 이름 끝을 길게 늘여 발음하더니 외쳤다.

"세상에나! 요리사가 알면 정말 놀랄 거예요."

푸아로가 재빨리 말했다.

"주방으로 가서 그분과 다함께 이 문제에 대해 이야기를 나눠 보는 것이 좋지 않을까요?"

"아, 그래도 괜찮으시다면."

엘렌은 약간 의심스러워하는 듯 했다. 사회적인 관습을 무시하는 푸아로의 행동이 그녀에게는 낯설게 느껴진 게 분명했다. 하지만 푸아로의 아무렇지 않은 듯한 행동에 자신을 얻은 그녀는 우리를 주방으로 안내했다. 그곳에서 엘렌은 가스 풍로에서 막 주전자를 들어 올리고 있던, 큼지막하고 유쾌한 얼굴을 가진 한 여성에게 상황을 설명했다.

"애니, 정말 신기한 일이 벌어졌어. 이분이 바로 그 편지를 받은 분이셔. 있잖아 왜, 내가 필기 도구함에서 발견한 편지."

"제가 그 상황을 모른다는 것도 염두에 두셨으면 합니다."

푸아로가 끼어들었다.

"어쩌다 그 편지가 그렇게 늦게 부쳐지게 된 것인지 말씀해 주시겠습니까?"

"네, 사실은 저도 어떻게 된 일인지 모르겠어요, 저희 둘 다요. 그렇지, 애니?"

요리사가 말했다.

"사실이에요, 저희도 모르는 일입니다."

"아룬델 양께서 돌아가시고 로슨 양이 상당한 물건들을 남들에게 주거나 버렸죠. 그중에 종이를 덧대어 만든 필기 도구함이 있었죠. 계곡의 백합이 그려져 있는 아주 예쁜 것이었어요. 아룬델 양께서는 침대에서 글을 쓸 때 항상 그것을 사용하시곤 했습니다. 뭐, 로슨 양은 마음에 들지 않았는지 다른 아룬델 양의 물건들과 함께 그것을 제게 주더군요. 저는 그걸 서랍 속에 넣어 두고는 어제까지 열어 보질 않았습니다. 새로운 압지를 넣어 두려고 했는데 글쎄 안에 주머니 같은 게 있어 손을 넣어 보니 아룬델 양이 쓴 편지가 있더라고요.

아까도 말씀드렸지만 어떻게 해야 할지를 몰랐어요. 분명 아룬델 양의 글씨였고, 편지를 쓰고 다음 날 부치려고 보관해 두었다가 잊어버리신 게 분명하다고 생각했어요. 그동안 그 비슷한 일이 많았거든요. 한번은 은행에 배당금 지불증을 보내야 하는데 어디에 뒀는지 아무도 모르는 거예요. 결국 책상 서랍 칸 뒤쪽에 들어가 있는 걸 발견했죠."

"정리 정돈을 잘 못하셨나요?"

"오, 아니요. 정 반대였어요. 아룬델 양께서는 항상 주변을 깔끔하게 정리하고 치워두셨죠. 그게 문제였던 거죠. 차라리 그냥 물건을 그 자리에 뒀더라면 더 나았을 거예요. 항상 다 치워 버리시니까 어디다 뒀는지를 잊어버리시는 거예요."

"예를 들어 밥의 공처럼 말이죠?"

푸아로가 빙그레 웃으며 말했다.

영리한 테리어는 밖에서 종종거리며 들어와 아주 친근하다는 듯 우리에게 다시 한 번 인사를 건넸다.

"네, 밥이 공놀이를 끝내면 그 즉시 아룬델 양께서 치워 버리셨죠. 하지만 항상 놓던 자리가 있어서 그건 괜찮았어요. 서랍이죠, 제가 보여 드릴게요."

"그렇군요. 그런데, 아, 계속하세요, 이 편지를 필기 도구함에서 발견하셨다고요?"

"네, 그러고 나서 애니에게 어떻게 해야 좋을지 물어 보았죠. 불속에 던져 넣고 싶지는 않았거든요. 그렇다고 봉투를 열고 읽어 볼 엄두도 나지 않았고요. 애니나 저나 그 편지가 로슨 양과 관련된 일인지 알 수가 없어서 좀 상의를 해 본 다음, 우표를 붙여서 우편함에 넣어 버렸죠."

푸아로는 살짝 나를 향해 몸을 튼 다음 중얼거렸다.

"부알라(그렇군)."

내 입에선 저절로 심술궂은 말이 튀어 나왔다.

"정말 놀라울 정도로 간단한 일이었네요!"

다소 맥 빠진 듯한 푸아로의 얼굴을 보고는, 내가 너무 성급하게 놀려 댄 건 아닌지 후회스러운 마음이 들었다.

푸아로는 다시 엘렌을 마주보고 섰다.

"내 친구의 말대로 정말 간단한 일이었군요! 아시겠지만, 두 달

전에 쓴 편지를 받고는 좀 놀랐습니다."

"네, 물론 그러셨을 거예요. 저희가 미처 그 생각은 못했네요."

푸아로는 헛기침을 하고는 다시 말을 이었다.

"게다가……, 제가 좀 난감한 상황에 처하게 됐습니다. 그 편지는 아룬델 양께서 제게 일을 맡기는 위임장이었습니다. 좀 사적인 문제죠."

이번에는 목을 가다듬었다.

"아룬델 양께서 돌아가셨으니 제가 어떻게 해야 할지 모르겠군요. 아룬델 양은 이러한 상황에서도 제가 그 일을 맡길 바라셨을까요? 어렵군요……. 아주 어려워요."

두 여성은 푸아로를 존경스러운 눈빛으로 올려다봤다.

"제 생각에는 아룬델 양의 변호사와 이야기를 나눠 보는 게 좋을 것 같습니다. 고문 변호사가 계시겠죠?"

엘렌이 재빨리 대답했다.

"아, 네. 하체스터에 계시는 퍼비스 씨에요."

"그분은 아룬델 양과 관련된 일을 모두 알고 계십니까?"

"제 생각에는 그럴 거예요. 제가 기억하는 한은 항상 아룬델 양을 위해서 모든 일을 해 왔으니까요. 아룬델 양께서 사고를 당하신 후에도 부르셨으니까요."

"계단에서 떨어진 사고 말씀이신가요?"

"네."

"그게 정확히 언제였죠?"

이번엔 요리사가 끼어들어 대답했다.

"공휴일 다음 날이었어요. 제가 분명히 기억하고 있거든요. 공휴일에는 손님들이 오셔서 계속 일을 했고, 그 대신 수요일 날 쉬었어요."

푸아로는 주머니 안에서 달력을 꺼내들었다.

"정확해요, 그렇군요. 부활절 공휴일이 올해는 13일이니까. 아룬델 양이 14일에 사고를 당하셨고, 그로부터 3일 뒤에 제게 이 편지를 쓰셨군요. 그때 부쳐지지 않았다는 게 정말 안타깝습니다. 하지만 아직 늦지 않았을지도 모릅니다."

푸아로는 잠시 말을 멈추더니 다시 말을 이었다.

"아룬델 양께서 제게 의뢰한 일이 방금 말씀하신 손님들 중 한 명과 연관이 있다는 생각이 드는군요."

푸아로의 짐작이 정확한 듯, 두 여자의 얼굴에는 즉각적인 반응이 나타났다. 엘렌의 얼굴 위로 뭔가 알고 있는 것 같은 표정이 빠르게 지나갔다. 그녀가 요리사를 쳐다보자 요리사는 말하라는 듯한 눈빛을 보냈다.

"찰스 씨일 거예요."

마침내 엘렌이 입을 열었다.

"어떤 손님들이 오셨는지 말씀해 주시겠습니까?"

푸아로가 물었다.

"타니오스 박사님과 부인이신 벨라 양, 그리고 테레사 양과 찰스 씨에요."

"모두 아룬델 양의 조카들입니까?"

"네, 맞아요. 물론 타니오스 박사님은 혈연관계는 아니지만요. 사실 그분은 외국인이에요. 그리스라던가, 뭐 그 비슷한 나라 사람이에요. 아룬델 양 자매분의 따님, 즉 조카인 벨라 양과 결혼을 하셨죠. 찰스 씨와 테레사 양은 남매 지간이고요."

"아, 알겠습니다. 가족 모임이었군요. 그럼 그분들은 언제 떠나셨습니까?"

"수요일 아침이었어요. 그리고 타니오스 박사님과 벨라 양은 아룬델 양이 걱정되어서 그 주 주말에 다시 한 번 오셨죠."

"찰스 씨와 테레사 양은요?"

"그 다음 주 주말에 오셨어요. 아룬델 양께서 돌아가시기 전 주말에요."

푸아로의 호기심은 결코 만족을 몰랐다. 계속되는 질문들에는 아무런 요점도 없어 보였다. 푸아로가 미스터리를 푸는 데 탁월하긴 하지만, 한시라도 빨리 위엄을 갖춘 채 물러가는 편이 나을 거라는 생각이 들었다.

아무래도 이런 내 생각이 푸아로에게로 전해진 듯 했다.

"에 비엥(그래요). 여러분이 주신 정보가 많은 도움이 됐습니다. 이제는 퍼비스 씨……, 맞죠? 그분과 상의를 해 봐야겠군요. 도움을 주셔서 정말 감사합니다."

푸아로는 허리를 숙이고는 밥을 쓰다듬었다.

"브라브 시엥, 바!(착하지, 자!) 넌 네 주인을 많이 좋아했구나."

밥은 기분이 좋은 듯 꼬리를 흔들더니, 함께 놀아 주길 기대하며 달려가 커다란 석탄 한 조각을 입에 물어 왔다. 물론 이를 본 두 여인의 제지로 석탄을 빼앗기고는 내게 동정을 바라는 듯한 눈빛을 보냈다.

'이 여자들은 음식에는 관대하지만 운동에 대해서는 아무 것도 모른다니까요!'

'개의 공' 사건의 재구성

"자, 푸아로."

뒤로 리틀 그린 하우스의 정문이 닫히는 소리를 들으며 입을 열었다.

"이제 만족하셨길 바랍니다!"

"물론이야, 만족스럽다네."

"아이고, 고맙습니다! 모든 미스터리가 풀렸지 않나요! 사악한 말벗과 부유한 노부인에 대한 상상이 마침내 깨졌군요. 늦게 도착한 편지의 전모와 유명한 '개의 공' 사건 본색도 드러났잖습니까. 모든 문제가 만족스럽고도 정확하게 해결됐죠!"

푸아로는 건조하게 헛기침을 하고는 말했다.

"나는 '만족스럽게'라는 말은 사용하지 않겠네, 헤이스팅스."

"좀 전에 이미 말했잖아요."

"아니, 아니지. 나는 이 문제 전체가 만족스럽게 해결되었다는 말은 하지 않았네. 개인적으로 내 호기심이 만족스럽게 풀렸다고 이야기 한 거지. 이제 '개의 공' 사건의 전말을 알지 않았나."

"정말 간단한 일이었죠!"

"자네가 생각하는 것만큼 간단하지 않아."

푸아로는 몇 번 고개를 끄덕이더니 계속했다.

"난 자네가 모르는 것 한 가지를 알고 있지."

"그게 뭔데요?"

나는 다소 의심스러운 듯 물었다.

"계단 꼭대기의 벽면 아래쪽 몰딩에 못이 하나 박혀 있다는 사실을 알아냈어."

나는 푸아로를 뚫어지게 바라보았다. 그의 표정은 꽤 심각했다.

나는 잠시 후 입을 열었다.

"글쎄요, 왜 거기에 못이 있으면 안 되는 건데요?"

"문제는 말일세, 헤이스팅스, 왜 거기에 못이 있느냐 하는 거야."

"제가 어떻게 알겠습니까, 아마도 집 수리를 하느라 그랬겠죠. 그게 중요한가요?"

"물론, 중요하고말고. 집 수리를 어떻게 한다고 해도 그 장소에는 벽면 밖으로 못이 튀어나오게 박을 일이 없지. 게다가 눈에 띄지 않도록 조심스럽게 색도 칠해져 있더군."

"무슨 의미입니까, 푸아로? 그 이유를 알고 있는 겁니까?"

"쉽게 유추해 낼 수 있지. 계단 꼭대기에다 땅에서 30센티미터 정

도 올라오는 위치에 튼튼한 실이나 철사를 설치하고 싶다면 말이
야, 한 쪽 끝은 계단 난간에 묶으면 되지만 벽면에는 실을 묶어 둘
못 같은 게 따로이 필요하지 않겠나."

"푸아로!"

난 소리쳤다.

"도대체 무슨 생각을 하고 있는 겁니까?"

"몽 셰르 아미(내 소중한 친구), 나는 '개의 공' 사건을 재구성하고
있다네! 내 생각을 들어 보겠나?"

"어서 해 보세요."

"에 비엥(그래), 이렇게 된 일일 거야. 누군가가 계단 꼭대기에 공
을 내버려 두는 밤의 습관을 눈치 챈 거야. 아주 위험한 일이지, 사
고로 이어질 수 있으니까."

푸아로는 잠시 멈추더니 약간 다른 목소리로 이렇게 물었다.

"헤이스팅스, 만약 자네라면 누군가를 죽이고 싶을 때 어떤 수를
쓰겠는가?"

"저는……, 글쎄요, 잘 모르겠는데요. 뭐 알리바이를 꾸며 두겠죠,
아마도."

"재판이라는 건 아주 까다롭고도 위험해. 게다가 자네는 냉혈한
에 신중한 살인자 타입은 아니니 생각해 보게. 누군가를 제거하는
가장 쉬운 방법은 사고를 가장하는 것이란 생각이 들지 않나? 사고
는 항상 일어나기 마련이니까. 그리고 헤이스팅스……, 때로는 사고
를 만들 수가 있어!"

푸아로는 잠시 말을 멈추었다가 다시 시작했다.

"내 생각에는 개가 우연히 계단 꼭대기에 올려 둔 공이 우리의 살인자에게 아이디어를 제공한 것 같아. 아룬델 양은 밤이면 방에서 나와 집 안을 배회하는 버릇이 있었던 데다 시력도 좋지 않았어. 그러니 공에 걸려 넘어져 계단 아래로 떨어질 가능성이 꽤 높았던 거지. 하지만 신중한 살인자는 모든 일을 우연에 맡겨두지 않았어. 계단 꼭대기에 실을 걸어 두는 것이 훨씬 더 나은 방법이라고 생각했겠지. 그렇게 한다면 거꾸로 떨어질 수 있을 테고, 잠에서 깨어 밖으로 뛰쳐나온 가족들의 눈에는 사건의 원인이 밤의 공으로 보일 테니 말일세!"

"정말 끔찍하군요!"

푸아로가 진지하게 말했다.

"그래, 정말 끔찍하지……. 그런데 실패로 돌아갔어. 아룬델 양은 목이 부러질 수도 있었지만 경미한 부상을 입은 데서 그쳤으니, 익명의 살인자에겐 아주 실망스러운 일이었겠지! 게다가 아룬델 양은 아주 예리한 노부인이었어. 다들 공 때문에 미끄러진 거라고 말했고 그 증거로 공도 있었지만, 그녀는 스스로 사건을 되짚어 보고 뭔가 다르다는 걸 느꼈지. 공 때문에 미끄러진 게 아니었을 뿐더러 뭔가 다른 게 생각났지. 다음 날 새벽 5시에 밥이 집 밖에서 들여보내 달라고 짖는 소릴 들었다는 걸 기억해 낸 거야.

물론 이것이 내 짐작이라는 것은 인정하네만, 내가 옳을 거라고 확신해. 아룬델 양은 전날 저녁 때 밥의 공을 직접 그 서랍 안에 치워 뒀던 거야. 그후에 밥은 집 밖으로 나가 돌아오지 않았지. 따라서 계단 위에 공을 올려 둔 것은 밥일 수가 없는 거라고."

"그건 완전히 추측에 불과하잖아요, 푸아로."

내가 항의하자 푸아로가 말했다.

"꼭 그렇진 않아. 아룬델 양이 혼수 상태에 빠졌을 때 중요한 말을 했지. 밥의 공과 '열려 있는(ajar) 그림'에 대해서 말이야. 무슨 말인지 알겠나?"

"전혀요."

"희한하군. 외국인인 나도 '그림이 열려(ajar) 있다'는 표현은 사용하지 않는데 말이야. 문이 열려(ajar) 있지, 그림은 뒤틀려(awry) 있거나 하고."

"아니면 비뚤어져 있거나요."

"그래, 자네 말대로 비뚤어져 있거나. 그래서 엘렌이 단어를 잘못 알아들었다는 사실을 깨달은 거라네. 아룬델 양이 말한 것은 열려 있는(ajar) 그림이 아니라 항아리(a jar) 위에 그려진 그림이었어. 그리고 응접실에는 비교적 눈에 띄는 도자기 항아리가 하나 있었고, 그 항아리에는 개의 그림이 그려져 있었다네. 아룬델 양의 헛소리가 생각나 그 그림을 자세히 살펴봤지. 항아리의 그림은 밖에서 밤을 지샌 개가 주제였어. 열에 들뜬 여자가 무슨 생각을 했을 것 같나? 밥이 항아리의 그림 속 개, 밤새 밖에 나가 있던 개와 똑같다고 생각했겠지. 따라서 계단 위에 공을 둔 것은 밥일 수가 없는 것일세."

나는 나도 모르게 감탄의 말을 내뱉고 말았다.

"푸아로! 당신은 정말 천재입니다! 어떻게 그런 생각을 해 낸 겁니까?"

"나는 '생각해 낸' 것이 아니라네. 그저 모든 정황들이 누구라도 발견할 수 있도록 그 자리에 있었던 것뿐이야. 에 비엥(그럼), 아룬델 양이 어떤 생각을 했을지 이제 알겠는가? 계단에서 떨어진 이후로 침대에 누워 있던 아룬델 양은 점점 더 의심에 사로잡혔지. 그녀가 느끼는 의심은 어쩌면 비현실적이고 부조리한 것일지 모르지만 어쨌든 뭔가가 있는 건 분명했어. '개의 공' 사건 이후로 많이 불안했을 거야. 그래서 그녀는 나에게 편지를 썼지만, 불행히 두 달이 지나도록 나에게 도착하지 않았지. 어떤가? 그녀의 편지와 이 모든 정황들이 완벽하게 맞아떨어지지 않는가?"

"네, 그러네요."

나는 인정하지 않을 수 없었다.

푸아로는 계속했다.

"또 한 가지 고려해 봐야 할 점이 있네. 로슨 양은 밖에서 밤을 새고 들어온 밥이 짖는 소리가 아룬델 양의 귀에 들어갈까 봐 지나칠 정도로 노심초사 했다는 거야."

"그렇다면 그녀가……."

"그 사실을 유념해 두어야 하지."

나는 잠시 그 일에 대해 생각해 보다가 마침내 한숨을 쉬며 입을 열었다.

"글쎄요, 정말 굉장히 흥미롭네요, 지적 노동으로서 말입니다. 당

신에게 경의를 표합니다. 정말 뛰어난 사건 재구성이었어요. 그 노
부인이 돌아가셨다는 게 안타까울 정도로요."

"안타깝다……, 그렇지. 아룬델 양은 누군가 자신을 살해하려 한
다는 편지를 썼고(결국 편지는 그런 내용이었다.) 얼마 되지 않아 죽
었어."

"네, 자연사했다는 것도 엄청난 실망이겠군요. 그렇죠? 어서요,
인정할 건 인정하라고요."

푸아로는 어깨를 으쓱했다.

"아니면 아룬델 양이 독살당했다고 생각하는 겁니까?"

내가 심술궂게 말하자, 푸아로는 다소 낙담한 듯이 고개를 흔들
었다.

결국 푸아로가 입을 열어 인정했다.

"그래, 아룬델 양의 죽음은 자연사였던 것 같아."

"그렇다면, 이제 꽁무니를 빼고 런던으로 돌아가야겠군요."

"미안하지만, 우리는 런던으로 돌아가지 않을 걸세."

"무슨 소리입니까, 푸아로!"

나는 어이없는 마음에 소리를 질렀다.

"사냥개에게 토끼를 보여 줬다면 말일세. 그 사냥개가 런던으로
돌아가려 할까? 아니지, 토끼굴로 들어가려 할걸세."

"무슨 뜻이에요?"

"사냥개는 토끼를 쫓지. 에르퀼 푸아로는 살인자를 쫓고. 여기 살
인자가 한 명 있다네. 물론 살인에 실패하긴 했지만, 그럼에도 불구

하고 살인자라는 사실은 변치 않아. 나는 그가 누구인지 끝까지 파헤칠걸세."

그리고 푸아로는 민첩하게 정문으로 들어섰다.

"어딜 가시는 거예요, 푸아로?"

"조사를 하려 하는 거라네, 친구. 여기가 바로 아룬델 양의 병환을 돌본 그레이너 박사의 병원이야."

그레이너 박사는 예순 살 정도로 보이는 노신사였다. 얼굴은 수척하고 여위었으며 턱은 억세 보였고, 숱이 많은 눈썹 밑으로 눈은 날카롭게 빛나고 있었다. 그는 나와 푸아로를 유심히 바라보고는 무뚝뚝하게 물었다.

"무슨 일이시죠?"

푸아로는 아주 현란한 어투를 구사하며 대답했다.

"갑작스럽게 방문 드린 점 사과드립니다, 그레이너 박사님. 먼저 제가 박사님에게 의학적 상담을 받고자 찾아온 게 아니라는 사실을 고백해야겠군요."

그레이너 박사는 냉담하게 대꾸했다.

"그거 잘됐군요. 충분히 건강해 보이시니까요!"

"제 방문의 목적을 설명 드리죠."

푸아로가 계속 말을 이었다.

"사실은 제가 책을 한 권 저술하고 있습니다. 돌아가시기 전에 마켓 베이싱에 살았던 고(故) 아룬델 장군님의 삶에 대한 책이지요."

의사는 다소 놀란 듯한 표정이었다.

"네, 아룬델 장군은 죽기 전까지 이곳 리틀 그린 하우스에서 살았지요, 은행을 지나서 바로 다음입니다. 거기엔 가 보셨겠지요?"

푸아로는 긍정의 표시로 고개를 끄덕였다.

"하지만 그건 제가 여기에 오기 훨씬 전의 일입니다. 제가 이 마을에 정착하게 된 것은 1919년이니까요."

"하지만 그분의 따님이신 고(故) 아룬델 양은 아시죠?"

"에밀리 아룬델이라면 잘 알고 있습니다만."

"이해하시겠지만, 아룬델 양이 최근에 돌아가신 것을 알고는 꽤 충격을 받았습니다."

"4월 말이었지요."

"네, 저도 알고 있습니다. 아룬델 양께 아버지에 관한 개인적인 이야기들과 추억담들을 들어볼 생각이었는데 말입니다."

"그렇겠군요. 한들 제가 무슨 도움이 되겠습니까."

"아룬델 장군님의 아드님이나 따님 중에 살아 계신 분이 더 계신가요?"

"아니요, 모두 돌아가셨지요, 많았는데."

"자녀분들이 몇이셨죠?"

"다섯 명이었습니다. 딸 넷에 아들 하나였죠."

"그러면 손자분들은요?"

"찰스 아룬델과 그 여동생인 테레사가 있습니다. 그쪽에 알아볼 수도 있지요. 하지만 별로 도움은 되지 않을 것 같군요. 젊은 세대들은 할아버지에 대해 별다른 관심이 없으니까요. 그리고 타니오스 부인도 있지만 그쪽도 마찬가지일 겁니다."

"그 젊은이들이 가문에 대한 서류를 가지고 있을까요?"

"아마도요. 하지만 제가 알기로는 에밀리 양이 돌아가신 후에 많은 물건들을 치워 없애거나 태웠다고 하더군요."

푸아로는 고민스러운 표정으로 투덜댔다.

그레이너 박사는 호기심에 찬 눈빛으로 푸아로를 바라보았다.

"아룬델 장군에게 뭐 흥미로운 점이라도 있습니까? 그 사람이 그렇게 중요한 인물이라는 말은 들어본 적이 없는데요."

"친애하는 선생님."

푸아로의 눈은 광적인 흥분으로 빛났다.

"역사는 진정으로 위대한 인물들을 몰라본다는 말을 들어본 적이 없으십니까? 최근 들어 세포이 반란을 완전히 새로운 시각으로 바라보는 논문들이 발표되었죠. 감춰진 역사가 있는 겁니다. 그 감춰진 역사에서 존 아룬델은 아주 중요한 역할을 담당한 인물이었습니다. 모든 것들이 정말 매혹적이에요! 현재 큰 이목을 끌고 있지요. 인도, 그리고 인도에 대한 영국의 정책은 초미의 관심사로 떠오르고 있어요."

"음. 존 아룬델이 세포이 반란 이야기를 장황하게 늘어놓곤 했다는 이야기를 들은 적이 있습니다. 그 시절 이야기를 자랑스럽게, 듣는 사람이 지루할 정도로 했다죠."

"그 얘긴 누구에게 들으셨습니까?"

"피바디 양에게서요. 가시는 길에 들러보는 것도 좋겠군요. 이 마을에서 가장 오래 사신 분인데다 아룬델 가와도 친밀한 관계죠. 게다가 남의 말 하는 것이 가장 큰 취미 생활이시니, 그 명성을 믿고 찾아가볼 만한 가치는 있습니다. 아주 괴짜예요."

"감사합니다, 그거 좋은 생각이로군요. 참, 그리고 고(故) 아룬델 장군님의 손자분이신 아룬델 씨의 주소도 좀 알 수 있을까요?"

"찰스요? 네, 알려 드리죠. 하지만 찰스는 버르장머리 없는 젊은이에요. 가족사 따윈 신경도 쓰지 않을 겁니다."

"많이 어린가요?"

"나 같은 늙은이들이나 어리다고 하는 거죠."

박사는 즐거운 듯 말했다.

"삼십대 초반이에요. 가족들에게 골칫덩어리이자 짐이나 되려고 태어난 것 같은 젊은이지요. 매력적이지만 그게 전부예요. 배를 타고 전 세계를 떠돌았지만 쓸데없는 짓만 하고 다녔죠."

"고모님께서는 물론 그 조카분을 좋아하셨겠죠? 나이 많으신 분들은 가끔 그러잖습니까."

푸아로가 과감하게 말을 꺼냈다.

"음……, 잘 모르겠습니다. 에밀리 아룬델은 절대 어리석은 사람이 아니었어요. 내가 아는 한은 찰스가 그녀에게서 돈을 얻어내는 데 성공한 적이 없으니까요. 그 노부인에게는 억척스러운 면이 있죠. 난 그녀가 아주 좋았어요. 존경하기도 했죠. 노병처럼 철두철미했습니다."

"아룬델 양은 갑작스럽게 돌아가신 건가요?"

"네, 어떤 면에서는 그렇죠. 물론 몇 년 동안 건강이 좋지 않았던 건 사실입니다. 하지만 그 힘든 상황들을 다 이겨냈거든요."

"이런 소문이 떠돌던데요……, 뜬소문을 반복하는 것 사과드립니다, 가족들과 다툼이 있었다면서요?"

푸아로는 애원하듯 손을 내밀며 말했다.

"정확하게 말하자면 그녀는 가족들과 다투지는 않았죠."

그레이너 박사는 천천히 대답했다.

"내가 알기로 공공연한 다툼은 없었습니다."

"죄송합니다, 제가 좀 경솔했나 보군요."

"아니요, 아닙니다. 결국 소문이란 건 공공의 자산이니까요."

"가족에게는 돈을 한 푼도 안 남겨주셨다죠?"

"네, 겁 많고 수선스러운 말벗에게 모든 걸 남겼죠. 정말 이상한 일이고 저도 이해할 수가 없습니다. 그녀답지 않아요."

푸아로가 친절하게 말했다.

"아, 그런 일들은 자주 일어나곤 하죠. 허약하고 병환이 있는 노부인의 경우에는 말입니다. 항상 자신의 옆에서 돌봐주는 사람에게 의존하게 되죠. 인품이 좋고 현명한 여성이라면 그러한 노부인들의 마음을 지배하기 마련이죠."

지배라는 말을 들은 그레이너 박사는 붉은 천을 본 황소처럼 흥분했다.

"지배? 지배라고요? 턱도 없는 소리! 에밀리 아룬델은 미니 로슨을 개만도 못하게 취급했어요. 그 세대 사람들의 특징이죠! 어쨌든 말벗으로 고용되어서 먹고 사는 여자들은 대부분이 어리석어요. 머리가 있다면 더 나은 돈벌이를 찾았겠죠. 에밀리 아룬델은 어리석은 자들에게 관대하지 않았습니다. 일 년이면 그 어리석은 여인네들에게 질려 내보내곤 했죠. 지배? 말도 안 되는 소립니다!"

푸아로는 위태로운 상황을 무마하기 위해 서둘렀다.

"음....... 그 로슨 양이 받았다는 것 중 아룬델 가의 오래된 편지나 문서들도 있을까요?"

"그럴 수도 있죠. 대부분의 물건은 나이든 하녀의 방 어딘가에 처박혀 있을 겁니다. 아마도 로슨 양이 이미 반 이상은 버렸을 테지만요."

푸아로가 자리에서 일어났다.

"정말 감사드립니다, 그레이너 박사님. 정말 친절한 답변을 해 주셨습니다."

"아닙니다, 오히려 아무런 도움이 못 되어서 미안하군요. 피바디 양이라면 잘 알고 있을 겁니다. 여기서 1.5킬로미터 정도 떨어진 모턴 매너에 살고 있어요."

푸아로는 박사의 탁자 위에 올려진 풍성한 장미 꽃다발의 냄새를 맡으며 중얼거렸다.

"향기가 참 좋습니다."

"네, 그럴 것 같군요. 하지만 저는 그 향기를 맡을 수가 없어요. 4년 전 독감에 걸려 후각을 잃었죠. 의사한테는 난감한 일이죠. '의사들이여, 자신의 병부터 고쳐라.'라고 해도 어쩔 수 없는 일이지요. 더 이상 담배도 즐길 수가 없으니."

"안타까운 일이군요. 그런데 아룬델 가 젊은이의 주소 좀 알 수 있을까요?"

"아, 그럼요."

박사는 우리를 홀로 안내하더니 누군가를 불렀다.

"도널드슨."

"저와 함께 일하는 친구죠. 도널드슨이라면 주소를 정확히 알고 있을 겁니다. 찰스의 여동생인 테레사와 약혼을 했거든요."

그러고는 다시 한 번 불렀다.

"도널드슨."

그러자 건물 뒤편으로 나 있는 방에서 한 젊은이가 걸어 나왔다. 중간 정도의 키에 다소 무미건조해 보이는 얼굴을 한 청년으로 깔끔하고 똑 부러지는 태도를 보였다. 그레이너 박사와는 정반대였다.

푸아로가 사정을 설명하자, 도널드슨 박사의 살짝 돌출된 창백한 푸른 눈이 평가를 하는 듯 우리를 훑고 지나갔다. 마침내 입을 연 도널드슨 박사의 말투는 건조하면서도 분명했다.

"찰스는 어디에 있는지 정확히 모릅니다. 테레사 아룬델 양의 주소를 알려 드리죠. 그녀라면 찰스가 어디 있는지 여러분들에게 알려줄 수 있을 겁니다."

푸아로는 그러면 좋겠다고 대답했다.

도널드슨 박사는 공책 윗장에 주소를 적고는 그 종이를 찢어 푸아로에게 건넸다.

푸아로는 그에게 감사의 인사를 한 다음 두 사람 모두와 작별 인사를 했다. 우리가 문 밖으로 걸어 나가는 순간, 나는 홀에 서 있는 도널드슨 박사가 약간 놀란 듯한 표정으로 우리의 뒷모습을 응시하고 있다는 사실을 알아챘다.

피바디 양을 방문하다

"그렇게 공들여 거짓말을 할 필요가 있었습니까, 푸아로?"

길을 걸으며 묻자 푸아로는 어깨를 으쓱했다.

"거짓말을 이왕 할 작정이라면, 그렇지. 자네가 거짓말을 꺼리는 성격이라는 것은 알지만, 나에게는 쉬운 일이라네."

"제가 보기에도 그렇더군요."

"좀 전에도 말했지만 거짓말을 할 작정이라면, 예술적이고 로맨틱한 거짓말, 설득력 있는 거짓말을 해야 해!"

"아까 한 거짓말이 설득력 있는 거짓말이라고 생각합니까? 도널드슨 박사가 그 거짓말을 믿었다고 생각해요?"

"그 젊은이는 회의적인 성품을 지녔더군."

푸아로는 곰곰이 생각해 보며 내 말을 인정했다.

"제가 보기에는 분명 우리를 의심하는 것 같았습니다."

"그 젊은이가 왜 우릴 의심하는지 모르겠군. 바보들이 바보들의 삶에 대해 쓰는 건 매일 벌어지는 일인데 말이지. 자네 말대로야."

"당신이 스스로를 바보라고 하는 건 처음 듣는데요."

나는 씩 웃으며 말했다.

"나는 그 어떤 역할이라도 맡을 수 있어."

푸아로가 쌀쌀맞게 대꾸했다.

"내가 꾸며낸 작은 이야기가 마음에 들지 않았다니 유감이군. 그냥 나 혼자 즐거워하는 걸로 만족해야겠어."

나는 대화의 주제를 바꾸었다.

"이제는 뭘 하죠?"

"간단해. 자네 차를 타고 모턴 매너를 방문할 걸세."

그렇게 도착한 모턴 매너는 빅토리아 시대의 볼품없고 튼튼해 보이는 집이었다. 노쇠한 하인이 다소 의심스러운 듯한 눈길로 우리를 맞이하더니, 약속이 되어 있는지 물어 보았다.

"피바디 양께 그레이너 박사님께서 보내셨다고 전해 주시죠."

푸아로가 말했다.

몇 분이 지난 후 문이 열리며 땅딸막한 한 여자가 뒤뚱거리며 들어 왔다. 숱이 없고 하얗게 센 머리는 정중앙에서 가르마를 타 깔끔하게 뒤로 넘겨져 있었다. 검은색 벨벳 원피스는 사방에 보풀이 일었고, 목을 감싼 아름답고 정교한 레이스 위에는 커다란 카메오 브로치가 달려 있었다.

그녀는 시력이 좋지 않은 듯 찡그린 채 우릴 바라보며 다가왔다.

그녀가 꺼낸 말은 우리를 다소 놀라게 했다.

"뭘 팔러 오셨나요?"

"아닙니다, 마담."

푸아로가 대답했다.

"정말이에요?"

"확실합니다."

"진공청소기?"

"아닙니다."

"스타킹?"

"아닙니다."

"카펫?"

"아닙니다."

"아, 그렇다면 좋아요. 거기 앉으세요."

피바디 양은 의자에 앉으며 말했다.

우리는 공손하게 자리에 앉았다.

"좀 전의 질문은 양해해 주세요."

피바디 양은 자신의 태도를 사과했다.

"조심해야 하거든요. 정말 별의별 사람들이 다 들어오니까요. 하인들이 무용지물이라 말도 제대로 못하니 원. 그렇다고 하인 탓만 할 순 없어요. 정중한 목소리에 멀쩡한 옷차림을 하고 제대로 된 이름을 대니 말이에요. 거기다 뭐라고 하겠어요? 리지웨이 경시장부터 스콧 에드거턴 씨, 다아시 피처버트 대령까지. 개

중에는 잘생긴 사람들도 있었어요. 그런데 자리에 앉기도 전에 코앞에다 다짜고짜 크림 만드는 기계를 들이밀지 뭐에요."

푸아로가 진지하게 말했다.

"마담, 다시 한 번 말씀드리지만 저희는 절대 그런 사람들이 아닙니다."

"네, 그러시겠지요."

푸아로는 다시 한 번 이야기를 풀어 놓았다. 피바디 양은 작은 눈을 한두 번씩 깜빡이며 잠자코 그의 말을 들었다. 이야기가 끝나자 피바디 양이 질문을 던졌다.

"책을 쓰신다고요?"

"네."

"영어로요?"

"그럼요, 영어로요."

"하지만 당신은 외국인이잖아요, 그렇죠? 어서요, 외국인 맞죠?"

"사실입니다."

그 말을 들은 피바디 양은 나를 흘끗 쳐다보았다.

"당신이 이분 비서이신가요?"

"어……, 예."

나는 우물쭈물 대답했다.

"고상한 영어를 구사하실 줄 아나요?"

"그랬으면 좋겠습니다."

"음……. 학교는 어딜 나왔죠?"

"이튼이요."

"그렇다면 어림도 없겠군요."

피바디 양이 다시 푸아로에게로 관심을 돌리는 바람에, 난 유서 깊은 교육의 중심지에 대한 모욕을 그저 참을 수밖에 없었다.

"아룬델 장군의 인생에 대해 쓰신다고요?"

"네, 그분을 잘 아시죠?"

"네, 존 아룬델을 잘 알죠. 술꾼이었어요."

잠시 침묵이 흘렀다. 피바디 양은 곰곰이 생각하며 다시 입을 열었다.

"세포이 반란이라고 하셨죠? 공연히 쓸데없는 일을 파헤치는 것 같군요. 하지만 그게 당신 일이겠죠."

"마담, 이런 일에도 유행이 있습니다. 현재는 인도가 유행이죠."

"인도요, 유행은 돌고 돌죠. 옷소매를 보세요."

우리는 상대방을 존중하는 의미로 침묵을 유지했다.

"레그 오브 머튼 슬리브(양 다리와 같이 생긴 소매라는 의미로 긴소매 중 소매라인을 부풀린 퍼프소매—옮긴이)는 정말 보기 흉하죠. 나한테는 비숍 슬리브(아래쪽이 넓고, 손목 부분을 개더로 쥔 소매—옮긴이)가 잘 어울려요."

그녀는 빛나는 눈을 푸아로에게 고정시켰다.

"자 그럼, 뭘 알고 싶으세요?"

푸아로는 손을 펴 보였다.

"무엇이든지요! 가족사, 소문, 사생활 뭐든 좋습니다."

"인도에 관한 건 말해 줄 게 하나도 없어요. 사실 그 얘기가 나오면 듣는 척만 했었죠. 그 노인네가 늘어놓는 이야기는 지루했답니다. 아주 멍청한 사람이었어요. 물론 다른 사람들에게는 감히 그런 말을 못하죠. 저는 항상 군인들에게는 지능이 없다는 이야기를 들었어요. 대령의 부인에게 주의를 기울이고 공손하게 상관의 말에 귀를 기울여 보면 제 말이 무슨 뜻인지 알게 될 겁니다. 우리 아버지가 항상 하시던 말이죠."

이 격언을 존중하는 의미에서 푸아로는 잠시 침묵을 지킨 후 입을 열었다.

"아룬델 가와는 친밀한 사이셨다지요?"

"잘 알고 지냈죠."

피바디 양이 대답했다.

"첫째이자 여드름투성이 소녀였던 마틸다는 주일 학교 선생님이었어요. 그 교회 목사한테 반했더랬죠. 그리고 둘째가 에밀리에요. 말을 정말 잘 탔어요. 그 아버지가 으레 발작을 일으킬 때면 그나마 나서서 일을 처리할 수 있는 것도 에밀리뿐이었죠. 수레를 몇 번은 가득 채울 술병들을 집 밖으로 빼내 밤에 몰래 땅에 파묻어 버리곤 했어요. 그리고…… 어디 보자, 그 다음이 아라벨라던가 토머스던가? 하여간 딸 넷에 아들 하나였어요. 그러니 그 아들이 어땠겠어요? 토머스는 좀스러운 구석이 있었죠. 아무도 그가 결혼을 할 수 있을 거라고 생각도 못해서 그가 결혼을 한다고 했을 때는 좀 충격을 받았죠."

그녀는 빅토리아 시대 사람답게 깔깔 웃어댔다.

피바디 양 스스로가 자신의 이야기를 즐기고 있는 것이 분명했다. 우리가 청중이라는 사실은 아예 잊은 듯했다. 피바디 양은 그만큼 과거의 기억 속에 빠져 있었다.

"그 다음이 아라벨라, 못생긴 소녀였죠. 얼굴이 마치 곰보빵 같았어요. 남매들 중에 제일 못났지만 시집은 잘 갔어요. 남편이 캠브리지의 교수로, 꽤 나이가 많은 남자였어요. 결혼할 당시에도 예순은 족히 넘었을 겁니다. 이 동네에서도 강의를 몇 번 했었는데, 내가 기억하기로는 현대 화학의 경이에 대한 강의였어요. 어찌나 말을 웅얼거리는지, 거기다 턱수염을 잔뜩 길러서 무슨 말을 하는 건지 통 알아들을 수가 없었죠. 아라벨라는 항상 그 곁에서 질문을 던지곤 했어요. 아라벨라도 어린 나이 아니었어요, 마흔이 다 됐을 때니까. 아, 지금은 둘 다 죽었어요. 꽤 행복한 결혼 생활을 했지요. 못생긴 여자랑 결혼하라는 말도 있잖아요. 그러면 남자는 결혼과 동시에 최악의 상황을 미리 경험하게 되는 데다, 여자가 경박하게 돌아다닐 염려도 없으니까요. 그 다음이 아그네스죠. 그 집안 막내였고 예뻤죠. 다소 쾌활한 편이었다고 생각했어요. 방탕하다고 생각될 정도로요! 참 이상한 일이죠. 그 집안 남매들을 생각해 보면 결혼할 사람은 아그네스였는데, 결혼을 하지 않았단 말이에요. 전쟁이 끝난 지 얼마 되지 않아 죽어버렸고요."

푸아로가 중얼댔다.

"토머스 씨의 결혼이 다소 예기치 못한 일이었다고 하셨죠."

다시 한 번 피바디 양은 시원스럽게 깔깔 웃어댔다.

"예기치 못한 일이라고요? 그랬죠, 잠시 가십거리가 됐었죠. 그렇게 조용하고 소심하고 내성적인데다 여동생과 누나들에게 끔찍하게 잘하는 남자가 그런 결혼을 하리라고는 생각도 못 했으니까요."

그녀는 잠시 말을 멈추었다.

"1890년대 말 화제가 되었던 사건을 혹시 기억하세요? 발리 부인 사건 말이에요. 비소로 남편을 독살했다는 의혹을 받았었죠. 아름다운 여자였어요. 떠들썩한 사건이었지만 그 여잔 무죄로 풀려났고요. 뭐, 토머스 아룬델은 정말 제정신이 아니었어요. 그 사건을 다룬 신문이란 신문은 죄다 모아서 기사를 읽고 발리 부인의 사진을 오렸죠. 그리고 어떻게 됐는지 아세요? 재판이 끝나자 토머스가 런던으로 가서 그 여자에게 청혼을 했어요. 토머스가, 그 소심하고 집 안에만 틀어박혀 있던 토머스가! 남자들이란 정말 알 수가 없어요. 언제 무슨 행동을 할 지 예측불허라니까요."

"그래서 어떻게 됐습니까?"

"아, 결국 그 여자와 결혼을 했죠."

"다른 자매들에겐 엄청난 충격이었겠군요."

"그랬을 거라고 생각해요! 다들 그 여자를 받아들이려 하지 않았으니까요. 모든 면을 고려해 봤을 때 그 사람들을 탓할 수도 없죠. 어쨌든 토머스는 굉장히 상처를 받았어요. 해협제도(Channel Islands, 프랑스 북서부에 위치한 영국령 섬—옮긴이)로 이사를 한 뒤 소식을 완전 끊어 버렸으니까요. 그 부인이 진짜 전남편을 독살했는지는 아직까지도 수수께끼예요. 하지만 토머스를 독살하지 않은 건 분명해요. 토머스가 부인보다 3년을 더 오래 살았으니까. 그 사이에는 자식도 둘 있었죠. 딸 하나 아들 하나요. 엄마를 닮아서 아주 잘생기고 예쁜 아이들이에요."

"그 아이들도 고모를 보러 자주 왔었겠네요."

"그 부모가 죽기 전까지는 못 왔죠. 부모가 죽었을 때 아이들은 학교에 다니고 이미 다 컸던 때고요. 휴일이면 이 곳에 오곤 했죠. 에밀리에게 일가 친척이라곤 그 아이들하고 벨라 비그스뿐이에요."

"비그스요?"

"아라벨라의 딸이죠, 우둔한 애예요. 테레사보다 몇 살 더 많을 겁니다, 항상 바보 같은 짓거리만 해대지만. 대학을 졸업한 어떤 스페인 계 사람이랑 결혼을 했지 뭐에요, 그리스 인 의사라나. 불쾌하게 생긴 사람이에요. 물론 매너가 좋다는 사실은 인정하지만 말이에요. 불쌍한 벨라에게는 별다른 선택의 여지가 없었을 거예요. 아버지 수발을 들거나 어머니 뜨개실을 들어 주며 시간을 보냈으니까요. 그런데 이국적인 남자가 나타났으니, 거기에 매료된 거죠."

"결혼 생활은 행복한가요?"

그러자 피바디 양이 딱 잘라 말했다.

"남들 결혼 생활에 대해 이렇다 저렇다 단정 짓는 말은 하고 싶지 않아요! 겉보기에는 꽤 행복한 것 같더군요. 노리끼리한 아이 둘을 낳고 지금은 스미르나에 살고 있어요."

"하지만 지금은 영국에 있겠죠?"

"네, 3월에 왔죠. 곧 스미르나로 돌아가고 싶어요."

"에밀리 아룬델 양은 조카딸을 좋아하셨나요?"

"벨라요? 오, 그랬죠. 아이들을 애지중지하는 그런 타입의 따분한 여자죠."

"에밀리 아룬델 양은 조카딸이 지금의 남편과 결혼하는 것을 인정하셨나요?"

피바디 양이 깔깔 웃으며 대답했다.

"인정하진 않았어요. 하지만 내가 보기엔 그 사람을 비교적 마음에 들어 하는 것 같더라고요. 머리가 좋은 사람이었으니까. 굳이 말하자면, 그가 교묘하게 에밀리의 마음을 사로잡은 거예요. 돈 냄새를 기가 막히게 맡았으니까."

푸아로가 헛기침을 하며 중얼거렸다.

"그렇다면 아룬델 양이 돌아가셨을 때는 상당히 부유하셨다는 거군요?"

피바디 양은 좀 더 편하게 자세를 고쳐 앉으며 말했다.

"네, 그것 때문에 이 난리가 난 거라고요! 아무도 에밀리가 그렇게 부유한 줄은 꿈에도 몰랐으니까요. 알고 보니 이렇게 된 거더라고요. 에밀리의 아버지는 자식들에게 얼마 안 되는 재산을 동등하게 나눠 주셨다고 하더군요. 그 돈의 일부를 재투자 했는데, 투자가 꽤 성공적이었나 봐요. 모털드 사(社)의 우선주도 가지고 있었대요. 물론 토머스와 아라벨라가 결혼할 때 자기 몫을 챙겨가긴 했지만 여기 살았던 다른 세 명의 자매들은 공동 수입의 십분의 일도 쓰지 않았어요. 그 수입들은 다시 재투자되었고요. 마틸다가 죽으면서 에밀리와 아그네스에게 돈을 남겼고, 아그네스가 죽으면서 자신의 돈을 전부 에밀리에게 남겼던 거죠. 게다가 에밀리는 워낙에 검소했으니. 결국 죽을 때 어마어마한 재산을 남기고, 로슨이란 여자가 그 돈을 다 받은 거랍니다!"

피바디 양은 이 마지막 문장을 마치 극적인 장면을 이야기하듯 외쳤다.

"피바디 양께서도 놀라셨겠군요?"

"솔직히 말하자면 정말 놀랐어요! 에밀리는 자신이 죽으면 재산은 전부 조카들에게 나눠줄 거라고 공공연히 얘기하곤 했으니까요. 그리고 사실 원래 유언장도 그렇게 작성했어요. 하인들에게 조금 남겨 주고, 나머지는 테레사와 찰스, 벨라에게 골고루 나누어 줄 작정이었죠. 그런데 세상에나! 에밀리가 죽은 다음에 그 불쌍한 로슨 양에게 모든 재산을 남겨준다는 새 유언장이 발견되었지 뭐에요!"

"그 유언장은 돌아가시기 직전에 작성된 겁니까?"

피바디 양은 푸아로를 날카로운 시선으로 바라보았다.

"부당 위압이라도 받은 거라고 생각하시나요? 아니에요, 그런 일은 없었을 겁니다. 그리고 그 불쌍한 로슨이 그런 짓을 할 머리나 배짱이 있었다고도 생각하지 않아요. 사실 로슨도 다른 사람들만큼이나 놀란 것 같더라고요, 본인 말이긴 하지만!"

푸아로는 피바디 양의 마지막 말에 씩 웃었다.

"새 유언장은 죽기 열흘 전쯤에 작성됐어요."

피바디 양이 계속 말을 이었다.

"변호사 말로도 유언장이 별 문제 없다고 했어요. 뭐, 그럴 수도 있겠죠."

"그 말씀은……."

푸아로가 몸을 앞으로 숙이며 말하자 피바디 양이 가로챘다.

"제 말은 속임수가 있지 않을까 하는 거예요. 뭔가 수상한 구석은 없는지……."

"피바디 양께서는 정확히 유언장의 어떤 부분이 의심스럽다고 생각하시는 겁니까?"

"나야 모르죠! 어떤 부분에서 속임수를 썼을지 내가 무슨 수로 알겠어요? 난 변호사가 아니라고요. 하지만 뭔가 수상쩍어요, 그건 분명해요."

푸아로가 천천히 입을 열었다.

"유언장에 이의를 제기하는 사람은 없었나요?"

"테레사가 법률 변호사의 의견을 물었어요. 그래봐야 무슨 득이 있었겠어요! 변호사들이 내놓는 의견의 십중팔구는 뭔지 아세요? '하지 마시오!'라는 거죠. 한번은 내가 소송을 걸려고 하는데 다섯 명의 변호사가 소송을 걸지 말라고 조언을 하더군요. 그래서 내가 어떻게 했을 것 같아요? 변호사들의 말을 무시했죠. 그리고 소송에서도 이겼고요. 런던에서 온 영리한 애송이가 날 증인석에 앉히고는 구워삶으려 하지 뭐예요. 하지만 결국 실패했죠. 그 애송이가 '피바디 양, 이 모피들은 확실히 구분할 수 없을 겁니다. 모피에는 모피

상의 상표가 없으니까요.'라고 말하더군요.

그래서 저는 이렇게 말했죠. '그럴 수도 있죠. 하지만 안감에 꿰맨 자국이 있어요. 요즘에 그렇게 꿰맬 수 있는 사람이 있다면 내 손에 장을 지지겠어요.' 그 애송이 완전히 무너졌죠."

피바디 양은 기분이 좋은 듯 깔깔거렸다.

"제 생각에는……."

푸아로가 조심스럽게 이야기를 꺼냈다.

"그 로슨 양과 아룬델 양 가족 분들 사이에 감정이 별로 좋지 않겠네요."

"뭘 기대하시는 거예요? 사람의 본성이 어떤 건지 잘 아시잖아요. 한 사람이 죽은 뒤에는 항상 말썽이 일기 마련이죠. 남아 있는 가족들이 서로 못 잡아먹어 안달이니 죽은 사람들도 편히 눈을 감기가 힘들죠."

푸아로가 한숨을 쉬며 말했다.

"정말 그렇습니다."

"그게 인간의 본성이에요."

피바디 양이 관대한 말투로 말했다.

푸아로는 대화의 주제를 바꾸었다.

"아룬델 양이 심령술에 관심이 있으셨다는 게 사실입니까?"

피바디 양은 푸아로를 아주 세심하게 관찰하는 듯 날카로운 눈매로 쏘아봤다.

"만약 존 아룬델의 영혼이 돌아와 에밀리에게 모든 재산을 미니 로슨에게 남겨주라고 명령을 했고 에밀리가 그 명령에 따랐다고 생각한다면, 그건 엄청난 오산이에요. 에밀리는 바보가 아니었다고요. 그저 카드놀이보다 조금 더 재밌는 놀잇거리 정도로밖에 생각하지 않았어요. 트립 자매는 만나 보셨나요?"

"아니요."

"그 사람들을 만나보면 그게 얼마나 바보 같은 짓인지 알 수 있을 거예요. 짜증나는 여자들이죠. 보는 사람들마다 친척에게서 온 메시지라며 전해주는데 전혀 앞뒤가 안 맞는 것들뿐이니. 하지만 그 여자들은 철석 같이 믿고 있어요. 미니 로슨도 그랬죠. 뭐, 시간 때우기에는 좋아요."

푸아로는 다시 한 번 화제를 바꿨다.

"찰스 아룬델을 아시죠? 어떤 사람입니까?"

"쓸모없는 녀석이에요, 매력적이긴 하지만. 항상 돈에 쪼들리고 빚더미에 올라 전 세계를 떠돌아다니죠. 여자들 다루는 법은 제대로 알고 있어요."

그녀는 재미있다는 듯이 깔깔 웃으며 말을 이었다.

"그런 남자들을 많이 봤죠! 토머스에게 그런 아들이 있다니 정말 우스운 일이죠. 토머스는 차분한 노인네에, 어느 모로 보나 모범적인 인물이었는데. 뭐, 어딘가에 나쁜 피가 섞여 있었나 보죠. 나는 그런 젊은이들이 좋아요. 하지만 찰스는 단돈 1실링 때문에 제 할머니라도 살해할 만한 그런 녀석이라……. 도덕관념이라곤 조금도 없어요. 태어나기를 그렇게 태어났다니 참 희한한 일이죠."

"그리고 그 사람의 여동생은요?"

"테레사요?"

피바디 양은 고개를 저으며 천천히 입을 열었다.

"잘 모르겠어요, 그 앤 정말 별나서. 평범한 면이라곤 없어요. 이 마을에 사는 비리비리한 의사와 약혼을 했죠. 혹시 보셨나요?"

"도널드슨 박사 말이군요."

"네, 똑똑한 의사라고는 하더군요. 하지만 그걸 제외하고는 완전히 얼간이라고요. 내가 젊었을 적 꿈꾸던 그런 젊은이는 절대 아니에요. 뭐 테레사 마음이죠. 나름대로 연애 경험도 많을 테니까요."

"도널드슨 박사는 아룬델 양을 보살피지 않았나요?"

"그레이너 박사가 휴가를 갔을 때는 그래요."

"마지막으로 아프셨을 때는 아니었겠군요."

"아마도 그랬을 거예요."

푸아로는 미소를 지으며 말했다.

"제 생각에, 피바디 양께서는 도널드슨 박사를 의사로서 높이 평가하지 않으시는 것 같군요."

"그렇다고는 말하지 않았어요. 사실 그렇게 생각하지도 않고요. 똑똑하고 예리한 의사죠, 하지만 제 타입은 아니에요. 예를 들어 보죠. 옛날에는 아이가 풋사과를 너무 많이 먹어서 속이 좋지 않으면 의사는 담즙병이라는 진단을 내리고 알약을 몇 알 줬죠. 하지만 지금은 아이가 산과다증이라면서 식단을 조절하라 그러질 않나, 똑같은 약인데도 불구하고 흰색 정제라며 세 배는 더 비싸게 받질 않나!

도널드슨이 그런 부류에요. 요즘 젊은 부인들은 그 편을 선호하죠, 더 그럴싸해 보이잖아요. 그런 젊은이가 이런 시골에서 홍역과 복통 환자나 돌보며 오래 있으려 하겠어요? 도널드슨은 런던을 마음에 두고 있어요. 야심이 있죠, 전문의가 되려는 거예요."

"어떤 분야죠?"

"혈청 요법이요. 아마 맞을 거예요. 어떤 병이든 걸릴 경우를 대비해서 건강이 좋던 나쁘던 그 역겨운 주사기를 꽂는 거죠. 나는 절대 주사 따위는 맞지 않을 거예요."

"도널드슨 박사가 어떤 특정한 질병을 연구하고 있습니까?"

"더 이상은 묻지 말아요. 내가 아는 거라고는 그 사람이 일반 개업의가 하는 일로는 만족하지 못한다는 것뿐이니까. 도널드슨은 런던에 자리를 잡고 싶어 하죠. 그러려면 돈이 있어야 하지만 그 사람은 돈이라고는 쥐뿔만큼도 없답니다."

푸아로가 중얼거렸다.

"돈 때문에 꿈이 좌절되다니 슬픈 현실이군요. 그런데 수입의 사분의 일도 쓰지 않는 사람들도 있으니."

"에밀리 아룬델이 그랬죠. 유서가 발표됐을 때 사람들에 꽤 놀랐어요. 생각했던 것보다 어마어마한 액수였으니까요."

"아룬델 양의 가족 분들도 놀랐을 거라고 생각하십니까?"

피바디 양은 즐거움으로 눈을 빛내며 말했다.

"글쎄요, 그렇다고 할 수도, 아니라고 할 수도 없어요. 가족 중 꽤 약삭빠른 사람이 한 명 있었죠."

"누굽니까?"

"찰스요. 자신에게 얼마가 돌아올지 미리 계산을 해 뒀을 거예요. 영리한 젊은이죠, 찰스는."

"하지만 행실은 그다지 좋지 않았군요, 그렇죠?"

"어쨌든 허약한 얼간이는 아니에요."

피바디 양은 심술궂게 대꾸했다.

그녀는 잠시 말을 멈추더니 푸아로에게 질문을 던졌다.

"찰스와 만나볼 작정인가요?"

"그러려고 합니다."

푸아로가 진지하게 대답했다.

"할아버지와 관련된 서류를 가지고 있을 가능성이 있다는 생각이 드는데요."

"다 태워버렸을 가능성이 더 높아요. 그 젊은이는 나이든 사람들에 대한 존경심이 없으니까."

"그래도 가능한 모든 방법들을 다 동원해 봐야죠."

푸아로가 거드름을 피우며 말했다.

"그래야 할 것 같군요."

피바디 양이 냉담하게 대꾸했다.

순간 그녀의 파란 눈에는 푸아로를 불쾌하게 여기는 듯한 기색이 엿보였다. 푸아로는 자리에서 일어섰다.

"더 이상 시간을 빼앗으면 결례가 될 것 같군요, 마담. 오늘 해 주신 얘기 정말 감사드립니다."

"최선을 다 했지만 세포이 반란과는 동떨어진 얘기만 나눈 것 같네요"

피바디 양은 우리와 악수를 나누었다.

"책이 나오면 알려 주세요. 재미있을 것 같군요."

그녀는 작별인사를 나누며 이렇게 말했다.

방을 나오며 우리가 마지막으로 들은 것은 깔깔거리는 웃음소리였다.

트립 자매를 방문하다

"그럼 이제 무얼 할까?"

다시 차를 타며 푸아로가 입을 열었다.

나는 여태까지의 경험상 런던으로 되돌아가자는 제안을 해서는 안 된다는 것을 깨달았다. 결국 푸아로는 자기 방식대로 할 테니 내가 반대해 봤자 별 도리가 없지 않은가?

그래서 나는 차를 마시러 가자고 제안했다.

"차? 헤이스팅스. 좋은 생각이군! 시간 좀 보고."

"시간은 제가 봤어요. 그러니까 지금은 5시 반이에요. 정확히 차 마실 시간이죠."

푸아로가 한숨을 쉬었다.

"자네 영국인들은 항상 오후에 차를 마시지! 아니야, 몬 아미(친구). 차는 그만 두지. 내가 지난번 에티켓에 대한 책을 한 권 읽었는데 오후 6시 이후에 남의 집을 방문해서는 안 된다고 하더군. 그건 예의에 어긋나는 거야. 그러니까 우리의 목적을 성취하기에는 30분이 남은 셈이군."

"오늘따라 유난히 신사적이군요, 푸아로! 이제 누굴 방문하실 건가요?"

"레 드무아젤 트립(트립 자매)."

"이젠 심령술에 대한 책을 쓴다고 할 작정인가요? 아니면 또 다시 아룬델 장군에 대한 책을 쓴다고 할 건가요?"

"그보단 훨씬 간단한 이유를 댈 거야. 하지만 먼저 이 숙녀 분들이 어디에 사는지를 알아내야지."

위치는 쉽게 알아냈지만 좁은 골목길 때문에 찾기가 좀 힘들었다. 마침내 당도한 트랩 자매의 집은 그림 속에나 나올 법한 시골집이었다. 아주 오래된 유럽풍의 그림 같은 집으로, 손만 대도 툭하고 쓰러질 것 같았다.

열네 살쯤 되어 보이는 아이 하나가 문을 열어 주었는데, 복도가 워낙 좁아 우리를 집 안으로 들여보내기 위해서는 힘들게 몸을 벽에 바싹 붙여야 했다.

집 안은 온통 오크제로 지어져 있었으며, 커다란 벽난로 하나와 밖이 제대로 보이지도 않는 아주 작은 창문들이 여러 개 있었다. 집 안의 가구들은 전부 단순했으며(시골집 거주자들을 위한 오래된 오크제 가구들이었다.) 나무로 된 그릇 안에는 과일이 수북이 담겨 있고, 벽에는 두 사람이 각기 다른 포즈를 취하였지만 대부분은 가슴에

꽃다발을 한아름 안거나 커다란 밀짚모자를 들고 찍은 사진이 여러 장 걸려 있었다.

우리를 집 안으로 안내한 소녀는 우리에게 무언가 알 수 없는 말을 중얼대고 사라졌다. 잠시 후, 위층에서 아이의 목소리가 또렷이 들려 왔다.

"두 신사 분이 찾아오셨어요."

흥분한 듯한 여성의 목소리가 들린 후 계단 삐걱거리는 소리와 옷자락이 사각거리는 소리가 이어지더니, 한 여성이 계단에서 내려와 우아한 자태로 우리에게 다가왔다.

이 여성은 쉰은 다 되어 보이는 듯 했으며 성모 마리아처럼 정 중앙에 가르마를 탄 머리에 갈색 눈은 약간 튀어나와 있었다. 옛날에 유행했던 잔가지 문양이 새겨진 모슬린 원피스를 입고 있었다.

푸아로는 앞으로 나서며 과장된 말투로 입을 열었다.

"마드무아젤, 이렇게 갑자기 들이닥치게 되어 정말 죄송합니다만 제가 지금 좀 곤경에 처해 있습니다. 제가 어떤 숙녀 분을 찾기 위해 이 마을에 왔는데 그분께서 마켓 베이싱을 떠났다고 하시더군요. 그리고 여기에 오면 그 숙녀 분의 주소를 알 수 있을 거라고 해서 왔습니다."

"정말이요? 그게 누구죠?"

"로슨 양입니다."

"아, 미니 로슨요! 물론이죠! 저희의 가장 절친한 친구인걸요. 어서 앉으세요. 저…… 성함이?"

"파로티입니다. 이쪽은 제 친구인 헤이스팅스 대위죠."

트립 양은 인사에 답을 하고는 호들갑을 떨기 시작했다.

"이리로 앉으세요, 어서요. 아니에요, 정말이에요. 저는 딱딱한 의자가 편해요. 정말 그 의자에 앉아도 괜찮으시겠어요? 미니 로슨은……. 아, 이쪽은 제 동생이에요."

아까보다 더 요란하게 계단이 삐걱거리는 소리, 옷자락 소리가 들리면서, 열여섯 살짜리 소녀라면 잘 어울렸을 법한 녹색 바둑판 무늬 원피스를 입은 두 번째 여성이 등장했다.

"제 동생인 이사벨이에요. 이쪽은 패롯……씨고 음…… 호킨스 대위님이셔. 이사벨, 이 신사 분들이 미니 로슨의 친구 분이시래."

이사벨 트립 양은 언니보다는 덜 통통한 편이었다. 사실 비쩍 말랐다고 하는 편이 맞을 것이다. 다소 지저분한 밝은 금발의 곱슬머리는 위로 커다랗게 틀어 올려져 있었다. 마치 소녀 같은 태도를 보였는데, 그것은 대부분의 사진 속에서 꽃을 들고 포즈를 취한 것만 봐도 이미 알 수 있었다. 그녀는 소녀처럼 들떠 두 손을 꼭 맞잡고 있었다.

"정말 기뻐요. 미니의 친구 분이시라니! 최근에 미니를 만나보셨나요?"

"최근 몇 년 간 보지 못했습니다. 오랫동안 서로 연락이 두절되었죠. 제가 여행을 다녔거든요. 내 오랜 친구가 어마어마한 유산을 상속받았다기에 놀라고 기쁜 마음에 달려온 거죠."

푸아로가 설명했다.

"네, 정말 그래요. 미니는 정말 받을 만한 자격이 있어요! 매우 보기 드문 영혼을 가지고 있으니까요. 정말 순수하고……, 진지한 영혼이죠."

"줄리아 언니."

느닷없이 이사벨이 소리쳤다.

"왜, 이사벨?"

"놀라운 일이야. 어젯밤 플랑셰트에 P라는 글자가 선명하게 떠올랐던 것 기억나? 물을 건너 온 방문객과 이니셜 P."

"정말이네."

줄리아가 고개를 끄덕이며 대답했다.

두 여성 모두 놀랍고 기쁜 듯 푸아로를 넋 놓고 바라보았다.

"플랑셰트는 거짓말 하는 법이 없지."

줄리아가 조용히 말했다.

"패롯 씨, 오컬트에 관심이 있으세요?"

"사실 경험은 거의 없습니다, 마드무아젤. 하지만 동양을 오랫동안 여행한 사람이라면 다들 그렇듯, 저 또한 과학으로는 설명할 수 없고 이해할 수 없는 일들이 존재한다는 사실을 인정하지요."

"정말 맞는 말이에요. 심오한 진리죠."

줄리아가 말했다.

"동양."

이사벨이 중얼거렸다.

"신비주의와 오컬트의 고향이죠."

내가 아는 한, 푸아로가 경험한 동양이라고는 시리아와 이라크를 한 번, 그것도 2~3주 동안 짧게 여행한 것이 전부였다. 하지만 트립 자매와 나누는 푸아로의 이야기를 들어보면, 그가 마치 인생의 대부분을 동양의 정글과 바자(이슬람교의 포교를 위해 각지에서 개설되었던 백화(시장 — 옮긴이)에서 보내며 고행자와 이슬람 수도승, 성자들과 친밀하게 지내온 사람이라고 해도 믿을 정도였다.

여태껏 들은 이야기를 토대로 트립 자매가 채식주의자이며, 신지(神智)론자(신의 본질을 해명과 이해를 통해 깨닫고 접신의 경지에까지 이를 수 있다는 신비주의 종교 체계를 따르는 사람 — 옮긴이), 영국 유대인(자신이 이스라엘의 잃어버린 10지파의 자손이라고 믿는 영국인 — 옮긴이), 크리스천 사이언스(미국의 메리 베이커 에디가 1886년 조직한 신흥 종교로 신앙의 힘으로 병을 고치는 정신 요법을 특색으로 함 — 옮긴이)의 신봉자, 심령술사, 그리고 열정적인 아마추어 사진가라는 걸 알 수 있었다.

줄리아가 한숨을 쉬며 말했다.

"때로 마켓 베이싱은 사람이 살 만한 곳이 못 된다는 느낌이 들어요. 여기에는 아름다움이 없어요, 영혼이 없죠. 사람이라면 영혼을 가지고 있어야 하죠. 그렇게 생각하지 않으세요, 호킨스 대위님?"

"그렇죠, 그렇고말고요."

나는 약간 당황해하며 대답했다.

"꿈이 없으면 백성은 멸망할지니."

이사벨이 한숨을 쉬며 성경 구절을 인용했다.

"저는 가끔씩 목사님과 이야기를 나누곤 하지만, 목사님은 실망스럽게도 시야가 너무 좁으세요. 한계를 정해 놓은 신념은 편협한 것 아닌가요, 패롯 씨?"

"그리고 세상일이란 아주 간단한 거죠."

언니가 끼어 거들었다.

"다들 잘 알겠지만 세상 모든 것이 다 기쁨이고 사랑이죠!"

"지당한 말씀이십니다, 그렇죠."

푸아로가 말했다.

"그러니 오해와 다툼이 일어난다는 게 얼마나 안타까운 일입니까, 특히 돈을 둘러싼 것은요."

"돈이란 너무 지저분해요."

줄리아가 한숨을 쉬며 말했다.

"듣자하니 돌아가신 아룬델 양께서도 생전 심령술에 관심이 있으셨다죠?"

푸아로가 묻자 두 자매는 서로를 바라보았다.

"글쎄요."

이사벨이 말했다.

"어떤지 알 수가 없어요."

줄리아가 한숨을 쉬며 말했다.

"어떨 때는 믿으시는 것 같다가도, 또 어떨 때는 굉장히……, 굉장히 야비한 말씀을 하셨으니까요."

"아, 하지만 지난 번 현시(顯示) 기억하지? 정말 굉장했었는데."

줄리아가 동생에게 말하고는 다시 푸아로를 바라보며 말했다.

"아룬델 양께서 병에 걸리신 날 밤이었어요. 제 여동생과 제가 저녁 식사 후에 테이블에 둘러앉았고, 미니와 아룬델 양까지 네 명이었어요. 무얼 봤는지 아세요? 우리 세 명 모두 아룬델 양의 머리 주위로 후광이 뚜렷이 떠오르는 걸 봤어요."

"정확히 어떤 건지 설명해 주시겠어요?"

"빛나는 아지랑이 같은 것이었어요."

그러더니 동생을 보고 물었다.

"네가 그렇게 말했었지, 이사벨?"

"그래, 그래. 바로 그거야. 빛나는 아지랑이가 서서히 아룬델 양의 머리를 둘러쌌어요. 희미한 빛으로 된 후광이었죠. 그게 전조였던 거죠. 아룬델 양께서 건너편 세상으로 가실 때가 되었다는 전조요."

"놀랍군요."

푸아로는 적절히 감명을 받은 듯한 목소리로 말했다.

"방 안은 어두웠겠군요. 그렇죠?"

"아, 네. 어두워야 점괘가 더 잘 나오거든요. 그 날 저녁은 날이 따뜻해서 불도 피우지 않았어요."

"그리고 아주 흥미로운 영혼이 우리에게 말을 걸었죠."

이사벨이 말했다.

"이름이 파티마라고 했어요. 우리에게 십자군 시대에서 건너 왔다고 말해 주더군요. 아주 아름다운 메시지를 전해 줬어요."

"실제로 그녀가 말을 건네던가요?"

"아니요, 직접적인 목소리로 전달하는 게 아니에요. 글자로 알려 줬죠. 사랑과 희망, 인생, 아름다운 단어들이었어요."

"그리고 아룬델 양은 그 집회에서 병을 얻으신 겁니까?"

"바로 그 직후였어요. 샌드위치와 포트와인을 내놨는데 아룬델 양께서는 몸이 좋지 않다며 아무 것도 들지 않으셨죠. 그게 시작이었어요. 그나마 많은 고통을 겪지 않으셔서 다행이에요. 그러고 나서 나흘 후에 돌아가셨으니까요."

"게다가 이미 아룬델 양으로부터 메시지도 받은 걸요."

줄리아가 열정적으로 말했다.

"자신은 아주 행복하다며 모든 것이 다 아름답고, 사랑하는 사람들에게 사랑과 평화가 깃들길 바란다고 했어요."

푸아로가 헛기침을 하며 입을 열었다.

"그건……, 음…… 사실이 아닌 것 같은데요."

"그분 친척들이 불쌍한 미니에게 추태를 부렸죠."

이렇게 말하는 이사벨의 얼굴은 분노로 달아올랐다.

줄리아가 끼어들었다.

"미니는 정말 욕심이라곤 조금도 없는 영혼을 가졌다고요. 그런데도 마을 사람들은 아룬델 양이 재산을 미니에게 남겨 준 것이 무정한 처사라며 떠들고 다니죠!"

"로슨 양에게도 굉장한 충격이었겠군요……."

"변호사가 유언장을 읽었을 때 자신의 귀를 믿지 못할 정도였다니까요……."

"미니가 우리에게 그렇게 말했어요. '줄리아, 지금 깃털 하나만 갖다 대도 기절할 것만 같아요. 하인들에게 약간의 유산을 남긴 것 외엔 리틀 그린 하우스와 남은 재산 모두를 빌헬미나 로슨에게라니.' 너무 놀란 나머지 제대로 말도 잇지 못했대요. 그리고 정신을 차리고는 유산이 어느 정도 되는지를 물었대요. 몇천 파운드 정도 될 거라 생각하면서 말이에요. 그런데 '음', '에…….' 라고 우물거리면서 총액이니 순자산이니 알 수 없는 말만 떠들던 퍼비스 씨가 유산이 37만 5000파운드가 될 거라고 했다지 않겠어요. 불쌍한 미니는 거의 기절할 뻔 했대요. 미니가 그렇게 말했죠."

"미니는 아무 것도 몰랐어요."

여동생이 다시 한 번 같은 말을 반복했다.

"그런 일이 일어날 줄은 꿈에도 몰랐다니까요!"

"로슨 양이 그렇게 말했군요. 그렇죠?"

"아, 네. 여러 번 반복해서 그렇게 말했죠. 그러니 아룬델 가 사람들이 미니에게 쌀쌀맞게 굴고 의심의 눈초리를 보내는 건 정말 못된 짓이에요. 하긴 영국은 자유 국가니까……."

"영국 사람들은 그런 오해 때문에 고생하는 것 같군요."

푸아로가 중얼댔다.

"그리고 저는 누구든 정확히 자신이 선택한 사람에게 돈을 남길 수 있어야 한다고 생각해요! 아룬델 양은 아주 현명한 행동을 하신 거죠. 분명 친척들을 불신하신 거예요. 그럴 만한 이유도 있었고요."

"네? 그렇습니까?"

푸아로는 관심을 보이며 몸을 앞으로 숙였다.

그의 관심에 기분이 좋아진 이사벨은 계속 말을 이었다.

"네, 정말이에요. 아룬델 양의 조카인 찰스 아룬델 씨는 정말 뿌리 끝까지 썩어빠진 사람이죠. 다들 알고 있는 사실이에요! 어디 외국에서는 경찰에게 쫓기는 신세였다는 얘기도 들은 적 있어요. 절대 바람직한 인품을 갖추지는 못했죠. 그리고 여동생은…… 글쎄요, 제가 실제로 이야기를 나눠본 적은 없지만 아주 이상하게 생긴 여자에요. 아주 현대적인 여성이긴 하지만 끔찍할 정도로 화장을 하고 다니죠. 그 여자 입술만 봐도 속이 울렁거릴 정도에요, 마치 피처럼 보였거든요. 그리고 마약을 하는 건 아닌지 의심스럽기도 한 것이 가끔씩 행동이 아주 이상했거든요. 멋진 젊은이인 도널드슨 박사와 약혼을 하긴 했지만 도널드슨 박사조차도 때로는 넌더리를 내는 것 같더라고요. 물론 나름대로 매력적인 여자긴 하지만 도널드슨 박사가 제정신을 차리고 시골 생활과 야외 나들이를 즐길 줄 아는 참한 영국 아가씨와 결혼했으면 좋겠어요."

"다른 친척들은요?"

"뭐, 별다를 것 없어요. 그닥 탐탁지 않은 사람이죠. 타니오스 부인에 대해 나쁘게 얘기할 건 없어요, 아주 착한 여자니까. 하지만 너무 멍청한 데다 남편 손아귀 안에서 꼼짝도 못해요. 남편은 아마도 터키 사람이라지요. 영국 아가씨가 터키 인과 결혼을 하다니 정말 끔찍하지 않아요? 어떻게 생각하세요? 까다롭지가 못하다는 증거에요. 물론 타니오스 부인은 아주 훌륭한 엄마에요. 아이들은 이상하게도 하나같이 정이 안 가게 생겼지만. 불쌍한 것들."

"그렇다면 두 분 모두 아룬델 양의 유산 상속자로서 로슨 양이 더 적합하다고 생각하시는 군요."

줄리아가 침착하게 입을 열었다.

"미니 로슨은 정말 좋은 여자에요. 그리고 정말 소박하죠. 그렇다고 미니가 돈 생각을 전혀 하지 않는다는 건 아니에요. 탐욕스럽지 않다는 얘기죠."

"그래도 유산은 거절할 생각은 전혀 없으셨던 거죠?"

이사벨은 살짝 뒤로 물러섰다.

"아, 글쎄요……. 그러긴 쉽지 않죠."

푸아로는 미소를 지었다.

"그렇죠, 아마도 그러긴 힘들겠죠."

줄리아가 입을 뗐다.

"패롯 씨, 미니는 유산을 자신에게 주어진 의무라고 생각했어요, 신성한 의무요."

"그리고 타니오스 부인과 그 아이들을 위해 무언가를 해 주려 하고 있죠."

이사벨이 이어 말했다.

"단지 그 남편이 모든 돈을 가져가지 않길 바랄 뿐이에요."

"테레사에게 돈을 주는 것도 고려하고 있다고 얘기했어요."

"그것 참, 아주 관대하군요. 테레사 양이 로슨 양을 함부로 취급했던 걸 생각하면 말이죠."

"정말이에요, 패롯 씨. 미니는 정말 관대한 사람이라니까요. 물론 미니를 잘 아시겠지만 말이에요."

"네, 저도 그녀를 잘 알죠."

푸아로가 대답했다.

"그런데 아직 주소는 모르고 있군요."

"이런! 내 정신 좀 봐! 종이에 적어 드릴까요?"

"제가 받아 적죠."

푸아로는 항상 가지고 다니는 수첩을 꺼내 들었다.

"클렌로이든 맨션 2층 17호요. 화이틀리스에서 그리 멀지 않은 곳이에요. 저희 안부도 좀 전해 주시겠어요? 최근에는 연락이 없었거든요."

푸아로가 자리에서 일어났고 나도 그 뒤를 따라 일어났다.

"두 분께 정말 감사드립니다. 제 친구의 주소를 알려주신 친절함과 매력적인 이야기에 대해서도요."

푸아로가 점잖게 인사말을 건넸다.

"리틀 그린 하우스에서 미니의 주소를 알려주지 않았다니 정말 이상하군요."

이사벨이 소리를 쳤다.

"분명 엘렌의 짓일 거예요! 하인들은 질투심이 너무 강하고 속이 좁아요. 예전에도 미니에게 아주 무례하게 굴곤 했어요."

줄리아는 지체 높은 숙녀처럼 손을 내밀어 인사를 청하며 우아하게 말했다.

"저희도 덕분에 즐거운 시간을 보냈어요."

"저 혹시……."

이사벨이 말을 꺼내자 줄리아는 의아하다는 듯 자신의 동생을 바라보았다.

"저, 혹시……."

이사벨은 약간 얼굴이 달아오른 채 말을 머뭇거렸다.

"그러니까, 저희와 저녁 식사를 하고 가시겠어요? 아주 소박하긴 하지만요. 채소 샐러드와 검은 빵, 버터, 과일이 전부에요."

"얘기만 들어도 군침이 도는군요."

푸아로가 서둘러 대답했다.

"하지만 아아! 안타깝게도 제 친구와 저는 이만 런던으로 돌아가 봐야 합니다."

다시 한 번 악수를 나누고 로슨 양에게 전할 메시지를 들은 다음 우리는 마침내 그 집을 나섰다.

푸아로, 사건을 검토하다

"아휴, 정말 덕분에 살았어요, 푸아로. 하마터면 생당근이나 먹을 뻔했잖아요! 정말 끔찍한 여자들이에요!"

나는 그 집을 빠져 나왔다는 안도감에 열변을 토했다.

"푸르 누, 엉 봉 비프테크(우리는 맛있는 비프스테이크)에 튀긴 감자를 곁들인 다음, 좋은 와인 한 병 마시는 게 어떤가? 그 집에서라면 뭘 마셨을지 궁금하군."

"기껏해야 물이나 마셨겠죠."

나는 몸서리를 치며 대답했다.

"아니면 무알코올 음료수든가요. 그런 분위기가 물씬 풍기던데요! 분명 정원에 있는 스프링클러를 제외하고는 욕실도 하수도 설비도 없을 겁니다!"

"여자들이 그렇게 불편한 생활을 즐기다니 정말 이상한 일이지."

푸아로는 생각에 잠겨 말했다.

"궁핍한 상황을 오히려 이용해 나가는 것 같으니 가난 때문만은 아니겠지."

"자, 이제 운전사에게 지시를 내려 주시죠."

나는 구불구불한 골목길의 끝을 빠져 나가 마켓 베이싱으로 향하는 도로에 올라서며 물었다.

"이번엔 어디로 갈까요? 조지 여관으로 돌아가 천식에 걸린 웨이터와 다시 한 번 이야기를 나눠봐야 하나요?"

"자네가 기뻐할 이야기를 들려주겠네, 헤이스팅스. 마켓 베이싱에서의 볼일은 다 끝났네……."

"잘 됐군요."

"잠시뿐이야. 다시 돌아올 테니까!"

"실패한 살인자를 쫓으려고요?"

"그렇다네."

"방금 들은 말도 안 되는 허접스러운 이야기에서 뭐 좀 건진 거 없어요?"

푸아로가 정확하게 답변했다.

"관심을 기울여야 할 만한 부분이 몇 군데 있었지. 우리의 드라마에 등장하는 다양한 캐릭터들이 좀 더 선명하게 떠오르기 시작했으니까. 어떤 면에서는 옛날 삼류 소설과 비슷한 구석도 있지 않은가? 한때 멸시나 당하던 보잘 것 없는 말벗이 하루 아침에 부자가 되어 관대한 숙녀 노릇을 한다니 말이야."

"은혜랍시고 베푸는 원조는 자신이 정당한 상속자라고 생각하는 사람들에게는 정말 분통 터지는 일이겠죠!"

"자네 말대로야, 헤이스팅스. 그래, 정말 맞는 말이지."

우리는 한동안 아무런 말도 하지 않은 채 길을 달렸다. 마켓 베이싱을 지나 다시 한 번 주도로에 올랐다. 나는 조용하게 '리틀 맨, 바쁜 하루를 보냈군.'이라는 노래를 흥얼거리다 결국 푸아로에게 말을 걸었다.

"오늘 하루 즐겁게 보내셨나요, 푸아로?"

그러자 푸아로는 쌀쌀맞게 대꾸했다.

"즐겁게 보냈냐는 게 무슨 뜻인지 잘 모르겠군, 헤이스팅스."

"뭐, 이름만 휴가인 것처럼 보내 길래 하는 말입니다."

"내가 진지하지 않다고 생각하나?"

"아니요, 충분히 진지해 보였어요. 하지만 마치 이번 문제가 학술적인 것처럼 보여서요. 스스로의 정신적 만족을 위해 이 문제를 해결하려는 거죠? 제 말은……, 그러니까 진짜 수사가 아니고요."

"오 콩트레르(그 반대일세), 진짜 수사야."

"제 표현이 서툴렀나 보군요. 제 말은, 그 노부인을 위기 상황에서 돕거나 그 이상의 공격으로부터 보호하는 문제라면 흥미가 있겠죠. 하지만 아시다시피 이미 노부인은 돌아가셨는데 왜 해결하려고 애를 쓰는 건지 도무지 모르겠다는 말입니다."

"그렇게 생각한다면 말일세, 몬 아미(친구), 살인 사건 조사라는 게 존재하지 않겠지!"

"아니, 그게 아니에요, 그건 전혀 다른 경우고요. 제 말은 그러니까 시체가…… 아, 젠장!"

"흥분하지 말게. 자네가 하려는 말이 어떤 뜻인지 완벽하게 이해하니까. 자네는 살인과 단순한 사망을 구별하려는 게 아닌가. 예를들어 아룬델 양이 오랜 지병이 아니라 갑작스러운 폭력으로 사망했다면 자네는 진실을 파헤치려는 내 노력에 지금처럼 무관심한 태도를 보이지는 않겠지?"

"물론이죠."

"결국 똑같은 문제야. 분명 누군가 아룬델 양을 살해하려 하지 않았나."

"네, 하지만 성공하지 못했잖아요. 바로 그 점에서 차이가 생겨나는 거라고요."

"자네는 누가 그녀를 죽이려 했는지 알고 싶은 마음이 전혀 들지 않는다는 건가?"

"뭐, 네, 알고 싶은 마음도 있죠."

"용의자는 한정되어 있어."

푸아로는 생각에 잠겨 말했다.

"그 실이……."

"계단 벽면 아래 몰딩에 박혀 있던 못에서 추론해 낸 실이요! 세상에, 그 못은 몇 년 동안 그곳에 박혀 있던 걸 수도 있다고요!"

나는 푸아로의 말을 가로챘다.

"아니야, 칠이 얼마 되지 않았어."

"글쎄요, 그래도 전 그 못이 거기에 박혀 있는 데는 다른 이유가 있을 거라고 생각해요."

"하나만 대 보게."

순간 내 머릿속에는 그럴 듯한 이유가 떠오르지 않았다. 푸아로 는 내가 침묵하는 틈을 타 자신의 주장을 펼쳐 나갔다.

"용의자는 아주 한정되어 있어. 그 실은 모두 잠자리에 든 후에야 계단 꼭대기를 가로질러 설치할 수 있었을 거야. 따라서 용의자는 리틀 그린 하우스에 머물고 있던 사람들로 한정시킬 수 있지. 즉, 일 곱 명의 사람 중 한 명이 범인이야. 타니오스 박사, 타니오스 부인, 테레사 아룬델, 찰스 아룬델, 로슨 양, 엘렌, 요리사."

"하인들은 빼셔도 될 거예요."

"몽 셰르(이봐), 하인들 또한 유산을 물려받았어. 그리고 원한이 나 다툼, 부정행위와 같은 다른 이유들도 있을 수 있지. 확실히는 알 수 없지만 말이야."

"가능성이 희박해 보이는데요."

"물론 나도 거기엔 동의하네. 하지만 모든 가능성을 다 고려해 봐 야 하는 법이야."

"그렇다면 용의자는 일곱 명이 아니라 여덟 명으로 해야죠."

"무슨 소린가?"

나는 1등점을 올리기 직전이라는 느낌이 들었다.

"아룬델 양도 포함시키셔야죠. 어쩌면 아룬델 양이 집 안의 다른 누군가를 넘어뜨리기 위해 실을 설치했는지도 모르잖아요."

푸아로는 어깨를 으쓱했다.

"정말 바보 같은 소리군. 만약 아룬델 양이 덫을 설치했다면 자신이 걸려 넘어지지 않도록 조심했을 거야. 계단에서 굴러 떨어진 건 아룬델 양이라는 걸 명심해."

나는 푸아로의 말에 금세 기가 죽고 말았다.

푸아로는 생각에 잠긴 듯한 목소리로 말을 이었다.

"사건의 순서는 이제 명확해졌어. 계단에서 떨어지고, 내게 편지가 오고, 변호사를 방문하고……. 하지만 한 가지 석연치 않은 구석이 있어. 아룬델 양이 일부러 내게 편지를 보내지 않은 걸까? 편지를 붙이는 걸 망설이면서? 아니면 편지를 쓰고 난 다음에 붙였다고 착각한 걸까?"

"거야 우리는 알 수가 없죠. 우리는 추측만 할 수 있을 뿐이잖아요. 제 개인적인 생각으로는 아룬델 양이 이미 편지를 부쳤다고 착각했던 것 같아요. 아무런 답장을 받지 못해 당황했겠죠……."

그리고 내 머릿속은 엉뚱한 생각으로 가득 찼다.

"심령술사들이 말한 허튼 소리와는 뭔가 관련이 있을까요? 그러니까, 물론 피바디 양이 말도 안 되는 소리라고 하긴 했지만요. 그 심령술 모임에서 아룬델 양이 어떤 명령을 받아 유언장을 바꾸고 로슨 양에게 유산을 남겨주었을 가능성도 있다고 생각하세요?"

푸아로는 의심스러운 듯 고개를 저었다.

"그건 내가 생각하는 아룬델 양의 성격으로 보아 어울리지 않는 행동이야."

"트립 자매들은 유서가 발표 되었을 때 로슨 양이 무척 당황했다고 말했잖아요."

나는 곰곰이 생각하며 말했다.

"그래, 로슨 양이 트립 자매들한테 그렇게 말했다지."

푸아로가 고개를 끄덕였다.

"하지만 그 말을 믿지 않으시는군요?"

"몬 아미(친구), 내가 본래 의심이 많은 성격이라는 건 잘 알지 않나! 직접 확인하거나 확실한 증거가 나타나지 않는 이상, 나는 그 누구의 말도 믿지 않아."

"그렇죠, 푸아로."

나는 애정이 듬뿍 담긴 목소리로 말했다.

"완벽하게 섬세하고 신뢰할 수 있는 성격이죠."

"그 사람이 이렇게 말했어요, 저 사람이 그렇게 말했어요. 흥! 그게 무슨 의미가 있겠나? 전혀, 아무런 의미도 없어. 완벽한 진실일 수도 있고 새빨간 거짓말일 수도 있어. 나 푸아로는 말일세, 사실만 상대한다네."

"그 사실이 뭔데요?"

"아룬델 양이 계단에서 떨어졌다, 이는 의문의 여지가 없는 사실이지. 그리고 그 사고는 우연이 아니라 계획된 것이다."

"에르퀼 푸아로의 말에 따르면 말이죠!"

"전혀, 못이라는 증거가 있지 않나. 아룬델 양이 내게 쓴 편지라는 증거, 그날 밤에 개가 밖에 나가 있었다는 증거, 항아리와 그림,

밥의 공에 대해 아룬델 양이 말한 증거. 이 모든 것들이 사실이지."

"그 다음은요?"

"그 다음 사실은 일반적인 의문에 대한 답이지. 누가 아룬델 양의 죽음으로 이득을 보는가? 답은 로슨 양일세."

"사악한 말벗이라! 하지만 다른 가족들은 자신들이 유산을 받게 될 거라고 생각했잖아요. 사고 당시에는 가족들이 상속자였죠."

"바로 그거야, 헤이스팅스. 바로 그것 때문에 모두들 동등한 용의자 선상에 올라 있는 거야. 또한 밥이 밤새 밖에 있었다는 사실을 아룬델 양이 알지 못하도록 로슨 양이 애를 썼다는 사소한 사실도 있지."

"그게 의심스러운가요?"

"전혀, 주목하는 사실일 뿐이라네. 그저 노부인의 마음의 안정을 위한 염려일 수도 있으니까. 지금까지는 가장 그럴듯한 설명이기도 하고 말이야."

나는 곁눈질로 푸아로를 쳐다보았다. 그의 표정은 끔찍이도 교활해 보였다.

"피바디 양은 유언장에 '속임수'가 있을지도 모른다고 말했어요. 그게 무슨 뜻이라고 생각하세요?"

"불분명하고 확실하지 않은 의심들을 표현하는 그녀만의 방식이라고 생각하네."

"그렇다면 부당 위압은 제외할 수 있겠네요. 그리고 에밀리 아룬델은 심령술 같은 허튼 소리를 믿기에는 지나치게 분별력 있는 사람이었던 것 같아요."

나는 곰곰이 생각하며 말했다.

"어째서 심령술이 허튼 소리라고 생각하는 건가, 헤이스팅스?"

나는 놀란 눈으로 푸아로를 바라보았다.

"푸아로……, 그 소름 끼치는 여자들을 생각해 보세요……."

푸아로는 미소를 지었다.

"트립 자매에 대한 자네의 판단에는 나도 전적으로 동의하네. 하지만 트립 자매가 크리스천 사이언스의 신봉자에 채식주의자, 신지(神智)론자에 심령술사라는 이유로 심령술 전체를 비난할 수는 없는 일이지! 그 어리석은 여자가 시정잡배에게서 산 가짜 갑충석(고대 이집트의 왕쇠똥구리 모양으로 조각한 보석. 그 바닥 평면에 기호를 새겨 부적 또는 장식품으로 썼음 ― 옮긴이)을 가지고 말도 안 되는 소리를 떠들었다고 해서 이집트학 전체를 불신할 필요는 없는 것과 마찬가지일세!"

"심령술을 믿는다는 말씀이세요?"

"나는 열린 마음을 가지고 있어. 직접 현시(顯示)에 대한 연구를 해 본 적은 없지만, 수많은 과학자들과 학자들이 음……, 트립 양의 믿음이라고나 할까……, 그 믿음처럼 설명할 수 없는 현상이 있다는 사실을 인정하고 있지."

"그렇다면 아룬델 양의 머리를 둘러쌌다는 말도 안 되는 후광 이야기도 믿으시겠네요?"

푸아로는 손을 저었다.

"나는 일반적인 이야기를 하고 있는 걸세, 자네의 그 비이성적인 회의주의를 나무라기 위해서 말이야. 나는 트립 자매들이 특정한 이야기를 하도록 유도한 다음, 그들의 이야기를 아주 주의 깊게 들어 보았지. 어리석은 여자들일세, 몬 아미(친구). 어리석은 여자들이야. 심령술에 대한 이야기를 하든, 정치나 성별의 연관성, 또는 불교 교리에 대해 이야기를 나누든 마찬가지였을 거야."

"하지만 트립 자매들의 말을 아주 주의 깊게 들으셨다고요."

"그게 오늘 나의 임무였지, 듣는 것 말이야. 사람들이 이 일곱 명의 용의자, 물론 주 용의자는 다섯 명이지만, 이 사람들에 대해 어떤 이야기를 하는 지 듣는 게 임무였지. 이제 우리는 이 사람들의 특정 면모들을 알게 되지 않았나. 로슨 양을 한번 보지. 트립 자매는 로슨 양이 헌신적이고 욕심이 없으며 검소하고 전반적으로 훌륭한 인품을 지녔다고 했어. 그리고 피바디 양은 경솔하고 멍청하며 범죄 같은 건 저지를 용기도 머리도 없다고 했지. 그리고 그레이너 박사는 그녀가 멸시를 받았으며 불안정한 위치에 있었고, 불쌍하고 '겁 많으며 소란스러운 여자'라고 했고 말이야. 그레이너 박사가 그렇게 말했었지? 웨이터는 로슨 양이 평범한 '중년 여인'이라고, 그리고 엘렌은 밥이 그녀를 무시했다고 했지! 자네도 알겠지만 모두들 약간씩은 다른 관점에서 그녀를 바라보고 있어.

찰스 아룬델에 대해서는 공통적으로 모두들 그의 도덕심이 높다고 얘기하지 않았지만, 그럼에도 불구하고 다들 그에 대한 이야기를 하는 태도에 차이가 있었단 말이야. 그레이너 박사는 관대하게도 '버르장머리 없는 젊은이'라 했고, 피바디 양은 그가 푼돈을 위해 할머니를 살해할 만하다고 말하면서도 분명 '얼간이'보다는 건달을 선호한다고 했어. 트립 자매는 그가 범죄를 저지를 수 있을 만한 인물일 뿐 아니라 실제로 한 번 또는 그 이상 범죄를 저지른 적이 있다는 암시도 주었지. 이러한 간접 정보들 모두가 아주 유용하고 흥미로운 것들이야. 다음 단계로 이끌어 주니까."

"다음 단계가 뭔데요?"

"우리가 직접 알아내는 거라네, 친구."

테레사 아룬델

다음 날 아침, 우리는 도널드슨 박사가 준 주소로 향했다.

나는 푸아로에게 변호사인 퍼비스를 방문하는 게 더 좋을 거라고 제안했지만 일언지하에 거절당하고 말았다.

"아니야, 아니야. 가서 뭐라고 말할 텐가? 그 사람에게서 정보를 얻기 위해 어떤 이유를 댈 수 있겠나?"

"당신이 항상 준비를 해 두잖아요, 푸아로! 그저 항상 하던 거짓말이면 되지 않을까요?"

"정반대일세. 자네가 말한 '항상 하던 거짓말'은 효과가 없어, 변호사에겐 어림도 없지. 자네 표현을 빌리자면 귀에 붙은 벌레처럼 내동댕이쳐질 게 분명해."

"아, 정말요? 그렇다면 모험은 그만 두죠!"

그래서 우리는 앞서 말한 대로 테레사 아룬델이 거주하고 있는 아파트로 출발했다.

　문제의 아파트는 강이 내려다보이는 첼시에서 한 블럭 떨어진 곳에 위치해 있었다. 아파트 안은 번쩍이는 크롬 장식이 가미된 모던한 스타일의 값비싼 가구들로 가득 차 있었고, 바닥에는 기하학적인 무늬가 새겨진 두꺼운 카펫이 깔려 있었다.

　잠시 기다리고 있노라니 한 여성이 의아한 눈빛으로 우리를 바라보며 거실 안으로 들어왔다.

　스물여덟에서 아홉쯤 되어 보이는 테레사 아룬델은 키가 크고 늘씬했으며, 흑백으로 과장해서 그린 그림 속의 여자같이 흑단처럼 검은 머리카락에, 두꺼운 화장으로 지나치게 창백한 얼굴이었다. 기이하게 다듬은 눈썹은 조롱하고 비꼬는 듯한 분위기를 풍겼다. 입술은 마치 흰 얼굴에 난 밝은 진홍색 점처럼 두드러졌다. 따분하고 무관심해 보이는 태도 때문인지는 몰라도 다른 사람들보다 최소한 두 배는 더 오래 산 것 같은 인상에다 날카로운 채찍을 감추고 있는 듯한 분위기가 감돌았다.

　그녀는 싸늘한 표정으로 무슨 일이냐고 묻는 듯 나와 푸아로를 차례로 바라보았다.

　거짓말거리가 다 떨어졌는지(나는 그러길 바랐다.) 푸아로는 자신의 명함을 내밀었다. 명함을 받아들은 그녀는 명함을 이리 저리 살펴보았다.

　"그렇다면 당신이 무슈 푸아로시군요?"

　마침내 테레사 아룬델이 입을 열었다.

푸아로는 최대한 정중하게 머리를 숙이며 인사를 건넸다.

"잘 부탁드립니다, 마드무아젤. 이렇게 귀중한 시간을 내 주셔서 감사드립니다."

내키지 않는 듯 푸아로의 정중한 태도를 따라하며 테레사가 대답했다.

"앙샹테(만나서 반가워요), 무슈 푸아로. 자리에 앉으세요."

푸아로는 다소 조심스러운 태도로 낮고 네모난 안락의자에 앉았다. 나는 두꺼운 융단 천과 크롬으로 장식된 딱딱한 의자 중 하나에 자리를 잡았다. 테레사는 무관심한 태도로 벽난로 앞에 있는 낮은 스툴 위에 앉았다. 그녀는 우리에게 담배를 권했지만, 둘 다 거절하자 혼자서 담배를 피워 물었다.

"제 이름을 들어 본 적이 있으신가요, 마드무아젤?"

그녀는 고개를 끄덕였다.

"런던 경시청에 계셨던 분이죠, 그렇지 않나요?"

푸아로는 이 표현이 마음에 들지 않았던지, 약간 거드름을 피우며 부연했다.

"저는 범죄 문제를 다루고 있습니다, 마드무아젤."

"굉장히 스릴 넘치겠군요."

이렇게 말하는 테레사 아룬델의 목소리에서는 지루함만이 느껴졌다.

"생각해 보니 저도 수표책을 잃어버린 적이 있죠!"

"제가 현재 다루고 있는 문제는 이겁니다. 어제 아가씨의 고모로

부터 편지를 한 통 받았죠."

그녀의 눈이, 아주 기다란 아몬드 모양의 눈이 살짝 커졌다. 담배 연기를 내뿜으며 입을 열었다.

"제 고모라고 하셨어요, 무슈 푸아로?"

"그렇게 말했습니다, 마드무아젤."

그녀는 중얼거리듯 말했다.

"제가 흥을 깨뜨리는 건 아닌지 모르겠지만, 제겐 고모가 없어요! 제 고모들은 다행히도 모두 돌아가셨죠. 마지막 분은 두 달 전에 돌아가셨어요."

"에밀리 아룬델 양 말씀이신가요?"

"네, 에밀리 아룬델 양이에요. 설마 유령한테서 편지를 받으신 건 아니겠죠, 무슈 푸아로?"

"때로는 그럴 때도 있죠, 마드무아젤."

"소름 끼치는군요!"

하지만 그녀의 목소리에서는 전과 다른 무언가가 느껴졌다. 갑작스러운 경계심이 어려 있었다.

"그래서 저희 고모가 뭐라고 썼던가요, 무슈 푸아로?"

"그건 말이죠, 마드무아젤. 현재로서는 말씀드리기가 곤란합니다. 아시겠지만 다소…… 흠흠, '민감한 사안'입니다."

잠시 침묵이 흘렀다. 테레사 아룬델은 담배만 뻐끔거리며 피우다 다시 입을 열었다.

"흥미로운 비밀이 있는 것 같군요. 제가 무엇을 도와드릴 수 있다는 거죠?"

"마드무아젤께서 몇 가지 질문에 대답해 주셨으면 합니다."

"질문이에요? 어떤 질문이에요?"

"가족에 대한 질문입니다."

다시 한 번 그녀의 눈이 커졌다.

"좀 주제넘은 것 아닌가요? 도대체 어떤 질문인지 예를 하나 들어 보시죠."

"물론입니다. 오빠 되시는 찰스 씨의 현재 주소를 알려 주시겠습니까?"

이번에는 눈살을 찌푸렸다. 그녀를 둘러싼 보이지 않는 에너지가 마치 껍질 안으로 숨어드는 것처럼 움츠러들었다.

"죄송하지만 그건 어렵겠군요. 자주 연락을 하는 편이 아니에요. 아마 영국을 떠났을 거예요."

"그렇군요."

푸아로는 잠시 침묵했다.

"알고 싶은 건 그게 전부인가요?"

"오, 다른 질문도 있죠. 하나는, 고모께서 유산을 처리한 방식이 마음에 드십니까? 또 하나는, 도널드슨 박사와 약혼한 지 얼마나 되셨습니까?"

"마음대로 건너뛰시는군요."

"에 비엥(그런가요)?"

"에 비엥(그래요). 우린 오늘 처음 만난 사이라고요! 두 질문들에 대한 답은 어느 것 하나도 당신이 상관할 바가 아니라는 거예요! 싸 느 부 르가르드 파(당신이 관여할 일이 아니에요), 무슈 에르퀼 푸아로."

푸아로는 잠시 세심하게 그녀를 관찰했다. 그러고 나서는 실망의 기색도 없이 자리에서 일어섰다.

"그렇군요! 뭐 당연한 일이지요. 마드무아젤, 당신의 프랑스 어 발음은 정말 놀랍습니다. 그리고 좋은 하루 보내시기 바랍니다. 자, 이만 일어나지, 헤이스팅스."

우리가 막 문을 열고 나가려 할 때 테레사 아룬델이 입을 열었다. 숨겨두었던 날카로운 채찍이었다. 그녀는 자리에서 한 발짝도 움직이지 않았지만, 그녀가 던진 말은 마치 내려치는 채찍 같았다.

"돌아와요!"

푸아로는 그녀의 말에 천천히 따랐다. 푸아로는 다시 의자에 앉아 그녀에게 의아하다는 시선을 던졌다.

"멍청한 짓은 그만두죠. 당신이 내게 도움이 될 수도 있다는 생각이 드는군요, 무슈 에르퀼 푸아로."

"영광입니다, 마드무아젤. 제가 어떻게 도움을 드릴 수 있죠?"

담배 연기를 두 번 내뿜으며 테레사는 아주 조용하고 차분히 말했다.

"유언장의 효력을 깨뜨리는 법을 알려 주세요."

"그거야 물론 변호사가……."

"네, 물론 변호사의 도움을 받아야겠죠. 제대로 된 변호사만 있다면 말이에요. 하지만 내가 아는 변호사라고는 하나같이 점잔빼는 사람들뿐이에요! 그 유언장이 법적인 효력을 유지할 것이며 그에 반대하는 소송을 하는 것은 헛된 비용 낭비라더군요."

"하지만 당신은 그 말을 믿지 않는군요."

"저는 어떤 일이든 해결할 방도가 있다고 믿어요. 당신이 비도덕적인 일도 개의치 않는다면, 나 또한 그만한 보수를 치를 의사가 있어요. 얼마든 지불할 의사가 있다고요."

"제가 돈만 받는다면 비도덕적인 일도 서슴지 않을 거라고 생각하십니까?"

"사람들은 다 마찬가지예요! 당신이라고 예외일 것 같진 않군요. 다들 처음에야 자신이 올바르고 정직하다 주장하기 마련이죠."

"그렇죠, 그것 또한 게임의 일부가 아니겠습니까? 제가 비도덕적인 일도 서슴지 않는다고 가정한다면, 뭘 어떻게 하기를 바라시는 겁니까?"

"잘 모르겠어요. 하지만 당신은 똑똑한 사람이잖아요, 다들 그렇게 말하더군요. 그러니 저를 위해 모종의 계획을 세울 수 있겠죠."

"이를테면?"

테레사 아룬델은 어깨를 으쓱했다.

"그거야 당신이 알아내야죠. 유언장을 훔쳐내서 가짜와 바꿔치기한다든가……, 로슨을 납치해서 그녀가 에밀리 고모를 협박하여 그런 유언장을 쓰게 만들었다고 말하도록 겁을 준다든가, 새로운 유언장을 만들어 내 에밀리 고모가 돌아가시기 직전에 다시 작성한 거라고 하거나."

"마드무아젤의 풍부한 상상력에 할 말을 잃어버릴 지경입니다!"

"자, 이제 어떻게 하실 건가요? 저는 솔직하게 다 털어 놨어요. 거절할 생각이시라면 나가는 문은 저쪽이에요."

"거절은 아닙니다……. 아직은 말이죠."

푸아로가 대답했다.

테레사 아룬델은 깔깔거리며 나를 바라보았다.

"당신 친구는 충격을 받은 것 같군요. 방해되지 않게 밖으로 내보낼까요?"

그 말에 푸아로는 약간 짜증난 듯 나에게 말했다.

"진정해. 자네의 올바르고 정직한 성격은 잘 알고 있으니까, 헤이스팅스. 마드무아젤, 제 친구를 대신해 사과를 드려야겠군요. 이 친구는 보신대로 정직한 성품을 지니고 있죠. 하지만 그에 못지않게 충성스럽답니다. 저에 대한 이 친구의 충성심은 절대적이죠. 그 어떤 경우라도 이 점은 확실히 말씀드릴 수 있습니다."

그리고 푸아로는 그녀를 강렬한 눈빛으로 바라보며 말했다.

"우리는 그 어떤 일을 하든지 법의 테두리 안에서 할 겁니다."

테레사 아룬델은 눈썹을 살짝 치켜 올렸다.

"법이란 아주 광범위한 것이죠."

푸아로가 친절하게 덧붙였다.

"무슨 말인지 알겠어요."

그녀는 희미하게 미소를 지었다.

"좋아요, 그럼 이제 계약이 성립된 거죠? 그렇다면 일이 해결될 경우 선생님의 몫은 어느 정도로 할지 의논해 볼까요?"

"그것 또한 간단하게 해결될 겁니다. 적당히 알아서 챙겨주시면 되니까요."

"좋아요."

테레사가 대답했다.

푸아로는 은밀하게 몸을 앞으로 숙였다.

"이제 잘 들으세요. 마드무아젤. 저는 보통 100건의 사건 중 99개의 사건에서는 법의 편에 서죠. 100번째 사건은……. 글쎄요, 그건 좀 다릅니다. 훨씬 더 수입이 좋은 일이니까요. 하지만 일은 아주 조용히 처리해야 합니다. 아시겠어요? 아주 조용히 말입니다. 제 명성에 흠이 가선 안 되니까요. 아주 주의를 기울여야 하죠."

테레사 아룬델은 고개를 끄덕였다.

"그리고 사건에 대한 모든 사실들을 알고 있어야 합니다, 진실을 알고 있어야 해요! 진실을 알고 있다면 어떤 거짓말을 해야 하는지 더 쉽게 알 수 있는 법이니까요."

"상당히 논리적인 말이네요."

"그렇고말고요. 자, 그럼 그 유언장은 며칠에 작성되었죠?"

"4월 21일이에요."

"그 전의 유언장은요?"

"에밀리 고모께서 5년 전에 작성하셨어요."

"전의 유언장 조항은……?"

"엘렌과 전 요리사에게 일부를 남기고 그 외의 모든 재산은 오빠인 토머스의 자녀들과 여동생인 아라벨라의 자녀들에게 나누어준다는 내용이었어요."

"유산은 신탁으로 남겨지는 거였나요?"

"아니요, 우리가 직접 받는 거였어요."

"자, 이제 신중하게 대답해 주세요. 이전 유언장의 조항들을 모두 알고 계셨나요?"

"아, 네. 찰스 오빠와 저는 알고 있었고, 벨라도 알고 있었어요. 에밀리 고모께서 공공연하게 말씀하셨으니까요. 우리 중 누군가가 돈을 빌려달라고 부탁하면 에밀리 고모는 항상 이렇게 말하곤 했죠. '내가 죽고 나면 내 돈을 다 가지게 될 게다. 그 때까지 기다려.'"

"질병에 걸리거나 절박한 상황이었을 때도 돈을 빌려주지 않으셨을까요?"

"네, 그러진 않으셨을 거예요."

테레사가 천천히 대답했다.

"고모께서는 조카 분들이 살기에 충분한 돈을 가지고 있다고 생각하셨군요?"

"그렇게 생각하셨죠. 네, 그랬어요."

테레사의 어조에는 신랄함이 스며 있었다.

"하지만 마드무아젤께서는…… 그렇게 생각하지 않았군요?"

테레사는 잠시 머뭇거리더니 입을 열었다.

"제 아버지께서는 저희 둘에게 각각 3만 파운드를 남겨 주셨죠. 그 돈을 안전하게 투자해서 나오는 이자가 1년에 1200파운드 정도 돼요. 소득세 때문에 그중 일부가 나가긴 하지만 확실히 충분히 먹고 살 만한 수입이죠. 하지만 저는……."

그녀의 날씬한 몸을 꼿꼿이 세우고 머리를 뒤로 젖히면서 목소리가 달라졌다. 그녀를 만난 이후로 처음 느끼는 생동감이었다.

"하지만 저는 더 나은 인생을 원해요! 최고를 원한다고요! 최고의 음식, 최고의 옷. 유행하는 옷을 그럭저럭 걸치는 게 아니라 최고의 아름다움을 원해요. 지중해에 가서 따뜻한 여름 바닷가에 누워 보고, 테이블에 둘러 앉아 돈을 걸고 흥미진진한 게임도 해 보고, 열정적이고 바보 같은 파티, 사치스러운 파티도 열면서 인생을 즐기고 싶어요. 이 썩어빠진 세상에서 할 수 있는 모든 것들을 해 보고 싶다고요. 미래의 언젠가가 아니라 지금 당장요!"

그녀의 목소리는 놀라울 정도로 흥분해 있고 열정적으로 도취되어 있었다.

푸아로는 유심히 그녀를 들여다보았다.

"지금은 그런 인생을 즐기고 계신가요?"

"네, 에르퀼……. 저는 그렇게 살아 왔어요!"

"그렇다면 3만 파운드 중 얼마나 남아 있죠?"

그녀는 갑자기 웃음을 터뜨렸다.

"221파운드 14실링 7펜스. 정확한 통장 잔고에요. 이제 알겠죠, 작은 신사분? 어떤 결과를 내느냐에 따라 돈을 받게 될 거예요. 결과가 나쁘면 돈도 없어요."

"그렇다면, 확실한 결과를 내야겠군요."

"당신은 정말 대단한 사람이에요, 에르퀼. 당신과 함께 하게 되어서 정말 다행이에요."

푸아로는 사무적인 태도로 일관했다.

"몇 가지 제가 더 알아두어야 할 사항들이 있습니다. 혹시 마약 하시나요?"

"아니요, 절대로요."

"술은요?"

"꽤 마시는 편이죠. 하지만 술독에 빠진 정도는 아니에요. 어울리는 친구들이 마시면 같이 마시긴 하지만 내일이라도 당장 끊을 수 있어요."

"그건 아주 마음에 드는군요."

그녀는 웃음을 터뜨렸다.

"술에 취해서 비밀을 털어놓는 일은 없을 거예요, 에르퀼."

푸아로는 계속해서 질문을 던졌다.

"연애는요?"

"과거에는 많았죠."

"현재는요?"

"렉스뿐이에요."

"도널드슨 박사 말씀인가요?"

"네."

"어쩐지 그분은 당신이 꿈꾸는 삶과 거리가 먼 것 같은데요."

"아, 네. 그렇죠."

"그런데도 그분을 좋아하시는군요. 이유가 뭔지 궁금합니다만."

"오, 이유가 있겠어요? 줄리엣이 로미오와 사랑에 빠진 데 이유가 있을까요?"

"한 가지 있죠. 셰익스피어에게는 미안한 말이지만, 로미오는 줄리엣이 우연히 처음 본 남자였거든요."

테레사는 천천히 입을 열었다.

"렉스는 제가 처음 본 남자는 아니에요. 절대 아니죠."

그러고는 낮은 목소리로 덧붙였다.

"하지만 내가 보게 될 마지막 남자는 그 사람이라고 생각……, 아니 느낄 수 있어요."

"그리고 그분은 가난하다면서요, 마드무아젤?"

그녀는 고개를 끄덕였다.

"그분 또한 돈이 필요하겠군요?"

"절실히요. 물론 저와 같은 이유는 아니죠. 그 사람은 사치나 아름다움, 흥분 뭐 그런 것들은 원하지 않아요. 양복도 구멍이 날 때까지 입는 사람인걸요. 매일 점심 딱딱한 고기만으로도 만족스러워하는 데다 금이 간 양철 욕조에서 씻죠. 하지만 돈만 있다면 시험관이며 모든 것들이 갖춰진 실험실을 얻을 수 있을 텐데. 그 사람은 야심이 있어요. 직업이 전부죠. 그 사람에겐 일이 우선이에요……, 저보다도."

"도널드슨 박사는 아룬델 양이 돌아가시면 당신이 유산을 받게 된다는 사실을 알고 있었나요?"

"제가 얘기했죠. 아! 저희가 약혼한 다음에요. 혹시라도 그가 돈 때문에 저와 결혼하려한다고 생각하신다면 그건 오산이에요."

"아직 약혼하신 상태죠?"

"물론이죠."

푸아로는 뭐라 덧붙이지 않았다. 그의 침묵이 테레사를 불안하게 만든 것 같았다.

"물론이에요."

그녀는 날카롭게 되풀이하고는 물었다.

"혹시 그 사람을…… 만나 보셨나요?"

"어제 마켓 베이싱에서 만났습니다."

"왜요? 그 사람에게 뭐라고 했어요?"

"아무 말도 하지 않았습니다. 그저 오빠 분의 주소를 여쭈어 보았을 뿐입니다."

"찰스 오빠요?"

그녀의 목소리가 다시 한 번 날카로워졌다.

"찰스 오빠에게서 무얼 원하는 거예요?"

"찰스? 누가 찰스를 찾는 거지?"

그 순간 낯선 목소리가 들려 왔다. 매력적인 남자의 목소리였다.

구릿빛으로 그을린 얼굴을 한 젊은 남자가 상냥한 미소를 지으며 방안으로 걸어 들어왔다.

"누가 내 얘길 하는 거야? 홀에서 내 이름이 들렸어. 엿들은 건 아니야, 소년원에서도 도청에는 까다로우니까. 자, 테레사, 이게 다 무슨 일이야? 어서 털어놓으시지."

찰스 아룬델

찰스 아룬델을 처음 본 순간부터 그에게 은근한 호감을 느꼈다는 사실을 털어 놓아야겠다. 아주 쾌활하고 서글서글한 인상이었다. 눈은 기분 좋고 유쾌하게 빛났으며, 미소는 내가 여태껏 본 중에서도 가장 상대방을 매료시키는 그런 미소였다.

그는 방안으로 걸어 들어와 천이 쓰인 육중한 의자의 팔걸이에 걸터앉았다.

"이게 다 무슨 일이냐구, 동생?"

"찰스 오빠, 이분은 무슈 에르퀼 푸아로셔. 약간의 보수를 받으시고 우리를 위해 그러니까⋯⋯, 지저분한 일을 해 주시겠대."

"지저분한 일이 아닙니다!"

푸아로가 소리쳤다.

"그저 사소하고 무해한 일종의 속임수라고 할까요? 유언자의 본래 의도를 펼칠 수 있도록 만드는 일 정도죠. 그렇다고 하죠."

"편한 대로 하세요."

찰스가 기분 좋은 말투로 대답했다.

"어쩌다 테레사가 당신을 생각해냈는지 궁금하군요."

"그런 게 아닙니다. 제가 자발적으로 이곳에 찾아온 것이지요."

푸아로가 재빨리 대답했다.

"이 일을 맡겠다고 자청하려요?"

"그렇지는 않습니다. 마침 당신이 어디 계신지 여쭤 보았는데 동생 분은 해외로 나가셨다고 하시더군요."

"테레사는 아주 신중한 아이지요. 웬만해서는 실수를 저지르는 법이 없답니다. 사실 의심도 아주 많고요."

그는 다정스럽게 동생을 보며 미소를 지었지만, 테레사는 잠자코 고민에 빠진 얼굴로 생각에 잠겨 있었다.

"물론 우리가 일을 잘못 처리하고 있는 건 아니겠지? 무슈 푸아로는 범죄자들을 잡기로 유명하신 분 아니야? 범죄자들을 돕거나 부추기는 일은 하지 않을 텐데."

찰스의 말에 테레사는 날카롭게 쏘아붙였다.

"우린 범죄자가 아니야."

"하지만 기꺼이 범죄자가 될 수는 있지."

찰스는 상냥하게 말했다.

"문서 위조에 대해 생각을 해 봤는데 말입니다, 그게 제 전문이거든요. 수표 위조에 대한 약간의 오해로 옥스퍼드에서 퇴학을 당했였죠. 유치하고 간단한 위조였어요. 그저 0을 하나 더 붙인 것일 뿐이었으니까. 그러고 나서는 에밀리 고모와 지역 은행과도 또 다른 작은 마찰이 있었죠. 물론 제가 어리석었던 겁니다. 그 노부인이 바늘만큼이나 예리하고 날카롭다는 것을 깨달았어야 했는데. 하지만 이 사건들 전부 기껏해야 5~10파운드를 둘러싼 아주 사소한 소동이었어요.

하지만 임종 시의 유언장을 만들어내는 건 분명 위험한 일이 될 겁니다. 뻣뻣하고 고지식한 엘렌까지 끌어들여야 하니까요. 이런 걸 매수라고 하던가요? 어쨌든 그녀를 끌어들여 고모께서 죽기 직전에 유언장을 쓰는 걸 봤다고 진술하게 만들어야 하죠. 아무래도 힘들지 않을까 싶네요. 필요하다면 엘렌과 결혼이라도 해서 후에 제게 불리한 증거를 들이대지 못하도록 만들 수도 있어요."

찰스는 푸아로에게 유쾌한 미소를 지어 보이며 다시 입을 열었다.

"당신이 분명 어딘가 녹음기를 몰래 지니고 있어서 런던 경시청이 우리의 대화를 엿듣고 있다는 느낌이 드는군요."

"꽤 흥미로운 분이시군요."

푸아로는 찰스의 태도를 질책하는 듯 말을 이었다.

"저는 법에 저촉되는 일은 절대 하지 않습니다. 하지만 방법은 여러 가지가 있죠……."

푸아로는 의미심장하게 끝을 맺었다.

찰스 아룬델은 품위 있는 어깨를 으쓱하며 기분 좋게 이야기했다.

"법의 테두리 안에서도 여러 가지 교묘한 방법을 사용할 수 있다는 점은 분명합니다. 그 점은 알아두셔야 하죠."

"그 유언장의 증인은 누구죠? 그러니까 4월 21일에 작성된 유언장 말입니다."

"첫 번째는 퍼비스 변호사가 대동한 서기였고 두 번째 증인은 정원사였습니다."

"그렇다면 퍼비스 씨 앞에서 서명을 한 거로군요."

"네, 그렇죠."

"그리고 퍼비스 씨는 명망 높은 분인가요?"

"'퍼비스 퍼비스 찰스워스 앤드 퍼비스' 변호사 사무실은 잉글랜드 은행만큼이나 존경받는 완벽한 존재죠."

찰스가 대답했다.

"그 사람은 유언장을 새로 작성하는 걸 내켜하지 않았어요. 더 정확하게 말하자면 에밀리 고모가 그 유언장을 작성하지 못하도록 만류하기도 했죠."

테레사의 말에 찰스가 날카롭게 물었다.

"그 사람이 그렇게 얘기한 거야, 테레사?"

"그래. 어제 퍼비스를 만나러 갔었어."

"사랑스런 동생, 쓸데없는 짓을 했구나. 차비로 몇 펜스를 낭비할 뿐이라는 걸 알아야지."

테레사는 어깨를 으쓱했다.

푸아로가 입을 열었다.

"아룬델 양이 돌아가시기 전 몇 주간에 대해 가능한 많은 정보를 알아야 하니 몇 가지 질문을 더 하겠습니다. 먼저, 테레사 양과 찰스 씨, 그리고 타니오스 박사와 그의 부인까지 부활절을 지내기 위해 리틀 그린 하우스에 머무셨죠?"

"네, 맞아요."

"부활절 주말에 뭔가 이상한 일은 없었습니까?"

"그런 일은 없었어요."

"없었다고? 하지만……."

찰스가 끼어들었다.

"넌 정말 자기밖에 모르는구나, 테레사. 물론 너에게는 아무런 일도 일어나지 않았지! 달콤한 사랑에 푹 빠져 있었으니 말이야! 제가 말씀드리죠, 무슈 푸아로. 테레사는 마켓 베이싱에 있는 푸른 눈을 한 청년과 사랑에 빠져 있죠. 지역 외과의사예요. 그러니 제대로 생각이란 걸 할 수 있겠어요? 사실 제 존경하는 고모께서 계단에서 고꾸라져 하마터면 돌아가실 뻔했죠. 차라리 그때 돌아가셨으면 좋았을 거예요. 그렇다면 이런 소동도 없었을 텐데."

"계단에서 떨어지셨다고요?"

"네, 개의 장난감 공에 걸려 넘어지셨죠. 똑똑한 놈이 계단 꼭대기에 공을 두는 바람에, 고모께서 한밤중에 계단을 내려오시려다 걸려서 굴러 떨어지신 거죠."

"그게…… 언제였죠?"

"어디 보자……. 화요일, 저희가 떠나기 전날 저녁이었어요."

"고모께서 심각한 부상을 입으셨나요?"

"불행히도 머리를 부딪치지는 않았어요. 그랬더라면 머릿속을 진정시키시라고, 아니면 좀 이성적으로 생각하시라고 간청이라도 했을 텐데. 어쨌든 거의 다치신 데는 없었어요."

푸아로는 냉담하게 대꾸했다.

"아주 실망하셨겠군요!"

"에? 아, 무슨 뜻인지 알겠어요. 네, 당신이 말한 대로 아주 실망했죠. 노부인들은 정말 골칫거리니까요."

"그리고 모두들 수요일 아침에 떠나신 겁니까?"

"네, 맞습니다."

"수요일이면 4월 15일이었군요. 그 후로 언제 고모를 만나보셨죠?"

"글쎄요. 그 주 주말은 아니고, 그 다음 주 주말이었네요."

"그렇다면, 어디 보자……. 25일경이었겠군요, 맞습니까?"

"네, 그랬던 것 같아요."

"그리고 고모께서 돌아가신 건 언제죠?"

"그 다음 주 금요일이요."

"그 주 월요일 밤부터 병이 나신 거죠?"

"네."

"병상에 누워 계실 때는 찾아가 보지 않았나요?"

"금요일 전까지는 가 보지 않았어요. 그 정도로 상태가 좋지 않은 줄은 몰랐죠."

"그럼 돌아가시기 전에 찾아 뵌 건가요?"

"아니요, 저희가 도착했을 때는 이미 돌아가신 후였어요."

푸아로의 눈길이 이번에는 테레사 아룬델을 향했다.

"두 번 다 오빠와 함께 가셨던 건가요?"

"네."

"그러면 두 번째로 찾아갔을 때 새로운 유언장에 대한 이야기는 듣지 못하셨나요?"

"전혀요."

테레사가 대답했다.

하지만 그 순간 찰스가 끼어들었다.

"아, 네. 그런 얘기가 있었죠."

전과 마찬가지로 쾌활한 말투였지만, 뭔가 꾸민 듯한 약간은 부자연스러운 기색이 엿보였다.

"그렇습니까?"

푸아로가 물었다.

"찰스 오빠!"

테레사가 소리를 쳤다.

찰스는 애써 동생의 눈길을 피하는 것 같았다.

그는 동생을 바라보지 않은 채 입을 열었다.

"물론 기억하고 있겠지, 아가씨? 내가 말했잖아. 에밀리 고모께서 일종의 최후통첩을 하셨어요. 마치 법정의 판사처럼 앉아 일장 연설을 하셨죠. 친척들, 그러니까 나와 테레사, 벨라 전부 마음에 들지 않는다고, 그리고 벨라의 남편은 반대하진 않았지만 신뢰하지 않는다고 하셨어요. 영국인을 신뢰하라! 이게 에밀리 고모의 신조였죠. 만약 벨라가 상당한 액수의 돈을 물려받게 된다면 분명 타니오스가 어떤 수를 써서든 손에 넣으려 할 거라고 말씀하셨죠. 그리스 인이라면 그러고도 남죠! '벨라는 지금 그대로가 더 좋을 거야.' 이렇게 말씀하셨어요. 그리고 저나 테레사 둘 다 돈을 맡기기에는 부족하다고 하셨어요. 도박이나 하며 돈을 탕진해버릴 거라면서요. 결국 그렇게 끝이 났습니다. 새로운 유언장을 만들어 모든 재산을 로슨 양에게 남겨주셨죠. 에밀리 고모는 이렇게 말했어요. '미니는 어리석지만 성실하고 충성스러운 영혼을 가졌지. 나에게 정말로 헌신적이었어. 머리가 모자란 거야 자기도 어쩔 수 없는 일이니까. 찰스, 너에게 얘기를 해두는 편이 공평할 것 같구나. 나에게서 유산을 받을 거라는 기대는 하지 않는 게 좋아.' 정말 심술궂은 짓이죠. 제가 하려던 짓과 똑같이."

"왜 나한테 말하지 않았어?"

테레사가 불같이 다그쳤다.

그때 푸아로가 다시 질문을 던졌다.

"그래서 뭐라고 하셨나요, 아룬델 씨?"

"저요?"

찰스는 경쾌하게 대답했다.

"아, 그냥 웃어 넘겼죠. 난폭하게 굴어 봐야 쓸데없는 짓이니까 그러진 않았습니다. 그저 '원하는 대로 하세요, 에밀리 고모. 조금 충격적이긴 하지만, 결국 고모 돈이니까 원하는 대로 하셔야죠.'라고 했습니다."

"고모님의 반응은 어떠시던가요?"

"좋게 받아들이시는 것 같더군요. 사실 아주 흡족해하시는 것 같았어요. '아주 올바른 생각을 가지고 있구나, 찰스.'라고 하셨죠. 그래서 저는 '인생이란 게 좋을 때도 있고 나쁠 때도 있는 거잖아요. 유산을 못 받게 됐으니 지금 제게 10파운드만 주시는 건 어때요?'라고 하자 저더러 뻔뻔한 놈이라며 5파운드를 주셨습니다."

"아주 교묘하게 감정을 숨기셨군요."

"글쎄요, 사실 그때는 고모 말을 곧이곧대로 믿지 않았으니까요."

"그러셨습니까?"

"네, 그저 노인네의 투정이라고 생각했죠. 그저 겁이나 주려한다고요. 몇 주나 몇 달이 지나면 그 유언장을 찢어버릴 거라는 약삭빠른 생각도 했습니다. 에밀리 고모는 가족들에게 아주 엄격하셨던게 사실이지만 그렇게 갑자기 돌아가시지만 않았어도 분명 그렇게 하셨을 거라고 생각해요."

"아! 그것 참 흥미로운 생각이로군요."

푸아로는 이렇게 대꾸하곤 한동안 침묵을 지키다가 다시 입을 열었다.

"누군가가, 예를 들어 로슨 양이 그 대화를 엿들었을 가능성도 있을까요?"

"그럴 수도 있죠. 작은 목소리로 이야기를 나누지는 않았으니까요. 게다가 제가 방을 나설 때 로슨이 밖에서 서성이고 있더군요. 제 생각에는 엿들었을 가능성이 있을 것 같습니다."

푸아로는 테레사에게 생각에 잠긴 듯한 시선을 보냈다.

"마드무아젤께서는 이러한 사실을 전혀 모르고 계셨나요?"

테레사가 입을 열기도 전에 찰스가 끼어들었다.

"이봐, 테레사. 내가 분명 얘기했잖아. 아니면 암시만 줬던가?"

잠시 기이한 침묵이 흘렀다. 테레사를 뚫어지게 쳐다보는 찰스의 눈길에는 불안감과 확신이 함께 어려 있었다.

테레사가 서서히 입을 열었다.

"만약 오빠가 얘길 했다면……, 물론 그러진 않았지만……, 내가 잊어버린 모양이네. 그렇죠, 무슈 푸아로?"

그녀의 기다란 검은 눈이 푸아로를 향했다.

푸아로가 천천히 대답했다.

"아니요. 들었다면 잊어버렸을 리가 없죠, 아룬델 양."

그리고 푸아로는 찰스에게 날카로운 눈길을 보냈다.

"한 가지만 확실히 해 두죠. 아룬델 양이 당신에게 유언장을 바꿀 거라고 말했나요? 아니면 유언장을 이미 바꿨다고 말했나요?"

찰스가 재빨리 대답했다.

"아, 이미 바꿨다고 했어요. 사실 제게 그 유언장을 보여주기도 했는걸요."

푸아로는 눈이 커다래지며 몸을 앞으로 숙였다.

"이건 아주 중요합니다. 정말로 아룬델 양이 당신에게 그 유언장을 보여주었단 말입니까?"

찰스는 갑자기 겁먹은 어린아이처럼 우물쭈물하며 꼼지락댔다. 푸아로의 진지한 태도가 꽤 불편하게 느껴진 모양이었다.

"네, 제게 보여 주셨어요."

"맹세하실 수 있습니까?"

"물론입니다."

찰스는 초조한 눈빛으로 푸아로를 바라보았다.

"그게 왜 그렇게 중요한지 모르겠군요."

순간 테레사가 퉁명스러운 몸짓으로 자리에서 일어나 벽난로 옆에 섰다. 그리고 빠르게 담배를 하나 더 피워 물었다.

"그리고 당신에게는요, 마드무아젤?"

푸아로는 갑자기 그녀를 향해 몸을 돌렸다.

"고모께서 별다른 말씀이 없으셨나요?"

"그랬던 것 같아요. 고모는…… 아주 상냥하셨어요. 항상 그렇듯이 다정했죠. 물론 제 사는 방식이나 뭐 그런 것들에 대해 약간 훈계를 하시긴 했지만요. 그리고 원래 무난한 분은 아니시지만 평소보다 좀 더 예민하게 구시는 것 같긴 했어요."

푸아로는 미소를 지으며 말했다.

"마드무아젤께서는 고모보다 피앙세에게 열중했던 것 같군요."

테레사가 날카롭게 쏘아붙였다.

"그 사람은 그 자리에 없었어요. 무슨 의사 협회 회원가 때문에 다른 지역에 가 있었다고요."

"그렇다면 부활절 이후에는 만나지 못했겠네요. 마지막으로 본게 그때인가요?"

"네……. 우리가 떠나기 전날에 저녁식사를 함께 하러 왔었죠."

"그렇다면 실례지만……, 그분과 다투신 적은 없으십니까?"

"한 번도요."

"두 번째 방문하실 때 마을에 없었다는……."

찰스가 갑자기 끼어들었다.

"두 번째 방문은 급작스러운 일이었으니까요. 얼떨결에 가게 된 거예요."

"그렇습니까?"

"오, 사실대로 털어놓죠."

테레사가 지겹다는 듯 입을 열었다.

"알다시피 벨라와 그녀의 남편이 우리가 두 번째로 방문하기 전 주 주말에 고모댁에 내려갔죠. 고모가 사고를 당한 것에 수선을 떨어대면서요. 어쩌면 그 둘이 선수를 칠지도 모른다고 생각했어요……."

찰스가 씩 미소를 지으며 말했다.

"우리는, 에밀리 고모의 건강에 조금이라도 관심을 보이는 편이 좋을 거라고 생각했죠. 물론 그 숙녀 분은 예의바른 관심이라는 책략에 속아 넘어가기에는 지나치게 예리하신 분이죠. 우리 마음속을 훤히 들여다보고 계셨어요. 에밀리 고모는 절대 어리숙한 분이 아니거든요."

갑자기 테레사가 깔깔거리며 웃었다.

"정말 우습네요. 다들 고모 돈에 침이나 흘리고 있었다니."

"두 분의 사촌과 남편분도 그랬나요?"

"아, 네. 벨라는 항상 돈이 궁했죠. 제가 투자하는 정도의 팔분의 일도 안 되는 돈으로 제 옷차림을 따라하려고 애쓰는 건 정말 보기 안쓰러울 정도였어요. 타니오스가 벨라의 돈으로 투기를 해서 날려버리는 바람에, 형편에 맞춰 사느라 고생이었어요. 그런 데다가 두 아이들을 영국에서 교육시키길 원했고요."

"그분들의 주소를 알려주실 수 있을까요?"

푸아로가 물었다.

"지금은 블룸스버리에 있는 던햄 호텔에 머물고 있어요."

"그 사촌 분은 어떤 사람인가요?"

"벨라요? 따분한 여자죠. 그렇지, 찰스 오빠?"

"오, 확실히 따분한 여자에요. 마치 집게벌레 같아요. 집게벌레처럼 헌신적인 엄마죠."

"그럼 그분 남편은요?"

"타니오스요? 좀 이상하게 생기긴 했지만 꽤 괜찮은 사람이죠. 영리하고 유쾌한데다 운동도 잘 합니다."

"같은 생각이십니까, 마드무아젤?"

"글쎄요, 벨라보다 그 사람이 더 마음에 드는 건 사실이에요. 아주 똑똑한 의사니까. 하지만 그 사람을 그리 신뢰하지는 않아요."

"테레사는 그 누구도 믿질 않죠."

찰스가 끼어들었다.

그러고는 테레사의 어깨에 팔을 두르며 다시 한 번 말했다.

"저도 믿지 않는 걸요."

"오빠, 오빠를 믿는 사람이 있다면 그 사람은 어딘가 모자란 게 분명하다고."

테레사가 상냥한 목소리로 대꾸했다.

두 남매는 서로 떨어져 푸아로를 바라보았다.

푸아로는 두 남매에게 살짝 고개를 숙여 인사를 하곤 문으로 향했다.

"마드무아젤께서 말씀하신 대로 일을 처리하도록 하죠! 어려운 일이긴 하지만 마드무아젤의 말씀이 맞습니다. 항상 방법이란 있기 마련이죠. 아, 그런데 그 로슨 양은 법정에서의 반대 심문에 당황할 정도로 순박한 사람인가요?"

둘이 서로 눈빛을 주고받더니 찰스가 입을 열었다.

"끈질기게 괴롭힌다면 검은 색을 희다고 말하도록 만들 수도 있을 겁니다!"

"그건 많은 도움이 되겠군요."

푸아로가 말했다.

푸아로는 황급히 방을 빠져 나갔고 나도 그 뒤를 따랐다. 푸아로는 홀로 나가 모자를 집어 들고 현관문으로 다가가서는 문을 열고 쿵 소리가 나도록 다시 닫았다. 그러고는 뻔뻔스럽게도 살금살금 거실 문으로 다가가 문틈에 귀를 갖다 댔다. 푸아로가 어떤 학교에서 무슨 교육을 받았는지는 몰라도, 남의 말을 엿들으면 안 된다는 예절 교육을 받지 못한 게 분명했다. 나는 당황했지만 어찌해볼 도리가 없었다. 푸아로에게 빨리 나가자고 손짓을 했지만 그는 꿈쩍도 하지 않았다.

그 순간 테레사 아룬델의 낮고 떨리는 목소리가 들려 왔다.

"이 머저리!"

그리고 발자국 소리가 들려오자 푸아로는 재빨리 내 팔을 잡고 현관문을 열고 나가서는 조심스럽게 닫았다.

로슨 양

"푸아로, 꼭 그렇게 엿들을 필요가 있었어요?"

"진정하게, 친구. 엿들은 건 나뿐이니까! 문틈에 귀를 갖다 댄 건 자네가 아니잖나. 오히려 군인처럼 뻣뻣하게 얼어붙어 있던 주제에 말일세."

"하지만 저도 들었잖아요."

"그건 사실이야. 마드무아젤이 목소리를 낮추지 않았으니."

"거야 우리가 아파트를 나갔다고 생각했으니까 그랬죠."

"그래, 내가 약간의 속임수를 썼지."

"전 그런 거 싫습니다."

"자네는 정말로 도덕심이 투철하군! 같은 얘길 반복하진 말자고. 그럼 그전의 원인까지 거슬러 올라가야 할 테니까. 자네 아까 그건 옳은 일이 아니라고 말하려 했던 거지? 그렇다면 내 대답은 살인이야말로 옳은 일이 아니라는 거야."

"하지만 살인은 없었잖아요."

"그렇게 확신하지 말게."

"그래요, 어쩌면 살인 의도가 있었겠죠. 하지만 살인과 살인 미수
는 별개잖아요."

"도덕적으로 보면 결국 같은 거야. 그것보다도 내 말은 말일세,
우리의 관심을 끄는 게 살인 미수뿐이라고 확신하냐는 말일세."

나는 푸아로를 뚫어지게 쳐다보았다.

"아룬델 양은 병으로 돌아가신 거잖아요."

"다시 한 번 묻겠네. 정말 확신할 수 있나?"

"다들 그렇게 말하잖아요!"

"다들? 오, 라, 라(이런, 이런)!"

"의사가 그렇게 말했잖아요, 그레이너 박사가요. 의사라면 확실
하겠죠."

내가 지적하자 푸아로는 마땅치 않은 듯 말했다.

"그래, 의사라면 확실히 알겠지. 하지만 이걸 명심해야 돼, 헤이스
팅스. 명망 있는 의사들이 확인한 사건들도 시체를 다시 파헤치는
일이 수도 없이 일어난단 말일세."

"그야 그렇죠. 하지만 이번 아룬델 양의 경우는 오랜 지병으로 돌
아가신 거잖아요."

"그래…… 그렇게 보이긴 하지."

푸아로의 목소리는 여전히 마땅치 않은 듯했다. 나는 그를 유심

히 살펴보았다.

"푸아로, 저도 같은 질문을 던져 보도록 하죠! 직업적인 열정이 당신의 판단을 흐리지 않았다고 확신하나요? 살인사건이길 바라기 때문에 살인사건임에 틀림없다고 생각하시는 건 아닌가요?"

푸아로의 눈썹 밑에 드리운 그림자가 더 짙어졌다. 그러고는 천천히 고개를 끄덕였다.

"꽤 날카로운 질문이군, 헤이스팅스. 자네가 지적한 부분이 바로 내 약점이지. 살인사건이 내 일이니까. 이를테면 나는 맹장염이나 혹은 더 희귀한 수술을 전문으로 하는 위대한 외과 의사 같아. 환자가 찾아오면 그 환자를 자신의 전문 분야의 견지에서 바라볼 거야. 이 환자가 다른 병에 걸렸을 가능성을 고려해 볼 이유가 있겠나? 나도 마찬가지일세. 난 항상 스스로에게 이렇게 묻지. '이것이 살인일 가능성이 있을까?' 자네도 알겠지만 말이야, 언제나 그럴 가능성이 높아."

"하지만 이번 경우에는 그럴 가능성이 높지 않다고 생각해요."

"하지만 아룬델 양은 죽었어, 헤이스팅스! 그 사실을 무시할 수는 없다고. 그녀는 죽었어!"

"건강이 좋지 않았어요, 게다가 일흔도 넘었고요. 아무리 생각해도 자연사로밖에는 보이지 않네요."

"그렇다면 테레사 아룬델이 자신의 오빠에게 머저리라고 소리친 것도 자연스러운 일이라고 생각하나?"

"그게 무슨 상관이에요?"

"모든 것과 상관이 있지! 말해 보게. 찰스 아룬델 씨의 말, 즉 그의 고모가 그에게 새로운 유언장을 보여 주었다는 말을 듣고 어떤 생각이 들었나?"

나는 경계하는 눈초리로 푸아로를 바라보았다.

"그건 또 무슨 말씀이세요?"

왜 항상 푸아로는 질문을 던지는 위치에 서는 거지?

"내가 보기엔 아주 흥미로운 이야기였어. 아주 흥미롭지. 테레사 아룬델 양의 반응도 마찬가지였고 말이야. 그 둘의 논쟁은 암시적이더군……, 아주 암시적이야."

"흠."

나는 젠체하며 말했다.

"두 명이 확실히 용의자 선상에 오른 거군요. 제가 보기에는 아주 멋진 사기꾼 한 쌍 같던데요. 무엇이든 할 태세가 되어 있는 데다 여자는 놀라울 정도로 아름답고 젊은 찰스 역시 확실히 매력적인 건달이더군요."

그때 푸아로는 막 택시를 잡은 참이었다. 택시에 탄 다음 푸아로는 운전사에게 행선지를 말했다.

"베이스워터의 클렌로이든 맨션으로 가주시죠."

"다음은 로슨이군요. 그리고 그 다음은 타니오스 부부인가요?"

"정확히 맞췄네, 헤이스팅스."

택시가 맨션 앞에 도착했다.

"이번에는 어떤 역할을 맡으실 건가요? 아룬델 장군의 전기 작가? 리틀 그린 하우스의 잠재 구매자? 아니면 뭔가 생각해 둔 게 더 있나요?"

"그저 에르퀼 푸아로라고 소개할 걸세."

"그것 참 실망이군요."

나는 비꼬듯 응수했다.

푸아로는 나를 흘끗 쳐다보고는 택시에서 내렸다.

17호는 2층에 있었다. 거만해 보이는 하녀가 문을 열어 주고는 방금 다녀왔던 집에 비해 가소로울 정도로 격이 떨어지는 방으로 우리를 안내했다.

테레사 아룬델의 아파트는 공허함을 느낄 정도로 텅 비어 있었다. 하지만 로슨 양의 아파트는 가구와 잡동사니들로 가득 차 있어, 무엇이든 건드려 떨어뜨리지 않을까 하는 걱정에 제대로 움직이기도 힘들었다.

문이 열리면서 살집이 있는 중년 여성이 들어 왔다. 로슨 양은 내가 상상했던 모습과 똑같았다. 성실해 보이는 동시에 다소 멍해 보이기도 한 얼굴에 잿빛 머리카락은 단정하지 못했고, 코안경을 비뚤게 쓰고 있었다. 이야기하는 내내 숨을 헐떡이며 급하게 말을 내뱉었다.

"안녕하세요……. 어, 누구신지……."

"빌헬미나 로슨 양이시죠?"

"네……, 네……. 그게 제 이름이에요."

"제 이름은 푸아로라고 합니다, 에르퀼 푸아로요. 어제 리틀 그린 하우스를 보러 갔었죠."

"아, 그러세요?"

로슨 양은 입을 멍하니 벌린 채 지저분한 머리카락을 정돈하려는 듯 머리를 만지작댔지만, 별 효과는 없었다.

"자리에 앉으시겠어요? 이쪽으로 앉으시겠어요? 아, 이런. 테이블로 가로막혀 있네요, 좀 정신이 없죠. 정리하기가 너무 힘들어요, 아파트는 말이죠! 여긴 좀 작은 편이라서. 하지만 마을 중심부에요! 전 중심부에 사는 게 좋아요, 그렇지 않으세요?"

숨을 헐떡이며 여전히 코안경을 비뚤게 쓴 채, 로슨 양은 불편해 보이는 빅토리아 식 의자에 앉아 몸을 앞으로 숙이며 기대에 찬 눈으로 푸아로를 바라보았다.

"저는 구매자로 가장해 리틀 그린 하우스를 찾아갔었습니다. 하지만 극비 사항을 하나 바로 말씀드리고 싶군요."

"아, 네."

로슨 양은 호기심에 흥분해 있었다.

"제가 다른 목적으로 그 집에 찾아갔었다는 것은 정말 극비입니다. 아실지 모르겠지만, 아룬델 양께서 돌아가시기 얼마 전 제게 편지를 한 통 쓰셨습니다⋯⋯."

푸아로는 잠시 말을 멈췄다가 다시 말을 이었다.

"저는 유명한 사립탐정이죠."

로슨 양의 살짝 달아오른 얼굴 위로 다양한 표정이 스쳐 지나갔다. 공포, 흥분, 놀라움, 당황⋯⋯. 나는 푸아로가 그중 어떤 감정을 잡아 내어 질문을 던질 것인지 궁금했다.

"오."

로슨 양은 짧은 감탄사를 내뱉고는 잠시 뒤 다시 한 번 "오."라고
내뱉었다.

그러고는 예상치 못한 질문을 던졌다.

"돈에 대한 내용인가요?"

푸아로 또한 약간 놀란 듯했다. 그러고는 애매한 말을 던졌다.

"돈이라면 어떤……"

"네, 그러니까 서랍에서 없어진 돈 말이시죠?"

"아룬델 양께서 그 돈에 대해 제게 편지를 썼다는 말을 안 하시던
가요?"

푸아로는 조용히 말했다.

"네, 정말이에요. 저는 전혀 몰랐어요. 글쎄요, 정말 놀랐다는 말
밖엔……"

"아룬델 양이 그 돈에 대한 문제를 아무에게도 말하지 않을 거라
고 생각하셨나요?"

"그렇게 생각하진 않았어요. 아마도 그분은 아주 잘 알고……"

그녀가 다시 말을 멈추자 푸아로가 재빨리 끼어들었다.

"아룬델 양께서는 누가 그 돈을 가져갔는지 아주 잘 알고 계셨군
요. 그렇게 말씀하시려던 거죠, 그렇죠?"

로슨 양은 고개를 끄덕이며 계속해서 숨을 몰아쉬었다.

"아룬델 양께서 아무 말 않길 원한다고……, 아니, 그러니까 그렇

게 느낀다고 생각하지 말았어야 했는데……."

다시 한 번 푸아로는 두서없이 지껄이는 말의 중간에 끼어들었다.

"가족 문제였나요?"

"맞아요."

"하지만 저는 가족 문제 전문이랍니다. 그리고 아주 신중한 사람입니다."

로슨 양은 열성적으로 고개를 끄덕였다.

"아! 한 가지 더. 저는 경찰과는 다릅니다, 완전히 다르죠. 경찰들은 아무 일도 해결하지 못하니까요."

"오, 맞아요. 아룬델 양께서는 아주 긍지가 높은 분이세요. 물론 전에도 찰스와 문제가 있긴 했지만 항상 아무 말도 않으셨어요. 한 번은 호주로 도망친 적도 있대요!"

"그렇군요, 그렇다면 사건은 이렇게 된 거로군요. 아룬델 양이 서랍 속에 돈을 넣어 뒀는데……."

푸아로가 말을 멈추자, 로슨 양이 서둘러 그의 말을 확인해 주었다.

"네, 은행에서 찾은 돈이었어요. 임금 줄 돈과, 아시겠지만 장부도 있었죠."

"그럼 정확히 얼마가 없어진 거죠?"

"4파운드요. 아니, 아니, 제가 잘못 말했네요. 1파운드짜리 지폐 세 장과 10실링짜리 지폐 두 장요, 정확히. 저도 알아요, 이런 문제는 아주 정확히 해야 하죠."

로슨 양은 푸아로를 진지하게 바라보며 멍하니 코안경을 건드려 더 비뚤게 놓았다. 약간 튀어나온 듯한 눈은 푸아로를 향해 부릅뜬 것처럼 보였다.

"감사합니다, 로슨 양. 금전 감각이 아주 뛰어나신 것 같군요."

로슨 양은 살짝 고개를 치켜들고는 쑥스러운 듯 웃음을 지었다.

"아룬델 양은 분명 조카인 찰스가 그 돈을 훔쳤을 거라고 의심하셨군요."

푸아로가 계속해서 말을 이었다.

"네."

"실제로 누가 그 돈을 가져갔다는 뚜렷한 증거도 없는데 말이죠?"

"오, 하지만 찰스 짓이 분명해요! 타니오스 부인은 그런 짓을 할 사람이 아닌 데다 남편 분은 외국인이라 어디다 돈을 두는지 몰랐을 거예요. 두 분 다 아닐 거예요. 테레사 아룬델 또한 그런 짓은 생각도 않았을 거예요. 돈도 많아서 항상 아름답게 꾸미고 다니는 걸요."

"하인 중 한 명의 소행일 수도 있겠죠."

푸아로의 말에 로슨 양은 놀란 듯 했다.

"오, 아니에요, 정말이에요. 엘렌이나 애니나 그런 짓은 생각도 못 할 사람들이에요. 둘 다 아주 훌륭하고 정직한 사람들이라고요."

푸아로는 잠시 곰곰이 생각하더니 다시 입을 열었다.

"로슨 양께서 제게 좀 알려 주실 수 있을까요, 물론 그럴 수 있으리라 생각합니다. 로슨 양은 분명 아룬델 양의 신임을 얻는 사람이셨을 테니까요……."

로슨 양은 당황한 듯 중얼거렸다.

"오, 하지만 저는 아무것도 몰라요. 정말이에요."

하지만 분명 푸아로의 말에 기분이 들뜬 게 분명했다.

"로슨 양이라면 저를 도와주실 수 있을 것 같군요."

"아, 물론이죠. 제가 도울 수만 있다면……."

푸아로가 계속했다.

"이건 정말 극비입니다……."

로슨 양의 얼굴 위로 진지한 표정이 떠올랐다. 마치 '극비'라는 말
이 '열려라 참깨!' 같은 마법의 단어라도 되는 듯했다.

"아룬델 양께서 왜 유언장을 바꾸게 되었는지 그 이유를 혹시 아
십니까?"

"유언장? 아……, 유언장이요?"

로슨 양은 약간 놀란 듯 보였다.

푸아로는 그녀를 유심히 관찰하며 말했다.

"아룬델 양께서 죽기 얼마 직전에 새로운 유언장을 만들어 당신
께 모든 재산을 남겨 주셨죠, 그렇지 않습니까?"

"네, 하지만 저는 자세한 건 몰라요. 정말 아무 것도요!"

로슨 양은 새된 목소리로 항의했다.

"정말이지 저도 깜짝 놀랐어요! 물론 근사한 일이었죠! 아룬델
양은 정말이지 너무 인자하세요. 하지만 저에게는 아무런 힌트조차
주지 않으셨어요. 아주 작은 힌트도요! 퍼비스 씨께서 유언장을 읽

었을 때 너무 놀라 어디다 시선을 두어야 할지, 웃어야 할지 울어야 할지 알 수가 없더라고요. 분명히 말씀드리지만요, 푸아로 씨. 정말 충격이었어요, 충격. 물론 아룬델 양의 친절함과 호의도 느껴졌고요. 사실 뭔가 조금이라도, 어쩌면 아주 조금의 유산이라도 남겨주시지 않을까하는 기대는 했었어요. 아룬델 양께서 제게 그러실 이유가 전혀 없긴 했지요. 아룬델 양을 모신 지 얼마 되지 않았거든요. 하지만 이건……, 이건 마치 동화 같아요! 지금도 믿기지가 않아요. 그리고 때로는……, 가끔씩은 마음이 편치 않을 때도 있어요. 그러니까 제 말은…….”

그녀는 톡톡 건드리다 떨어뜨린 코안경을 다시 집어 들고는 손으로 만지작거리며 한층 더 두서없는 이야기를 이어나갔다.

“때로는 그런 느낌이 들어요……. 글쎄요, 그래도 피붙인데 아룬델 양께서 가족들에게 유산을 한 푼도 남겨주지 않았다는 사실이 마음에 걸려요. 그러니까 제 말 뜻은, 옳지 않은 것 같아요, 그렇지 않아요? 정말로요. 게다가 그렇게 어마어마한 재산인데! 다들 상상도 못했을 거예요! 하지만 글쎄요, 저는 그 때문에 마음이 불편해요. 아시겠지만 다들 쑥덕거리죠, 저는 절대 나쁜 여자가 아닌데도 말이에요! 그러니까 어떤 식으로든 아룬델 양에게 영향력을 행사하겠다는 생각은 꿈에도 하지 않았다고요! 물론 제가 그럴 수도 없었고요. 사실 아룬델 양은 좀 무서운 분이셨어요! 알다시피 아주 예리한 분이셨고 툭하면 호통을 치시곤 했어요. 때로는 아주 심한 말도 하셨죠! ‘바보 같은 짓 좀 하지 마!’라고 쏘아붙이곤 하셨어요. 사실 저도 감정이 있는 사람이니까 정말 화가 날 때도 있었죠……. 그런데 그 모든 것들이 아룬델 양께서 제게 애정을 가지고 있었기 때문이라는 걸 알았어요, 정말 멋지지 않아요? 물론 말씀드린 대로 사람들이 제게 대하는 태도가 퉁명스러워졌어요. 그걸 느낄 때가 많아요……. 그러니까 좀 힘든 것 같아요, 그렇죠? 어떤 사람들에게는 말이에요."

"그렇다면 유산을 포기하겠다는 말씀이신가요?"

푸아로가 물었다.

순간 로슨 양의 멍하고 창백한 푸른 눈 위로 사뭇 다른 표정이 스쳐지나가는 것 같았다. 나는 잠시 동안 내 앞에 앉은 여자가 순하고 어리석은 여자가 아니라 날카롭고 지적인 여자인 듯한 착각에 빠졌다.

로슨 양은 약간 웃으며 대답했다.

"글쎄요……, 그 방법에도 단점이 있을 것 같아요……. 그러니까, 모든 일에는 장단점이 있으니까요. 제 말은 아룬델 양께서는 제가 그 돈을 받길 바라셨다는 거에요. 그 돈을 받지 않는다면 그분의 소망을 저버리는 일이 되겠지요. 그것 또한 옳지 않은 일이 아닐까요?"

"어려운 문제군요."

푸아로는 고개를 흔들며 말했다.

"네, 정말이에요. 그것 때문에 정말 많이 고민했어요. 타니오스 부인, 그러니까 벨라는 정말 착한 여자에요. 거기다 아이들도 정말 사랑스럽고요! 저는 아룬델 양께서 벨라가 고생하는 것을 원치 않으셨을 거라고 생각해요. 그러니까……, 아룬델 양께서는 제 판단에 맡기시려는 것 같아요. 그 남자가 다 가져갈까 봐 직접 벨라에게 돈을 남겨주려 하지 않으신거죠."

"어떤 남자요?"

"벨라의 남편요. 푸아로 씨께서도 아시겠지만 불쌍한 벨라는 남편에게 꽉 쥐여 살아요. 남편 말이라면 무슨 일이든 순종하죠. 이런 말하기 뭐하지만 남편이 시킨다면 살인이라도 저지를 수 있을 거예요! 그리고 남편을 두려워하죠. 그게 분명해요. 한두 번 겁먹은 얼굴을 하고 있는 것도 봤어요. 그건 정말 옳지 않아요. 푸아로 씨도 그렇게 생각하시겠죠?"

푸아로는 아무런 대답도 하지 않았다. 그 대신 질문을 던졌다.

"타니오스 박사는 어떤 사람입니까?"

"글쎄요……."

로슨 양은 머뭇거리며 대답했다.

"아주 유쾌한 사람이에요."

그러다 망설이는 듯 말을 멈추었다.

"하지만 그 사람을 신뢰하지는 않으시는군요?"

"글쎄요……. 네, 그래요……. 잘 모르겠어요."

로슨 양은 망설이는 듯 말을 이었다.

"저는 한 번도 남자를 신뢰해 본 적이 없어요! 끔찍한 소리들을 들었거든요! 불쌍한 아내들이 어떤 일을 겪는 지도 알고 있어요! 정말 끔찍한 일이에요! 물론 타니오스 박사는 부인을 아주 사랑하고 잘 대해주는 것처럼 보이긴 하죠. 매너도 아주 좋고요. 하지만 전 외국인들은 믿지 않아요. 외국인들이란 아주 교활한 사람들이에요! 아룬델 양께서도 자신의 돈이 그 사람의 수중에 떨어지는 것은 확실히 원치 않으셨을 거에요!"

"테레사 아룬델 양과 찰스 아룬델 씨 또한 상속권을 빼앗기게 되어서 충격을 받았겠군요."

푸아로의 말에 로슨 양의 얼굴이 달아올랐다.

"테레사는 이미 충분한 돈을 가지고 있다고 생각해요!"

그녀는 날카롭게 말했다.

"옷에만도 수백 파운드를 써댄다니까요. 거기다 속옷은……, 정말 음탕하기 짝이 없죠! 스스로 돈을 벌어 쓰는 참하고 예의 바른 아가씨들을 생각해 보면……."

푸아로는 점잖게 뒷말을 이어나갔다.

"테레사 양이 스스로 돈을 벌어서 생활을 꾸려나가는 것이 좋다고 생각하시는군요?"

로슨 양은 푸아로를 진지한 눈빛으로 바라보았다.

"오히려 많은 도움이 될 거예요. 고생을 해 보면 제정신을 차릴 수도 있죠. 역경은 인간에게 많은 걸 가르쳐 주니까요."

푸아로는 천천히 고개를 끄덕였다. 그의 눈은 변함없이 로슨 양을 향해 있었다.

"그리고 찰스는요?"

"찰스는 단 한 푼도 받을 자격이 없어요."

로슨 양이 날카롭게 대꾸했다.

"아룬델 양께서 그 사람을 상속인에서 제외시킨 데는 다 그만한 이유가 있어서예요. 그 사람이 비열하게 협박을 했으니까요."

"협박이라고요?"

푸아로의 눈썹이 치켜 올라갔다.

"네, 협박을요."

"어떤 협박이었습니까? 찰스가 언제 아룬델 양을 협박했죠?"

"어디 보자, 그러니까……. 네, 부활절 때였어요. 정확히 부활절 일요일이었어요. 오히려 일만 더 꼬이게 만든 꼴이죠!"

"뭐라고 말했습니까?"

"아룬델 양께 돈을 요구했고 아룬델 양은 거절했어요! 그러자 찰스가 현명한 일이 아니라고 대꾸하더군요. 계속 그런 태도를 보인다면……, 아, 뭐라고 했더라, 아주 상스러운 말이었는데……. 아, 맞아요, 아룬델 양을 끝장낼 수도 있다고 했어요!"

"아룬델 양을 끝장내겠다고 협박했다는 말씀이십니까?"

"네."

"아룬델 양께서는 뭐라고 말씀하셨죠?"

"'찰스, 나는 스스로를 돌볼 수 있단다.'라고 말씀하셨어요."

"그때 그 방에 계셨나요?"

로슨 양은 잠시 침묵하다 대답했다.

"그건 아니에요."

"그렇죠, 그렇죠."

푸아로가 서둘러 말했다.

"그리고 찰스는 그 말에 뭐라고 대답했습니까?"

"'너무 자신하지 마세요.'라고 하더군요."

푸아로는 천천히 입을 열었다.

"아룬델 양께서는 그러한 협박을 심각하게 받아들이셨나요?"

"글쎄요. 저는 잘 모르겠어요. 저에게는 아무 말씀 안 하셨으니까……. 하지만 심각하게 생각하진 않으셨을 거예요."

푸아로는 조용히 말했다.

"물론 로슨 양께서는 아룬델 양이 새로운 유언장을 작성하신다는 걸 알고 계셨겠죠?"

"아니요, 아니요. 아까도 말씀드렸지만 정말 놀랐어요. 저는 꿈에도……."

푸아로가 끼어들었다.

"내용은 모르셨겠죠. 하지만 그 사실, 즉 유언장이 새로 만들어졌다는 사실은 아셨죠?"

"글쎄요……, 그럴지도 모른다는 생각은 했어요. 병으로 누워 계실 때 변호사를 부르셨으니까요……."

"그렇군요. 계단에서 떨어지신 후에 말이죠?"

"네. 밥이, 밥은 그 집에서 키우는 개예요, 밥이 계단 꼭대기에 공을 놔두는 바람에 걸려서 넘어지셨죠."

"끔찍한 사고였겠군요."

"오, 네. 팔이나 다리가 하나쯤 부러질 만도 했대요. 의사 선생님께서 그렇게 말씀하셨어요."

"하마터면 돌아가실 뻔 했군요."

"네, 정말로요."

그녀의 대답은 아주 자연스럽고 솔직한 듯 했다.

푸아로는 미소를 지으며 말했다.

"리틀 그린 하우스에서 본 게 밥인 것 같군요."

"아, 네, 보셨군요. 정말 작고 귀여운 강아지죠."

사나운 테리어를 작고 귀여운 강아지라고 부르는 것은 정말이지 너무도 거슬렸다. 밥이 로슨 양을 무시하고 그녀의 말은 절대 듣지 않았을 게 당연하다는 생각이 들었다.

"밥이 아주 똑똑한 녀석인가요?"

푸아로가 계속해서 물었다.

"오, 네. 아주 똑똑하죠."

"자기가 하마터면 주인을 죽일 뻔했다는 사실을 알면 얼마나 놀랄까요?"

로슨 양은 그 말에는 대답하지 않았다. 고개를 저으며 한숨만 지을 뿐이었다.

푸아로가 다시 질문을 던졌다.

"그 사건 때문에 아룬델 양께서 유언장을 바꾸셨을 가능성도 있다고 보십니까?"

나는 푸아로가 위험할 정도로 아슬아슬한 질문을 던졌다고 생각했지만, 로슨 양에게는 아무런 감흥이 없는 듯했다.

"푸아로 씨의 말씀이 틀리지 않다고 생각해요. 그 일 때문에 아룬델 양께서 충격을 받으셨죠, 그건 분명해요. 나이가 드신 분들은 자신이 죽을 수 있다는 생각을 좋아하지 않으시죠. 하지만 그러한 사고를 당하면 자연히 생각하게 돼요. 어쩌면 아룬델 양께서는 자신이 죽을 날이 멀지 않았다는 걸 예감하셨는지도 모르겠어요."

푸아로는 아무렇지 않은 듯 다시 질문을 던졌다.

"평소에 건강은 좋으신 편이었죠?"

"아, 네. 아주 좋으셨어요."

"그렇다면 아주 갑작스레 병에 걸리신 거로군요."

"네, 그랬어요. 정말 놀랐죠. 그날 저녁에도 친구들이 오고 그랬거든요."

로슨 양은 말을 멈추었다.

"당신 친구들 트립 자매 말씀이군요. 그분들을 만났는데 아주 매력적이시더군요."

로슨 양의 얼굴은 기쁨으로 달아올랐다.

"네, 정말 그렇죠? 정말 교양 있는 친구들이에요! 아는 것도 정말 많고요, 게다가 아주 영적이죠! 혹시……, 우리 집회에 대해서도 들으셨나요? 선생님께서는 그런 걸 믿지 않으실 것 같지만, 이 세상을 떠난 분들과 접촉하는 데에는 정말 말로 표현할 수 없는 기쁨이 있어요!"

"물론이죠, 물론입니다."

"그거 아세요, 푸아로 씨. 돌아가신 제 어머니께서도 말을 걸어

왔죠. 그것도 여러 번이나요. 사랑하는 사람들이 아직 제 생각을 하고 절 지켜보고 있다는 사실을 아는 것은 정말 굉장한 기쁨이에요."

"네, 네. 충분히 이해가 갑니다."

푸아로가 점잖게 대꾸했다.

"아룬델 양께서도 심령술을 믿으셨나요?"

로슨 양의 얼굴이 약간 흐려졌다.

"믿고 싶다고는 하셨죠."

그녀는 머뭇거리며 대답했다.

"하지만 아룬델 양께서는 모든 일을 기분 좋게 받아들이시는 편이 아니라서, 사실 의심이 많고 믿질 않으셨죠. 그런 태도 때문에 한두 번 아주 불쾌한 영혼들이 꼬이기도 했어요! 그 영혼들은 아주 상스러운 메시지를 보냈죠. 그것들은 다 아룬델 양의 태도 때문이었을 거예요."

"그럴 가능성이 아주 높다고 생각합니다."

푸아로가 동의했다.

"하지만 마지막 저녁에는……."

로슨 양이 말을 계속 했다.

"혹시 이사벨과 줄리아에게서 들으셨나요? 아주 뚜렷한 현상이 나타났어요. 물질화의 초기 현상이었죠, 심령체……. 혹시 심령체가 뭔지 아세요?"

"네, 네. 잘 알고 있죠."

"심령체는 리본 형태로 영매의 입에서 나와 스스로 형태를 만들잖아요. 푸아로 씨, 이제야 알겠어요. 아룬델 양께서는 자신도 모르는 사이에 영매가 되었던 거예요. 그날 저녁 분명히 아룬델 양의 입에서 빛나는 리본이 나오는 것을 두 눈으로 똑똑히 봤다고요! 그러더니 아룬델 양의 머리 주위를 빛 무리가 둘러쌌죠."

"정말 흥미롭군요!"

"그랬는데 안타깝게도 아룬델 양께서 갑자기 몸이 안 좋아지셔서 집회를 중단해야 했어요."

"그렇다면 의사를 부르셨겠군요. 그게 언제죠?"

"처음 부른 것은 그 다음 날 아침이었어요."

"의사분께서는 상태가 심각하다고 하셨나요?"

"글쎄요, 그날 저녁에 병원 간호사들을 보내시긴 했지만 아룬델 양께서 병을 이겨내실 거라 생각하신 것 같아요."

"아, 실례합니다……. 친척분들에게는 연락하지 않으셨나요?"

로슨 양의 얼굴이 붉어졌다.

"가능한 빨리 알려 드렸어요, 그러니까 그레이너 박사님께서 아룬델 양의 상태가 위험하다고 하셨을 때요."

"병의 원인은 뭐였습니까? 뭔가 잘못 드셨나요?"

"아니요, 특별한 것은 드시지 않았어요. 그레이너 박사님 말로는 아룬델 양께서 식사에 좀 더 주의를 기울였어야 했다고 하시더군요. 그리고 아마도 쌀쌀한 날씨 때문에 병이 도진 거라고 생각하시는 것 같았어요. 그때 날씨가 아주 변덕스러웠거든요."

"테레사와 찰스 아룬델이 그 주 주말에 찾아왔었죠?"

로슨 양이 입술을 오물거리며 대답했다.

"그랬죠."

"방문의 목적은 달성하지 못했겠죠."

푸아로가 그녀를 바라보며 슬쩍 떠 보았다.

"그랬어요."

그리고 꽤나 독살스러운 말투로 덧붙였다.

"아룬델 양께서는 그 사람들이 무슨 이유로 찾아왔는지 다 알고 계셨어요!"

"그게 뭐였죠?"

푸아로가 그녀를 빤히 쳐다보며 물었다.

"돈이죠!"

로슨 양은 잡아채듯 내뱉었다.

"그리고 결국 한 푼도 얻지 못했죠."

"그렇습니까?"

"그리고 분명 타니오스 박사도 같은 걸 바라고 왔을 거에요."

"타니오스 박사라. 그분도 같은 주 주말에 내려오신 건가요?"

"네, 일요일에 왔었죠. 한 시간 정도 있다 갔어요."

"다들 불쌍한 아룬델 양에게서 돈만 바란 것 같군요."

푸아로가 과감한 말을 던졌다.

"그러게 말이에요. 정말 생각하기도 싫은 일이죠, 그렇지 않나요?"

"네, 정말입니다."

푸아로가 대답했다.

"그 주 주말에 찰스와 테레사가 내려와서는 아룬델 양이 자신들에게 유산을 물려주지 않을 거라는 사실을 알고 꽤나 충격을 받았겠군요!"

그 말을 들은 로슨 양은 푸아로를 빤히 쳐다보았다.

푸아로가 다시 입을 열었다.

"그렇지 않나요? 아룬델 양께서 그 사실을 조카들에게 알리지 않았던 겁니까?"

"그 점에 관해서라면 뭐라고 드릴 말씀이 없네요. 그런 얘기는 전혀 듣지 못했으니까요. 제가 아는 한은 아무런 싸움도, 특별한 일도 없었는 걸요. 찰스와 테레사 모두 꽤 기분 좋게 돌아간 것 같아요."

"아! 그렇다면 제가 잘못 알고 있었나 보군요. 헌데 아룬델 양은 유언장을 집 안에 보관하셨나요?"

순간 로슨 양은 코안경을 떨어뜨렸다가 몸을 굽혀 다시 주워들었다.

"저는 정말 아무 것도 몰라요. 하지만 제 생각에는 퍼비스 씨께서 보관하고 계셨을 것 같네요."

"유언 집행인이 누구였습니까?"

"퍼비스 씨였어요."

"그렇다면 아룬델 양께서 돌아가신 후에 그분이 집으로 찾아와 서류들을 확인해 보셨겠네요?"

"네, 그랬어요."

푸아로는 유심히 그녀를 들여다보더니 느닷없는 질문을 던졌다.

"퍼비스 씨가 마음에 드십니까?"

로슨 양은 어리둥절한 얼굴이었다.

"퍼비스 씨가 마음에 드냐고요? 글쎄요, 뭐라고 말해야 할
지……. 그러니까 그분이 아주 똑똑한 분이신 건 잘 알죠. 똑똑한 변
호사이긴 하지만 좀 무뚝뚝한 편이었어요! 그러니까 말하기 편한
상대라고는 할 수 없죠. 글쎄요, 제가 무슨 소릴 하는 건지……. 어
쨌든 아주 예의 바른 사람이지만 동시에 좀 무례한 면도 있어요. 제
말이 무슨 뜻인지 아시겠어요?"

"제가 난감한 질문을 던진 것 같군요."

푸아로는 이해한다는 듯 고개를 끄덕였다.

"네, 정말 그러네요."

로슨 양은 한숨을 쉬며 고개를 설레설레 저었다.

곧 푸아로가 자리에서 일어났다.

"마드무아젤, 마드무아젤의 친절과 도움에 정말 감사드립니다."

로슨 양도 자리에서 일어났다. 그녀의 목소리에는 약간 당황한
듯한 기색이 어렸다.

"제게 감사할 게 뭐 있어요……. 아무런 도움도 못 된걸요! 그래
도 제가 뭔가 도와드릴 수 있다면 정말 좋겠어요. 제가 더 할 수 있
는 게 있다면……."

문 앞에 서 있던 푸아로는 다시 돌아와 그녀에게 낮은 목소리로
말을 건넸다.

"로슨 양, 한 가지 꼭 말씀드릴 게 있습니다. 찰스와 테레사 아룬

델이 이 유언장을 무효로 만들려 하고 있죠."

로슨 양의 뺨이 순식간에 빨개지더니 날카롭게 쏘아붙였다.

"그럴 순 없어요. 제 변호사가 그렇게 얘기했다구요."

"아, 변호사와 상의해 보셨군요."

"물론이죠. 그러면 안 될 이유라도 있나요?"

"전혀요, 아주 현명한 방법입니다. 좋은 하루 보내세요, 마드무아젤."

클렌로이든 맨션을 빠져 나와 거리로 들어서면서 푸아로는 깊은 숨을 내쉬었다.

"헤이스팅스, 몬 아미(친구). 저 여자는 보는 그대로거나 아니면 아주 뛰어난 연기자이거나 둘 중 하나일 거야."

"로슨 양은 아룬델 양의 죽음이 당연히 자연사라고 믿고 있던데요, 보셨잖아요."

푸아로는 아무런 대답도 하지 않았다. 푸아로는 가끔 자신이 편한 대로 못 들은 척 할 때가 있다. 그리고 푸아로는 택시를 불러 세워 탄 다음 주소를 불러 주었다.

"블룸스버리의 던햄 호텔요."

타니오스 부인

"손님이 찾아오셨습니다, 부인."

던햄 호텔의 서재에 있는 한 탁자에서 글을 쓰던 여자가 고개를 돌리더니 자리에서 일어나, 우물쭈물 대며 우리를 향해 다가왔다.

타니오스 부인은 서른 살은 족히 넘어 보였다. 키가 크고 마른데다 머리카락은 검고 다소 튀어 나온 눈은 삶은 구스베리 색이었으며 당황한 듯한 얼굴이었다. 최신 유행의 모자는 촌스러운 각도로 머리 위에 얹혀 있고 다소 칙칙해 보이는 면 원피스를 입고 있었다.

"누구신지……."

그녀가 모호한 말투로 먼저 입을 열었다.

푸아로가 고개를 숙여 인사를 하며 말을 건넸다.

"지금 막 사촌이신 테레사 아룬델 양을 만나고 오는 길입니다."

"아! 테레사를요? 그래요?"

"잠시만 따로 대화를 좀 나눌 수 있을까요?"

타니오스 부인은 다소 멍한 눈으로 주위를 둘러보았다. 그러자 푸아로가 서재의 한쪽 끝에 놓인 가죽 소파에 앉자고 제안했다.

가는 도중 쨍쨍거리는 목소리가 들려 왔다.

"엄마, 어디 가세요?"

"잠깐 저쪽에 앉아 있을 거야. 마저 편지 쓰고 있으렴."

7살 정도 되어 보이는 비쩍 마른 여자 아이는 다시 자리에 앉아 귀찮은 표정으로 마저 편지를 쓰기 시작했다. 글을 쓰느라 고심하는 듯 혀를 내밀고 있었다.

서재 구석은 꽤 한산했다. 타니오스 부인이 먼저 자리에 앉고서, 우리도 소파에 앉았다. 그녀는 궁금하다는 눈빛으로 푸아로를 바라보았다.

푸아로가 먼저 입을 열었다.

"이모님의 죽음과 관련된 일입니다. 고(故) 에밀리 아룬델 양 말입니다."

내 상상인지는 몰라도 타니오스 부인의 창백하고 튀어나온 듯한 눈에서 갑작스레 두려운 기색이 떠올랐다.

"네?"

"아룬델 양께서 돌아가시기 얼마 전에 유언장을 변경하셨죠, 새로운 유언장에 의해 모든 재산은 빌헬미나 로슨 양에게 남겨졌고요. 제가 알고 싶은 것은 말입니다, 타니오스 부인, 그 유언장을 무효로 하는 소송에 사촌들, 그러니까 테레사 양 및 찰스 씨와 의견을

같이 하실지를 여쭈어 보러 왔습니다."

"오!"

타니오스 부인은 숨을 크게 들이 쉬었다.

"하지만 그건 불가능할 텐데요. 그렇지 않나요? 그러니까 제 남편이 변호사와 상의를 했었는데요, 소송을 걸지 않는 편이 좋다고 했다던데."

"마담, 변호사들은 신중한 사람들이죠. 그 사람들이 하는 조언이란 어떻게 해서든 소송을 피하라는 것들뿐이지요. 물론 대부분의 경우 그 말이 맞기는 합니다. 하지만 모험을 할 만한 가치가 있는 경우도 있어요. 저는 변호사가 아니라서 이 문제를 다르게 보고 있습니다. 아룬델 양, 그러니까 테레사 아룬델 양은 싸울 준비가 되어 있더군요. 타니오스 부인은 어떠십니까?"

"저는……, 오! 저는 모르겠어요."

그녀는 신경질적으로 손가락을 비비 꼬아댔다.

"아무래도 남편과 상의를 해 보는 편이 좋을 것 같아요."

"물론입니다. 확답을 주시기 전에 남편 분과 상의를 해 봐야겠지요. 하지만 부인의 개인적인 생각은 어떠십니까?"

"글쎄요, 정말로 저는 잘 모르겠어요."

타니오스 부인의 얼굴이 한층 더 근심에 싸였다.

"남편 뜻에 달려 있으니까요."

"부인은요? 부인의 생각은 어떠신가요?"

타니오스 부인은 얼굴을 찌푸리더니 천천히 입을 열었다.

"저는 그 생각이 그다지 마음에 들지 않네요. 그건 좀……, 점잖지 못한 일인 것 같아요, 그렇지 않나요?"

"그런가요, 마담?"

"네……, 결국 에밀리 이모께서 가족들에게 돈을 남겨주지 않기로 결정하셨다면 그 결정을 참고 견디는 수밖에 없다고 생각해요."

"그렇다면 부인께서도 그 결정에 불만을 느끼셨군요."

"아, 네. 그래요."

그녀의 뺨이 빨개졌다.

"정말 불공평한 일이라고 생각해요! 많이 불공평하죠! 게다가 예상치도 못한 일이었고요. 정말 에밀리 이모답지 않은 처사예요. 아이들에게도 불공평한 일이에요."

"이번 일이 에밀리 아룬델 양답지 않다고 생각하십니까?"

"정말이지 말도 안되죠!"

"그렇다면 아룬델 양께서 본인의 의지로 그 유언장을 만들지 않았을 가능성이 있을까요? 다른 누군가의 협박을 받았을 수도 있다고 생각하세요?"

타니오스 부인은 다시 얼굴을 찌푸렸다. 그러고는 내키지 않는 듯 입을 열었다.

"문제는 에밀리 이모가 다른 누군가의 협박이 통하지 않을 사람이라는 거예요! 아주 고집 있는 분이셨어요."

푸아로는 동의한다는 듯 고개를 끄덕였다.

"네, 부인 말이 맞습니다. 로슨 양도 대범한 성격을 지녔다고는 전혀 볼 수 없겠더군요."

"네, 정말 착한 여자에요. 좀 어리석긴 하지만 정말 아주 착해요. 그것 때문에 그렇게 하긴 좀……."

"네, 마담?"

타니오스 부인이 말을 멈추자 푸아로가 재촉했다.

타니오스 부인은 다시 손가락을 신경질적으로 꼬아대면서 입을 열었다.

"그러니까, 유언장에 대한 소송을 걸고 무효화 시키는 거 말이에요. 로슨 양이 어떻게 꾸민 일은 아니라는 확신이 들어요……. 계략이나 음모를 꾸밀 만한 사람은 못 되니까요……."

"다시 한 번 부인의 말에 동의합니다."

"그렇기 때문에 소송을 거는 것이……, 그러니까 품위 없고 악랄한 짓이 될 거라는 기분이 들어요. 소송 비용도 아주 비싸잖아요, 그렇죠?"

"네, 아주 비싸지요."

"게다가 헛된 일이 될 수도 있고요. 그러니 일단 제 남편과 이야기를 나눠 보아야 해요. 저보다는 머리가 훨씬 더 잘 돌아가는 사람이니까요."

푸아로는 잠시 기다렸다가 입을 열었다.

"부인은 아룬델 양께서 그런 유언장을 만드신 이유가 뭐라고 생각하십니까?"

순간 타니오스 부인의 얼굴빛이 변하면서 중얼거렸다.

"전혀 모르겠어요."

"마담, 저는 변호사가 아니라고 말씀을 드렸습니다. 그런데 부인께서는 제 직업이 무엇인지 묻지 않으시는군요."

그제야 그녀는 궁금하다는 눈빛으로 푸아로를 바라보았다.

"저는 탐정입니다. 그리고 아룬델 양께서는 돌아가시기 얼마 전에 제게 편지를 쓰셨죠."

타니오스 부인은 몸을 앞으로 숙인 채 두 손을 꼭 잡고는 불쑥 물었다.

"편지요? 제 남편에 관한 건가요?"

푸아로는 잠시 그녀를 주시하더니 천천히 입을 열었다.

"죄송하지만 그 질문에 대한 답은 해 드릴 수가 없습니다."

"제 남편에 대한 편지가 맞군요."

그녀의 목소리가 약간 높아졌다.

"뭐라고 하던가요? 분명하게 말씀드리지만, 그러니까 성함이……."

"푸아로입니다. 에르퀼 푸아로."

"푸아로 씨, 분명하게 말씀드리지만 그 편지에 제 남편에 대한 나쁜 말이 써 있더라도 그건 전부 거짓말이에요! 누가 부추겼는지도 알겠네요! 바로 그 때문에 제가 테레사나 찰스와는 어떤 행동도 같이 하지 않으려는 거죠! 테레사는 제 남편을 맘에 안 들어 하거든요. 분명 그 애가 쓸데없는 말을 지껄인 거예요! 분명해요! 에밀리 이모는 제 남편이 영국인이 아니라고 해서 편견을 갖고 계시니, 테레사가 하는 말을 믿었겠죠. 하지만 사실이 아니에요, 푸아로 씨. 제 말을 믿으셔도 좋아요!"

"엄마……, 편지 다 썼어요."

타니오스 부인은 재빨리 몸을 틀었다. 그러고는 아주 다정한 미소를 지으며 작은 여자 아이가 내민 편지를 받아 들었다.

"아주 잘 썼구나, 정말 아주 잘 썼어. 거기다 귀여운 미키 마우스 그림까지 그렸네."

"이제 뭐 해요, 엄마?"

"그림이 그려져 있는 예쁜 엽서 하나 사올래? 자, 여기 돈 있다. 홀에 있는 신사분에게 가서 엽서를 하나 고른 다음에 셀림에게 보내면 되겠구나."

아이는 돈을 들고 홀을 향해 갔다. 찰스 아룬델이 했던 말이 떠올랐다. 정말 타니오스 부인은 헌신적인 아내이자 어머니임이 분명했다. 게다가 약간 집게벌레 같다고도 했었다.

"아이는 하나뿐인가요, 마담?"

"아니요, 아들이 하나 더 있어요. 지금은 제 아빠와 함께 바깥에 나갔어요."

"리틀 그린 하우스에 방문하실 때 아이들은 함께 가지 않았나요?"

"아, 네. 가끔은요. 아시겠지만 제 이모는 나이가 많으시고 아무래도 아이들이 가면 말썽을 부리니까요. 하지만 항상 아이들에게 잘해 주셨고, 크리스마스 때면 멋진 선물도 보내주셨죠."

"그렇군요. 에밀리 아룬델 양을 마지막으로 본 건 언제입니까?"

"돌아가시기 한 열흘 전이었던 것 같아요."

"남편 분, 사촌 분들과 다 함께 가셨었나요?"

"오, 아니요. 그건 그 전 주, 그러니까 부활절 때에요."

"그렇다면 부인과 남편께서는 부활절 다음 주 주말에도 방문하셨군요."

"네."

"그때는 아룬델 양께서 건강이 좋으셨나요? 활기도 있으시고?"

"네, 평소와 별 다를 것 없어 보였어요."

"아파서 침대에 누워 계시진 않았나요?"

"계단에서 떨어지는 바람에 침대에 누워 계셨지만, 저희가 있는 동안에 다시 계단을 오르내릴 수 있는 정도가 되셨어요."

"새로운 유언장에 대해서는 뭔가 말씀이 없으셨나요?"

"아니요, 전혀요."

"아룬델 양의 태도에는 이상한 점이 없었습니까?"

이번에는 좀 긴 침묵이 이어지다가 입을 열었다.

"네."

그 순간 푸아로가 나와 같은 확신을 가졌을 거라는 생각이 바로 들었다.

타니오스 부인은 거짓말을 한 것이다!

푸아로는 잠시 말을 멈추더니 다시 입을 열었다.

"아룬델 양의 태도에 이상함이 없었냐는 질문은, 부인과 남편 모두에 대한 태도가 아니라 '부인' 한 분에 대한 태도를 물은 것이었습니다."

그러자 타니오스 부인이 재빨리 대답했다.

"아! 그렇군요. 에밀리 이모는 저에게 아주 잘해 주셨어요. 제게
작은 진주와 다이아몬드 브로치를 주셨고, 아이들에게 나눠 주라면
서 20실링을 주셨죠."

그녀의 태도에서 어색함이 사라지면서 막힘없이 술술 말을 쏟아
냈다.

"그리고 남편 분에 대한 건데……. 아룬델 양께서 남편을 대하는
태도에는 변화가 없었나요?"

다시 어색한 침묵이 흘렀다. 타니오스 부인은 푸아로의 눈길을
피하며 대답했다.

"아니요, 물론 없었어요. 무슨 변화가 있었겠어요?"

"하지만 부인께서는 사촌인 테레사 아룬델이 이모의 마음을 흔들
어 놓았을지도 모른다고 말씀하셨……."

"분명 그랬어요! 테레사가 그런 게 분명해요!"

타니오스 부인은 몸을 앞으로 숙이며 열변을 토했다.

"당신 말이 맞아요. 변화가 있었죠! 에밀리 이모께서 갑자기 남편
을 멀리 하면서 아주 이상하게 행동하셨어요. 그이가 특별한 소화
제를 권한 적이 있었죠. 힘들게 약사에게 직접 가서 지어온 약이었
는데, 이모는 말로는 고맙다고 하면서도 어딘지 모르게 딱딱한 태
도를 보이시더라고요. 그리고 나중에 그 약병을 개수대에 쏟아 버
리는 걸 제가 직접 봤어요!"

그녀의 분노는 아주 격렬했다.

푸아로의 눈빛이 어른거렸다.

"정말 이상하군요."

흥분을 조심스레 감추는 목소리였다.

"정말 배은망덕한 행동이죠."

타니오스 부인은 열성적으로 말했다.

"부인 말씀대로 노부인들은 때때로 외국인들을 믿지 않으시니까요."

푸아로가 말했다.

"분명 이 세상에 의사라고는 영국 의사들밖에 없다고 생각하시는 것 같습니다. 섬나라 근성이죠."

"네, 그런 것 같아요."

타니오스 부인은 화가 약간 누그러든 것 같았다.

"스미르나에는 언제 돌아가십니까, 마담?"

"2~3주 후에요. 제 남편이……, 아! 저기 제 남편과 에드워드가 오네요."

타니오스 박사

타니오스 박사의 첫 인상은 다소 충격적이었다. 나는 그동안 들은 진술을 토대로 온갖 종류의 사악한 특징을 모두 갖다 붙였기에 가무잡잡하고 검은 수염이 난, 비열하게 생긴 외국인을 마음속으로 그리고 있던 터였다.

하지만 실제로 본 그는 둥근 얼굴에 유쾌한 표정, 갈색 머리카락에 갈색 눈을 한 남자였다. 턱수염이 있는 건 사실이었지만, 적당히 기른 갈색 수염은 오히려 예술가 같은 인상을 주었다.

그의 영어는 완벽했고 듣기 좋은 목소리는 쾌활한 표정과 잘 어울렸다.

"다녀왔어."

그는 아내에게 미소를 지으며 말했다.

"에드워드가 난생 처음 지하철을 타서 그런지 아주 신이 났더라고. 그 동안은 매일 버스만 타고 다녔잖아.”

에드워드는 아버지와는 조금도 닮지 않은 외모였지만, 두 아이 모두 외국인이라는 느낌이 강해 피바디 양이 ‘노란 아이들’이라고 칭한 이유를 알 것 같았다.

남편의 등장은 타니오스 부인을 더 긴장하게 만든 것 같았다. 그녀는 약간 말을 더듬으며 남편에게 푸아로를 소개했다. 나는 아예 무시한 채…….

타니오스 박사는 푸아로의 이름을 듣고는 아주 날카로운 반응을 보였다.

“푸아로? 무슈 에르퀼 푸아로라고요? 잘 알죠! 그런데 무슈 푸아로께서 여기는 어쩐 일이십니까?”

“최근 한 숙녀 분께서 돌아가신 일로 왔습니다. 에밀리 아룬델 양이요.”

푸아로가 대답했다.

“제 아내의 이모요? 네……, 그게 왜요?”

푸아로가 천천히 입을 열었다.

“그분의 죽음과 관련해 몇 가지 문제가…….”

갑자기 타니오스 부인이 끼어들었다.

“그 유언장에 관한 일이에요, 제이컵. 푸아로 씨께서 테레사와 찰스하고 의논을 했대요.”

타니오스 박사의 태도에서 약간의 긴장감이 느껴졌다. 그는 의자에 털썩 주저앉더니 입을 열었다.

"아, 그 유언장! 그 말도 안 되는 유언장……. 하지만 그건 저와는 상관없는 일이라고 생각하는데요."

푸아로는 두 명의 아룬델 젊은이들과 나누었던 이야기를 간략하게 설명하면서(사실과는 거리가 먼 이야기였다.) 그 유언장을 무효로 만들기 위해 싸울 것이라는 뜻을 넌지시 비쳤다.

"흥미롭군요, 무슈 푸아로. 정말 흥미로워요. 당신의 의견에 전적으로 동의합니다. 뭔가 방도가 있겠지요. 저도 사실 변호사와 상담을 해 봤지만, 답변이 다들 희망적이지 않더군요. 그러니……."

그는 어깨를 으쓱했다.

"부인께도 말씀드렸지만 변호사란 신중한 사람들이지요. 모험을 하려 들지 않아요. 하지만 나 푸아로는 다릅니다! 당신은요?"

타니오스 박사는 웃음을 터뜨렸다. 커다랗고 쾌활한 웃음 소리였다.

"오, 저는 항상 모험을 택하죠! 때로는 성공하기도 하고 때로는 실패하기도 합니다. 안 그래, 벨라 아가씨?"

그가 부인을 바라보며 미소를 지었다. 타니오스 부인 또한 남편에게 미소를 보냈지만 어쩐지 기계적인 태도 같다는 생각이 들었다.

그는 다시 푸아로에게 시선을 돌렸다.

"저도 변호사는 아니지만 그 유언장은 노부인께서 자신이 어떤 일을 하는지도 모를 분별력이 없는 상황에서 만들어진 게 분명하다고 생각합니다. 그 로슨이란 여자는 간악하고 교활하니까요."

타니오스 부인은 불편한 듯 몸을 움직였다. 푸아로는 재빨리 그녀를 바라보았다.

"부인께서는 남편 분의 의견에 동의하지 않으십니까?"

그녀는 우물쭈물하며 대답했다.

"로슨은 아주 착한 여자예요. 간악하다고는 할 수가 없어요."

"당신에게는 아주 잘 했지."

타니오스 박사가 대꾸했다.

"벨라 당신을 전혀 두려워하지 않았으니까. 당신은 쉽게 속곤 하
잖아!"

남편의 유쾌한 말투에도 불구하고, 부인의 얼굴은 빨갛게 달아올
랐다.

"제게는 달랐습니다."

타니오스 박사가 계속 말을 이어 나갔다.

"로슨은 절 마땅치 않아 했죠. 게다가 노골적으로 싫어하는 티를
내더라고요! 예를 하나 들어 보죠. 우리가 그 집에 머물고 있을 때
노부인께서 계단에서 떨어지셨습니다. 그래서 저는 그 주 주말에
부인의 상태를 보러 오겠다고 했죠. 그런데 로슨 양이 극구 반대를
하더군요. 결국 찾아가긴 했지만, 불쾌하게 생각하는 듯 했어요. 그
이유는 안 봐도 뻔합니다. 자기 혼자 그 노부인을 맘대로 조종하려
했던 겁니다."

다시 한 번 푸아로는 타니오스 부인을 바라보았다.

"같은 생각이십니까, 마담?"

하지만 타니오스 박사는 부인에게 대답할 시간을 주지 않았다.

"벨라는 너무 착해 빠졌어요. 남들에게 악한 마음이 있을 거라는 생각은 절대 못할 여잡니다. 하지만 전 제 생각이 맞다고 장담할 수 있습니다. 하나 더 알려 드리죠, 무슈 푸아로. 로슨이 아룬델 양을 사로잡은 비결은 바로 심령술입니다! 바로 심령술을 이용한 거예요!"

"그렇게 생각하십니까?"

"물론입니다. 그런 경우를 많이 봐 왔으니까요. 사람들은 심령술에 쉽게 사로잡히고, 매혹되죠! 특히 아룬델 양의 나이 정도 되는 사람들은 말입니다. 어떤 식으로 아룬델 양을 구워삶았을지 안 봐도 뻔합니다. 어떤 영혼, 그러니까 예를 들면 돌아가신 아룬델 양의 아버지 영혼을 불러냈다고 하며 유언장을 바꾸고 로슨이라는 여자에게 돈을 남겨 주라고 명령했겠죠. 건강 상태가 나빴으니…… 쉽게 넘어가고 만 겁니다."

순간 타니오스 부인이 아주 미약하게 움직였다. 푸아로는 다시 그녀를 바라보았다.

"부인께서도 가능하다고 보십니까?"

"어서 얘기해 봐, 벨라. 당신 생각을 한번 말해봐."

타니오스 박사가 옆에서 거들었다.

타니오스 박사는 격려하듯 부인을 바라보았다. 하지만 그러한 남편을 흘끗 바라보는 타니오스 부인의 눈빛이 기이했다. 그녀는 망설이더니 입을 열었다.

"전 그런 것들은 잘 몰라요. 아무래도 당신 말이 맞겠죠, 제이컵."

"따라서 제 말이 맞습니다. 그렇죠, 무슈 푸아로?"

푸아로는 고개를 끄덕였다.

"네……, 그럴 수도 있겠군요. 아룬델 양께서 돌아가시기 전 주말에 마켓 베이싱에 가셨죠?"

"부활절 때 갔었고, 그리고 그 다음 주 주말에 한 번 더 갔습니다. 네, 맞아요."

"아니요, 아니요. 제 말은 그 다음 주 주말, 그러니까 26일에 갔었느냐 하는 말입니다. 26일 일요일에 아룬델 양을 방문하셨죠?"

"오, 제이컵, 당신 그랬어요?"

눈이 휘둥그레진 타니오스 부인이 남편을 바라보았다.

그는 재빨리 부인을 바라보며 말했다.

"그래, 기억나지? 그날 오후에 잠시 다녀왔잖아. 당신한테 말했을 텐데?"

푸아로와 나는 그녀를 바라보았다. 초조한 듯 머리 위에 놓인 모자를 만지작거려 뒤로 더 밀어 젖히고 있었다.

"분명히 기억하고 있을 거야, 벨라. 당신 건망증은 정말 알아줘야 한다니까."

"미안해요!"

타니오스 부인은 얼굴에 희미한 미소를 띤 채 남편에게 사과를 했다.

"당신 말이 맞아요. 내 기억력이 좀 나빠야죠. 거기다 벌써 두 달 전의 일이니까요."

"테레사 아룬델 양과 찰스 아룬델 씨도 그날 리틀 그린 하우스에 내려가셨다죠?"

푸아로가 다시 질문을 던졌다.

"그랬을 수도 있죠. 보지는 못했습니다."

타니오스 박사가 대수롭지 않은 듯 대답했다.

"그렇다면 그곳에 오래 계시진 않았나 보군요?"

"아, 네……. 한 30분 정도 있었을 거예요."

푸아로의 미심쩍은 눈빛이 타니오스 박사를 약간 불안하게 만든 듯 했다.

"덧붙여 고백하자면 말입니다."

그가 장난스러운 눈빛을 하고 말했다.

"돈을 좀 빌릴 수 있을까 하고 찾아갔던 거죠. 하지만 한 푼도 얻지 못했습니다. 아무래도 제 아내의 이모께서는 제가 그다지 맘에 들지 않았던 모양입니다. 안타까운 일이지요, 저는 그분을 좋아했으니까요. 꽤나 활달한 노부인이셨죠."

"노골적인 질문 하나만 해도 될까요, 타니오스 박사님?"

순간 타니오스의 눈에 걱정스러운 기색이 비쳤는지는 확신할 수 없었다.

"물론입니다, 무슈 푸아로."

"찰스와 테레사를 어떻게 생각하십니까?"

박사는 조금 안심한 듯 보였다.

"찰스와 테레사요?"

그는 애정 어린 미소를 지으며 부인을 바라보았다.

"벨라, 내가 당신 가족에 대해 솔직히 말해도 괜찮겠어?"

그녀는 희미하게 미소를 지으며 고개를 끄덕였다.

"저는 그 둘 모두 뿌리 끝까지 썩어 빠졌다고 생각합니다! 하지만 이상하게도 찰스가 참 마음에 들어요. 건달이긴 하지만 유쾌한 건달이죠. 도덕관념이라고는 눈 씻고 찾아 볼 수도 없지만 어쩌겠어요? 그렇게 타고난 사람인데."

"테레사는요?"

타니오스 박사는 잠시 머뭇거리다 입을 열었다.

"잘 모르겠습니다. 놀라울 정도로 매력적인 아가씨죠. 하지만 꽤 냉혹합니다. 자신의 목적을 달성하기 위해서라면 눈 하나 깜빡 안 하고 사람을 죽일 수도 있을 거예요, 물론 제 생각일 뿐이지만 말입니다. 혹시 그녀의 어머니가 살인죄로 재판을 받은 적이 있다는 사실을 아십니까?"

"그리고 무죄로 풀려났다지요."

푸아로가 대꾸했다.

"말씀하신 대로 무죄로 풀려났죠."

타니오스 박사가 재빨리 덧붙였다.

"하지만 어쨌거나 마찬가지죠. 가끔은 의문을 품게 되니까요."

"테레사 양의 약혼자를 만나본 적이 있습니까?"

"도널드슨이요? 네, 한 번 저녁 식사를 하러 왔었죠."

"그 사람은 어떻게 생각하십니까?"

"똑똑한 친구예요. 제대로 기회만 잡는다면 크게 성공할 수도 있을 겁니다. 물론 전문의가 되는 데는 돈이 들겠지만요."

"의사로서 똑똑하다는 말씀이시군요."

"네, 그렇습니다. 일급 두뇌를 가지고 있죠."

그는 미소를 지으며 덧붙였다.

"하지만 사교적인 부분에서는 빛을 발하지 못하더군요. 사교성이 영 부족해요. 그 사람과 테레사는 정말 우스운 한 쌍이에요. 뭐, 정반대되는 사람끼리 끌렸는지도 모르죠. 테레사는 사교계의 여왕인데 비해 도널드슨은 은둔자와 같으니 말입니다."

두 아이가 엄마에게 칭얼대고 있었다.

"엄마, 점심 먹으러 가면 안 돼요? 배고파요. 빨리 안 가면 늦을 거예요."

푸아로는 시계를 쳐다보고는 외쳤다.

"정말 죄송합니다! 제가 식사하실 시간을 뺏고 있었군요."

타니오스 부인이 불안정한 눈길로 남편을 흘끗 바라보며 말했다.

"혹시 저희와 함께……."

푸아로가 재빨리 끼어들었다.

"정말 친절하십니다, 마담. 하지만 점심 약속이 있는데 이렇게 늦어버리고 말았네요."

푸아로는 타니오스 부부, 그리고 아이들과 일일이 악수를 나누었다. 나 또한 뒤이어 푸아로와 똑같이 인사를 나누었다.

우리는 나가는 길에 잠시 홀에서 머물렀다. 푸아로가 전화를 한 통 걸겠다고 했기 때문이었다. 나는 홀에 있는 책상 옆에서 그를 기다렸다. 서 있는 중 타니오스 부인이 홀로 나와 다급하게 주위를 살펴보는 모습이 눈에 들어 왔다. 여기저기를 둘러보던 그녀의 눈이 나를 발견하고는 빠르게 다가왔다.

"친구 분, 그러니까 푸아로 씨, 나가셨나요?"

"아니요, 지금 공중전화 부스에서 전화를 걸고 있습니다."

"아."

"푸아로 씨에게 하실 말씀이 있으십니까?"

그녀는 고개를 끄덕였다. 그녀를 둘러싼 초조한 분위기가 한층 더 강해졌다.

전화 부스에서 나오던 푸아로는 우리가 함께 서 있는 걸 보고는 빠르게 다가왔다.

그녀는 낮고 급박한 목소리로 말하기 시작했다.

"푸아로 씨, 말씀드릴 게 있어요……. 꼭 말씀드려야 해요."

"네, 마담."

"중요한 일이에요……, 아주 중요한. 아시겠지만……."

그녀는 갑자기 말을 멈추었다. 타니오스 박사와 두 아이들이 서재에서 막 나오고 있었다. 그는 우리에게 다가왔다.

"벨라, 푸아로 씨와 인사를 나누고 있었던 거야?"

목소리는 유쾌했고 미소 또한 상냥했다.

"네……."

그녀는 머뭇거리며 입을 열었다.

"네, 그게 전부예요, 푸아로 씨. 테레사에게 어떤 결정을 내리든 우리가 도와줄 거라고 전해 주세요. 가족이라면 서로 힘을 합쳐야 하니까요."

그녀는 가볍게 고개를 숙여 인사하고는 남편의 팔을 잡고 식당 쪽으로 향했다.

나는 푸아로의 어깨를 잡고 속삭였다.

"분명 저런 말을 하려던 건 아니었잖아요, 푸아로!"

푸아로는 멀어져가는 타니오스 부부를 바라보며 천천히 고개를 저었다.

"마음을 바꾼 게 분명해요."

"그래, 몬 아미(친구). 마음을 바꾼 걸세."

"이유가 뭘까요?"

"나도 알았으면 좋겠군."

푸아로가 중얼거렸다.

"언젠가는 말해 주겠죠."

나는 희망을 가지고 말했다.

"글쎄, 왠지 그러지 않을 것 같아 걱정이 되는군."

장작 더미 속의 검둥이

　우리는 호텔에서 그리 멀지 않은 작은 식당에서 점심 식사를 했다. 나는 푸아로가 다양한 아룬델 가의 구성원들을 만나본 후 어떠한 사실들을 알아냈는지 알고 싶어 안달이 나 있었다.

　"뭐에요, 푸아로?"

　나는 조급한 마음에 질문을 던졌다.

　그러자 푸아로는 꾸짖는 듯한 눈빛을 던지고는 메뉴판에만 몰두했다. 주문을 마친 그는 의자에 기대어 앉아 롤빵을 반으로 나누며 그제야 내 말투를 흉내내어 입을 열었다.

　"뭔가, 헤이스팅스?"

　"이제 가족들을 다 만나봤잖아요. 어떻게 생각하세요?"

　푸아로는 천천히 대답했다.

　"마 푸아(정말), 정말 흥미로운 사람들이더군! 정말이지 이번 사건은 매력적인 연구 대상이야. 자네 표현을 빌리자면 놀라움으로 가득 찬 상자라고나 할까? 내가 '아룬델 양이 돌아가시기 전에 편지를 한 통 받았습니다.'라고 말할 때마다 사람들이 어떤 반응을 보였는지 한번 생각해 보게. 로슨 양은 사라진 돈에 대한 게 아니냐고 했어. 타니오스 부인은 또 어떻고? '제 남편에 대한 건가요?'라고 물었지. 왜 남편에 대한 편지라고 생각했던 걸까? 아룬델 양이 나, 에르퀼 푸아로에게 타니오스 박사에 대한 편지를 써야 할 이유가 있었을까?"

"타니오스 부인은 뭔가 알고 있는 게 분명해요."

"그래, 뭔가를 알고 있지. 그런데 도대체 그게 뭘까? 피바디 양은 찰스 아룬델이 푼돈 때문에 제 할머니라도 죽일 수 있는 위인이라고 했고, 로슨 양은 타니오스 부인이 남편이 시킨다면 살인이라도 저지를 수 있을 거라고 했어. 타니오스 박사는 찰스와 테레사가 뿌리 끝까지 썩어 빠진 데다 그 둘의 어머니가 살인자였을 거라는 암시를 주면서 테레사는 눈 하나 깜빡하지 않고 사람을 살해할 수 있을 거라고 했지.

다들 서로에 대해 그럴싸한 의견들을 내놓더군! 타니오스 박사는 부당 위압이 있었을 거라고 했어. 아니, 그렇게 생각한다고 말했지. 그리고 타니오스 부인은 남편이 오기 전에는 그런 일은 없었을 거라고, 그리고 유언장에 대한 소송을 걸고 싶지 않다고 했단 말이야. 하지만 남편이 온 후에 태도가 바뀌었지. 알겠나, 헤이스팅스? 가끔씩 중요한 사실들이 표면으로 떠오르는 게 마치 펄펄 끓어오르는 커다란 솥을 들여다보는 것 같아. 저 밑 깊숙한 곳에 무언가가 있어……. 그래, 무언가가 있어! 분명해. 이 에르퀼 푸아로의 이름을 걸고 맹세하네!"

나는 나도 모르는 사이에 푸아로의 진지함에 감탄하고 말았다.

잠시 후 나는 입을 열었다.

"어쩌면 당신 말이 맞는지도 몰라요. 하지만 너무 모호해요……. 너무 불분명하다고요."

"하지만 뭔가가 있다는 것에는 동의하겠지?"

"네, 그런 것 같아요."

나는 머뭇거리며 대답했다.

푸아로는 테이블 위로 몸을 숙이더니 내 눈을 뚫어지게 바라보았다.

"그래……, 자네 변했군. 더 이상 나의 추리를 학술적인 즐거움에 대한 탐닉이라며 비난하거나 비웃지 않아. 그래, 어떤 면이 자네를 변화시킨 건가? 설마 나의 뛰어난 추리는 아닐 테고……. 농, 쓰네 파싸(아니, 그렇지 않아)! 어쨌든 무언가가 자네에게 영향을 미친 게 틀림없어. 말해 보게, 친구. 어째서 갑자기 이 사건을 진지하게 받아들이게 된 거지?"

"제 생각에는……."

나는 천천히 입을 열었다.

"타니오스 부인 때문인 것 같아요. 좀…… 두려워하는 것처럼 보였거든요."

"나를?"

"아니요, 아니요. 뭔가 다른 것을요. 처음에는 아주 조용하고 분별력 있게 이야기를 했죠. 물론 그 유언장에 대한 자연스러운 분노도 드러냈지만 그저 체념하고 그대로 내버려 두려는 듯 했어요. 행실이 바르지만 다소 무덤덤한 성격의 여성이라면 그런 태도를 보이는 게 당연한 일이죠. 그런데 갑자기 변했어요. 타니오스 박사의 견해를 열심히 따르려고 하더라고요. 그러다 우리를 쫓아 홀로 왔을 때는, 그…… 거의 뭔가 숨기는 듯 했고요."

푸아로는 격려하듯 고개를 끄덕였다.

"그리고 한 가지 당신이 눈치 채지 못한 게 하나 있어요……."

"난 모든 걸 다 지켜봤어!"

"타니오스 박사가 26일 일요일에 리틀 그린 하우스에 방문했던 것 말이에요. 분명 부인은 전혀 모르고 있었을 거예요. 정말 놀랐을 텐데도 금세 아무렇지 않은 척 했잖아요……, 남편이 자신에게 이야기를 했으며 자신이 잊어버린 거라고. 저는…… 그게 마음에 들지 않았어요, 푸아로."

"자네 말이 맞아, 헤이스팅스. 그것 또한 의미심장했지."

"그 부분에서 타니오스 부인이 뭔가를 두려워하는 듯한 불쾌한 인상을 받았어요."

푸아로는 천천히 고개를 끄덕였다.

"당신도 같은 생각인가요?"

"그래……, 확실히 그런 분위기가 풍겼지."

푸아로는 잠시 말을 멈추었다가 다시 이어 나갔다.

"하지만 자넨 타니오스 박사가 마음에 들었어, 그렇지 않은가? 유쾌한 사람이고 솔직하며, 성격이 좋고 싹싹하다고 생각했겠지. 자네가 아르헨티나 사람, 포르투갈 사람, 그리스 사람들에게 품고 있는 그 편협한 편견에도 불구하고 매력적이고 아주 기분 좋은 사람이라고 생각하지 않았나?"

"네, 그랬어요."

나는 푸아로의 말을 인정했다.

잠시 침묵이 이어지는 동안 나는 푸아로를 찬찬히 뜯어보다가 물었다.

"무슨 생각 하시는 거예요, 푸아로?"

"다양한 사람들을 떠올려보고 있네. 잘생긴 젊은이인 노먼 게일, 솔직하고 따뜻한 이블린 하워드, 유쾌한 성격을 가진 셰퍼드 박사, 조용하고 신뢰감이 가는 나이턴……."(『구름 속의 죽음』,『애크로이드 살인사건』,『스타일스 저택의 괴사건』,『푸른 열차의 죽음』에 등장했던 인물들 ─ 옮긴이)

순간 나는 푸아로가 왜 갑자기 지난 사건들에 등장했던 사람들의 이야기를 꺼내는 것인지 이해할 수가 없었다.

"그 사람들이 왜요?"

"다들 성품은 좋았지……."

"세상에, 푸아로. 정말로 타니오스가 그랬다고 생각……."

"아니야, 아니야. 성급하게 결론을 내리지 말게, 헤이스팅스. 사람들의 겉모습을 보고 내리는 감정적인 판단은 불완전하다는 점을 지적하는 것뿐이야. 그러니 감정이 아니라 사실을 근거로 판단해야지."

"흠. 하지만 우리가 알고 있는 사실이 별로 없잖아요……. 앗, 아니에요, 푸아로. 다시 처음부터 되풀이할 필요 없어요!"

"친구, 간단하게 할 테니 겁먹을 거 없어. 처음에 이 사건은 살인 미수였네. 그건 동의하겠지?"

"네, 그래요."

나는 느릿느릿 대답했다.

나는 이제까지 푸아로가 제시한, 다분히 공상적으로 재구성된 부활절 화요일 밤 사건에 다소 회의를 품고 있었다. 하지만 그의 추론은 논리적으로 완벽했기에 인정하는 수밖에 없었다.

"트레 비엥(아주 좋아). 살인자가 없다면 살인 미수도 없었을 거야. 따라서 그날 저녁에 그 집에 있던 사람 중 한 명이 살인자임에 분명해. 실제로 성공하진 못했지만 살해 의도를 가지고 있었지."

"인정해요."

"그게 바로 우리의 출발점이야……. 한 명의 살인자. 그리고 우리는 간단한 탐문 조사를 통해, 자네 표현을 빌리자면 진흙을 휘저어서 대화 도중 무심결에 튀어 나온 듯한 흥미로운 사실들을 알게 되었지."

"무심결에 튀어나온 말이 아닐 수도 있다고 생각하세요?"

"지금 당장은 알 수가 없네! 로슨 양은 아무 생각 없이 찰스가 그의 고모를 위협했다는 사실을 얘기한 것 같지만, 그게 우연이었는지 아닌지는 알 수가 없지. 테레사 아룬델에 대한 타니오스 박사의 발언 또한 악의는 없을지 몰라도 단순한 의견에 불과해. 피바디 양은 찰스 아룬델의 성격에 대해 꽤 솔직히 털어 놓았지만, 그것 또한 결국 의견에 불과하지. 다 마찬가지야. 장작 더미 속에 검둥이('숨은 동기'란 뜻이 있음 ─ 옮긴이)가 있다, 없다 뭐 그런 이야기들이지. 에비엥(그래), 내가 찾아낸 건 한 가지뿐이야. 우리의 장작 더미 속에는 검둥이가 아니라 살인자가 있다는 거야."

"제가 알고 싶은 건 말이죠, 당신이 어떤 생각을 가지고 있느냐에요, 푸아로."

"헤이스팅스, 헤이스팅스……. 나는 자네가 의미하는 그런 '생각'은 하지 않아. 단지 고찰을 할 뿐일세."

"이를테면요?"

"동기를 고려하지. 아룬델 양의 죽음에서 가장 그럴싸한 동기는 무엇일까? 가장 분명한 동기는 돈이겠지. 그녀가 부활절 화요일에 죽었다면 아룬델 양의 죽음으로 득을 보게 되는 건 누구였을까?"

"로슨 양을 제외한 모두겠죠."

"그렇지."

"뭐 어쨌든, 한 사람은 자동적으로 제외할 수 있겠네요."

"그래."

푸아로는 생각에 잠긴 채 말했다.

"그래 보이겠지. 하지만 흥미로운 점은 부활절 화요일에 아룬델 양이 죽었다면 아무 것도 얻지 못했을 사람이 2주 뒤에 아룬델 양이 죽었을 때 모든 걸 얻게 되었다는 거라고."

"무슨 생각을 하시는 거예요, 푸아로?"

나는 약간 어리둥절한 마음에 물었다.

"원인과 결과를 생각 중이네, 원인과 결과."

내가 의아한 눈빛으로 쳐다보자 푸아로가 덧붙였다.

"논리적으로 생각 해 봐! 그 사건 이후에 정확히 어떤 일이 벌어졌나?"

나는 이런 분위기가 정말 싫다. 내가 말하는 것은 모두 틀렸다는 듯한 푸아로의 저 태도! 나는 극도로 주의를 기울여 한 가지씩 말해야 했다.

"아룬델 양이 몸져 누웠어요."

"그렇지, 덕분에 생각할 시간이 많았을 테고 말이야. 그 다음은?"

"아룬델 양은 당신에게 편지를 썼죠."

푸아로가 고개를 끄덕였다.

"그래, 나한테 편지를 썼지. 그리고 그 편지는 부쳐지지 않았어. 정말 애석한 일이야."

"그 편지가 부쳐지지 않은 데 뭔가 미심쩍은 구석이 있다고 생각하세요?"

푸아로는 얼굴을 찌푸렸다.

"헤이스팅스, 사실 그건 나도 잘 모르겠어. 모든 상황들을 종합해 볼 때 편지 부치는 것을 깜빡했던 게 분명한 것 같아, 내 생각에는……, 물론 확신할 수는 없지만 말이야, 그런 편지가 쓰였다는 것은 아무도 몰랐을 테니까. 자, 계속해 보게. 그 다음에는 어떤 일이 일어났지?"

나는 곰곰이 생각했다.

"변호사의 방문요."

"그래. 아룬델 양은 고문 변호사를 불렀고, 당연히 변호사는 아룬델 양을 방문했지."

"그리고 새로운 유언장을 만들었어요."

"맞았어, 아룬델 양은 새롭고 아주 예기치 못한 유언장을 만들었지. 자, 그 유언장에 관해서 우리는 엘렌이 한 말을 주의 깊게 고려해 봐야 해. 자네가 기억하는지 모르겠지만 엘렌은 밥이 밤새 나가 있었다는 이야기가 아룬델 양의 귀에 들어갈까 봐 로슨 양이 무척이나 안달을 했다고 했어."

"하지만……. 아, 알겠어요. 아니, 모르겠어요. 아니면 당신이 암시하는 바를 파악해 봐야 하나요?"

"자네가 그럴 수 있겠나!"

푸아로가 낚아채듯 쏘아붙였다.

"만약 자네가 내가 암시하는 바를 파악할 수만 있다면, 그 발언의 엄청난 중요성을 깨닫게 될 거야. 아니, 꼭 깨닫길 바라네."

푸아로는 사나운 눈초리로 나를 쏘아 보았다.

"물론이죠, 물론이에요."

나는 서둘러 말했다.

"그리고 그 외에도 다양한 일들이 있었어. 찰스와 테레사가 주말에 리틀 그린 하우스를 방문했고, 아룬델 양은 찰스에게 새로운 유언장을 보여 주었지. 아니면 찰스가 그냥 하는 말이거나."

"그 사람 말을 믿지 않으세요?"

"나는 확인된 발언들만을 믿네. 아룬델 양이 테레사에게는 유언장을 보여 주지 않은 것은 확실해."

"찰스가 테레사에게 말할 거라고 생각했겠죠."

"하지만 찰스는 그러지 않았지. 왜 그 이야기를 하지 않았을까?"

"찰스의 말에 의하면 동생에게 얘기 했다고 하잖아요."

"테레사는 확실히 오빠가 아무런 이야기도 하지 않았다고 말했어. 아주 흥미롭고 의미심장한 의견의 대립이지. 게다가 우리가 자리를 뜨자 오빠더러 머저리라 했고."

"점점 더 오리무중이에요, 푸아로."

나는 한숨을 쉬며 투덜댔다.

"사건의 순서를 되짚어 보자고. 타니오스 박사가 일요일에 아룬델 양을 방문했지. 하지만 부인에게는 알리지 않았을 가능성이 있어."

"분명히 부인에게 알리지 않았을 거예요."

"그럴 가능성이 있다고만 해 두지. 일단 계속해서 사건의 맥락을 살펴봐야 하니까! 찰스와 테레사는 월요일에 떠났어. 아룬델 양은 그때만 해도 건강도 좋고 기운도 넘쳤지. 저녁 식사를 맛있게 하고 컴컴한 방에서 트랩 자매 및 로슨과 함께 둘러앉았는데 집회 막바지에 이르러 갑자기 상태가 나빠졌지. 침대에 몸져누웠고 그로부터 나흘 뒤에 죽으면서 모든 재산을 로슨 양에게 남겼어. 그것이 헤이스팅스 대위의 주장으로는 자연사였고 말이야!"

"반면에 에르퀼 푸아로는 아무런 증거도 없이 누군가 그녀의 저녁 식사에 독을 탔을 거라고 주장하고 말이죠!"

"증거는 있네, 헤이스팅스. 트립 자매와의 대화를 한 번 생각해보게. 그리고 로슨 양의 두서없는 이야기 도중 튀어 나온 발언도 말이야."

"아룬델 양이 저녁 식사로 카레를 먹었다는 것 말인가요? 카레는 향이 강해서 약물의 맛이 감춰졌을 수도 있죠. 그런 뜻인가요?"

푸아로가 천천히 대답했다.

"그래, 어쩌면 카레에 뭔가가 있을 수 있어."

"만약 모든 의학적 증거를 무시하고 당신의 말이 맞다고 친다면, 아룬델 양을 살해할 수 있었던 건 로슨 양이나 하녀들 중 한명 뿐일 거예요."

"과연 그럴까?"

"아니면 트립 자매요? 말도 안 돼요, 그건 정말 말도 안 돼요! 그 사람들은 전부 결백하다고요."

푸아로는 어깨를 으쓱했다.

"이걸 명심하게, 헤이스팅스. 어리석음은 지독한 교활함과도 일맥상통하는 부분이 있어. 살인자의 본래 계획이 어땠는지를 잊지 말게. 그건 똑똑하거나 뛰어난 두뇌를 요하는 복잡한 계획이 아니었다네. 밥이 계단 위에 공을 두는 습관을 보고 떠올린 지극히 간단한 살해 계획이었지. 계단 위에 실을 설치하는 것은 아주 간단하고 쉬워. 어린 아이라도 생각해 낼 수 있는 방법이야!"

나는 얼굴을 찌푸렸다.

"그 말은……."

"우리가 여기서 찾으려 하는 것은 단 한 가지, 살해 의도일 뿐이야. 그 이상은 아닐세."

"하지만 독극물을 사용했다면 흔적을 남기지 않을 수 있는 아주 능숙한 사람이어야 하잖아요. 평범한 사람은 손에 넣기조차 힘들걸요. 빌어먹을! 푸아로, 이젠 뭐가 뭔지 모르겠어요. 당신도 아무것도 모르잖아요! 모든 건 그저 가정일 뿐이라고요."

"틀렸네, 친구. 오늘 아침에 나는 다양한 대화들을 조합해 본 결과 말일세, 이제는 판단을 내릴 만큼 확실한 사실을 알게 됐어. 희미하지만 확실한 증거야. 단지…… 나는 두렵다네."

"두렵다고요? 뭐가요?"

푸아로는 진지하게 대답했다.

"잠자는 사자를 깨우는 것. 자네가 즐겨 쓰는 속담 중 하나가 아닌가? 잠자는 사자를 내버려 두라! 현재 우리의 살인자가 그렇지……. 햇살을 쬐며 행복한 단잠에 빠져 있어……. 자네와 나 모두 잘 알고 있지 않은가. 수많은 살인자들은 자신의 비밀이 탄로 날 경우 두 번째, 아니 세 번째 살인도 저지른다는 사실을!"

"또 다른 살인이 일어날까봐 두려운 건가요?"

푸아로는 고개를 끄덕였다.

"그래, 만약 장작 더미 속에 살인자가 있다면 말이야. 물론 나는 있을 거라고 생각하네, 헤이스팅스. 그래, 나는 그 속에 있다고 생각해……."

퍼비스 씨를 방문하다

푸아로는 영수증을 달라고 한 다음 돈을 지불했다.

"이제 뭘 하죠?"

"오늘 아침에 자네가 제안한 일을 할 걸세. 퍼비스 씨와 이야기를 나눠 보러 하체스터로 갈 거야. 내가 던햄 호텔에서 전화를 건 것도 바로 그 때문이지."

"퍼비스에게 전화를 했어요?"

"아니, 테레사 아룬델에게. 소개장을 하나 써 달라고 부탁했어. 변호사에게 조금이라도 성공적으로 접근하려면 가족의 소개장이 있어야 해. 인편에 내 아파트로 보내겠다고 했으니까 지금쯤이면 도착해 있을 거야."

우리가 아파트에 도착해 발견한 것은 소개장뿐만이 아니었다. 직접 그 소개장을 들고 온 찰스 아룬델도 있었다.

"멋진 아파트군요, 무슈 푸아로."

찰스는 아파트의 거실을 둘러보며 말을 던졌다.

순간 내 눈에 제대로 닫히지 않은 책상 서랍이 들어 왔다. 종이가 한 장 튀어 나오는 바람에 제대로 닫히지 않은 것이었다.

푸아로가 저런 식으로 서랍을 닫는다는 것은 상상도 할 수 없는 일이었다! 나는 찰스를 유심히 바라보았다. 그는 이 방에서 홀로 우리가 도착하길 기다리는 동안 푸아로의 서류를 훔쳐 본 게 분명했다. 이런 버르장머리 없는 놈 같으니! 내 속은 분노로 끓어올랐다.

반면에 찰스는 기분이 아주 좋아 보였다.

"자, 여기 있습니다."

찰스는 소개장을 건네며 말했다.

"잘 써 드렸습니다……. 저희보다는 운이 따르시길 바랍니다."

"퍼비스 씨께서는 거의 희망이 없다고 하셨다죠?"

"아주 실망스러운 답변이었죠……. 로슨이 다 가지게 될 거라고 했으니까요."

"혹시 로슨 양의 감정에 호소해 보려는 생각은 안 해 보셨습니까?"

찰스는 씩 웃음을 지었다.

"물론 저는 생각해 봤습니다, 네. 하지만 아무런 효과도 없었어요. 제 매력도 수포로 돌아갔으니까요. 유산을 한 푼도 받지 못한 불쌍한 망나니 역할을 연기했지만 여자를 움직이는 데는 실패하고 말았죠! 속을 들여다보면 그렇게 못쓸 망나니도 아닌데 말이에요. 날 싫어하는 게 분명해요! 이유는 모르겠지만."

그러고는 웃음을 터뜨렸다.

"사실 나이 든 여자들은 대부분 저에게 쉽게 빠져 들거든요. 다들 제가 제대로 이해 받지 못하고 공정한 기회도 얻지 못했다고 여기니까요!"

"꽤 유리한 점이었겠군요."

"오, 전에는 꽤 유용했죠. 하지만 좀 전에도 말했듯 로슨에게는 아무런 효과가 없어요. 어쩌면 남자 자체를 싫어하는 게 아닌가 싶어요. 어쩌면 전쟁 전에 철도 위에다 몸을 묶고 깃발을 휘날리며 데모하던 여성 참정권자였는지도 모르고요."

"아, 글쎄요."

푸아로는 고개를 흔들며 말했다.

"간단한 방법이 실패했다면……."

"범죄를 저질러야죠."

찰스가 유쾌하게 말했다.

"아하! 범죄 말이 나와서 말입니다, 젊은이. 당신이 고모님을 '끝장내 버리겠다.'라든가 뭐 그 비슷하게 협박을 했다는 게 사실입니까?"

다리를 쭉 펴고 의자에 앉아 있던 찰스가 푸아로를 뚫어지게 쳐다보았다.

"누가 그런 말을 하던가요?"

"그건 중요하지 않습니다. 사실인가요?"

"글쎄요. 일부는 사실이긴 하죠."

"자, 그럼 털어놔 보세요, 모든 사실을요."

"오, 말씀드리죠. 멜로드라마 같은 이야기는 전혀 아니니까요. 그저 한번 건드려 보려고 한 것뿐입니다. 제 말이 무슨 뜻인지 아시겠어요?"

"이해합니다."

"뭐, 계획대로는 되지 않았어요. 에밀리 고모는 자신에게서 돈을 빼앗으려는 시도는 아주 쓸데없는 짓이 될 거라는 뜻을 넌지시 비치시더군요! 뭐, 저는 화를 내진 않았지만 솔직하게 말했습니다. '보세요, 에밀리 고모. 계속 그런 식으로 하시다가는 끝장날 수도 있어요!' 그랬더니 다소 거만한 태도로 무슨 뜻이냐고 물으시더군요. 그래서 '말 그대로예요.'라고 말씀드렸죠. '쥐뿔도 없는 가난한 친척들이 모두 모여 손만 벌리고 있잖아요. 그런데 어떻게 하신다고요? 돈을 깔고 앉아 한 푼도 나눠주지 않으시겠다고요? 그래서 사람들이 큰일을 당하는 거라고요. 제 말을 들으세요. 그런 식으로 당하시고 후회하시기 전에요.'

그랬더니 항상 그러듯 안경 위로 눈을 치켜뜨며 절 바라보시더라고요. 좀 험악한 눈초리로요. 그리고 아주 냉담하게 '오, 그래? 그게 네 생각이냐?'라고 하시더군요. 그래서 '네, 조금만 너그러워지세요. 그게 제가 드리는 충고입니다.'라고 대답했죠. 그랬더니 '고맙구나, 찰스. 네 선의의 충고 말이다. 하지만 내가 충분히 스스로를 돌볼 수 있다는 걸 곧 알게 될 게다.'라고 하시더군요. 그래서 저는 '좋으실 대로 하세요, 에밀리 고모.'라고 했죠. 저는 얼굴에 한 가득 미소를 지어 보였죠. 거기에 고모는 험악한 표정을 지으려고 한 것 같지만 그다지 험악해 보이진 않았어요. 마지막으로 '저는 분명히 경고 드렸습니다.'라고 하자 '기억해 두마.'라고 하시더군요."

그리고 찰스는 말을 멈추었다.

"그렇게 된 일입니다."

"그래서 서랍 속에서 찾아낸 몇 파운드로 만족했군요."

푸아로의 말에 찰스는 푸아로를 뚫어지게 쳐다보더니 커다란 소리로 웃음을 터뜨렸다.

"정말 경의를 표합니다. 정말이지 대단한 탐정이시군요! 그런 걸 어떻게 알았죠?"

"그렇다면 사실이군요?"

"네, 그렇고 말고요! 지독히도 돈에 쪼들리고 있었고 어떻게든 돈을 구해야 했으니까요. 서랍 속에 지폐 다발이 있는 걸 발견하고는 몇 장 슬쩍 했죠. 정말 욕심 부리지 않고 조금만 가져갔다고요. 그 정도는 눈치 채지 못할 거라고 생각했는데. 만약 눈치 채더라도 하인들의 소행이라고 생각할 줄 알았죠."

푸아로는 쌀쌀맞게 대꾸했다.

"그랬더라면 하인들에게는 아주 심각한 문제가 됐을 겁니다."

찰스는 어깨를 으쓱하며 중얼댔다.

"사람이란 자기 생각만 하기 마련이니까요."

"그리고 힘없는 사람은 당하기 마련이고 말이죠? 그게 당신의 신조인가요?"

푸아로가 대꾸했다.

찰스는 궁금하다는 눈빛으로 푸아로를 바라보았다.

"에밀리 고모가 알아채리라고는 상상도 못 했어요. 그걸 어떻게 아셨죠? 그리고 끝장내겠다는 말은요?"

"로슨 양이 말해 주더군요."

"그 교활하고 음흉한 노인네!"

하지만 찰스는 그다지 동요하는 것 같지 않았다.

"로슨은 나도 좋아하지 않고 테레사도 좋아하지 않아요. 혹시…… 그 여자가 뭔가 더 알고 있을 것 같진 않나요?"

"뭔가 더 비밀이 있습니까?"

"오, 그거야 모르죠. 심술궂은 늙은 악마처럼 날 공격해대니까."

그리고 잠시 멈추었다가 다시 한 번 덧붙였다.

"그 여잔 테레사를 싫어해요……."

"아룬델 씨, 혹시 타니오스 박사가 아룬델 양이 죽기 전날 일요일에 리틀 그린 하우스를 방문했었다는 사실을 아십니까?"

"뭐라고요? 테레사와 제가 내려갔던 그 일요일에 말이에요?"

"네. 보지 못하셨습니까?"

"네, 오후에는 테레사와 산책을 나갔었죠. 그때 온 게 분명하군요. 왜 그 이야기를 에밀리 고모가 안 하셨는지 이상하군요. 누구에게서 들으셨죠?"

"로슨 양에게서요."

"이번에도 로슨입니까? 마치 그 여자가 정보원이라도 되는 것 같군요."

찰스는 잠시 말을 멈추었다가 다시 입을 열었다.

"아시다시피 타니오스는 좋은 사람입니다. 저는 그 사람이 마음에 들어요. 아주 유쾌하고 기분 좋은 친구죠."

"성격도 아주 좋죠, 그렇죠."

푸아로가 덧붙였다.

찰스는 자리에서 일어섰다.

"내가 타니오스였다면 진즉에 따분하기 짝이 없는 벨라를 죽여 버렸을 겁니다! 마치 희생자의 운명을 타고났다는 생각 안 드세요? 그 여자 시체가 마게이트나 뭐 그런 곳에서 트렁크 안에 든 채로 발견된다고 해도 아마 놀라지 않을 겁니다!"

"당신이 말한 사람 좋은 타니오스에게는 그다지 어울리지 않는 행동이네요."

푸아로가 냉정하게 대꾸했다.

"그렇죠."

찰스는 생각에 잠겨 입을 열었다.

"타니오스는 파리 한 마리도 못 죽일 거예요. 지나칠 정도로 착해 빠졌으니까요."

"그렇다면 당신은 어떻습니까? 필요하다면 살인을 저지르시겠습니까?"

찰스는 웃음을 터뜨렸다. 크게 울려 퍼지는 시원스런 웃음이었다.

"제가 고모를 위협했던 것을 생각하고 계시는군요, 무슈 푸아로?

전 아무 짓도 하지 않았어요. 확실히 말씀드리지만 저는 에밀리 고
모의 수프에⋯⋯."

그는 갑자기 말을 멈추었다가 다시 이어나갔다.

"스트리키니네(신경 흥분제 — 옮긴이)는 넣지 않았습니다."

그리고 건성으로 손을 흔들며 찰스는 방을 나섰다.

"푸아로, 저 사람을 겁주려 했던 겁니까?"

나는 찰스가 나가자마자 바로 질문을 던졌다.

"만약 그런 의도였다면 성공하진 못한 것 같네요. 아무런 죄책감
도 보이질 않았잖아요."

"그랬나?"

"네, 전혀 동요하지 않는 것 같던데요."

"중간에 말을 멈춘 게 이상해."

푸아로가 말했다.

"멈췄다고요?"

"그래. 스트리키니네라는 말을 하기 전에 멈춘 거 말이야. 마치
다른 무언가를 말하려다가 만 것 같아."

나는 어깨를 으쓱했다.

"더 그럴싸한 독극물 이름을 생각하려 했던 건지도 모르죠."

"그럴 수도 있어, 그럴 수도. 일단 출발하지. 마켓 베이싱의 조지
여관에서 하룻밤을 묵어야 할 거야."

10분 후 우리는 런던을 빠져 나와 다시 한 번 시골길로 들어섰다.

하체스터에 도착한 것은 4시쯤이었고 우리는 바로 퍼비스 씨의

사무실로 향했다.

퍼비스 씨는 백발에 불그스레한 혈색을 지닌 체구가 크고 탄탄한 남자였다. 약간은 지방 유지 같은 인상에, 정중하면서도 경계하는 태도를 보였다.

책상에 앉은 그는 우리가 가져 온 소개장을 읽고는 탐색하듯 날카로운 눈초리로 우리를 바라보았다.

"물론 성함은 익히 들어 알고 있습니다, 무슈 푸아로."

그는 정중하게 말했다.

"테레사 아룬델 양과 찰스 아룬델 씨가 이 문제로 당신의 도움을 청한 것 같습니다만, 정확히 어떤 도움을 주겠다고 약속하셨는지 저로서는 상상할 수가 없군요."

"모든 상황에 대한 보다 철저한 조사라고나 할까요?"

변호사는 냉정하게 대꾸했다.

"두 남매께서는 이미 법률적인 부분에 대해 제게 의견을 구했습니다. 모든 정황은 분명하고 오해의 소지도 없습니다."

"그렇습니다, 옳으신 말씀입니다."

푸아로가 재빨리 대답했다.

"제가 그 상황을 확실히 파악할 수 있도록 다시 한 번 알려주실 수는 있으시겠지요?"

변호사는 고개를 까딱하며 말했다.

"무엇이든지 말씀만 하십시오."

푸아로가 질문을 시작했다.

"아룬델 양께서 4월 17일에 퍼비스 씨께 편지를 쓰셨죠?"

퍼비스 씨는 앞의 탁자 위에 올려진 서류 몇 장을 살펴보았다.

"네, 맞습니다."

"편지에 뭐라고 쓰셨죠?"

"유언장을 작성해 달라고 부탁하셨습니다. 유산의 일부는 두 명의 하인과 서너 개의 자선 단체에, 그리고 나머지 전부는 빌헬미나 로슨에게 남기겠다고 하셨습니다."

"실례되는 질문입니다만, 퍼비스 씨께서는 그 편지를 보고 놀라셨나요?"

"인정합니다……. 네, 놀랐지요."

"아룬델 양께서 그 전에 만들어 둔 유언장이 있었죠?"

"네, 5년 전에 만드셨죠."

"그 유언장의 내용은 일부의 유산을 제외한 나머지를 조카들에게 나누어 준다는 것이었죠?"

"남동생인 토머스의 자녀들과 여동생인 아라벨라 비그스의 딸에게 재산을 공정하게 나누어 줄 예정이셨습니다."

"그 유언장은 어떻게 됐지요?"

"아룬델 양의 요청에 따라 4월 21일 리틀 그린 하우스를 방문할 때 가져 갔습니다."

"퍼비스 씨, 그때 일어난 모든 일들을 자세하게 설명해 주신다면 정말 감사하겠습니다."

변호사는 잠시 동안 아무 말이 없다가 아주 정확하게 설명하기 시작했다.

"저는 그날 오후 3시에 리틀 그린 하우스에 도착했습니다. 서기 한 명을 대동했죠. 아룬델 양께서는 응접실에서 절 맞이하셨습니다."

"아룬델 양은 어때 보이시던가요?"

"지팡이를 짚고 걸으시긴 했지만 아주 건강해 보이셨습니다. 제가 찾아가기 얼마 전에 계단에서 떨어지셔서 지팡이를 짚고 다니셨던 것 같습니다. 전반적으로는 좀 전에 말씀드렸던 것처럼 아주 좋아 보이셨어요. 조금은 불안하고 지나치게 흥분한 듯한 태도를 보이시는 것 같긴 했지만요."

"로슨 양도 함께 있었나요?"

"제가 도착했을 때는 함께 있었지만 곧 나갔습니다."

"그리고요?"

"아룬델 양께서 당신이 부탁한 걸 해줄 수 있겠느냐고 물으셨죠. 그리고 서명을 하도록 새 유언장을 가지고 왔는지도 물으셨고요. 그래서 그렇게 했다고 대답했죠. 저는, 음……."

그는 잠시 머뭇거리더니 딱딱한 말투로 말을 이었다.

"저는 제가 그렇게 할 자격이 있다고 생각하기에 아룬델 양께 유언장에 대한 이의를 제기했습니다. 아룬델 양의 혈연인 가족들에게 지나치게 부당한 일이 될 거라는 점을 지적했죠."

"아룬델 양은 뭐라고 하시던가요?"

"자신이 소유한 재산을 자신의 맘대로 처분할 수 없는 거냐고 물으시더군요. 그래서 저는 물론 마음대로 처분할 수 있다고 대답을 드렸더니 '그렇다면 좋아요.'라고 하셨습니다. 저는 로슨 양은 알고 지낸 지가 얼마 되지 않는다는 점을 상기시켜 드렸고, 가족에게 너무 부당한 일을 행하려 하신다는 점을 알고 있는지 물어 보았습니다. 그러자 '나는 내가 무슨 일을 하려는지 정확히 알고 있어요.'라고 답하셨습니다."

"그분의 태도가 흥분한 것 같다고 말씀하셨죠."

"분명히 그랬다고 말씀드릴 수 있습니다. 하지만 무슈 푸아로, 아룬델 양의 정신은 멀쩡했습니다. 유언장을 처리하는 일을 하나하나 분명히 지시했으니까요. 물론 아룬델 양의 가족을 전적으로 동정하고 있습니다만, 법정에 선다고 해도 아룬델 양이 직접 그 유언장을 작성하도록 지시했다는 사실에는 변함이 없을 겁니다."

"잘 알겠습니다. 계속 해 주시겠습니까?"

"아룬델 양은 기존 유언장을 읽으시고는, 제가 새로 작성한 유언장을 보셨습니다. 저는 초안을 먼저 보여드리는 것을 선호하는 편이지만, 아룬델 양은 바로 서명을 할 수 있도록 완벽하게 작성된 유언장을 가져오라고 당부하셨죠. 물론 조항이 아주 간단했기 때문에 별다른 어려움은 없었습니다. 아룬델 양은 새 유언장을 읽으시고 고개를 끄덕이시더니 바로 서명을 하겠다고 하셨습니다. 마지막으로 한 번 더 이의를 제기하는 것이 제 의무라는 생각이 들었습니다. 하지만 제 말을 끝까지 다 들으시고 자신의 결정은 이미 확고하다고 하시더군요. 저는 서명의 증인을 세우기 위해 제 서기와 정원사를 불러 들였습니다. 하인들은 그 유언장의 상속자이기 때문에 증인으로는 세울 수 없었으니까요."

"그러고 나서 아룬델 양은 그 유언장을 당신에게 맡겼나요?"

"아닙니다. 책상 서랍 속에 넣고는 잠그셨습니다."

"기존의 유언장은 어떻게 됐습니까? 아룬델 양께서 없애버리셨나요?"

"아니요, 새 유언장과 함께 서랍에 넣으셨습니다."

"그렇다면 아룬델 양이 돌아가신 후, 유언장은 어디에서 발견되었습니까?"

"아룬델 양께서 넣어두신 그 서랍에서요. 저는 유언장 집행인으로서 열쇠를 가지고 있었고, 그분의 서류를 모두 살펴보았습니다."

"두 개의 유언장 모두 서랍 속에 있었나요?"

"네, 아룬델 양께서 놓아두신 그대로였습니다."

"예기치 못한 그 행동의 동기가 무엇인지 아룬델 양께 물어 보셨나요?"

"그랬지요. 하지만 만족할 만한 답변은 듣지 못했습니다. 단지 자기가 무슨 일을 하려는지 잘 알고 있다는 사실만 제게 납득시키려 했으니까요."

"그럼에도 불구하고 놀라셨겠군요?"

"아주 많이요. 아룬델 양은 항상 가족들을 염려하던 사람이었으니까요."

푸아로는 잠시 침묵을 지키다가 다시 질문을 던졌다.

"로슨 양과는 유언장 문제로 아무런 이야기도 나누지 않으셨죠?"

"물론입니다. 그런 건 적절치 못한 행동입니다."

퍼비스 씨는 푸아로의 질문에 분노하는 듯 했다.

"혹시 아룬델 양께서 로슨 양에게 유리한 유언장이 작성되었다는 사실을 알리거나 하시진 않았나요?"

"정반대입니다. 아룬델 양에게 혹시 로슨 양이 이 일에 대해 알고 있는지 묻자, 아무 것도 모른다며 쏘아 붙이셨습니다. 저는 현명한 처사라고 생각했습니다. 로슨 양은 무슨 일이 벌어지는지 알지 못하는 편이 좋다고 생각했죠. 저는 가능한 그런 뜻을 많이 비쳤고 아룬델 양께서도 제 의견에 동의하시는 것 같았습니다."

"왜 그 점을 그렇게 강조하시죠, 퍼비스 씨?"

노신사는 긍지가 어린 눈빛으로 입을 열었다.

"제 생각에 그런 일들은 비밀에 붙이는 것이 좋기 때문입니다. 또한 그녀가 앞으로 실망하게 될 가능성도 있었으니까요."

"아……."

푸아로는 길게 숨을 내쉬었다.

"그렇다면 아룬델 양께서 머지않아 마음을 바꾸실 수도 있다고 생각하셨군요?"

변호사는 고개를 끄덕였다.

"그렇습니다. 저는 아룬델 양께서 가족들과 불쾌한 언쟁이 있지 않았나 생각했습니다. 그래서 마음이 가라앉고 나면 자신의 성급한 결정을 후회할지도 모른다고 봤고요."

"그럴 경우 아룬델 양은 어떻게 했을까요?"

"제게 새로운 유언장을 만들라고 지시하셨을 겁니다."

"그저 나중에 만든 유언장을 파기하는 간단한 방법을 택하실 수도 있죠. 그럴 경우에는 기존의 유언장이 효력을 발휘하는 것 아닌가요?"

"그건 다소 논쟁의 여지가 있습니다. 아시겠지만 이전에 작성된 유언장은 유언자에 의해 완전히 취소된 것이니까요."

"하지만 아룬델 양은 그 점을 생각하실 정도로 법률적 지식을 가지고 계시진 않으셨겠지요. 어쩌면 새로운 유언장을 파기하면 기존의 유언장이 효력을 발휘할 수 있을 거라고 생각하셨을 지도 모릅니다."

"가능한 일입니다."

"만약 아룬델 양이 유언을 남기지 않은 채로 돌아가신다면, 재산은 가족에게 돌아가게 되는 건가요?"

"네, 재산의 반은 타니오스 부인에게, 나머지 반은 찰스와 테레사에게 돌아갑니다. 하지만 아룬델 양께서 마음을 바꿨다는 사실만은 변하지 않습니다! 그 결정을 바꾸지 않은 채로 돌아가신 거니까요."

"하지만 바로 그 부분에 의문점이 있습니다."

푸아로가 말했다.

변호사가 의아한 눈빛으로 바라보자 푸아로는 몸을 앞으로 숙여 다시 입을 열었다.

"만약 아룬델 양이 돌아가시기 직전, 새로운 유언장을 파기하고 싶었다고 가정해 봅시다. 그리고 또한 자신이 새로운 유언장을 파기했다고 생각했지만 사실 기존의 유언장만 파기했다고 가정해 봅시다."

퍼비스 씨는 고개를 저었다.

"아닙니다, 두 유언장 모두 그대로였습니다."

"그렇다면 가짜 유언장을 파기했다고 가정해 보죠. 자신은 진짜 유언장을 파기했다는 생각으로 말입니다. 기억하시겠지만 아룬델 양은 많이 아프셨으니 쉽게 속을 수 있었을 겁니다."

"그걸 증명하는 증거가 있어야 할 겁니다."

변호사가 날카롭게 대꾸했다.

"아! 물론입니다, 물론입니다……."

"이런 질문 드려도 될지 모르겠지만, 그런 일이 일어났다고 믿는 이유가 있으신지요?"

푸아로는 살짝 뒤로 몸을 뺐다.

"지금 단계에서는 말씀드릴 수가 없습니다."

"물론이죠, 물론이죠."

퍼비스 씨는 이미 익숙해진 푸아로의 말투를 사용하며 동의했다.

"하지만 확신을 가지고 말씀드릴 수 있습니다. 이 문제에는 뭔가 기묘한 데가 있어요!"

"정말입니까? 설마요!"

퍼비스 씨는 즐거운 예상을 하는 듯 손을 비볐다.

"제가 퍼비스 씨에게서 들은 바, 제가 알게 된 것은 아룬델 양이 오래지않아 생각을 바꾸어 가족들에 대한 마음을 누그러뜨렸을 거라는 점입니다."

"그건 제 개인적인 의견일 뿐입니다."

변호사가 지적했다.

"물론입니다, 잘 알고 있습니다. 혹시 로슨 양의 대리인 역할을 맡고 계시는 건 아니지요?"

"저는 로슨 양에게 사무 변호사와 상담해 보라고 조언을 해 주었습니다."

퍼비스의 목소리는 뻣뻣하고 지극히 사무적이었다.

푸아로는 그의 친절함과 정보에 감사를 표하며 악수를 나누었다.

리틀 그린 하우스, 두 번째로 방문하다

약 16킬로미터 정도 떨어진 하체스트에서 마켓 베이싱으로 돌아오는 동안 우리는 이 상황에 대해 이야기를 나눴다.

"아까 변호사에게 한 얘기는 뭔가 근거가 있는 거예요, 푸아로?"

"아룬델 양이 새로운 유언장을 파기했을 거라는 등등의 이야기 말인가? 아닐세, 몬 아미(친구). 솔직히 말하자면 근거는 없어. 이것저것 넌지시 비춰 보는 게 나의 임무니까! 자네도 그 점을 명심해야 해. 퍼비스 씨는 예리한 사람이거든. 그런 암시를 던지지 않았다면, 내가 무슨 일을 하려는 건지 의문을 품었을 거야."

"당신을 보면 뭐가 생각나는지 아세요, 푸아로?"

"아니."

"서로 다른 색의 수많은 공을 가지고 요술을 부리는 마술사요! 한순간 공이 전부 공중에 떠 있는 거죠."

"서로 다른 색의 공들이란 내가 하는 서로 다른 거짓말을 뜻하는 건가?"

"뭐 그런 얘기죠."

"그렇다면 언젠가는 공이 바닥으로 떨어질 거라고 생각하나?"

"계속 공을 공중에 띄워 둘 수는 없죠."

"맞는 말이야. 내가 공을 하나씩 하나씩 잡아 내는 위대한 순간이 오겠지. 그러면 나는 고개 숙여 인사를 하고 무대를 걸어 나가는 거야."

"관객들의 우레와 같은 박수 소리와 함께 말이죠."

푸아로는 다소 의심스러운 눈초리로 날 바라보았다.

"그럴 수도 있지, 그럼."

"어쨌든 퍼비스 씨에게서는 별로 알아낸 게 없네요."

나는 위험 지역이라고 쓰인 표지판을 지나치며 말했다.

"그래, 이미 알고 있던 것을 확인한 것뿐이지."

"아룬델 양이 죽을 때까지 로슨 양은 유언장에 대해 아무 것도 몰랐다는 말도 확인이 됐고요."

"나, 푸아로가 보기에 그 점은 확인되지 않았어."

"퍼비스 씨가 아룬델 양에게 말하지 말라고 조언했고, 아룬델 양 또한 그럴 생각은 전혀 없다고 대답했다잖아요."

"그래, 다 맞는 말이지. 하지만 열쇠 구멍이 있지 않은가, 친구. 잠긴 서랍을 여는 열쇠도."

"정말로 로슨 양이 여기저기 기웃거리며 엿듣고 염탐했다고 생각하시는 거예요?"

눈이 휘둥그레져 묻자 푸아로는 빙그레 웃었다.

"로슨 양은 말이야……, 절대 깐깐하고 고지식한 타입이 아니야.
몽 셰르(이봐), 우린 이미 그녀가 들어서는 안 되는 대화를 하나 엿
들었다는 사실을 알고 있지 않나. 그 하나가 바로 인색한 친척을 끝
장내겠다던 찰스와 아룬델 양의 대화이지."

나는 그 사실을 인정했다.

"그러니 잘 생각해 보게, 헤이스팅스. 로슨은 퍼비스 씨와 아룬델
양 사이에서 오간 대화도 쉽게 엿들었을 수 있어. 게다가 퍼비스 씨
의 목소리는 꽤 카랑카랑한 편이니까. 그리고 기웃거리고 염탐했다
는 건 말일세, 자네가 생각하는 것보다 훨씬 더 많은 사람들이 그런
행동을 한다네. 로슨 양처럼 소심하고 겁 많은 사람들일수록 그런
습관을 위안과 즐거움으로 삼지."

"푸아로!"

난 항의하듯 외쳤다.

푸아로는 한참 고개를 끄덕였다.

"하지만 사실이야. 그렇지, 그래."

마침내 조지 여관에 도착한 우리는 방 두 개를 잡았다. 그 다음
리틀 그린 하우스까지 걸어 갔다.

초인종을 누르자, 즉시 밥이 응답을 했다. 홀을 가로질러 뛰어와
사납게 짖으며 현관문을 긁어댔다.

'가만 두지 않겠어! 사지를 찢어버리겠어! 이 집 안으로 들어오려

하면 어떻게 되는지 본때를 보여주지! 내 이빨 맛을 볼 때까지 기다리고 있어.'라고 말하는 듯 그르렁댔다.

시끄럽게 짖는 소리 사이로 달래는 듯 낮은 목소리가 들렸다.

"자, 자, 착하지. 그래야 착한 개지. 이리 와."

목줄을 잡힌 밥은 어쩔 수 없이 거실로 끌려가 갇혔다.

'항상 내 일을 방해한다니까. 간만에 제대로 싸울 수 있는 기회였는데. 이 이빨로 다리를 꽉 물어뜯을 수 있었는데. 이젠 내가 지켜줄 수 없으니 조심하라고!'

밥은 불평하듯 낮게 으르렁댔다.

거실 문을 닫은 후, 엘렌은 현관문의 빗장을 열었다.

"아, 선생님이시군요."

그녀는 우리를 보고 소리쳤다.

우리가 안으로 들어서자 그녀는 다시 문을 닫았다. 우리의 방문이 기쁜 듯 얼굴에는 들뜬 기색이 역력했다.

"어서 들어오세요."

우리는 홀로 들어섰다. 왼편에 있는 거실 문 아래쪽에서는 시끄럽게 쿵쿵대고 으르렁거리는 소리가 새어 나왔다. 우리의 신원을 확인하려고 애쓰는 모양이었다.

"가둬두지 않으셔도 됩니다."

내가 입을 열었다.

"그러죠, 정말 착한 녀석이긴 한데 시끄럽게 짖어대고 사람들에게 달려들어 겁을 준답니다. 그래도 감시견으로는 정말 훌륭해요."

엘렌이 거실 문을 열자 밥이 총알처럼 튀어 나왔다.

'누구야? 어디 있어? 아, 여기 있었군. 이런, 누군지 기억이 안 나는데…….'

쿵, 쿵, 쿵, 밥은 한참 냄새를 맡았다.

'알겠다! 우린 만난 적이 있어!'

"안녕, 친구. 잘 지냈어?"

내가 밥에게 인사를 건네자, 밥은 무성의하게 꼬리를 흔들었다.

'좋아요, 고맙습니다. 어디 보자…….'

밥은 다시 조사에 착수했다.

'최근에 스패니얼과 만났군. 냄새가 나. 바보 같은 개지. 이건 뭐야? 고양이? 흥미롭군. 그녀도 여기에 왔으면 좋았을 텐데. 요샌 통 고양이랑 싸워보질 못해서 말이야. 흠……. 그다지 나쁘진 않은 불테리어(불독과 테리어의 교배종—옮긴이) 냄새군.'

내가 최근 만난 친구들을 정확히 진단한 후에 이번에는 푸아로에게 관심을 옮겨 갔다. 하지만 한껏 벤진 냄새만 들이마시고는 책망하는 듯한 눈빛으로 푸아로를 바라보았다.

"밥."

내가 부르자 밥은 나를 올려다보았다.

'괜찮아요. 난 내가 무슨 일을 하는지 잘 아니까. 후딱 돌아올게요.'

"문이 전부 닫혀 있군요. 혹시…….'

엘렌은 서둘러 거실로 들어가더니 덧문을 모두 열기 시작했다.

"좋아요, 정말 좋군요."

엘렌을 따라 들어간 푸아로는 자리에 앉았다. 내가 푸아로를 따라 앉으려던 순간, 어디선가 입에 공을 문 밥이 나타났다. 단숨에 계단을 뛰어 올라가더니 꼭대기에 몸을 쭉 펴고 앉아 앞발 사이에 공을 끼웠다. 살랑거리며 꼬리를 흔들고 있었다.

'어서요, 어서. 한 게임 하자고요.'

탐색에 대한 호기심은 잠시 덮어두고 나는 밥과 놀아 주었다. 그리고 죄책감을 느끼며 서둘러 거실로 향했다.

푸아로와 엘렌은 병과 약에 대한 주제로 이야기가 술술 풀리고 있는 듯 했다.

"작고 하얀 알약이죠. 아룬델 양께서 드신 약은 그게 전부에요. 식후마다 매번 두세 알씩 드셨죠. 그레이너 박사님의 지시였어요. 아, 맞아요. 아룬델 양께서는 그 약을 꽤 맘에 들어 하셨어요, 얼마나 작고 작은지. 그리고 로슨 양이 권한 약도 드세요. 캡슐이었는데, 로베로 박사님이 만든 간장약이었지요. 광고판에 온통 그 약 광고뿐이에요."

"그 약도 드셨나요?"

"네. 처음에 권한 건 로슨 양이긴 하지만, 아룬델 양께서도 그 약이 효과가 있다고 말씀하셨죠."

"그레이너 박사님도 아셨나요?"

"아, 그레이너 박사님은 신경 쓰지 않으셨어요. '그 약이 효과가 있다고 생각하면 먹어요.'라고 말씀하시곤 하셨죠. 그러면 아룬델 양께서는 '뭐, 당신은 웃을지도 모르지만 정말 정말로 나에겐 효과가 좋아요. 당신이 준 약보다 훨씬 나은 걸요.'라고 대꾸하셨죠. 그 레이너 박사님은 웃으시면서 어떤 약을 먹든 믿음을 가지는 것이 중요하다고 하시더군요."

"그 외에 다른 약은 드시지 않았나요?"

"네. 벨라 양의 남편인 그 외국인 의사가 약 한 병을 가지고 오긴 했죠. 하지만 아룬델 양께서는 아주 정중하게 고맙다고 인사를 하시고는 쏟아 버리셨죠! 옳은 행동이라고 생각해요. 외국 물건은 믿을 수가 있어야죠."

"타니오스 부인은 아룬델 양이 그 약을 버리는 걸 보셨죠, 그렇지 않습니까?"

"네, 그것 때문에 상처받지 않을까 좀 걱정이 됐어요. 정말 불쌍한 분이에요. 저도 꽤 안된 마음이 들더라고요. 분명히 의사라고 딴에는 생각해서 가져온 것일 텐데."

"그럼요, 그럼요. 그렇다면 아룬델 양께서 돌아가신 후에 집에 남아 있던 약들은 모두 버리셨겠군요?"

엘렌은 이 질문에 좀 놀란 듯 보였다.

"아, 네. 간호사들이 있던 걸 조금 버리고, 욕실 약장에 있던 오래된 약들은 전부 로슨 양이 버렸어요."

"로베로 박사의 간장약도 그곳에 보관되어 있었나요?"

"아니요, 식사 후에 바로 드실 수 있도록 식당 구석에 있는 찬장에 올려 두었죠."

"아룬델 양을 돌본 간호사는 누굽니까? 그분의 성함과 주소를 좀 알 수 있을까요?"

엘렌은 즉시 푸아로의 부탁을 들어 주었다.

푸아로는 계속해서 아룬델 양이 죽기 직전 앓았던 병에 대한 질문을 던졌다.

엘렌은 기꺼이 황달의 발병부터 마지막 혼수상태에 빠졌을 때까지 아룬델 양이 앓던 병에 대해 상세히 설명했다. 푸아로가 이러한 설명을 듣고 만족했는지 알 수가 없었으나 어쨌든 엘렌의 설명에 인내심을 가지고 귀를 기울였으며, 때로는 적절한 질문들을 던지기도 했는데 대부분은 로슨 양에 대한 것이었으며 그녀가 환자의 방에서 얼마나 오래 있었냐 하는 것이었다. 또한 푸아로는 아룬델 양이 병중에 어떤 음식을 먹었는지에 엄청난 관심을 보이며, 자신의 죽은 친척(물론 허구의 인물이다.)과 비교하기도 했다.

그 둘이 서로 이야기에 열중해 있는 것을 보고, 나는 다시 홀로 나왔다. 밥은 공 위에 턱을 괸 채로 층계참에서 잠에 빠져 있었다.

내가 휘파람을 불자 밥은 자리에서 벌떡 일어났다. 하지만 화가 난 게 분명한 태도였다. 질질 끌듯 공을 아래로 내려 보내더니, 내가 던져 주는 공도 한참 시간을 끌다가 마지못한 듯 물었다.

"실망했구나, 그렇지? 이번에는 제대로 놀아 줄게."

내가 다시 거실로 돌아왔을 때, 푸아로는 아룬델 양이 죽기 전날인 일요일에 갑작스레 방문한 타니오스 박사에 대한 이야기를 나누고 있었다.

"네, 찰스 씨와 테레사 양은 산책을 나가셨을 때였어요. 타니오스 박사님은 오신다는 얘기가 없었죠. 아룬델 양께서는 침대에 누워 계셨고, 제가 타니오스 박사님이 왔다고 전하자 아주 놀라셨어요. '타니오스 박사가? 벨라도 함께 왔나?'라고 물으셨죠. 제가 아니라고, 혼자서 오셨다고 대답했죠. 그랬더니 곧 내려가겠다고 전해달라고 하셨어요."

"타니오스 박사님은 오래 머무르셨나요?"

"한 시간도 채 안 되어서 돌아가셨어요. 나갈 때 별로 기분이 좋아 보이지 않더라고요."

"혹시……, 방문의 목적이 무엇이었는지 아십니까?"

"글쎄요. 그건 저도 잘 모르겠어요."

"혹시 우연히 들으신 거라도 없습니까?"

순간 엘렌의 얼굴이 빨갛게 달아올랐다.

"아니요, 전혀요! 저는 절대 남의 말이나 엿듣는 사람이 아니에요. 비록 그러는 사람이 있더라도……, 그런 짓은 잘못된 거예요!"

"아, 제 말을 오해하신 것 같군요."

푸아로는 열심히 사과를 했다.

"그저 신사분이 왔을 때 차를 들여갔다면 아룬델 양과 타니오스 씨의 이야기를 들을 수밖에 없지 않았을까 하는 생각이 들었을 뿐입니다."

엘렌의 화가 누그러졌다.

"죄송합니다. 저도 선생님의 말을 오해했네요. 하지만 그때는 차도 들여가지 않았네요."

푸아로는 반짝이는 눈으로 그녀를 올려다보았다.

"타니오스 박사가 무슨 일로 내려 왔는지 알려면……, 글쎄요, 로슨 양이라면 알지 않을까요? 그렇죠?"

"뭐, 로슨 양이 모른다면 아무도 모를 테니까, 그렇겠죠."

엘렌은 콧방귀를 뀌며 대답했다.

"어디 보자."

푸아로는 무언가를 기억해내려 애쓰는 듯 인상을 썼다.

"로슨 양의 침실이 아룬델 양의 침실 바로 옆이던가요?"

"아니요, 로슨 양의 방은 계단 끝에서 바로 오른편이에요. 제가 안내해 드리죠."

푸아로는 안내를 받아 계단을 올라가며 벽면을 유심히 살펴보다가 꼭대기에 올라서면서 탄성을 지르고 다리를 구부렸다.

"아……, 금방 실을 잡았는데……. 아, 그렇군요. 여기 못이 박혀 있네요."

"네, 그래요. 아마 누군가 못을 제대로 박지 않은 모양이에요. 저도 한두 번 옷자락이 걸린 적이 있어요."

"이 못이 오래 박혀 있었나요?"

"꽤 됐죠. 처음 발견한 것은 아룬델 양께서 사고를 당하시고 침대에 누워 계실 때였어요. 빼내려고 했지만 잘 안 되더라고요."

"그 주위로 실이 감겨져 있었던 것 같군요."

"맞아요. 실고리가 매달려 있었던 걸로 기억해요. 거기에 왜 감겨 있었는지는 모르겠지만요."

엘렌의 목소리에는 의심하는 기색이 전혀 없었다. 그녀에게는 집 안에서 일어나는 수많은 일 중 하나이며 굳이 알아볼 필요도 없는 일이었던 것이다!

푸아로는 계단 끝에 있는 방 안으로 들어갔다. 적당한 크기의 방이었다. 문 바로 맞은 편 벽에는 창문 두 개가 나 있었다. 한쪽 구석에는 화장대가, 창문 사이에는 기다란 거울이 달린 옷장이 놓여 있었다. 침대는 창문을 마주보며 문 바로 뒤편에 있었고 방의 왼쪽 벽에는 커다란 마호가니 서랍장과 대리석을 입힌 세면대가 있었다.

푸아로는 생각에 잠긴 채 방을 둘러보고는 다시 한 번 층계참으로 나갔다. 복도를 걸으며 두 개의 다른 침실을 지나 에밀리 아룬델이 쓰던 커다란 침실로 들어갔다.

"간호사는 이 옆에 있는 작은 방을 썼어요."

옆에서 엘렌이 설명했다.

푸아로는 여전히 생각에 잠긴 채 고개를 끄덕였다.

계단을 내려오면서, 푸아로는 정원을 돌아봐도 되는지 물었다.

"아, 네. 물론이죠. 지금쯤이면 정말 예쁠 거예요."

"정원사는 그만두지 않았나요?"

"앵거스요? 네, 아직 여기서 일해요. 로슨 양은 집 관리가 철저해야 더 잘 팔릴 거라고 생각하거든요."

"현명한 생각이군요. 집 주위에 잡초가 무성하게 자라도록 두는 건 좋지 않죠."

정원은 정말 평화롭고 아름다웠다. 정원의 넓은 가장자리는 활짝

핀 루핀과 참제비고깔, 꽃양귀비로 가득했다. 작약은 봉우리가 져 있었다. 정원을 따라 걷다 보니 자그마한 오두막 안에서 커다란 체구에 험상궂게 생긴 한 노인이 바쁘게 움직이고 있었다. 그가 우리에게 예의를 차려 인사를 건넸고, 푸아로는 다가가 말을 걸었다.

우리가 그날 찰스를 보았다고 이야기한 것이 노인의 긴장을 풀어주었는지, 금세 수다스럽게 떠들어댔다.

"찰스 씨는 항상 장난꾸러기였죠! 구스베리 파이를 반 뚝 잘라 가지고 이리로 오면 요리사는 한참을 여기 저기 찾으려 다녔어요! 그러면 시치미를 뚝 떼고 집 안으로 들어가 빌어먹을 고양이 짓이라고 둘러댔죠! 하지만 고양이가 구스베리 파이를 먹는다는 얘기는 한 번도 들어 본 적이 없어요! 아, 정말 장난꾸러기였죠!"

"4월에 여길 방문했었죠, 그렇지 않습니까?"

"네, 주말에 두 번 왔었어요. 마님께서 돌아가시기 바로 전이었답니다."

"자주 보셨나요?

"꽤 자주 봤죠. 물론 이런 시골에는 젊은 신사분이 할 일이 많지 않아, 가끔 조지 여관에 가 술을 한잔하시곤 했습니다. 그러고는 이곳에 나와 어슬렁거리면서 제게 이런저런 질문을 하곤 하셨죠."

"꽃에 대해서요?"

"네……, 꽃. 그리고 잡초에 대해서도요."

노인은 킬킬거리며 웃었다.

"잡초요?"

갑자기 푸아로의 목소리가 높아지며 의아한 기색을 드러냈다. 그러고는 고개를 돌려 선반들을 쭉 훑어봤다.

"잡초를 없애는 법을 알고 싶어 했겠군요?"

"맞습니다!"

"제초제로는 이걸 사용하시겠죠?"

푸아로는 깡통 하나를 조심스럽게 돌려 라벨을 읽었다.

"그렇습니다, 아주 편리하죠."

"위험하진 않나요?"

"제대로 사용한다면 위험할 것도 없죠, 물론 비소긴 합니다만. 찰스 씨와 저는 이걸 가지고 농담을 하곤 했어요. 찰스 씨는 결혼을 한 뒤에 부인이 마음에 들지 않으면, 저에게 와 비소를 조금 가져가겠다고 했죠! 그래서 제가 '부인 또한 제게 비소를 얻으러 올지도 모르죠.'라고 했습니다! 아, 그랬더니 껄껄거리며 웃으시더라고요! 정말 재밌었죠!"

우리는 의무적으로 그의 말에 웃어 주었다. 푸아로는 깡통의 뚜껑을 비틀어 열어 보고는 중얼거렸다.

"거의 다 썼군요."

그러자 노인도 그 안을 들여다보았다.

"저런, 생각했던 것보다 많이 비었는데요. 내가 그렇게 많이 썼나. 좀 더 주문해 둬야겠네요."

"네."

푸아로가 미소를 지으며 말했다.

"아무래도 제 아내에게 가져다 쓰기에는 부족하겠네요!"

우리는 모두 푸아로의 농담에 웃음을 터뜨렸다.

"결혼 안 하셨죠?"

"안 했습니다."

"아! 그런 농담을 하는 분들은 다들 결혼을 안 하신 분들이라니까. 안 해 보신 분들은 몰라요!"

"부인께서는……?"

푸아로는 말을 적당히 얼버무렸다.

"살아 있죠, 아주 멀쩡히요."

앵거스는 부인이 살아 있다는 사실이 약간 속상한 듯 보였다.

우리는 정원에 대한 칭찬을 늘어놓은 다음, 그와 작별 인사를 나누었다.

약사, 간호사, 의사

제초제로 인해 나는 새로운 생각들을 떠올리기 시작했다. 이 사
건을 조사하는 동안 확실히 의심스러운 상황과 마주친 것은 이번이
처음이었다. 제초제에 보인 찰스의 관심, 그리고 제초제 통이 거의
빈 것을 보고 놀라는 늙은 정원사……. 이 모든 상황이 하나의 방향
을 가리키고 있는 것만 같았다.

하지만 내가 흥분할 때면 언제나 그렇듯, 푸아로는 아주 애매한
말만 늘어놓았다.

"누군가 제초제를 가져갔다고 그게 찰스라는 증거는 없네, 헤이
스팅스."

"하지만 찰스가 정원사에게 제초제에 대한 얘기를 많이 했다잖
아요!"

"찰스가 제초제를 가져갔다면 매우 현명하지 못한 행동이지."

그리고 푸아로는 계속했다.

"누군가가 자네에게 독극물 이름을 대라고 한다면 가장 먼저 쉽게 떠오르는 게 뭔가?"

"비소요."

"그래, 이젠 이해할 수 있겠지? 오늘 찰스가 스트리키니네라는 말을 하기 전 잠시 멈춘 이유를 말이야."

"그렇다면……?"

"찰스는 '수프에 비소를'이라고 말하려 했지만 멈춘 거야."

"아! 그렇다면 왜 말을 멈춘 걸까요?"

"그래, 왜일까? 헤이스팅스, 나는 그 '왜?'에 대한 답을 찾기 위해 정원으로 들어가 제초제를 찾아본 걸세."

"그리고 찾아냈군요!"

"그리고 찾아냈지."

나는 고개를 흔들었다.

"왠지 상황이 찰스에게 안 좋게 돌아가는 것 같은데요. 엘렌과 아룬델 양의 병환에 대해 이야기를 나눠 봤잖아요. 증상이 비소 중독과 비슷하던가요?"

푸아로는 코를 문질렀다.

"뭐라고 단정하기는 어려워. 복부에 통증이 있었다고는 하지만."

"바로 그거네요!"

"흠……, 확신할 수는 없네."

"그러면 어떤 독극물 중독 증상과 비슷하던가요?"

"에 비엥(아니야), 친구. 우리의 노숙녀 분 증상은 독극물 중독이라기보다는 오히려 간장병에 가까워!"

"오, 푸아로."

나는 소리쳤다.

"자연사일 리가 없어요! 살인이라고요."

"오, 라, 라(이런, 이런). 자네와 내가 서로 입장이 바뀐 것 같군."

푸아로는 몸을 홱 돌려 약국으로 들어갔다. 푸아로는 한참 동안 자신의 속병에 대해 상담을 한 뒤, 소화제 한 상자를 구입했다. 봉투를 들고 가게를 나오려던 순간, 로베로 박사의 간장약 봉지를 본 푸아로는 걸음을 멈췄다.

"네, 아주 좋은 약입니다."

약사는 수다스러운 중년 남자였다.

"아주 효과가 좋죠."

"제 기억으로는 아룬델 양께서 이 약을 드셨다죠. 에밀리 아룬델 양 말입니다."

"네, 맞습니다. 리틀 그린 하우스의 아룬델 양이요. 정말 멋진 숙녀 분이셨죠, 아주 깐깐한 분이시고요. 저희 가게에도 자주 오시곤 하셨는데."

"아룬델 양께서는 약을 많이 복용하셨나요?"

"그렇지는 않습니다. 제가 아는 노숙녀 분들 중에서는 많이 드시는 편이 아니었죠. 아, 그분의 말벗이었던 로슨 양, 그러니까 그 돈을 다 물려받은 그 사람이요……."

푸아로가 고개를 끄덕였다.

"오히려 그 사람이 이것저것 약을 많이 사 갔죠. 알약, 정제약, 소화제, 혈액 순환제. 약 사는 걸 정말 즐기더라고요."

그는 애처로운 미소를 지으며 말했다.

"로슨 양 같은 사람이 더 많았으면 좋겠어요. 요즘 사람들은 옛날처럼 약을 먹질 않아요. 그래도 약장 안에 구비해 둘 약들은 많이 사가서 그나마 먹고 사는 겁니다."

"아룬델 양은 이 간장약을 정기적으로 드셨나요?"

"네, 돌아가시기 전 한 3개월 동안 드셨지요."

"그분의 친척인 타니오스 박사가 여기 와서 소화제를 조제해 갔습니까?"

"네, 그랬어요. 아룬델 양의 조카와 결혼한 그리스 신사 분 말씀이시죠? 네, 정말 흥미로운 조제더군요. 그 전에는 본 적이 없는 조제법이었어요."

남자는 희귀한 식물이라도 발견한 듯 말했다.

"새로운 약을 복용하면 병세가 달라질 수도 있죠. 제 기억으로는 약품들을 아주 흥미롭게 조합했더라고요. 물론 그 신사 분은 의사시니까요. 정말 멋진 분이었습니다. 유쾌했고요."

"타니오스 부인께서도 여기서 약을 구매하셨나요?"

"타니오스 부인이요? 기억이 나질 않는데요. 아, 네, 수면제를 사러 왔었죠. 제 기억으로는 클로랄이었어요. 처방전보다 두 배나 많은 양을 사갔죠. 수면제 종류를 판매하는 데는 항상 애로점이 있답니다. 의사들은 한 번에 많은 양을 처방해 주지 않거든요."

"누가 쓴 처방전이었죠?"

"아마도 남편 분이 쓴 처방전이었던 것 같아요. 아, 물론 처방전에는 전혀 문제가 없었어요. 하지만 아시다시피 요즘에는 아주 조심해야 하죠. 잘 모르시겠지만 의사가 처방전에 실수를 저지른다해도 그 잘못을 다 뒤집어쓰는 건 의사가 아니라 저희거든요."

"그것 참 불공평한 일이군요!"

"좀 걱정이 되긴 합니다만, 별다른 불만은 없습니다. 저에게는 그런 문제가 일어난 적이 없으니까요."

그는 나무로 된 카운터를 노크하듯 손등으로 두드렸다.

푸아로는 로베로 박사의 간장약을 사기로 했다.

"감사합니다. 어떤 크기로 드릴까요? 25개 들이? 50개? 100개?"

"큰 것이 더 나을 것 같긴 합니다만……."

"그렇다면 50개 들이로 하세요. 아룬델 양도 이걸로 하셨죠. 8파운드 6실링입니다."

푸아로는 약사의 말에 따라 8파운드 6실링을 내고 간장약을 받았다. 그리고 우리는 약국을 나섰다.

"타니오스 부인이 수면제를 샀군요."

거리로 나오며 내가 말했다.

"과용하면 죽을 수도 있잖아요, 그렇죠?"

"그것도 아주 편하게 말이야."

"혹시 아룬델 양이……."

순간 '남편이 시킨다면 살인이라도 저지를 사람이에요.'라던 로슨 양의 말이 떠올랐다.

푸아로는 고개를 저었다.

"클로랄은 마취제이기도 하고 진통제나 수면제로 쓰이지. 자칫하면 습관성이 될 수도 있어."

"타니오스 부인이 클로랄에 중독되어 있다고 생각하세요?"

푸아로는 복잡한 표정으로 고개를 저었다.

"아니, 그렇게 생각하진 않아. 하지만 이상하군. 한 가지 설명이 떠오르긴 하는 데 말이야. 하지만 그건……."

푸아로는 갑자기 말을 멈추더니 시계를 들여다보았다.

"어서 가세. 아룬델 양을 간호했던 캐러더스 간호사를 만나봐야겠어."

캐러더스 간호사는 똑똑해 보이는 중년 여성이었다.

푸아로는 또 다시 허구의 친척을 가진 새로운 역할을 연기했다. 이번에는 나이 든 어머니를 간호해 줄 자상한 병원 간호사를 찾는 아들 역할이었다.

"이해하시겠지만……, 아주 솔직히 말씀드리겠습니다. 제 어머니는 아주 까다로운 분이세요. 그동안 젊고 유능한 간호사들을 뒀었지만, 젊다는 이유로 싫어하시더군요. 제 어머니는 젊은 여자들을 싫어하셔서 그 사람들에게 모욕적인 언사를 하시죠. 아주 오만하고 성깔이 있으신 분이에요. 창문을 열어 놓는다고 화를 내시고, 현대적인 위생법을 사용한다고 화를 내시고……. 정말 다루기 힘들답니다."

푸아로는 애처롭게 한숨을 내쉬었다.

"저도 잘 알아요."

캐러더스 간호사는 푸아로에게 동정심을 느낀 듯 입을 열었다.

"때로는 매우 힘들죠. 정말 다양한 재치를 동원해야 해요. 환자를 화나게 만들어 봐야 좋을 게 하나도 없으니까 가능한 환자들의 비위를 맞춰주는 게 좋아요. 일단 환자들은 상대방이 자신에게 무언가를 강요하지 않는다는 느낌을 받으면, 마음을 풀고 양처럼 순해지죠."

"아, 당신이야 말로 간호사에 적격이군요. 노부인들을 잘 이해하고 계시니 말이에요."

"몇 번 경험이 있거든요."

캐러더스 간호사는 웃으며 말했다.

"인내심과 유머 감각만 있다면 많은 도움이 돼요."

"그것 참 현명한 말씀이로군요. 아룬델 양을 돌보셨다죠? 그분도 그리 호락호락한 분은 아니셨죠?"

"글쎄요, 잘 모르겠어요. 의지가 강한 분이긴 하셨지만 전혀 까다롭다는 생각은 들지 않았어요. 물론 제가 아룬델 양을 오래 간호한 것도 아니었지만요. 나흘째 되던 날 돌아가셨거든요."

"어제 그분의 조카이신 테레사 아룬델 양과 이야기를 나눴습니다."

"정말요? 놀랍네요! 제가 항상 하는 말이긴 하지만 세상이 참 좁은 것 같아요!"

"그분을 아시나요?"

"네, 물론이죠. 아룬델 양께서 돌아가셨을 때, 그리고 장례식 때 오셨으니까요. 물론 그전에 이곳에서 머물 때도 본 적이 있어요. 아주 예쁘게 생긴 아가씨더라고요."

"네, 그렇죠……. 하지만 말랐어요. 너무 말랐죠."

넉넉하게 살집이 있는 캐러더스 간호사는 푸아로의 말에 약간 의기양양해 하며 맞장구를 쳤다.

"그럼요, 그렇게 마르면 못 쓰죠."

"불쌍한 아가씨예요. 정말 안됐다는 생각이 드는군요, 앙트르 누 (우리끼리 이야기지만)."

푸아로는 비밀 이야기를 하듯 몸을 앞으로 숙였다.

"고모의 유언장 때문에 엄청난 충격을 받았겠죠."

"분명 그랬을 거예요."

캐러더스 간호사가 대답했다.

"그 때문에 말이 많다는 것은 저도 잘 알고 있어요."

"저는 아룬델 양이 어째서 가족들에게 유산을 물려주지 않으려 했는지 알 수가 없군요. 정말 흔치 않은 일이죠."

"그렇죠, 저도 그렇게 생각해요. 사람들 말로는 분명 뭔가가 있을 거라고 하더군요."

"그 이유가 뭔지 혹시 아십니까? 아룬델 양께서 무슨 말 안 하시던가요?"

"아니요, 제게는 하지 않았어요."

"하지만 다른 누군가에게는 했군요?"

"글쎄요, 로슨 양에게 무언가 말했을 거라고 생각해요. 로슨 양이 이렇게 말하는 걸 들었거든요. '네, 하지만 그건 변호사님께 있잖아요.' 그랬더니 아룬델 양께서 '그건 분명히 아래층의 서랍 안에 있어.'라고 말씀하셨죠. 그리고 로슨 양은 다시 '아니에요. 퍼비스 씨에게 보내셨어요. 기억 안 나세요?' 라고 했어요. 갑자기 환자분께서 다시 토하시는 바람에 제가 안으로 들어가 살폈고, 그 동안 로슨 양은 밖에 나가 있었어요. 하지만 가끔씩 그때 이야기하던 게 혹시 유언장에 대한 것은 아니었을까 하고 생각해요."

"분명히 그럴 가능성이 높군요."

캐러더스 간호사가 계속했다.

"만약 그렇다면, 저는 아룬델 양께서 어쩌면 그 유언장을 바꾸고 싶어 하셨을 거라고 생각해요. 하지만 상태가 너무 좋지 않으셨죠, 불쌍하신 분. 그 후에는 아무 생각도 못하실 정도로 상태가 악화되셨어요."

"로슨 양도 간호를 도왔나요?"

푸아로가 물었다.

"아유, 전혀요. 쓸데라고는 아무 데도 없는 사람이었어요! 소란만 떨어대고, 제 신경만 긁었죠."

"그렇다면 혼자서 간호를 하신 겁니까? 쎄 포르미다블 싸(거 참 대단하시군요)!"

"그 하녀……, 이름이 엘렌이라는 하녀가 절 도와주었어요. 엘렌은 아주 능숙하더라고요. 병에도 익숙하고 노부인들을 보살피는 데도 능숙했어요. 같이 일하기가 아주 좋았죠. 또 그레이너 박사님께서 금요일에 밤 근무 할 간호사를 보내셨지만, 아룬델 양께서는 그 간호사가 도착하기도 전에 돌아가셨어요."

"그렇다면 로슨 양은 환자의 음식 준비를 도왔나요?"

"아니요, 그 여자는 아무 것도 안 했어요. 사실 준비할 것도 없었고요. 발렌타인 위스키와 브랜디는 제가 가지고 있었고, 포도당 주사를 놓은 게 전부에요. 로슨 양이 한 거라곤 질질 짜면서 집 안을 돌아다녀 남들을 방해한 것뿐이죠."

간호사의 말투는 신랄했다.

"잘 알겠습니다. 로슨 양의 능력에 대해서는 그리 높게 평가하지 않으시는군요."

푸아로가 웃으며 말했다.

"말벗들이란 대개가 불쌍한 사람들이죠, 제 생각이지만요. 게다가 제대로 훈련도 받지 못한 아마추어인 데다 할 줄 아는 거라곤 조금도 없는 여자들이 대부분이고요."

"로슨 양이 아룬델 양에게 많은 애착을 느꼈다고 생각하십니까?"

"그래 보였어요. 아룬델 양께서 돌아가셨을 때는 아주 혼란스러워하면서 괴로워했으니까요. 제가 보기에는 친척들보다 더하더군요."

캐러더스 간호사는 콧방귀를 뀌며 말을 맺었다.

푸아로는 점잖게 고개를 끄덕이며 입을 열었다.

"그런데 말이죠, 아룬델 양께서는 자신이 유산을 어떤 식으로 남겼는지 정확히 알고 있었겠지요."

"아주 예리하고 날카로운 분이셨어요. 그분이 이해하지 못하거나 모르는 일은 거의 없었다고 봐야 해요!"

"혹시 아룬델 양께서 키우던 개, 밥에 대한 이야기도 하셨나요?"

"선생님께서 그걸 어떻게? 정말 신기하네요! 아룬델 양께서 혼수 상태에 빠지실 때면 밥 얘길 많이 했어요. 공이랑 계단에서 떨어진 그 얘긴 것 같았어요. 밥은 정말 착한 개죠. 전 개가 정말 좋아요. 불쌍한 녀석, 부인께서 돌아가셨을 때 얼마나 슬퍼하던지…… 정말 놀라운 일이죠? 마치 사람 같다니까요."

우리는 개의 인간적인 면모에 대해 이야기를 좀 더 나눈 뒤, 작별 인사를 주고받았다.

"한 사람은 분명 혐의가 없군."

밖으로 나온 후 푸아로가 말했다.

왠지 조금 의기소침한 듯했다.

조지 여관에서의 형편없는 저녁 식사 덕분에 푸아로는 식사 내내 끊임없이 투덜거렸다.

"정말 쉽다고, 헤이스팅스. 맛있는 수프는 정말 쉽게 만들 수 있어. 르 포트 오 퍼(비프스튜는)……."

나는 요리에 대한 장황한 설명을 건성으로 흘려들었다.

저녁 식사를 마친 우리에게 예기치 못한 일이 벌어졌다.

우리가 저녁 식사를 할 때는 우리 말고도 다른 한 명의 남자(겉보기에는 판매원 같이 보이는)가 있었지만 그 남자마저 이미 자리를 뜨고 식당에는 우리뿐이었다. 그저 하릴없이 철지난 축산업자 관보 비슷한 잡지를 뒤적이고 있는데, 누군가 푸아로의 이름을 불러댔다.

목소리는 바깥 어딘가에서 들려오는 것 같았다.

"그 사람 어디 있어? 이 안이야? 좋아⋯⋯, 잡히기만 해 봐."

그리고 문이 사납게 열리면서 그레이너 박사가 벌겋게 달아오른 얼굴에 눈을 부라리며 성큼성큼 걸어 들어왔다. 문을 닫느라 잠시 멈췄다가 다시 주저 없이 우리에게 다가 왔다.

"아, 여기 계시는군! 어디 한번 말씀해 보실까, 무슈 에르퀼 푸아로. 도대체 나한테 와서 거짓말들을 늘어놓은 이유가 뭐요?"

"이런, 마술사의 공 하나가 떨어졌네요."

나는 장난스러운 말투로 푸아로에게 소곤거렸다.

푸아로는 아주 유들유들한 목소리로 대답했다.

"친애하는 박사님, 제게 설명할 기회를 허락해 주셔야⋯⋯."

"허락이라고? 허락? 웃기는군. 무조건 설명해 봐요! 당신은 탐정이잖아. 여기 저기 냄새를 맡고 염탐을 하는 탐정! 아룬델 장군의 전기를 쓴답시고 거짓말이나 잔뜩 늘어놓으며 기웃거리기나 하고! 그렇게 바보 같은 이야기로 날 속이려 들다니!"

"제 정체는 누구에게 들으셨습니까?"

푸아로가 물었다.

"누구에게 들었냐고? 피바디 양이 말해 줬지. 피바디 양은 당신을 제대로 꿰뚫어 보았더군!"

"피바디 양이요? 그렇군요. 저는⋯⋯."

푸아로는 뭔가 생각하는 듯 했다.

그레이너 박사는 화가 난듯 말을 가로챘다.

"어서 말해 봐요. 당신 설명을 기다리고 있잖아요!"

"물론 말씀드리죠, 제 설명은 아주 간단합니다. 살인 미수이지요."

"뭐요? 그게 뭡니까?"

푸아로가 조용히 말했다.

"아룬델 양께서 계단에서 떨어지셨죠? 돌아가시기 얼마 전에 말입니다."

"그랬죠, 그게 어쨌단 말입니까? 빌어먹을 개의 공에 걸려 넘어졌잖소."

푸아로는 고개를 저었다.

"아닙니다, 박사님. 그런 게 아닙니다. 계단 꼭대기 양쪽으로 실이 걸려 있었습니다. 아룬델 양께서 걸려 넘어지도록 설치된 함정이었지요."

그레이너 박사는 푸아로를 뚫어지게 바라보더니 다그치듯 물었다.

"그렇다면 왜 내게 말을 하지 않았겠습니까? 아룬델 양은 일언반구도 없었는데."

"그건 그럴만한 이유가 있죠. 그곳에 실을 걸어둔 사람이 가족 중 한 명이었다면 말이죠!"

"흠……, 알겠습니다."

그레이너 박사는 푸아로에게 날카로운 눈빛을 던지고는 의자에 털썩 앉았다.

"그럼, 어쩌다 이 문제에 말려들게 된 겁니까?"

"아룬델 양께서 제게 편지를 쓰셨습니다. 극비라는 걸 강조하시면서요. 하지만 불행히도 그 편지가 너무 늦게 도착했습니다."

푸아로는 그동안 일어난 일들을 자세히 설명하며 계단 꼭대기 벽면 바닥 쪽의 몰딩에서 발견한 못 이야기도 했다.

박사는 진지한 얼굴로 푸아로의 말에 귀를 기울였다. 화는 다 누그러진 모양이었다.

"제 입장이 좀 난처하다는 걸 이해해 주셨으면 합니다. 저는 이미 돌아가신 분에게 고용이 된 셈이니까요. 그래도 제게 주어진 의무를 다하고 싶습니다."

그레이너 박사는 양미간을 찌푸린 채 생각에 잠겼다.

"누가 계단 꼭대기에 실을 걸어 두었는지에 대해서는 전혀 모르시는 겁니까?"

박사가 물었다.

"누가 했다는 증거는 없습니다. 전혀 모른다고는 말씀드리지 않겠습니다만."

"끔찍하군요."

험악한 얼굴을 하며 박사가 말했다.

"그렇습니다. 그리고 아직 두 번째 시도가 있었는지는 확실치가 않습니다."

"응? 그게 무슨 소립니까?"

"어느 점으로 보나 아룬델 양의 죽음은 자연사이지만, 그게 정말 사실일까요? 이미 한 번의 살해 시도가 있었습니다. 그러니 두 번째

시도가 없었으리라고 장담할 수 있겠습니까? 어쩌면 두 번째 시도
가 성공했는지도 모르는 일이지요!"

그레이너는 생각에 잠긴 채 고개를 끄덕였다.

"제 말을 기분 나쁘게 받아들이지 마세요, 그레이너 박사님. 박사
님께서는 아룬델 양의 죽음이 자연사라고 확신하시죠? 하지만 저는
오늘 확실한 증거를 하나 발견했습니다……."

푸아로는 정원사와 나눈 대화, 찰스 아룬델이 제초제에 가졌던
관심, 마지막으로 정원사가 비어 있는 제초제 통을 보고 놀란 것까
지 자세히 이야기를 했다.

그레이너는 푸아로의 말을 유심히 들었다. 푸아로가 말을 마치자
조용히 입을 열었다.

"무슨 말인지 잘 알겠습니다. 비소 중독의 경우 많은 수가 급성
간염이라는 진단을 받곤 했죠. 특히 다른 의심스러운 정황이 없을
때는 말입니다. 어쨌든 각기 다양한 형태로 나타나 비소 중독은 판
별하기가 힘듭니다. 급성일 수도, 아급성일 수도, 신경성일 수도, 만
성일 수도 있어요. 게다가 구토와 복부의 통증이 나타날 수도 있고,
아예 없을 수도, 갑자기 쓰러져 금방 죽을 수도 있어요. 또는 혼수상
태에 빠지고 마비가 올 수도 있습니다. 증상이 너무 광범위하지요."

"에 비엥(그렇다면), 모든 사실들을 고려해서 박사님의 의견은 어
떠십니까?"

그레이너 박사는 잠시 침묵하다가 천천히 입을 열었다.

"모든 점을 고려하고, 모든 편견들을 배제해 보아도 아룬델 양의

경우에는 비소 중독이라고 볼 수 없어요. 아시겠지만 저는 수년 간 아룬델 양을 돌봐 왔고, 전에도 비슷한 병에 걸린 적이 있죠. 급성 간염으로 죽은 게 확실합니다. 그게 내 의견이에요, 무슈 푸아로."

부득이하게 이 문제는 이렇게 결론을 내릴 수밖에 없는 것처럼 보였다.

푸아로가 약국에서 구매한 간장약 꾸러미를 내놓았을 때는 좀 미안하긴 하지만, 왠지 그 동안의 모든 의혹들이 맥없이 끝나버리는 것만 같았다.

"아룬델 양께서 이걸 드셨죠? 이건 전혀 해롭지 않은 건가요?"

"이 약 말입니까? 전혀 해롭지 않아요. 포도필린 수지, 그러니까 알로에는 아주 순한 성분입니다. 아룬델 양은 이 약을 꽤 좋아했지요. 저는 그다지 개의치 않았고요."

박사는 자리에서 일어섰다.

"아룬델 양을 위해서 직접 약을 조제해 주시기도 하셨나요?"

푸아로가 물었다.

"네······, 식후에 먹는 순한 간장약이었죠."

그리고 박사의 눈이 빛났다.

"한 박스를 먹는데도 아무런 해가 없었을 겁니다. 저는 환자에게 독약을 주진 않습니다, 무슈 푸아로."

박사는 미소를 짓고는 우리와 악수를 나눈 다음 자리를 떴다.

푸아로는 약국에서 산 약 꾸러미를 풀었다. 약은 투명한 캡슐에 짙은 갈색 가루가 사분의 삼 정도 차 있었다.

"예전에 한 번 먹어본 멀미약 같이 생겼네요."

내가 옆에서 한 마디 했다.

푸아로는 캡슐을 열어 가루약을 찍어 맛을 보고는 오만상을 찌푸렸다.

나는 의자 뒤로 기대며 하품을 했다.

"뭐, 별로 해될 것 없어 보이네요. 로베로 박사의 간장약, 그리고 그레이너 박사의 소화제도요! 그레이너 박사는 확실히 비소 중독 이론에는 부정적이던데요. 이제 생각이 좀 바뀌셨나요? 고집불통 푸아로 씨?"

"내가 옹고집이란 건 사실이야……. 자네가 그렇게 말했었지? 그래, 확실히 난 고집이 세지."

푸아로는 뭔가를 생각하며 대꾸했다.

"그렇다면 약사와 간호사, 의사의 증언에도 불구하고 여전히 아룬델 양이 살해당했다고 생각하시는 거예요?"

푸아로는 조용히 대답했다.

"난 그렇게 믿어. 아니……, 믿는 것 이상이지. 확신한다네, 헤이스팅스."

"확인하려면 한 가지 방법이 있죠."

나는 천천히 말했다.

"시신 발굴요."

푸아로는 고개를 끄덕였다.

"그게 다음으로 해야 할 일인가요?"

"이보게, 친구. 신중해야 해."

"왜요?"

"왜냐하면……."

갑자기 푸아로의 목소리가 낮아졌다.

"두 번째 비극이 일어날까 봐 두려워."

"혹시……?"

"나는 두렵다네, 헤이스팅스, 두려워. 그 정도로 해 두지."

계단 위의 여자

다음 날 아침, 쪽지를 한 장 받았다. 비스듬하게 기울여 써서 알아
보기 힘든 글씨였다.

친애하는 무슈 푸아로

선생님께서 어제 리틀 그린 하우스를 방문하셨다는 이야기를 엘렌
에게 들었습니다. 오늘 중으로 저에게 연락을 주신다면 정말 감사하
겠습니다.

빌헬미나 로슨 올림

"로슨 양이 마을에 왔군요."

"그래."

"왜 왔을까요? 궁금한데요."

푸아로가 미소를 지었다.

"뭔가 불순한 이유가 있다고는 생각하지 않아. 결국 그 집은 로슨 양의 소유니까 말이야."

"네, 맞는 말씀이에요. 물론이죠. 그런데 말이죠, 푸아로, 그게 바로 우리가 하는 일의 가장 추악한 면인 것 같아요. 어떤 사람이 어떤 사소한 일을 하더라도 악의적으로 해석하게 되잖아요."

"내가 자네에게 '모든 사람을 의심하라.'고 당부한 건 사실이지."

"아직도 모든 사람들을 의심하고 계세요?"

"아니……, 많이 줄어들었어. 지금은 단 한 인물만을 주시하고 있다네."

"그게 누구에요?"

"현재로서는 의혹만 있을 뿐 아무런 증거가 없어. 자네도 나름대로의 결론을 내려 보도록 하게, 헤이스팅스. 그리고 절대 심리학을 무시해서는 안 돼. 아주 중요한 요소니까. 살인의 특징은 살인자의 기질을 암시해 주기 때문에 범죄의 실마리를 잡는 데 있어 필수야."

"누가 살인자인지를 모르는데 어떻게 살인자의 특징을 생각해 볼 수가 있겠어요!"

"아니야, 아니야. 내가 한 말을 제대로 듣지 않았군. 특징, 그러니까 살인의 특징을 깊이 생각해 본다면 누가 살인자인지를 알 수 있을 거라는 얘기야!"

"정말 누가 범인인지 알고 있는 거예요, 푸아로?"

나는 궁금한 마음에 다시 물었다.

"아무런 증거가 없기 때문에 안다고는 말할 수 없어. 그렇기 때문에 지금으로서는 더 이상 아무런 얘기도 해 줄 수가 없다는 말일세. 하지만 확신이 들어……. 그래, 분명 확신이 들어."

"이런."

나는 웃음을 터뜨리고는 말했다.

"범인한테 당하지 않도록 조심하세요! 그렇다면 정말 비극이 될 테니까!"

내 농담에 푸아로는 움찔했다. 내 말을 농담으로 받아들이지 않은 것이다. 그러고는 중얼댔다.

"자네 말이 맞아. 조심해야지. 아주 조심해야 해."

"사슬 갑옷으로 된 코트라도 입어야겠네요. 음식에 독을 탔을 경우를 대비해서 먼저 시식해 볼 사람도 고용하고요! 아, 참! 당신을 보호해 줄 경호원도 있어야겠네요!"

"메르시(고맙네), 헤이스팅스. 하지만 나는 내 지혜에 의존할 걸세."

푸아로는 로슨 양에게 리틀 그린 하우스로 11시에 전화하겠다는 내용의 메모를 남겼다.

그런 다음 우리는 아침 식사를 하고 광장으로 걸어 나갔다. 10시 15분이었으며 무덥고 나른한 오전이었다.

내가 골동품 가게에 진열된 아주 근사한 헤플화이트 의자 세트를 들여다보고 있는데, 갑자기 갈비뼈에 날카로운 통증이 느껴지는 동시에 "안녕하세요!"라는 날카롭고 새된 목소리가 들려왔다.

화가 나 뒤를 돌아보자 피바디 양의 얼굴이 보였다. 손에는 방금

전 공격 무기였던 커다랗고 튼튼한 데다 끝이 뾰족한 우산이 들려 있었다.

그녀는 나에게 얼마나 끔찍한 고통을 안겨 주었는지 전혀 모른다는 듯, 만족스러운 목소리로 말했다.

"하! 역시 당신일 줄 알았어요. 내가 잘못 볼 리 없지."

나는 옆구리의 통증을 생각하며 쌀쌀맞게 대꾸했다.

"아……, 안녕하세요. 무슨 일이시죠?"

"당신 친구는 그 책……, 그 아룬델 장군의 인생에 관한 책을 잘 쓰고 있나요?"

"아직 시작하지 않았습니다."

웃음을 억지로 참는 듯 몸을 부들부들 떨어대는 모습이 꽤나 즐거운 듯했다. 다 웃었는지 그녀가 입을 열었다.

"그 사람이 그 책을 쓸 것 같지는 않네요."

나는 미소를 지으며 말했다.

"우리가 꾸며낸 이야기를 간파하셨다고요?"

"날 뭐라고 생각하는 거예요? 바보? 당신의 그 만만찮은 친구가 무얼 쫓고 있는지 금세 파악했다고요! 나에게서 뭔가를 얻어내려 하는걸 말이죠! 물론 나는 상관 안 해요. 이야기하는 걸 좋아하니까. 요즘 사람들은 남의 말을 들으려 하지 않죠. 그날 오후는 오랜만에 즐거운 시간이었어요."

그리고 그녀는 내게 날카로운 눈빛을 보냈다.

"그래서 이게 다 무슨 일이에요? 응? 무슨 일이냐고요?"

어떻게 대답해야 할지 몰라 우물쭈물하고 있을 때 푸아로가 나타났다. 푸아로는 반가운 듯 피바디 양에게 인사를 건넸다.

"안녕하십니까, 마드무아젤. 다시 뵙게 되어 영광입니다."

"안녕하세요. 오늘 아침에는 누구신가요? 파로티? 아니면 푸아로?"

"그렇게 빨리 제 실체를 간파하시다니 정말 대단하군요."

푸아로는 씩 웃으며 대답했다.

"간파할 만큼 대단한 속임수도 아니었어요! 당신 같은 사람은 정말 흔치 않으니까. 그게 좋은 건지 나쁜 건지는 모르겠군요, 잘 모르겠어요."

"마드무아젤, 저는 독특한 사람이 되는 것을 선호하는 편입니다."

"그렇다면 원하는 대로 됐군요."

피바디 양이 냉담하게 대꾸했다.

"자, 그럼 푸아로 씨, 지난번에는 내가 당신이 원하는 소문들을 모두 알려 줬죠. 이젠 내가 질문을 할 차례에요. 이게 다 뭐죠? 네? 이게 다 무슨 일이에요?"

"이미 답을 알고 있는 질문을 던지시는 건 아니죠?"

"글쎄요."

피바디 양은 푸아로를 흘끗 쳐다봤다.

"그 유언장에 뭔가 수상한 점이 있나요? 아니면 또다른 뭐가 있는 건가요? 에밀리의 무덤을 다시 파내기라도 할 건가요? 그래요?"

푸아로는 아무런 대답도 하지 않았다.

피바디 양은 마치 푸아로의 대답을 들은 것처럼 생각에 잠긴 얼굴로 고개를 천천히 끄덕였다.

"가끔씩 궁금한 생각이 들었어요."

그녀는 혼잣말을 하듯 두서없이 중얼거렸다.

"어떤 기분이 들지……. 신문을 읽다보면요, 마켓 베이싱에서 누군가의 무덤을 다시 파내야 한다면 과연 누가 될까. 설마 에밀리 아룬델이 그렇게 되리라곤 생각도 못했는데……."

그러다니 갑자기 푸아로를 사나운 눈초리로 쏘아 봤다.

"에밀리는 좋아하지 않을 거예요. 하지만 당신, 그럴 생각을 하고 있는 거죠?"

"네, 생각해 봤습니다."

"그럴 거라고 생각했어요. 당신이 바보는 아니죠! 그렇다고 당신이 주제 넘은 거라고도 생각하지 않아요."

푸아로는 고개를 숙였다.

"고맙습니다, 마드무아젤."

"그리고 다들 하는 말이겠지만……, 당신 콧수염 말이에요. 무슨 콧수염을 그렇게 길렀어요? 그게 마음에 들어요?"

나는 그 말에 몸을 돌려 포복절도 하고 말았다.

"유감스럽게도 영국은 콧수염에 관해서는 유행이 뒤떨어지는 것 같군요."

푸아로는 은근슬쩍 풍성한 콧수염을 쓰다듬으며 말했다.

"오, 그렇군요! 재밌네요."

피바디 양이 말했다.

"내가 갑상선종이 걸린 여자를 하나 아는데 그 여자가 그걸 어찌나 자랑스러워하던지! 믿기 어렵겠지만 사실이에요! 내 말은, 하느님이 주신 걸 기쁘게 받아들일 줄 안다면 운이 좋다는 거예요. 대부분은 그 반대니까요."

그녀는 고개를 저으며 한숨을 쉬었다.

"이 동네에 살인 사건이 일어날 줄은 생각도 못했어요."

그리고 갑작스레 다시 한 번 피바디 양은 사나운 눈빛으로 푸아로를 바라보았다.

"누구 짓이죠?"

"제가 길 한복판에서 그 이야기를 해야 합니까?"

"모른다는 뜻이군요, 그렇죠? 오, 피가 나쁜 거예요, 피가. 그 벨리라는 여자가 자기 남편을 죽였는지 어쨌는지 알았으면 좋겠네요, 그게 중요한데."

피바디 양은 갑작스레 딴 이야기를 했다.

"나쁜 형질이 유전된다고 생각하십니까?"

"차라리 타니오스 짓이었으면 좋겠어요. 외부인이니까! 하지만 희망사항일 뿐이지요. 이제 가야겠군요, 당신은 내겐 아무 말도 안 할 작정인 것 같으니까……. 그나저나 누구 의뢰를 받아 이 일을 하는 거예요?"

푸아로는 진지하게 대답했다.

"저는 돌아가신 아룬델 양께 의뢰를 받았습니다, 마드무아젤."

피바디 양은 이 말을 듣고는 갑작스레 웃음을 터뜨렸다. 재빨리 웃음을 가라앉히고 그녀가 말했다.

"미안해요, 마치 이사벨 트립이나 할 법한 말 같아서……. 정말 끔찍한 여자죠! 줄리아는 그보다 더 심해요. 마치 자기가 어린 소녀인 양 군다니까요. 그 나이에 어울리지 않는 그 옷차림이라니. 자, 그럼 이만 헤어지도록 하죠. 그레이너 박사님을 만나 보셨나요?"

"마드무아젤, 안 그래도 말씀드리려 했습니다. 제 비밀을 밝히셨더군요."

피바디 양은 특유의 깔깔거리는 웃음을 웃었다.

"남자들이란 정말 단순해요! 당신의 그 말도 안 되는 거짓말을 곧이곧대로 믿다니. 사실을 말해줬을 때 어땠을 것 같아요? 화가 나씩씩 대며 나가버리더라고요! 아마 당신을 찾고 있을 거예요."

"어제 절 찾아내셨습니다."

"이런! 재미있는 구경거릴 놓쳤네요."

"그러게 말입니다, 마드무아젤."

푸아로는 정중한 태도로 대답했다.

피바디 양은 깔깔대며 뒤뚱거리는 걸음걸이로 돌아섰다. 몇 발짝 가지 않아서는 뒤를 돌아보며 날 불렀다.

"잘 가요, 젊은 양반. 그 의자는 사지 않는 게 좋을 거예요, 가짜니까요."

그러고는 다시 깔깔대며 멀어져 갔다.

"정말 아주 영리한 노부인이야."

푸아로가 말했다.

"당신의 콧수염을 좋아하지 않는데도요?"

"취향과 지성은 별개의 문제라네."

푸아로가 쌀쌀맞게 대꾸했다.

우리는 골동품 가게 안으로 들어가 20여분 가량 신나게 구경을 했다. 결국 아무것도 사지 않은 채 빈 손으로 가게를 나와 리틀 그린 하우스로 향했다.

보통 때보다 얼굴이 더 발갛게 상기된 엘렌이 우리를 응접실로 안내해 주었다. 계단을 내려오는 발걸음 소리가 들리더니 로슨 양이 들어 왔다. 숨이 찬 듯 헐떡였으며 당황한 듯 허둥거리는 모습이었다. 머리카락은 실크 손수건으로 동여매고 있었다.

"이런 모습으로 뵙게 돼서 죄송해요, 푸아로 씨. 찬장 정리며 이것저것 하느라고요. 나이 드신 분들은 물건을 잔뜩 쌓아 놓는 경향이 있어서……. 아무래도 아룬델 양 또한 예외는 아닌 것 같네요, 먼지가 얼마나 산더미 같은지……. 사람들이 물건을 모으는 걸 보면 정말 놀라울 정도에요……. 바늘겨레가 24개나 있더라고요……, 정말로 24개나요."

"아룬델 양께서 바늘겨레를 24개나 사 두셨다는 말인가요?"

"네, 어디엔가 치워두시고는 잊어버리신 거죠. 물론 이제 바늘은 다 녹슬어 버렸고요. 정말 아까워요. 크리스마스 때면 하녀들에게 선물로 주곤 하셨는데."

"아룬델 양께서는 건망증이 심하셨군요, 그렇죠?"

"네, 아주 심했어요. 특히 물건을 어디다 두셨는지 깜빡깜빡 하셨죠. 뼈다귀를 입에 물고서 뼈다귀를 찾아다니는 개처럼 말이에요. 아룬델 양과 저는 항상 그런 식으로 말했죠."

로슨 양은 웃더니, 갑자기 주머니에서 작은 손수건을 꺼내 훌쩍이기 시작했다.

"오, 이런."

그녀는 눈물을 흘리며 말했다.

"이런 상황에서 웃음이 나오다니 정말 끔찍해요."

"너무 섬세하시군요. 감정이 너무 풍부하세요."

푸아로가 말했다.

"저희 어머니께서도 항상 제게 그러셨어요. '너는 너무 마음이 여려, 미니.' 이렇게 말씀하시곤 하셨죠. 섬세하다는 것은 정말 큰 결점이에요. 특히 직접 생활을 꾸려 나가야 할 때는 말이죠."

"아, 예. 맞는 말입니다. 하지만 이제는 다 과거의 일이 않습니까. 게다가 이제 당신은 이 집의 여주인이 되었으니 아무런 걱정이나 불안 없이 여행도 다니면서 마음껏 인생을 즐기실 수 있죠."

"맞는 말씀이신 것 같아요."

로슨 양은 다소 미심쩍은 듯 대꾸했다.

"틀림없는 사실이죠. 그나저나 아룬델 양께서 건망증이 그리 심하셨다니, 이제야 그 편지가 제게 왜 그렇게 늦게 도착했는지 알겠군요."

푸아로는 그 편지를 발견하게 된 상황을 설명해 주었다. 로슨 양의 뺨이 빨갛게 달아오르더니 날카롭게 외쳤다.

"어떻게 엘렌이 제게 말을 안 할 수가 있죠! 아무런 말도 없이 편지를 보내다니 정말 무례해요! 제게 먼저 상의를 했어야죠! 정말 무례하군요! 이 일에 대해서는 단 한 마디도 듣지 못했어요. 정말 기분 나쁘네요!"

"분명 선의에서 나온 행동일 겁니다."

"글쎄요, 저는 잘못된 일이라고 생각해요! 아주 잘못한 일이죠! 하인들은 정말 이상한 행동들을 한다니까요. 엘렌은 제가 이제 이집의 여주인이라는 사실을 명심하고 행동했어야 해요."

그녀는 오만하게 등을 꼿꼿이 폈다.

"엘렌은 아룬델 양께 아주 헌신적이었죠, 그렇지 않나요?"

푸아로가 물었다.

"아, 물론 이미 일어난 일을 두고 요란만 떨어봐야 아무 소용없다는 건 알아요. 하지만 그래도 저는 엘렌에게 제게 먼저 묻지 않고 혼자서 일을 처리해서는 안 된다는 얘기를 해 둬야겠어요!"

그녀는 얼굴이 뻘겋게 달아오른 채 말을 멈췄다.

푸아로는 잠시 침묵하다가 다시 입을 열었다.

"오늘 저를 보자고 하셨죠? 무슨 일이십니까?"

푸아로의 말을 듣는 순간 로슨 양은 이제까지의 짜증이 순식간에 가라앉은 듯했다. 그녀는 다시 한 번 수선을 떨어대며 조리 없이 말하기 시작했다.

"뭐, 사실은 정말로 궁금해서요……. 그게……, 사실은 말이죠, 푸아로 씨. 제가 어제 이곳에 도착했어요……. 물론 선생님께서 이

마을에 계시다는 건 엘렌에게 들었고요. 그리고 그냥 궁금한 마음
에……. 사실 선생님께서는 이곳에 오신 이유를 제게 말씀해 주지
않으셔서, 그게 좀 이상한 것 같아서요……. 제가 모르니까…….”

“제가 여기 온 이유를 모르시겠다고요?”

푸아로가 로슨 양의 말을 대신 정리해 주었다.

“저는 그게……, 네, 바로 그 말이에요. 그걸 모르겠어요.”

로슨 양은 얼굴을 붉히긴 했지만 궁금한 눈빛으로 푸아로를 바라
보았다.

“제가 한 가지를 고백해야겠군요.”

푸아로가 말했다.

“아무래도 제가 너무 오랫동안 로슨 양께서 오해하시도록 내버려
둔 것 같습니다. 로슨 양께서는 아룬델 양께서 보낸 편지가 찰스 아
룬델 씨께서 가져간 돈 때문이라고 생각하고 계시죠?”

로슨 양은 고개를 끄덕였다.

“사실은 그게 아닙니다……. 서랍에서 없어진 돈 얘기는 사실 로
슨 양께 처음 들은 얘기지요. 아룬델 양께서는 사고에 대해 편지를
쓰셨습니다.”

“사고요?”

“네, 계단에서 떨어지셨던 그 사고 말입니다.”

“아, 그래요……, 그래요.”

로슨 양은 당황한 듯 보였다. 그러고는 푸아로를 멍하니 바라보
며 횡설수설했다.

"하지만……, 죄송해요, 아무래도 제가 바보 같아서……, 하지만 왜 아룬델 양께서 선생님께 편지를 쓰신 거죠? 제가 알기로, 선생님께서 그렇게 말씀하신 걸로 기억하는데……, 탐정이시라고요. 의사 선생님이 아니잖아요? 혹시 신앙 요법가이신가요?"

"아닙니다. 저는 의사도 아니고 신앙 요법가도 아닙니다. 하지만 의사와 마찬가지로 소위 사고사에 관련된 일을 하죠."

"사고사요?"

"'소위 사고사'라고 말씀드렸습니다. 아룬델 양께서 그 사고로 돌아가시진 않았지만, 돌아가실 수도 있는 사고였죠!"

"오, 저런, 네. 의사 선생님께서 그렇게 말씀하셨어요. 하지만 전 이해가……."

로슨 양은 여전히 당황한 듯 했다.

"그 사고의 원인은 귀염둥이 밥의 공 때문이었죠, 아닌가요?"

"네, 네. 맞아요. 밥의 공 때문이었어요."

"하지만 아닙니다. 밥의 공 때문이 아니었어요."

"실례지만 푸아로 씨, 홀로 뛰어나갔을 때 제 눈으로 직접 공을 본 걸요."

"네, 물론 보셨겠지요. 하지만 그것이 원인은 아니었습니다, 로슨 양. 진짜 사고의 원인은 계단 꼭대기에 바닥에서 30센티미터 높이로 설치된 어두운 색깔의 실이었습니다!"

"하지만……, 하지만 개는 그럴 수가……."

"그렇죠."

푸아로가 재빨리 끼어들었다.

"개는 그런 일을 할 수가 없죠……. 그 정도로 영리하진 못하니까요. 물론 그렇게 악하지도 못하고요. 인간만이 실을 그 자리에 설치할 수 있습니다."

로슨 양의 얼굴이 창백하게 질렸다. 그녀는 떨리는 손을 들어 올려 얼굴을 감쌌다.

"오, 푸아로 씨……. 믿을 수가 없어요. 설마 그런……. 끔찍해요……, 정말로 끔찍해요. 누가 일부러 그랬다는 말씀이세요?"

"네, 누군가 고의적으로 설치한 겁니다."

"하지만 너무나 무서운 일이에요. 하마터면 사람이 죽을 뻔 했잖아요."

"만약 성공했다면 사람이 죽었겠죠! 다시 말해 살인 사건이 일어날 수도 있었던 겁니다!"

로슨 양은 새된 목소리로 흐느껴 울었다.

"누군가 층계 꼭대기의 벽면 아래쪽 몰딩에 못을 박아 실을 설치한 겁니다. 못에는 몰딩과 같은 색을 칠해 두어 눈에 띄지 않게 했고요. 혹시 이상한 페인트 냄새를 맡지 않았습니까?"

로슨 양은 펑펑 울어댔다.

"오, 그런 일이 있었어요! 생각해 보니 그래요! 오, 세상에! 그때는 꿈에도……, 생각도 못 했어요. 제가 어떻게 알았겠어요? 하지만 그때도 이상한 생각이 들긴 했어요."

푸아로는 몸을 앞으로 숙였다.

"그렇다면 저희를 도와주실 수 있겠군요, 마드무아젤. 한 번만 더 저희를 도와주세요. 쎄 테파탕(정말 놀랍군요)!"

"아무래도 그거였던 것 같아요! 세상에, 이제야 다 맞아 떨어지 네요."

"어서 말씀해 주세요. 페인트 냄새를 맡으셨나요? 그런가요?"

"네, 그래요. 하지만 그때는 뭔지 몰랐어요. 그땐 페인트⋯⋯, 아 니 계단 착색제라고 생각했어요⋯⋯. 물론 그저 혼자만의 착각일 뿐이라고 무시해 버렸죠."

"그게 언제였습니까?"

"잠시만요⋯⋯ 그게 언제였더라⋯⋯."

"혹시 집에 손님들이 찾아온 부활절 주말 때였습니까?"

"네, 바로 그때였어요⋯⋯. 정확히 며칠이더라⋯⋯, 아, 일요일은 아니었어요. 아니에요. 그리고 도널드슨 박사님이 저녁 식사를 하러 왔던 화요일도 아니었고요. 그리고 수요일에는 다들 떠났죠. 아! 공 휴일인 월요일이었어요. 그날은 좀 걱정스러운 마음에 잠도 못자고 누워 있었거든요. 제겐 항상 공휴일이 아주 골치 아픈 날이었어요! 차가운 쇠고기가 저녁 식사에 쓸 정도밖에 없어서, 아룬델 양께서 화를 내실까 봐 걱정했었죠. 제가 토요일에 고기를 주문했어요. 아 룬델 양께서는 3킬로그램을 주문하라고 하셨지만, 저는 2킬로그램 이면 충분할 거라고 생각했죠. 아룬델 양께서는 뭐든 부족하다 싶 으면 항상 불같이 화를 내시는데⋯⋯, 손님 접대할 것은 항상 넉넉 히 준비하시거든요⋯⋯."

로슨 양은 말을 멈추고 깊이 숨을 들이 쉬더니 다시 급하게 말을 이었다.

　"그래서 저는 침대에 누워 내일이면 아룬델 양이 뭐라고 말씀하실까 걱정하고 있었죠. 오랫동안 이 생각 저 생각 하며 뒤척이고 있었어요……. 그러다 언뜻 잠이 들려고 했는데 무슨 소리가 들려서 깼어요……. 뭔가 툭툭 두드리는 소리 같았는데. 그래서 자리에서 일어나 앉아 냄새를 맡았죠. 저는 항상 불이 날까 무서웠거든요……. 때로는 하룻밤에 두세 번씩 타는 냄새를 맡는 것 같아요. 불길에 갇힌다면 얼마나 무섭겠어요? 어쨌든 뭔가 냄새가 나는 것 같아 코로 냄새를 들이마셨는데 연기나 뭔가 타는 냄새는 아니었어요. 페인트나 계단 착색제 냄새 같다는 생각을 했죠……. 물론 한밤중에 그런 냄새를 맡을 리가 없다고 생각했지만 꽤 냄새가 강하게 나는 것 같아 계속 코로 맡아 봤어요. 그러다가 거울에 비친 그녀를 봤죠……."

　"그녀를 봤다고요? 그게 누구죠?"

　"제 거울은 정말 편리해요. 저는 항상 아룬델 양께서 부르시는 소리를 듣거나, 아룬델 양께서 계단을 오르내리시는 걸 보기 위해 문을 항상 조금씩 열어 두었죠. 복도에는 등 하나가 항상 켜져 있고요. 그래서 그녀가…… 테레사가 계단에서 무릎을 꿇고 있는 걸 보게 된 거예요. 한 세 번째 계단쯤에 무릎을 꿇고서는 머리를 숙이고 있더라고요. 그저 저는 '이상한 일이네. 어디가 아픈 걸까?'라고 생각했었죠. 그러고는 바로 일어나 가버렸어요. 그래서 계단에서 미끄러진 모양이라고 생각했어요. 어쩌면 뭔가를 떨어뜨려 주우려고 했던 가요. 하지만 다른 식으로는 생각해 보지 않았죠."

"그 툭툭거리는 소리가 아마도 못을 박는 소리였겠군요."

푸아로가 곰곰이 생각하며 중얼거렸다.

"네, 아마도 그런 모양이네요. 하지만 푸아로 씨, 정말 끔찍하고 무서운 일이에요. 저는 항상 테레사가 조금 멋대로라고 생각하긴 했지만, 그런 일을 할 줄이야."

"분명히 테레사가 맞습니까?"

"오, 네. 분명해요."

"이를테면 타니오스 부인이나 다른 하녀들 중 한 명이었을 수도 있지 않나요?"

"오, 아니에요. 테레사였어요."

로슨 양은 고개를 저으며 혼잣말로 중얼댔다.

"오, 세상에. 세상에."

푸아로는 내가 이해할 수 없는 눈빛으로 로슨 양을 뚫어지게 바라보았다.

그러더니 불쑥 말을 꺼냈다.

"제가 실험을 하나 해 봐도 될까요? 위층으로 올라가서 당시 상황을 재구성해 보고 싶습니다만."

"재구성이라고요? 오, 정말로…… 저는 모르겠어요, 그러니까 무슨 말씀이신지……."

"제가 알려 드리죠."

푸아로는 권위적인 태도로 로슨 양의 우물쭈물하는 태도를 막아
버렸다.

다소 수선을 떨며 로슨 양은 위층으로 우리를 안내했다.

"방이 깨끗했으면 좋겠는데……. 해야 할 일이 너무 많아서요, 하
나가 끝나면 또 다른 일이 생기니……."

그녀는 올라가는 내내 두서없이 횡설수설했다.

확실히 방 안은 잡동사니들로 잔뜩 어지럽혀져 있었다. 로슨 양
이 찬장의 물건을 다 끄집어 낸 모양이었다. 로슨 양은 항상 그렇듯
두서없는 말로 간신히 그날 밤 자신이 있던 위치를 짚었으며, 푸아
로는 직접 계단의 일부가 벽거울에 비친다는 사실을 확인할 수 있
었다.

"자, 그렇다면 이제는 마드무아젤께서 밖으로 나가 그 사람의 행
동을 재연해 주시겠습니까?"

로슨 양은 여전히 중얼거리고 있었다.

"오, 이런……."

그녀는 부산스럽게 계단으로 나가 자신이 맡은 역할을 수행했고,
푸아로는 목격자의 역할을 맡았다.

상황 재연이 끝난 뒤, 푸아로는 복도로 나가 어느 전등이 켜져 있
었는지를 물었다.

"이거에요……, 여기 이 전등이요. 아룬델 양의 방문 바로 바깥에
있는 전등이죠."

푸아로는 그 전등으로 다가가 전구를 분리한 다음 안을 들여다보

왔다.

"40 와트군요. 그다지 밝지 않죠."

"네, 그저 복도가 너무 캄캄하지 않도록 켜두는 것이니까요."

푸아로는 다시 층계참으로 갔다.

"실례입니다만, 마드무아젤. 저 전등 빛이 흐릿하고 그림자마저
진다면 그 사람이 누군지 분명하게 보지 못했을 텐데요. 그저 가운
을 입은 정체불명의 여자 정도가 아니라 테레사 아룬델 양이라고
확신하십니까?"

로슨 양은 벌컥 화를 냈다.

"정말이에요, 푸아로 씨! 확실하다고요! 저는 테레사를 잘 알아
요! 오, 그건 테레사가 분명해요. 어두운 색 가운에 이니셜이 새겨
져 있는 커다랗고 빛나는 브로치를 달고 있었죠. 확실히 봤다고요."

"그렇다면 의심의 여지가 없군요. 이니셜을 보셨다고요?"

"네, T. A.요. 그 브로치를 잘 알죠. 테레사가 잘 하고 다녔으니까요.
맞아요, 테레사가 분명해요. 필요하다면 맹세라도 할 수 있어요!"

그녀의 평소 태도와 정반대로 그녀가 내뱉은 마지막 두 문장은
너무나도 확고했다.

푸아로는 다시 한 번 묘한 눈빛으로 그녀를 바라보았다. 무관심
한 듯, 평가하는 듯도 했으며, 이상하게 단호한 기색도 어려 있었다.

"맹세하실 수 있다고요?"

푸아로가 마침내 입을 열어 물었다.

"만약……, 만약 필요하다면요. 하지만 아무래도…… 필요하겠죠?"

다시 한 번 푸아로는 평가하는 듯한 시선을 던졌다.

"그건 시신 발굴의 결과에 달려 있죠."

"시신…… 발굴이라고요?"

푸아로는 재빨리 손을 뻗었다. 놀란 로슨 양이 계단 아래로 고꾸라질 뻔한 것이다.

"시신 발굴을 하면 뭔가 알아낼 수 있을 겁니다."

푸아로가 덧붙였다.

"오, 하지만 분명……. 그건 너무 불쾌해요! 그러니까, 가족들도 결사적으로 반대할 거예요! 정말 결사적으로요!"

"아마도 그렇겠죠."

"게다가 가족들은 그런 얘기를 듣지도 못했을 거예요!"

"아, 하지만 내무부의 명령입니다."

"하지만, 푸아로 씨……. 왜요? 그러니까 그럴 것 같지 않은데 그럴 것 같지가……."

"뭐가 그럴 것 같지 않다는 말씀이시죠?"

"그러니까 뭐가 잘못된 것이 있을 것 같지가 않아요."

"그렇게 생각하십니까?"

"네, 물론이에요. 그럴 리가 없어요! 그러니까 의사며 간호사며 모두……."

"너무 흥분하지 마세요."

푸아로는 그녀를 달래듯 차분히 말을 건넸다.

"오, 하지만 어쩔 수가 없는 걸요, 불쌍한 아룬델 양! 테레사 양은 아룬델 양이 돌아가실 때 이 집에 있지도 않았는걸요."

"네, 아룬델 양께서 몸져 눕기 전인 월요일에 떠나셨죠?"

"아침 일찍 떠났어요. 그러니까 테레사는 이 일과는 연관이 있을 수가 없죠!"

"그러길 바랍니다."

푸아로가 대답했다.

"오, 이런."

로슨 양은 양손을 꼭 모아 쥐었다.

"이렇게 끔찍한 일은 난생 처음이에요. 정말이에요, 정말 어떻게 해야 할지를 모르겠어요."

푸아로는 자신의 시계를 흘끗 쳐다봤다.

"이제 그만 일어서야겠군요. 저희는 런던으로 되돌아갑니다. 마드무아젤께서는 여기에 조금 더 머무르실 건가요?"

"아니요, 아니요……. 확실한 계획은 없어요. 사실은 오늘 돌아갈 생각이었는데……. 그저 하룻밤만 머물려고 온 거예요……, 정리 좀 하느라."

"알겠습니다. 그럼 안녕히 계십시오, 마드무아젤. 제가 마음을 어지럽혀 드렸다면 용서하십시오."

"오, 푸아로 씨. 제 마음을 어지럽혔다고요? 그 정도가 아니에요. 기분이 굉장히 나빠졌다고요! 오, 이런, 이런. 정말 부도덕한 세상이에요! 너무 끔찍한 세상이에요."

푸아로는 그녀의 손을 꼭 잡아 더 이상의 넋두리를 막았다.

"정말 지당하신 말씀입니다. 그리고 아직도 부활절 휴일 밤 계단에서 무릎을 꿇고 있던 게 테레사 아룬델이었다고 맹세하실 수 있습니까?"

"아, 네. 맹세할 수 있어요."

"그리고 심령술 집회에서 아룬델 양의 머리 주위로 빛 무리를 보았다는 것 또한 맹세할 수 있으십니까?"

로슨 양의 입이 떡 벌어졌다.

"오, 푸아로 씨, 그런……. 그런 농담은 하지 마세요."

"농담하는 게 아닙니다. 저는 진지하게 묻는 겁니다."

로슨 양은 점잔을 빼며 말했다.

"정확히 말하자면 빛 무리는 아니었어요. 빛나는 물질로 이루어진 리본이 마치 현시의 초기 단계 같았죠. 저는 그 빛이 사람의 얼굴 형태를 이루기 직전이었다고 생각해요."

"정말 흥미롭군요. 오르부아(안녕히 계십시오), 마드무아젤. 그리고 이 모든 일은 비밀로 해 주시기 바랍니다."

"오, 물론이에요. 물론이죠. 다른 생각은 꿈에도……."

마지막으로 우리가 본 로슨 양은 양처럼 순한 얼굴로 현관문 앞에 서 우리의 뒷모습을 응시하고 있었다.

타니오스 박사가 찾아오다

푸아로의 태도는 그 집을 떠나기가 무섭게 돌변했다. 잔뜩 굳은 험상궂은 얼굴이었다.

"데페숑 누(서두르게), 헤이스팅스. 가능한 빨리 런던으로 돌아가야겠어."

"그러죠."

나는 푸아로와 보조를 맞추기 위해 걸음을 재촉했다. 나는 근심스러워 보이는 그의 얼굴을 흘끗 쳐다봤다.

"푸아로, 누구를 의심하시는 거예요? 말해 주세요. 계단 위에 있던 사람이 테레사 아룬델이라고 믿으세요?"

푸아로는 아무 대답도 하지 않고 오히려 질문을 던졌다.

"자네는……, 대답하기 전에 잘 생각해 보게, 자네는 로슨 양의 발언에 뭔가 이상한 점이 있다는 생각이 들지 않았나?"

"무슨 말이에요……, 이상한 점이라니?"

"내가 알면 자네에게 묻지 않겠지!"

"그렇죠, 하지만 어떻게 이상한 점을 말씀하시는 건지?"

"말한 그대로야. 나도 정확히는 모르겠어. 하지만 그녀의 이야기를 들으면서 뭔가 비현실적이라는 느낌이 들었어……. 뭔가, 아주 작은 부분이 비틀린 것처럼 말이야……. 그래, 그런 느낌이었어. 뭔가 불가능한……."

"로슨 양은 테레사가 분명하다고 확신하는 것 같던데요!"

"그래, 그래."

"하지만 등이 그다지 밝지 않았는데 어쩜 그렇게 로슨 양이 확신하는지 잘 모르겠어요."

"아니야, 아니야, 헤이스팅스. 자네 전혀 도움이 안 되는군. 아주 작은 부분, 뭔가……. 그래, 확실해. 침실과 연관된 무언가가."

"침실요?"

나는 그 방의 특징 하나하나를 떠올려 보았다.

"모르겠네요. 저는 별 도움이 안 되겠는걸요."

푸아로는 화를 내듯 고개를 저었다.

"그런데 심령술 얘기는 왜 다시 꺼내셨어요?"

"중요한 문제니까."

"뭐가 중요한데요? 로슨 양이 말한 빛나는 '리본'이요?"

"트립 자매가 심령술 집회에 대해 설명한 것을 기억하나?"

"노부인의 머리 주위로 빛 무리를 보았다고 했죠."

나는 나도 모르게 웃음을 터뜨렸다.

"아무리 그렇게 말한다 해도 아룬델 양을 성자(聖者)라고 생각할
수는 없잖아요! 로슨 양은 그 노부인을 굉장히 두려워했던 것 같지
만요. 고기를 조금 덜 주문했다고 문제가 생길까 봐 잠도 못 자고
고민했다는 얘기를 할 때는 정말 안쓰럽더라고요."

"그래, 흥미로운 부분이었지."

"런던에 도착하면 무얼 할 거죠?"

나는 조지 여관으로 들어가면서 질문을 던졌고, 푸아로는 계산서
를 달라고 했다.

"가는 즉시 테레사 아룬델을 만나야 해."

"진실을 알아내려고요? 하지만 어떤 사실이던 부정할 게 뻔하잖
아요."

"몽 셰르(이봐), 계단에 무릎을 꿇고 있었던 것은 범죄 행위가 아
닐세! 어쩌면 자신에게 행운을 가져다주는 핀을 떨어뜨리는 바람에
주우려 했던 걸 수도 있어!"

"페인트 냄새는요?"

웨이터가 계산서를 가지고 오는 바람에 더 이상은 이야기할 수가
없었다.

런던으로 가는 동안 우리는 서로 거의 아무런 말도 하지 않았다.
나는 이야기하면서 운전하는 것을 좋아하지 않았고, 푸아로는 바람
과 먼지로부터 콧수염을 보호하기 위해 머플러로 입 주변을 막고
있느라 말할 엄두도 내지 못했다.

우리는 2시 20분 전에 아파트에 도착했다.

흠잡을 데 없이 완벽한 영국인 하인인 조지가 문을 열어 주었다.

"타니오스 박사님께서 와 계십니다. 30분 전부터 기다리고 계셨습니다."

"타니오스 박사가? 어디 있나?"

"거실에 계십니다. 그리고 한 숙녀 분께서도 찾아오셨는데 집에 계시지 않다니까 무척 실망하는 눈치였습니다. 주인님의 전화 메시지를 받기 전이어서, 언제 런던으로 돌아오실지 모른다고 말씀드렸습니다."

"어떻게 생겼던가?"

"키는 170센티미터 정도이고 검은색 머리카락과 밝은 파란색 눈을 한 분이었습니다. 회색 코트와 스커트를 입고 계셨고, 모자는 눈위로 내려 쓰지 않고 머리 뒤로 넘겨서 쓰셨더군요."

"타니오스 부인이에요."

나는 낮은 목소리로 외쳤다.

"극도로 긴장하고 흥분한 상태인 것 같았습니다. 아주 중요한 일이라 빨리 만나야 된다고 말씀하셨습니다."

"그때가 몇 시였지?"

"오전 10시 30분 경이었습니다."

푸아로는 거실을 향해 걸어가며 고개를 저었다.

"타니오스 부인이 하려는 말을 놓친 게 벌써 두 번째군. 어떻게 생각하나, 헤이스팅스? 이것도 운명일까?"

"삼세판이라잖아요."

나는 타니오스 부인이 남편과 마주치지 않아 불행 중 다행이라고 생각했다.

푸아로는 미심쩍은 듯 고개를 저었다.

"세 번째 기회가 오긴 할까? 의심스러워. 자, 이젠 그 남편이 무슨 말을 할지 들어 보자고."

타니오스 박사는 거실에 있는 안락의자에 앉아 푸아로의 책 중 심리학에 대한 책을 한 권 꺼내 읽고 있었다. 우리가 거실로 들어서자 그는 자리에서 벌떡 일어나 인사를 했다.

"갑작스럽게 찾아와서 정말 죄송합니다. 이렇게 제멋대로 들어와서 기다리고 있는 점 양해해 주셨으면 합니다."

"뒤 뚜, 뒤 뚜(천만에요, 천만에요). 어서 자리에 앉으세요. 셰리주(酒) 한잔 대접해 드리죠."

"고맙습니다. 사실 말씀드리고 싶은 것이 있습니다, 무슈 푸아로. 저는 정말……, 정말 제 아내가 걱정됩니다."

"부인이요? 그것 참 유감이군요. 무슨 일이 있으신가요?"

타니오스가 말했다.

"최근에 제 아내를 만난 적이 있으십니까?"

자연스레 묻는 듯 했지만, 날카로운 시선과 함께 어우러져 왠지 너무나도 부자연스럽게 느껴졌다.

푸아로는 지극히 평범한 말투로 대답했다.

"아니요. 어제 박사님과 호텔에서 함께 만난 이후로는 보지 못했습니다."

"아……, 그렇군요. 어쩌면 제 아내가 선생님을 방문했을지도 모른다는 생각이 들어서요."

푸아로는 셰리주를 잔에 따르느라 여념이 없었다.

그러고는 약간 건성으로 말했다.

"아니요. 부인께서 저를 방문할 무슨…… 이유라도 있습니까?"

"아니요, 아닙니다."

타니오스 박사는 잔을 받아 들었다.

"고맙습니다. 정말 고맙습니다, 특별한 이유는 없지만 솔직히 말해 제 아내의 건강 상태가 무척이나 걱정됩니다."

"아, 건강이 좋지 않으신가요?"

"몸은…….."

타니오스는 천천히 말했다.

"건강합니다. 정신도 그랬으면 좋겠군요."

"예?"

"무슈 푸아로. 아무래도 제 아내가 신경 쇠약에 걸리기 직전인 것 같습니다."

"타니오스 박사님. 그것 참 유감스러운 일이군요."

"점점 상태가 심각해지고 있어요. 지난 두 달간 저를 대하는 태도가 완전히 변했습니다. 항상 불안해하고 쉽게 깜짝깜짝 놀라는 데다 이상한 공상까지……. 사실 공상보다 더 심각하죠. 거의 망상이에요!"

"그게 정말입니까?"

"네, 일종의 피해망상을 겪고 있어요. 잘 알려진 병이죠."

푸아로는 혀를 끌끌 찼다.

"제가 얼마나 불안할지 이해하시겠죠!"

"물론입니다, 물론입니다. 제가 잘 이해가 안 되는 점은 왜 저를 찾아오셨나 하는 것입니다. 제가 무슨 도움을 드릴 수 있나요?"

타니오스 박사는 약간 당황한 듯 했다.

"제 아내가 어쩌면 선생님을 찾아와 말도 안 되는 이야기들을 했을지도 모른다는 생각이 들었습니다. 저 때문에 위험하다는 둥 그런 말을요."

"하지만 그렇다고 해도 부인께서 왜 절 찾아오시겠습니까?"

타니오스 박사는 상냥하면서도 생각에 잠긴 듯한 매력적인 미소를 지었다.

"선생님은 유명한 탐정이시죠. 저는 어제 제 아내가 선생님을 만나고서 아주 깊은 인상을 받았다는 사실을 한눈에 알 수 있었습니다. 탐정이라는 사실 그 자체가 현재의 제 아내에게는 엄청난 인상을 심어주었을 수 있습니다. 그래서 어쩌면 선생님을 찾아와 속내를 털어놓을 가능성이 높다고 생각했죠. 신경 쇠약이라는 게 그렇잖습니까! 가장 가깝고 가장 사랑하는 사람에게는 등을 돌리는 경향이 있지요."

"정말 괴로우시겠군요."

"네, 정말입니다. 저는 제 아내를 정말 사랑하는데요."

그의 목소리는 아주 감미롭고 부드러웠다.

"항상 외국인인 저와 결혼한 아내가 정말 용감하다고 생각했지요. 먼 타국 땅에서……, 친구들과 고향 땅을 뒤로 하고 말입니다. 지난 며칠간은 정말 미칠 것처럼 괴로웠습니다. 한 가지 방법밖에 없다고 생각했죠……."

"무슨?"

"완벽한 휴식……, 그리고 적절한 심리 치료요. 최고의 의사가 운영하는 멋진 요양소가 한 군데 있습니다. 노픽(영국 동부의 주 — 옮긴이)에 있는데, 당장이라도 데려가고 싶어요. 외부 세계에서 고립된 한적한 곳에서의 휴식, 지금 필요한 건 그겁니다. 적절한 치료를 받으면서 그곳에서 한두 달만 머문다면 상태가 호전될 것 같습니다."

"그렇군요."

푸아로는 아무런 감정도 드러내지 않은 채 지극히 사무적인 태도로 중얼거렸다.

타니오스는 다시 한 번 푸아로에게 날카로운 눈빛을 보냈다.

"바로 그 때문입니다. 혹시라도 제 아내가 찾아올 경우 제게 즉시 연락 주시면 감사하겠습니다."

"물론입니다, 제가 전화 드리죠. 아직 던햄 호텔에 머무르고 계신가요?"

"네, 지금 바로 돌아갈 생각입니다."

"부인께서는 호텔에 계시지 않나요?"

"아침 식사를 한 후 바로 나갔습니다."

"어디 간다고 말도 없이요?"

"한 마디도 없이요. 정말 아내답지 않은 일이에요."

"아이들은요?"

"아이들도 함께 데려갔습니다."

"그렇군요."

타니오스는 자리에서 일어났다.

"정말 감사드립니다, 무슈 푸아로. 굳이 이런 얘기까지 하지 않아도 되겠지만, 혹시라도 제 아내가 위협과 학대를 받았다느니 하는 말도 안 되는 이야기를 늘어놓는다면 그냥 무시해 버리세요. 안타까운 일이지만 신경 쇠약의 증상 중 하나이니까요."

"정말 안됐군요."

푸아로는 동정하며 말했다.

"정말 그렇죠. 물론 의학적으로 공인된 정신 질환 중 하나이긴 하지만, 실제로 가장 가깝고 사랑하는 사람이 저를 멀리하고 그 동안의 애정이 증오로 변하는 것을 지켜보는 건 정말이지 견디기 힘든 일입니다."

"정말 뭐라고 위로의 말씀을 드려야 할지 모르겠군요."

푸아로는 타니오스와 악수를 나누었다.

"참, 그런데……."

푸아로의 목소리에 막 문을 나서려던 타니오스가 멈춰 섰다.

"네?"

"부인께 클로랄을 처방해 주셨습니까?"

타니오스는 놀란 듯 몸을 움찔했다.

"저는……, 아니요……. 그랬을지도 모르지요. 하지만 최근에는 아닙니다. 집사람이 수면제 종류는 싫어하는 것 같아서요."

"아! 부인께서 당신을 신뢰하지 않게 된 모양이군요?"

"무슈 푸아로!"

타니오스는 화가 난 듯 앞으로 성큼성큼 다가왔다.

"물론 그것 또한 병의 증상이겠지요."

푸아로가 부드럽게 대꾸했다.

"네, 네. 물론입니다."

"어쩌면 당신이 먹거나 마시라고 주는 것들을 죄다 의심할 수도 있습니다. 어쩌면 당신이 자신을 독살하려 한다고 의심할 수도 있겠죠?"

"이런, 무슈 푸아로. 정말 잘 알고 계시는군요. 이런 경우에 대해 좀 알고 계시는가 보군요."

"직업상 자연스럽게 그런 사람들과 마주치게 됩니다. 그나저나 제가 가시는 분을 잡았군요. 어쩌면 부인께서는 호텔에서 기다리고 계실지도 모릅니다."

"그럴 수도 있죠. 그러길 바랍니다. 정말이지 불안해서 견딜 수가 없어요."

타니오스는 서둘러 방을 빠져 나갔다.

푸아로는 재빨리 수화기를 들고는 전화번호부를 뒤져 전화를 걸었다.

"알로(여보세요)⋯⋯. 알로(여보세요)⋯⋯. 던햄 호텔인가요? 타니오스 부인께서 방에 계십니까? 네? T, A, N, I, O, S입니다. 네, 맞아요. 네? 네? 아, 알겠습니다."

그러고는 수화기를 내려놓았다.

"타니오스 부인께서는 오늘 아침 일찍 호텔을 나갔다는군. 그리고 11시에 다시 돌아와 택시 안에서 방에 있는 짐을 가져다 달라고 하고는 그대로 택시를 타고 가 버렸대."

"타니오스는 부인이 짐을 빼갔다는 사실을 알까요?"

"아직은 모를 거야."

"타니오스 부인은 어디로 간 걸까요?"

"알 수가 없지."

"여기로 다시 찾아올까요?"

"그럴 수도 있지. 하지만 확신할 순 없어."

"어쩌면 편지를 쓸 수도 있죠."

"어쩌면."

"우린 어떻게 해야 하죠?"

푸아로는 고개를 저었다. 걱정스럽고 고민하는 듯한 표정이었다.

"지금으로서는 아무런 방도가 없어. 빨리 점심을 먹고 테레사 아룬델을 만나러 가야지."

"계단 위에 있던 게 테레사라고 생각하세요?"

"알 수 없어. 단 한 가지, 로슨 양이 계단 위에 있던 여자의 얼굴을 볼 수 없었다는 것은 분명해. 그저 어두운 색의 가운을 입은 키

큰 여자를 봤을 뿐이야."

"그리고 브로치도요."

"이보게, 친구. 브로치는 신체의 일부가 아니야! 뗄 수 있다고. 잃어버릴 수도 있고, 빌릴 수도, 훔칠 수도 있지."

"다시 말해 테레사 아룬델의 짓이라고 생각하고 싶지 않다, 이거군요."

"테레사의 말을 직접 들어봐야지."

"만약 타니오스 부인이 여길 다시 찾아오면요?"

"미리 얘기를 해 둬야지."

조지가 오믈렛을 가져 왔다.

"잘 듣게, 조지. 만약 아까 그 숙녀 분이 다시 찾아오면 기다리라고 하게. 그리고 그 숙녀 분이 여기서 기다리는 동안 타니오스 박사가 찾아온다면 절대 들여보내지 말게. 또 혹시 자기 부인이 여기 있냐고 묻는다면 없다고 대답하고, 알겠나?"

"네, 주인님."

푸아로는 허겁지겁 오믈렛을 먹었다.

"이 사건은 아주 복잡하게 얽혀 있어. 그러니 아주 신중하게 해결해야 해. 살인자가 다시 공격을 감행하기 전에 말이야."

"만약 다시 한 번 일을 저지른다면 잡을 수도 있잖아요."

"그럴 수도 있겠지. 하지만 범인을 잡는 것보다는 무고한 사람의 목숨이 더 소중하네. 우린 아주, 아주 신중해야 해."

테레사의 부인(否認)

    우리가 도착했을 때 테레사 아룬델은 막 외출할 차비를 하고 있었다.

    놀라울 정도로 매력적인 모습이었다. 아주 멋들어진 작은 모자를 한쪽 눈 위로 비스듬히 내려 쓴 모습이 경쾌해 보였다. 나는 순간적으로 어제 만난 벨라 타니오스가 이와 비슷한 싸구려 모자를 썼던 것이 기억나 속으로 웃고 말았다. 오른쪽 눈 위로 내려 쓰지 않고 조지의 표현대로 머리 뒤쪽으로 넘어가 있었다. 엉클어진 머리 위로 자꾸만 모자를 더 뒤로 밀던 모습이 생생했다.

    푸아로는 정중히 말을 건넸다.

    "잠시만 시간 좀 내주실 수 있으신가요, 마드무아젤? 혹시 약속에 너무 늦으시는 건 아닌가요?"

    테레사는 웃음을 터뜨렸다.

"오, 상관없어요. 저는 항상 45분씩은 늦으니까요. 한 시간을 늦는다 해도 별 차이는 없겠죠."

그녀는 거실로 우리를 안내했다. 놀랍게도 창가 의자에 앉아 있던 도널드슨 박사가 자리에서 일어났다.

"무슈 푸아로는 이미 만나 봤죠, 렉스?"

"마켓 베이싱에서 만났죠."

도널드슨은 뻣뻣하게 대답했다.

"제 술주정뱅이 할아버지의 삶을 책으로 낸다고 하셨다면서요?"

그리고 테레사는 약혼자를 향해 말했다.

"렉스, 내 사랑. 잠시 자리 좀 비켜 주겠어요?"

"미안하지만 테레사, 모든 면에서 볼 때 내가 이 자리에 남아 있는 게 현명할 것 같아요."

잠시 눈싸움이 벌어졌다. 테레사는 명령하는 듯한 눈빛을 보냈지만, 도널드슨은 꿈쩍도 하지 않았다. 테레사는 마침내 불같이 화를 냈다.

"좋아요, 그럼 여기 있어요. 빌어먹을!"

도널드슨 박사는 전혀 동요하지 않는 듯 했다.

그는 다시 창가의 그 의자에 앉아 팔걸이 위에 책을 올려놓았다. 뇌하수체에 대한 책이었다.

테레사는 전에도 그랬듯 낮은 스툴에 앉아 초조하게 푸아로를 바라보았다.

"자, 퍼비스를 만나 보셨나요? 어땠어요?"

푸아로는 애매한 목소리로 대답했다.

"가능성이…… 있습니다, 마드무아젤."

테레사는 푸아로를 진지하게 바라보았다. 그러고는 도널드슨 박사 쪽으로 언뜻 눈길을 보냈다. 그건 분명 푸아로에게 보내는 경고일 거라는 생각이 들었다.

"하지만 제 생각에는 잘 될 것 같습니다."

푸아로가 계속 말을 이었다.

"일단 계획이 더 진행된 다음에 알려 드리죠."

테레사의 얼굴 위로 희미한 미소가 스쳤다.

"오늘 마켓 베이싱에 갔었는데 거기서 로슨 양을 만났습니다. 마드무아젤, 혹시 4월 13일(그날이 바로 부활절 공휴일이었다.) 늦은 밤 다들 잠자리에 든 시간에 계단에서 무릎을 꿇고 계셨습니까?"

"에르퀼 푸아로 씨, 그것 참 정말 이상한 질문이군요. 제가 왜 그랬겠어요?"

"제 질문은 말입니다, 마드무아젤, 당신이 왜 그랬는지가 아니라 그렇게 했는지의 여부만 묻는 것입니다."

"기억이 나지 않아요. 하지만 제가 그랬을 것 같진 않군요."

"마드무아젤, 로슨 양 말로는 당신이 그렇게 했다고 하더군요."

테레사는 매력적인 어깨를 으쓱했다.

"그게 중요한가요?"

"아주 중요합니다."

그녀는 푸아로를 뚫어지게 쳐다봤다. 아주 상냥한 태도로 푸아로 또한 그녀를 마주 봤다.

"미쳤어!"

테레사가 갑자기 외쳤다.

"뭐라고요?"

"미친 게 분명해! 렉스, 당신도 그렇게 생각하지 않아요?"

도널드슨 박사는 헛기침을 했다.

"실례합니다만, 무슈 푸아로, 질문의 요지가 뭐죠?"

푸아로는 손을 펴 보였다.

"아주 간단한 겁니다! 누군가가 계단 꼭대기의 벽면 아래 몰딩 부
분에 못을 박아 놨어요. 그리고 몰딩 색과 구분되지 않도록 갈색으
로 칠도 해 놨죠."

"새로운 종류의 마술인가요?"

테레사가 물었다.

"아닙니다, 마드무아젤. 그보다 훨씬 쉽고 간단한 것이지요. 그 다
음 날 저녁, 그러니까 화요일 저녁에 누군가 그 못과 계단 난간을
줄로 연결해 두는 바람에 아룬델 양께서는 방에서 나오다가 걸려
계단에서 고꾸라지신 겁니다."

테레사는 급하게 숨을 들이마셨다.

"그건 밥의 공 때문이었잖아요!"

"죄송하지만 그렇지가 않습니다."

잠시 침묵이 흘렀다. 그 침묵을 깬 것은 도널드슨의 조용하고 똑
부러지는 목소리였다.

"실례지만 그 말을 증명할 증거가 있으십니까?"

푸아로는 조용히 말했다.

"증거는 못과 아룬델 양께서 직접 쓰신 편지, 그리고 로슨 양의 두 눈입니다."

테레사가 마침내 다시 입을 열었다.

"내 짓이라는 거군요, 그렇죠?"

푸아로는 대답 대신 그저 고개만 숙였다.

"그건 거짓말이에요! 전 그런 짓 하지 않았어요!"

"그렇다면 뭔가 다른 이유로 계단 위에 무릎을 꿇고 계셨군요?"

"난 계단 위에서 무릎 꿇고 있지 않았어요!"

"신중하게 생각해 보십시오, 마드무아젤."

"계단 근처에도 가지 않았어요! 그곳에 가 있는 동안은 침실로 들어간 다음에 밖에 나온 적이 한 번도 없단 말이에요."

"로슨 양이 당신이라고 하던데요."

"아마도 벨라 타니오스거나 하녀들 중 한 명이겠죠."

"분명 당신을 봤다고 했습니다."

"이 빌어먹을 거짓말쟁이!"

"당신의 가운과 브로치를 알아봤다고요."

"브로치……, 무슨 브로치요?"

"당신의 이니셜이 새겨진 브로치 말입니다."

"아, 그런 게 하나 있긴 해요! 그걸 이용해서 거짓말을 하다니!"

"그녀가 본 게 당신이 아니라고 하실 작정인가요?"

"만약 제가 하는 말이 로슨과 다르다면……."

"로슨 양보다 더한 거짓말쟁이가 되겠죠?"

테레사는 차분히 대답했다.

"물론 그럴 수도 있죠. 하지만 이 경우에는 제 말이 진실이에요. 저는 덫을 놓거나 기도를 드리지도, 금이나 은 조각을 줍지도 않았어요. 계단 위에서는 아무런 짓도 하지 않았다고요."

"아까 말씀하셨던 그 브로치를 가지고 계십니까?"

"아마도요. 보여드릴까요?"

"괜찮으시다면요, 마드무아젤."

테레사는 자리에서 일어나 거실을 나갔다. 거실 안에는 어색한 침묵이 흘렀다. 도널드슨 박사는 마치 해부학 표본을 관찰하듯 푸아로를 뚫어지게 바라보았다.

마침내 테레사가 돌아왔다.

"여기 있어요."

그녀는 던지듯 브로치를 푸아로에게 건넸다. 크롬이나 스테인리스로 된 커다랗고 번쩍이는 브로치로 동그란 테두리 안쪽에 T. A. 라는 이니셜이 새겨져 있었다. 아주 커다랗고 번쩍여 로슨 양의 거울에 충분히 비쳐 보였을 거라는 생각이 들었다.

"지금은 하지 않아요. 질려 버렸거든요."

테레사가 말했다.

"런던에는 그 브로치를 한 사람들이 넘쳐나요. 하녀들까지도 하고 다니니까요."

"하지만 구매하실 당시에는 비싼 것이었겠죠?"

"네, 그럼요. 초기라 구하기도 힘들었어요."

"그게 언제였습니까?"

"작년 크리스마스였던 것 같아요. 맞아요, 그때쯤이에요."

"혹시 다른 사람에게 빌려주신 적이 있습니까?"

"없어요."

"리틀 그린 하우스에 가실 때도 이 브로치를 가지고 가셨나요?"

"아마도 그랬을 거예요. 네, 맞아요. 기억나요."

"그냥 아무데나 놔두셨습니까? 혹시 그곳에 있는 동안 없어진 적은 없나요?"

"아니요, 그런 적 없어요. 녹색 스웨터에 달아 두었으니까요, 기억이 나요. 그리고 그 스웨터를 매일 입었죠."

"밤에는요?"

"스웨터에 그대로 매달아 뒀어요."

"그렇다면 그 스웨터는?"

"오, 젠장. 의자 위에 올려놨어요."

"혹시 누군가 브로치를 가져갔다가 다음 날 다시 갖다놓은 건 아닐까요?"

"괜찮다면 법정에서는 그렇게 말할게요. 그게 최선의 거짓말이라고 생각하신다면요! 하지만 그런 일은 분명히 없었어요! 누군가 날 모함하려 한다는 것도 꽤 괜찮은 생각이네요. 사실은 아니지만요."

푸아로는 인상을 찌푸렸다. 그러고는 자리에서 일어나 코트 깃에 조심스럽게 그 브로치를 달고서 방 끝에 있는 테이블 위의 거울에 비춰 보았다. 거울 앞으로 걸어갔다가 다시 천천히 뒷걸음질 치기도 했다. 거리에 따른 차이를 알아보려는 것 같았다.

갑자기 으르렁대듯 중얼거렸다.

"이렇게 바보 같을 데가! 그럼 그렇지!"

그러고는 자리로 돌아와 테레사에게 고개를 숙이며 브로치를 건네주었다.

"당신 말이 전부 맞습니다, 마드무아젤. 이 브로치는 누군가 가져간 적이 없습니다. 제가 후회스러울 정도로 어리석었군요."

"겸손해서 좋군요."

테레사는 브로치를 대충 끼우며 대꾸했다.

그러고는 푸아로를 올려다보았다.

"더 하실 말씀이 있나요? 이만 일어서야 할 것 같네요."

"자세한 이야기는 나중에 하도록 하죠."

테레사가 문을 향해 걸어가는 도중, 푸아로는 조용한 목소리로 중얼댔다.

"시신 발굴의 문제가 있긴 한데……."

테레사는 굳은 듯 그 자리에 멈춰 섰고 브로치는 바닥으로 떨어졌다.

"그게 무슨 말이에요?"

푸아로는 분명하게 말했다.

"아룬델 양의 시신을 발굴해야 할지도 모르겠습니다."

테레사는 손을 꼭 쥔 채 미동도 하지 않았다. 그러고는 낮고 화난 목소리로 말했다.

"당신이 하는 일이 그런 거예요? 가족들의 허락 없이는 어림도 없는 일이에요!"

"잘못 알고 계시는군요, 마드무아젤. 내무부의 명령만 있으면 됩니다."

"세상에!"

테레사는 몸을 돌려 정신없이 거실 안을 서성댔다.

도널드슨이 조용한 목소리로 입을 열었다.

"그렇게 흥분할 필요는 없는 것 같아요, 테사. 물론 가족이 아닌 내가 듣기에도 불쾌한 이야기이지만……."

테레사는 그의 말을 잡아챘다.

"바보 같은 소리 하지 말아요, 렉스!"

푸아로가 물었다.

"기분을 상하게 해 드렸나요, 마드무아젤?"

"당연하죠! 그건 말도 안 되는 일이에요. 불쌍하신 에밀리 고모, 도대체 왜 그분을 다시 파내야 한다는 거죠?"

"아무래도 사인(死因)에 의문이 있는 모양이로군요."

도널드슨이 끼어들었다. 그는 의아한 눈초리로 푸아로를 쳐다보고는 말을 이었다.

"정말 놀랐습니다. 저는 오랜 병으로 인한 자연사라고 확신하고 있는데요."

"당신이 언젠가 토끼와 간에 대한 문제를 얘기한 적이 있잖아요."

테레사가 입을 열었다.

"여태껏 잊고 있었는데, 왜 그 얘기 말이에요. 급성간염에 걸린 사람의 피를 뽑아 토끼에게 주입하고, 그 토끼의 피를 다른 토끼에게 주입한 다음 두 번째 토끼의 피를 사람에게 주입하면 그 사람은 간장병을 앓게 된다고 했던."

"그건 혈청 치료법을 단순히 설명하는 말일 뿐이에요."

도널드슨은 인내심을 가지고 대답했다.

"그렇게 많은 토끼들이 희생되다니 불쌍한 일이에요."

테레사는 깔깔거리며 말했다.

"우리 둘 다 토끼는 키우지 않지요."

그러고는 심각한 목소리로 푸아로에게 물었다.

"무슈 푸아로, 정말 그렇게 할 건가요?"

"그렇습니다. 하지만……, 그런 사고를 피할 방법은 얼마든지 있죠, 마드무아젤."

"그렇다면 피하도록 하세요!"

테레사의 목소리는 거의 속삭이는 것처럼 가라앉았다. 다급하고 설득력 있는 목소리였다.

"어떻게 해서라도 피하세요!"

푸아로는 자리에서 일어섰다.

"마드무아젤이 저에게 지시하는 것인가요?"

푸아로가 딱딱한 목소리로 물었다.

"네, 그렇게 지시하는 거에요."

"하지만 테사……."

도널드슨이 끼어들었다.

그녀는 피앙세에게로 몸을 돌렸다.

"조용히 해요! 내 고모라고요! 왜 내 고모가 파헤쳐져야 해요? 신문 기사에 소문에……, 그런 불쾌한 일들을 어떻게 참아요?"

그러고는 다시 한 번 푸아로에게 몸을 돌렸다.

"당장 막아요! 당신에게 전권을 맡기죠. 무슨 일을 해도 좋으니까 그것만은 못하게 해요!"

푸아로는 격식을 차려 인사를 했다.

"제가 할 수 있는 일을 해 보도록 하죠. 오르부아(안녕히 계십시오), 마드무아젤. 오르부아, 박사님."

"어서 나가요!"

테레사가 소리쳤다.

"그 성인군자도 데리고요. 앞으로 당신 둘하고는 절대 마주칠 일이 없었으면 좋겠네요."

우리는 거실을 나왔다. 이번에는 문틈에 조심스레 귀를 갖다 대거나 하지 않았지만 우물거렸다……. 분명히 우물쭈물했다.

그리고 확실히 헛된 행동은 아니었다. 금세 테레사의 목소리가 높아지고 거만해졌다.

"날 그렇게 보지 말아요, 렉스."

그러더니 갑자기 침묵이 흐르고는 다시 그녀의 목소리가 들려 왔다.

"내 사랑."

도널드슨 박사의 똑 부러지는 목소리가 그 말에 답했다. 아주 단
호한 말투였다.

"저 남자는 그저 겁만 주려고 그 말을 꺼낸 거예요."

푸아로는 갑자기 씩 웃더니, 날 현관으로 잡아끌었다.

"어서 가세, 성인군자 양반. 쎄 드롤 싸(거 재밌네)!"

내겐 개인적으로 그 농담이 아주 어리석게 들렸다.

사건의 전말

나는 서둘러 푸아로의 뒤를 쫓으며 이제 모든 것이 명확해졌다고 생각했다. 아룬델 양은 살해당했으며 테레사는 그것을 알고 있었다. 하지만 범인은 그녀일까 아니면 다른 누군가일까?

그녀는 두려워하고 있었다. 그렇다, 하지만 그녀가 두려워한 건 자기 자신이었을까, 아니면 다른 누군가였을까? 침착하고 냉담한 태도를 가진 조용하고 똑 부러지는 젊은 의사는 아닐까?

아룬델 양의 죽음은 누군가가 고의적으로 유발한 병 때문일까?

그렇다면 모든 정황이 맞아 떨어진다. 도널드슨의 야심, 아룬델 양의 죽음으로 인해 테레사가 유산을 상속받게 될 거라는 믿음, 사고가 일어나던 날 저녁 식사를 하러 리틀 그린 하우스에 방문했다는 사실조차도. 창문 하나를 열어두고 그 집을 떠났다가 다시 돌아와 계단 위에 실을 설치하는 것은 얼마나 쉬운 일인가. 하지만 그렇다면 못은 어떻게 박아둔 것일까?

그래, 테레사가 박아둔 것이 분명하다. 테레사가 분명 그의 피앙 세이자 공범자일 것이다. 둘이 함께 일을 꾸몄다면 모든 것이 맞아 떨어진다. 어쩌면 실을 설치한 것도 테레사일지 모른다. 테레사가 꾸민 첫 번째 범죄가 실패로 돌아가고, 도널드슨의 과학적인 두뇌 로 꾸민 두 번째 범죄가 성공을 거둔 것이다.

그래, 모든 정황이 맞아 떨어진다.

하지만 아직 의문점이 남는다. 왜 테레사는 간 질환을 유발한다 는 이야기를 꺼낸 것일까? 마치 그 사실을 몰랐던 것처럼……. 정말 테레사가 몰랐다면? 점점 더 갈피를 잡을 수가 없어 추측을 그만두 고 푸아로에게 질문을 던졌다.

"이제 어디로 갈까요, 푸아로?"

"다시 내 아파트로 돌아갈 거야. 어쩌면 타니오스 부인을 만날 수 있을지도 모르니까."

이번에는 또 다른 생각이 꼬리를 물었다.

타니오스 부인! 또 다른 미스터리였다. 만약 도널드슨과 테레사 가 범인이라면, 타니오스 부인과 사람 좋아 보이는 그녀의 남편은? 타니오스 부인은 도대체 푸아로에게 무슨 이야기를 하려는 것이며, 타니오스는 왜 그렇게 부인의 이야기를 막으려 애를 쓰는 것일까?

"푸아로, 점점 머릿속이 뒤죽박죽이에요. 전부 범죄에 가담한 건 아니겠죠, 그렇죠?"

나는 소심하게 물어 보았다.

"합동 살인? 가족 전체가 모의한 살인이냐고? 아니야, 그런 건 아니야. 이번 사건은 한 사람이 저지른 거야. 한 사람만의 특징이 나타나고 있으니까. 심리학은 아주 정확하지."

"그렇다면 테레사나 도널드슨 둘 중 한 명만 범인이라는 거예요? 둘 다가 아니라? 도널드슨이 자신의 알리바이를 대기 위해 테레사에게 못을 박아두라고 시킨 게 아닐까요?"

"이보게, 친구. 로슨 양의 이야기를 듣는 순간 나는 세 가지 가능성이 있다는 것을 깨달았네. 먼저 로슨 양이 정확한 진실을 이야기하고 있다는 것. 두 번째, 로슨 양이 나름의 이유로 인해 이야기를 꾸며내었거나 세 번째, 로슨 양은 자신의 이야기가 사실이라고 믿고 있지만 그녀가 계단 위의 여자를 테레사라고 믿는 이유는 오로지 브로치 때문이다……라는 것. 그리고 내가 아까도 지적했듯이 브로치는 주인에게서 쉽게 뗄 수 있지."

"네, 하지만 테레사는 그 브로치가 없어진 적이 없다고 주장하잖아요."

"그리고 그녀 말이 맞아. 내가 작지만 아주 중요한 사실을 간과했더라고."

"당신답지 않은 일이군요, 푸아로."

나는 진지하게 대꾸했다.

"네 스파(그렇지)? 하지만 사람은 누구나 실수는 저지를 수 있는 법이지."

"나이는 어쩔 수가 없죠!"

"나이와는 전혀 상관없어."

푸아로가 쌀쌀맞게 쏘아붙였다.

"어쨌든, 그 중요한 사실이란 게 뭐죠?"

나는 맨션의 입구에 들어서면서 물었다.

"내가 알려 주지."

조지가 문을 열어주었다. 푸아로가 급히 질문하자 조지는 고개를 저었다.

"아니요. 타니오스 부인께서는 오지 않으셨습니다. 전화도 없으셨고요."

푸아로는 거실로 들어갔다. 잠시 동안 거실을 서성이더니 수화기를 집어 들어 먼저 던햄 호텔에 전화를 걸었다.

"네……. 네, 부탁합니다. 아, 타니오스 박사님. 에르퀼 푸아로입니다. 부인께서 돌아오셨나요? 아, 아직 돌아오지 않으셨다고요. 저런, 짐까지 가져가셨다고요……. 아이들도? 부인께서 어디로 가셨는지 짐작도 가지 않으신다고요……. 네, 물론이죠. 오, 그럼요……. 혹시라도 제 도움이 필요하시다면야……. 저는 이런 문제에 경험이 많으니까요. 그런 일들은 아주 신중하게 처리해야 하죠. 아니요, 물론입니다. 네, 물론이죠. 그럼요, 그럼요. 박사님의 뜻을 존중해 드릴 겁니다."

그리고 푸아로는 생각에 잠긴 채 수화기를 내려놓았다.

"부인이 어디 있는지 모르는군."

푸아로는 곰곰이 무언가를 생각하며 말했다.

"아무래도 사실인 것 같아. 목소리에 초조한 기색이 역력하니까 말이야. 하지만 경찰에 신고하고 싶진 않다고 했어. 충분히 이해가 가. 그래, 그건 이해할 수 있지. 그런데 내 도움도 거절했어. 그건 이해가 되지 않는군. 부인을 찾고는 싶지만, 내가 찾아내는 것은 원치 않는다……. 그래, 분명히 내가 부인을 찾아내는 걸 원하지 않아……. 아무래도 자기 혼자 알아서 처리할 수 있을 거라고 믿는 것 같아. 오랫동안 숨어 있으리라고는 생각하지 않는 것 같고 말이야. 돈도 거의 없는 데다 아이들도 데리고 갔으니. 그래, 타니오스는 곧 부인을 찾아낼 수 있을 거야. 하지만 헤이스팅스, 나는 그보다는 우리가 먼저 부인을 찾아내야 한다고 생각하네. 왠지 꼭 그래야 할 것 같아."

"타니오스 부인 머리가 약간 이상해졌다는 게 사실일까요?"

"내 생각에는 그저 지나치게 불안해하는 것 같아."

"정신 병원에 갈 정도는 아니라는 뜻인가요?"

"그래, 확실히 그 정도는 아니지."

"푸아로, 난 정말이지 이게 다 무슨 일인지 잘 이해가 안 돼요."

"이렇게 말해서 미안하네만, 헤이스팅스. 자네는 아무 것도 이해하지 못하고 있군!"

"그게…… 부차적인 문제들이 너무 많은 것 같아요."

"당연히 부차적인 문제들이 있기 마련이야. 본 문제에서 부차적인 문제들을 선별해내는 것이 생각을 정리하기 위한 첫 번째 작업이지."

"푸아로, 일곱 명이 아니라 여덟 명의 용의자들이 있다는 걸 처음 부터 알고 있었나요?"

푸아로는 냉정하게 대꾸했다.

"테레사 아룬델이 도널드슨 박사를 마지막으로 본 것이 4월 14일 리틀 그린 하우스에서 저녁 식사를 했을 때라고 말한 순간부터 그 렇게 고려했지."

"전 잘 이해가 안 가는데요……."

"어떤 부분을 모르겠다는 건가?"

"글쎄요, 만약 도널드슨이 과학적인 수단, 이를테면 주사를 이용 해 아룬델 양을 해치려 했다면, 왜 계단 위에 실을 설치해 두는 것 같은 유치한 방법을 썼는지 모르겠어요."

"앙 베리테(정말이지), 헤이스팅스. 가끔씩 자네는 내 인내심을 시 험하는군! 한 가지는 전문적인 지식을 요하는 과학적인 방법이었 지. 그렇지 않나?"

"네."

"그리고 다른 하나는 '아주 간단한' 방법이고……. 광고에서 흔히 말하는 '어머니가 만들어 주는 것처럼' 말이야, 그렇지 않나?"

"네, 그렇죠."

"그렇다면 생각을 해 보게, 헤이스팅스, 생각을 해 봐. 의자에 편 히 앉아 눈을 감고 작은 회색 뇌세포를 사용해 보라고."

나는 푸아로의 말에 따랐다. 다시 말해 의자에 기대어 앉아 눈을 감고 푸아로의 지시대로 회색 뇌세포를 사용해 보려 애를 썼다. 하지만 생각이 정리되는 것 같지가 않았다.

눈을 뜨자 푸아로는 어린아이를 돌보는 간호사처럼 상냥한 얼굴로 날 바라보고 있었다.

"에 비엥(어떤가)?"

나는 푸아로를 따라가려 무진 애를 썼다.

"글쎄요, 계단 위에 실을 설치한 사람과 과학적인 살인을 도모한 사람이 같은 인물일 것 같지는 않네요."

"그렇지."

"게다가 과학적인 사고를 가진 사람이라면 사고사를 위장하는 유치한 짓은 생각도 하지 않을 것 같아요. 지나치게 우연에 의지하는 것이니까요."

"아주 명쾌한 이론이야."

용기를 얻은 나는 계속했다.

"따라서 논리적인 해답은 하나뿐인 것 같아요. 두 명의 서로 다른 사람이 두 번의 살해 시도를 계획했다. 그러니까 두 명의 서로 다른 살인 미수자가 있는 거죠."

"그건 지나친 우연의 일치라고 생각하지 않나?"

"나더러 살인 사건에서는 항상 한 개의 우연의 일치가 있기 마련이라고 했었잖아요."

"그래, 그건 사실이야. 인정하지."

"그렇다면."

"그렇다면 자네는 그 범인들이 누구라고 생각하나?"

"도널드슨과 테레사 아룬델요. 의사는 분명 두 번째 살인을 성공시켰을 거예요. 그리고 우리는 테레사 아룬델이 첫 번째 살인 미수와 연관이 있다는 걸 알고 있어요. 서로의 계획을 모른 채 따로 행동했을 가능성도 있다고 생각해요."

"자네는 '우리는 무엇 무엇을 알고 있어요.'라는 말을 정말 좋아하는군, 헤이스팅스. 자네가 뭘 알고 있는지 몰라도 말일세. 나는 테레사가 그 일에 연루되었는지 아닌지 알 수가 없네만."

"하지만 로슨 양의 이야기를 들었잖아요."

"로슨 양의 이야기는 로슨 양의 이야기일 뿐이야. 그것뿐이라고."

"하지만 그녀의 말로는……."

"그녀의 말로는, 그녀의 말로는……. 자네는 언제나 사람들이 하는 말을 모두 사실이라고 받아들이는군. 몽 셰르(이봐), 잘 듣게. 내가 로슨 양의 이야기에 뭔가 이상한 게 있다고 말한 적이 있지?"

"네, 그렇게 말했던 게 기억나요. 하지만 뭐가 이상한지는 모르겠다고 하셨죠."

"그래, 하지만 이제 알겠어. 한눈에 알아봤어야 하는 것을. 잠시 뒤에 내가 얼마나 어리석었는지 알려주지."

그러고는 책상으로 가 서랍을 열고 판지 하나를 꺼냈다. 가위를 꺼내 판지를 자르면서 내게는 엿보지 말라고 손짓을 했다.

"인내심을 가지게, 헤이스팅스. 조금 후에 실험을 해 볼 테니까."

나는 애써 눈을 딴 곳으로 돌렸다.

잠시 후, 푸아로는 만족스러운 탄성을 질렀다. 가위를 치우고 판지 쪼가리를 쓰레기통에 버린 다음 나에게 다가왔다.

"자, 아직 보지 말게. 자네 코트 깃에다 이걸 붙일 때까지 눈을 돌리고 있어."

나는 푸아로의 장단에 맞춰 주었다. 푸아로는 내 코트 깃에 무언가를 붙이고는 만족스러운 듯 침실에 인접해 있는 구석으로 날 데려 갔다.

"자, 이제 거울에 비친 자네 모습을 한 번 보게. 자네는 지금 자네 이니셜이 새겨진 멋진 브로치를 달고 있지. 비엥 앙탕뒤(물론), 그 브로치가 크롬도 스테인리스도, 금이나 백금도 아닌 소박한 판지로 만들어졌다는 차이가 있을 뿐이야!"

나는 거울을 들여다보고 씩 웃었다. 푸아로가 특별히 손재주를 발휘한 듯 했다. 내 코트 깃에는 동그란 판지에 내 이니셜인 A. H.가 쓰인, 테레사 아룬델의 브로치를 아주 멋들어지게 흉내 낸 종이 브로치가 달려 있었다.

"에 비엥(자), 맘에 드나? 자네 이니셜이 새겨진 최신 유행 브로치를 달고 있다고."

"정말 훌륭한데요."

"물론 이 브로치는 번쩍이거나 불빛에 반사되지도 않지만, 멀리 떨어져서도 잘 보일 거라고 생각하지?"

"확실히 그러네요."

"그래, 자네는 의심할 줄을 모르지. 뭐든 쉽게 믿는 게 꼭 자네다워. 자, 이제 헤이스팅스, 코트를 벗어 보게."

나는 약간 의아한 마음이 들었지만 푸아로의 말대로 했다. 푸아로는 입고 있던 코트를 벗고는 약간 뒤로 돌아 내 코트를 받아 입었다.

"자, 이제 어떤가? 자네 이니셜이 새겨진 브로치가 나에게도 어울리나?"

그는 한 바퀴를 휙 돌았다. 순간 나는 무슨 말인지 몰라 가만히 그를 쳐다보다가 갑자기 깨달았다.

"이렇게 바보 같을 데가! 그렇군요, 브로치에 새겨진 이니셜은 A. H.가 아니라 H. A로 보이는 군요."

푸아로는 내 코트를 벗어 건네며 기쁘게 미소를 지었다.

"바로 그거야. 이제 내가 로슨 양의 이야기에 이상한 점이 있다고 했던 말을 이해하겠지. 로슨 양은 계단 위의 여자가 하고 있던 브로치에 테레사의 이니셜이 새겨진 것을 똑똑히 보았다고 했어. 하지만 그녀가 본 것은 거울에 비친 테레사였지. 따라서 그녀가 어떤 이니셜을 봤든, 거꾸로 된 이니셜을 보았을 거라고."

"글쎄요. 하지만 그 글씨가 거꾸로 되었다는 것까지 알아차렸을 수도 있잖아요."

"몽 셰르(이봐), 지금 막 그런 생각이 들었나? 좀 전에 자네는 어땠나? '하! 푸아로, 당신이 틀렸어요. H. A.가 아니라 A. H.잖아요.'라고 말했나? 아니야, 자넨 그러지 않았어. 하지만 자넨 로슨 양보다 훨씬 더 머리가 좋아. 설마 자다 깬 둔한 여자가 A. T.가 아니라 실제로는 T. A.라는 걸 알아차렸을 거라는 말은 아니겠지? 아니야,

그건 로슨 양의 머리로는 불가능해."

"그렇게 해서 로슨 양은 계단 위의 여자가 테레사일 거라고 확신한 거군요."

나는 천천히 말했다.

"점점 더 가까워지고 있어, 친구. 내가 로슨 양에게 계단 위에 누가 있었든 그 얼굴을 보진 못했을 거라고 말했던 것을 기억하나? 그리고 로슨 양이 그 즉시 뭐라고 했는지도?"

"테레사의 브로치를 분명히 보았다고 했죠. 거울에 비친 브로치라는 단순한 사실을 잊는 바람에 로슨 양의 이야기가 거짓이 되었군요."

순간 전화벨이 날카롭게 울렸다. 푸아로는 다가가서 수화기를 집어 들고는 내용을 알 수 없는 대답만 했다.

"네? 네……. 물론입니다. 네, 아주 좋습니다. 오후 말씀이시죠? 네, 2시면 좋습니다."

그리고 수화기를 내려놓고는 나를 보고 씩 웃었다.

"도널드슨 박사가 나를 만나고 싶어 안달이 났어. 내일 오후 2시에 이리로 오겠다는군. 사건의 전말이 드러나고 있어, 몬 아미(친구). 드러나고 있어."

타니오스 부인, 진술을 거부하다

다음 날 아침, 식사를 하러 나왔는데 푸아로가 책상 앞에 앉아 분주하게 무언가를 하고 있었다.

인사를 하듯 손을 들어 올렸다가 계속 하던 일을 했다. 얼마 지나지 않아 책상 위에 있던 종이들을 모아 봉투에 담고는 조심스럽게 닫았다.

"이봐요, 친구. 지금 뭐하는 거예요? 혹시 누군가 당신을 해칠 경우를 대비해서 사건 기록을 써두고 안전한 장소에 보관해 두려는 거 아니에요?"

나는 장난스럽게 물었다.

"그리 틀린 말은 아니군. 헤이스팅스,"

푸아로의 태도는 진지했다.

"우리의 살인자가 정말 위험한 짓이라도 할 것 같다는 말이세요?"

"살인자는 항상 위험하지."

푸아로는 심각한 말투로 대꾸했다.

"그런 사실을 간과하는 게 정말 놀라울 정도야."

"뭐 새로운 소식이라도 있나요?"

"타니오스 박사가 전화를 했어."

"아직 부인을 못 찾았데요?"

"그래."

"그렇다면 다행이네요."

"글쎄."

"젠장, 푸아로. 설마 타니오스 부인이 무슨 일을 당했을 거라고 생각하시는 건 아니죠? 그런 거예요?"

푸아로는 망설이는 듯 고개를 저으며 중얼거렸다.

"타니오스 부인이 어디 있는지를 알아내야 해."

"뭐, 곧 나타나지 않을까요?"

"자네의 그 대책 없는 낙관주의는 정말 마음에 들지 않아, 헤이스팅스!"

"세상에, 푸아로. 설마 타니오스 부인이 토막 난 채로 상자나 트렁크 안에서 발견될 거라고 생각하는 건 아니겠죠?"

푸아로는 천천히 입을 열었다.

"타니오스 박사의 불안감이 좀 지나친 것 같았어……. 하지만 그것뿐이야. 먼저 우리가 해야 할 일은 로슨 양과 이야기를 나눠보는 것이지."

"그 브로치에 대한 이야기를 하실 건가요?"

"물론 아니야. 그 사실은 적당한 순간이 올 때까지는 비밀에 붙여 둘 작정이네."

"그럼 로슨 양에게 무슨 이야기를 하려고요?"

"곧 알게 될 거야."

"또 무슨 거짓말을 하시게요?"

"자네 정말 가끔씩 사람 짜증나게 만드는군, 헤이스팅스. 누가 들으면 내가 거짓말쟁이인 줄 알겠어."

"그렇지 않나요? 사실 전 그렇게 생각하는데요."

"물론 가끔 내 뛰어난 재능에 대해 자화자찬을 늘어놓는 건 사실이지."

푸아로는 순진하게 속내를 털어 놓았다.

내가 터져 나오는 웃음을 참지 못하자, 푸아로는 날 원망스러운 눈길로 쳐다보았다. 그리고 우리는 클렌로이든 맨션으로 향했다.

우리는 전과 같이 복잡한 거실로 안내를 받았고, 로슨 양이 수선을 떨며 들어왔는데 태도는 전보다 더 정신 사나웠다.

"오, 이런. 푸아로 씨. 어서 오세요. 제가 일을 하느라……, 좀 지저분하죠? 오늘 아침에는 집안이 다 난장판이네요. 벨라가 온 이후로……."

"지금 뭐라고 하셨죠? 벨라요?"

"네, 벨라 타니오스요. 30분 전에 여기로 왔어요. 아이들도 데리고……. 완전히 기진맥진했던데요, 불쌍하게도! 정말이지, 저는 어떻게 해야 할지 모르겠어요. 남편을 떠났대요."

"남편을 떠나요?"

"그렇게 말하더라고요. 물론 분명히 그럴 만한 이유가 있을 거예요, 불쌍하기도 하지."

"속사정을 털어놓던가요?"

"글쎄요……, 그렇지는 않아요. 사실 아무 말도 하려 들지 않더라고요. 그저 남편을 떠났고 절대 다시는 돌아가지 않겠다는 말만 되풀이해요!"

"그렇다면 이혼 절차를 밟을 셈인가요?"

"물론이에요! 사실 만약 타니오스 박사님이 영국인이었다면 그러지 말라고 말렸겠지만……. 하지만 그분은 영국인이 아니잖아요. 게다가 벨라는 몸도 아주 안 좋아 보였어요. 불쌍하기도 하지……. 겁도 먹은 것 같고요. 도대체 남편이란 사람이 어떻게 한 걸까요? 터키 인들은 끔찍할 정도로 잔인한 구석이 있잖아요."

"타니오스 박사는 그리스 인입니다."

"네, 그러네요. 제가 거꾸로 말했네요……. 그러니까 그리스 인들이 터키 인들에게 학살당했었죠? 아니면 아르메니아 인이던가? 그러나 저러나 다 마찬가지고 생각하기도 싫어요. 어쨌든 벨라는 남편에게로 다시 돌아갈 것 같지 않아요. 그렇지 않나요, 푸아로 씨? 그러니까 벨라 말로도 그러지 않을 거라고 말했고, 남편한테 어디 있는지도 알리고 싶어 하지 않던데요."

"그 정도로 심각합니까?"

"네, 아시겠지만 아이들 때문이에요. 남편이 아이들을 스미르나로 데려 갈까 봐 두려워하고 있어요, 가엾어라. 벨라는 정말 끔찍한 상황인 것 같아요. 돈도 한 푼 없고, 어디로 가야 할지 무얼 해야 할지 전혀 모르겠대요. 혼자 먹고 살 방도를 찾아보겠다고는 하지만, 그건 말처럼 쉬운 일이 아니거든요. 저도 잘 알죠. 게다가 벨라는 딱히 할 줄 아는 일도 없는데."

"언제 남편을 떠났다고 하던가요?"

"어제요. 패딩턴 근처에 있는 작은 호텔에서 하룻밤을 묵었대요. 그러고 나서는 갈 데가 마땅치 않아 이리로 왔다고 하더군요. 정말 안됐어요."

"그래서 그녀를 도와주신 겁니까? 정말 친절하시군요."

"푸아로 씨, 저는 그게 제 의무라는 생각이 들어요. 물론 아주 힘들죠. 여긴 작은 데다 방도 없어서……, 이런 저런 일도 많고."

"리틀 그린 하우스로 보내는 건 어떻습니까?"

"저도 그 생각을 해 봤지만요……, 아시겠지만 남편이 그곳은 쉽게 찾아낼 수 있잖아요. 그래서 일단은 퀸스 로드에 있는 웰링턴 호텔에 방을 잡아 줬어요. 피터스 부인이라는 이름으로요."

"그렇군요."

푸아로는 잠시 침묵하다가 다시 입을 열었다.

"제가 타니오스 부인을 한번 만나 뵙고 싶군요. 어제 부인께서 절 찾아오셨는데 마침 제가 자리를 비운 상태여서 만나지 못했습니다."

"오, 그래요? 그 얘긴 안 하던데, 제가 말해 볼까요?"

"그래주시면 감사하겠습니다."

로슨 양은 서둘러 거실을 나갔다. 밖에서 그녀의 목소리가 들려왔다.

"벨라, 벨라. 이리 와서 푸아로 씨를 만나볼래요?"

타니오스 부인의 대답은 들리지 않았지만, 잠시 후 거실에 모습을 드러냈다.

타니오스 부인의 모습은 정말이지 충격적이었다. 창백한 얼굴에 눈 주위는 거뭇거뭇했고, 그보다 더 놀라운 것은 잔뜩 공포에 질린 표정이었다. 그녀는 말문을 열긴 했지만, 주저하듯 선뜻 말을 하려 들지 않았다.

푸아로는 아주 부드러운 태도로 그녀를 맞이했다. 가까이 다가가 악수를 나누고, 의자를 빼 주고는 쿠션도 건네주었다. 그는 그 창백하고 겁에 질린 여자를 마치 여왕처럼 대접했다.

"자 그럼, 마담. 이야기를 좀 나눠 보죠. 어제 절 만나러 오셨다고 들었습니다만?"

그녀는 고개를 끄덕였다.

"제가 집을 비운 것이 너무 후회되는 군요."

"네……, 선생님께서 계셨으면 좋았을 텐데요."

"제게 뭔가 할 말이 있어서 찾아오셨던 거죠?"

"네, 저는, 그러니까 저는…….”

"에 비엥(자, 자), 저는 어디 가지 않으니까 천천히 말씀하세요."

타니오스 부인은 아무런 대답도 하지 않았다. 그저 가만히 앉아 손가락에 낀 반지만 돌리고 있었다.

"마담?"

천천히, 그리고 주저하는 듯 그녀는 고개를 저었다.

"아니에요. 제가 감히 그럴 수는……."

"무슨 말씀이십니까, 마담?"

"아니에요, 나는……. 만약 그 사람이 안다면, 그 사람은……. 오, 분명 나에게 무슨 일이 벌어질 거예요!"

"자, 자……. 마담, 진정하세요. 그건 터무니없는 생각입니다."

"아니에요, 터무니없는 생각이 아니에요……. 전혀 터무니없지 않아요. 선생님은 그 사람이 어떤지 몰라요……."

"그 사람이, 그러니까 남편분이 부인에게 해를 끼칠 거라는 말씀이십니까, 마담?"

"네, 그래요."

푸아로는 잠시 침묵하다 다시 입을 열었다.

"어제 남편분께서 절 찾아오셨습니다, 마담."

순간 그녀의 얼굴 위로 공포의 기색이 스쳤다.

"오, 안 돼요! 그 사람에게 말하지 않았겠죠? 물론 안 했겠죠! 말할 수가 없었겠죠, 제가 있는 곳을 몰랐을 테니까. 그 사람이……, 그 사람이 내가 미쳤다고 하던가요?"

푸아로는 조심스럽게 대답했다.

"그분 말로는 부인께서 극도의 불안감을 느끼고 계신다고 하더군요."

하지만 그녀는 믿을 수 없다는 듯 고개를 흔들었다.

"아니에요, 분명 제가 미쳤다고 말했을 거예요……. 아니면 내가 미쳐가고 있다거나! 그 사람은 내 입을 막아 아무에게도 말 못하도록 만들려고 해요."

"아무에게도 말하지 못하게 한다……. 무엇을 말입니까?"

하지만 타니오스 부인은 고개만 저었다. 정신없이 손가락을 비비 꼬며 겨우 작은 목소리로 중얼거렸다.

"두려워요……."

"하지만 마담, 일단 저에게 이야기를 하고 나면 부인께서는 안전해 집니다! 비밀을 털어놓는다면요! 다른 누군가에게 비밀을 털어놓았다는 사실이 자연스럽게 부인을 보호해 줄 겁니다."

하지만 그녀는 대답하지 않았다. 계속해서 반지를 돌렸다.

"부인께서는 그 점을 분명히 아셔야 합니다."

푸아로는 부드럽게 덧붙였다.

그녀는 헐떡이듯 숨을 쉬었다.

"저는 몰랐어요……. 오, 이런. 너무 끔찍해요. 그 사람은 항상 그럴 듯한 말만 늘어놔요! 게다가 의사잖아요! 사람들은 제가 아니라 그 사람 말을 믿을 거예요. 분명해요, 저도 잘 안다고요. 아무도 믿지 않을 거예요……. 어떻게 믿겠어요?"

"그래서 저에게는 기회도 주지 않으실 건가요?"

그녀는 불안한 눈빛으로 푸아로를 바라보았다.

"모를 일이잖아요? 어쩌면 선생님이 그이 편일 수도 있고."

"저는 그 누구의 편도 아닙니다, 마담. 저는……항상 진실의 편에 서죠."

"모르겠어요."

타니오스 부인은 절망적으로 내뱉었다.

"오, 정말이지 모르겠어요."

그녀의 목소리는 점점 더 커졌고, 떨림 또한 더해갔다.

"지난 몇 년 간은 정말이지 끔찍했어요. 계속해서 일이 터지는 걸 봐야 했어요. 무슨 말을 할 수도, 어떤 조치를 취할 수도 없었죠. 아이들이 있으니까. 정말 기나긴 악몽 같은 나날이었어요. 그리고 이번에는……. 전 절대 그 사람에게 돌아가지 않을 거고요, 아이들도 절대 내주지 않을 거예요! 그 사람이 찾을 수 없는 곳으로 가 버릴 거예요. 미니 로슨이 절 도와줄 거예요. 로슨은 정말 친절해요, 정말이지 너무나 착한 사람이에요. 그런 사람은 찾아보기 힘들지요."

말을 마친 그녀는 재빨리 푸아로를 쳐다보고는 물었다.

"남편이 저에 대해 뭐라고 했죠? 제가 망상에 빠졌다고 하던가요?"

"남편 분께서는 자신에 대한 부인의 태도가 변했다고 했습니다."

그녀는 고개를 끄덕였다.

"그리고 제가 망상에 빠졌다고 했겠죠. 그렇게 말했죠?"

"네, 마담. 솔직히 말해서 그랬습니다."

"거 봐요. 다들 그렇게 생각할 게 뻔하잖아요. 나는 아무런 증거도……, 실질적인 증거도 하나 없으니."

푸아로는 의자에 등을 기대었다. 그리고 입을 열었을 때는 이전과 완전히 다른 태도였다.

마치 딱딱하게 비즈니스 문제를 상의하듯 아무런 감정도 섞이지 않은 사무적인 목소리였다.

"남편께서 에밀리 아룬델 양을 해쳤다고 생각하십니까?"

번뜩이는 빛처럼 재빠르게 대답이 튀어 나왔다.

"그렇게 생각해요. 저는 알아요."

"그렇다면, 마담, 말씀을 해 주셔야 합니다."

"아, 하지만 쉽지가 않아요……. 정말이지, 쉽지가 않아요."

"그분이 아룬델 양을 어떻게 살해했죠?"

"정확히는 모르겠어요……. 하지만 그 사람이 이모를 죽인 건 확실해요."

"하지만 어떤 방법을 사용했는지는 모르신다는 거죠?"

"네, 분명 무슨 짓을……, 그 사람이 마지막으로 찾아간 일요일에 무슨 짓을 했을 거예요."

"혼자서 아룬델 양을 만나러 간 그 일요일에 말입니까?"

"네."

"하지만 무슨 짓을 했는지는 모르시는군요?"

"네."

"죄송한 말씀입니다만, 그렇다면 어떻게 남편 분이 아룬델 양을 살해했다고 확신하시는 거죠?"

"왜냐하면 그 사람은……."

타니오스 부인은 말을 멈추더니 다시 천천히 입을 열었다.

"저는 확신해요!"

"실례지만, 마담. 뭔가 감추고 계시는 것 같군요. 제게 말씀하지 않은 것이 있죠?"

"네."

"그럼 어서 해 보시죠."

벨라 타니오스는 갑자기 자리에서 일어났다.

"아니요. 아니요, 그럴 수는 없어요. 아이들……, 아이들의 아버지니까 그럴 수 없어요. 그럴 수는 없어요…….'

"하지만 마담…….'

"말할 수 없어요. 말할 수 없다니까요!"

그녀의 목소리는 거의 비명처럼 날카로웠다. 순간 거실 문이 빠끔히 열리더니 로슨 양이 즐거운 이야기거리라도 찾는 듯 머리를 들이밀었다.

"제가 들어가도 될까요? 이야기는 다 끝나셨나요? 벨라, 차나 수프 아니면 브랜디라도 가져다줄까요?"

타니오스 부인은 고개를 저었다.

"난 괜찮아요."

그러고는 희미한 미소를 지어 보였다.

"아이들에게로 돌아가야겠어요. 짐을 풀어 두라고 해 뒀거든요."

"귀여운 것들, 전 아이들이 정말 좋아요."

로슨 양이 말했다.

타니오스 부인은 갑자기 로슨 양을 향해 돌아 섰다.

"당신이 없었다면 정말 어땠을지 모르겠어요. 정말……, 정말 고마워요."

"이런, 이런, 울지 말아요. 다 잘 풀릴 거예요. 기운 내고 제 변호사를 한번 만나 봐요. 정말 좋은 사람이거든요. 이혼과 관련해서 훌륭한 조언을 해 줄 거예요. 요즘엔 이혼이 참 간단하잖아요, 그렇죠? 다들 그렇게 말하죠? 오, 이런. 초인종이 울리네요. 누구지?"

로슨 양은 서둘러 거실을 나갔다. 홀에서 웅얼거리는 목소리가 들리더니 로슨 양이 다시 거실 안으로 들어와 조심스럽게 문을 닫고는 흥분한 목소리로 한 마디씩 또박또박 속삭였다.

"오, 이런. 벨라. 당신 남편이에요. 어떻게 해야 하죠……."

타니오스 부인은 재빠르게 거실 반대편에 있는 문으로 향했다. 로슨 양은 정신없이 고개를 끄덕였다.

"좋아요. 그 안으로 들어가 있어요. 그리고 내가 그 사람을 이리로 데려오면 몰래 빠져나가도록 해요."

타니오스 부인이 속삭였다.

"내가 여기 왔다는 말 하지 말아요. 날 봤다는 말도 하지 말아요."

"네, 네. 물론이죠, 하지 않을 게요."

타니오스 부인은 문을 열고 미끄러지듯 거실을 빠져 나갔다. 푸아로와 나도 황급히 그 뒤를 따랐다. 문의 뒤쪽은 작은 식당이었다.

푸아로는 홀로 향하는 문으로 다가가 살짝 열고는 귀를 기울였다. 그러고는 손짓을 했다.

"다 해결됐어. 로슨 양이 다른 방으로 데리고 갔어."

우리는 홀로 나와서 현관문을 열고 나갔다. 푸아로는 가능한 조심스럽게 현관문을 닫았다.

타니오스 부인은 계단을 성급히 뛰어 내려가다가 발부리가 걸려 간신히 난간을 잡았다. 푸아로는 그녀를 부축했다.

"뒤 칼므……, 뒤 칼므(진정하세요……, 진정하세요). 다 잘 됐습니다."

우리는 건물의 정문에 도달했다.

"저와 같이 가 주세요."

타니오스 부인은 애처롭게 말했다. 그녀는 마치 금방 기절이라도 할 것 같아 보였다.

"물론입니다."

푸아로가 안심시켜 주었다.

길을 건너고 모퉁이를 돌자 퀸스 로드가 나타났다. 웰링턴은 눈에 잘 띄지 않는 작은 호텔로 마치 하숙집 같았다.

호텔 안으로 들어가자 타니오스 부인은 두툼한 플러시 천이 씌워진 소파에 털썩 주저앉았다. 손으로는 쿵쾅대는 가슴을 누르고 있었다.

푸아로는 안심을 시켜 주려는 듯 그녀의 어깨를 도닥였다.

"아슬아슬하게 성공했네요. 자, 마담. 이제 제 말을 아주 주의 깊게 들으셔야 합니다."

"저는 더 이상은 말할 수 없어요, 무슈 푸아로. 옳지 않아요. 선생님은……, 선생님은 제가 무슨 생각을 하는지, 제가 무얼 믿는지 아시잖아요. 그것만으로 충분하잖아요."

"저는 제 얘기를 들어달라고 부탁했습니다, 마담. 추측에 불과하긴 하지만, 제가 이미 사건의 전말을 알고 있다면, 그리고 부인께서 제가 이미 추측하고 있는 것들을 먼저 말씀해 주신다면 상황은 아주 달라질 겁니다. 그렇지 않을까요?"

그녀는 푸아로에게 의심의 눈초리를 보냈다. 고통스러워 보일 정도로 의심스러운 눈초리였다.

"오, 절 믿으세요, 마담. 저는 부인께서 원치 않는 말을 하게 만들려고 어떤 술책을 부리는 게 아닙니다. 하지만 부인께서 먼저 말씀해 주신다면 상황은 달라지겠죠……, 그렇죠?"

"네……, 그럴 것 같아요."

"좋습니다. 그렇다면 이렇게 말해 보죠. 나, 에르퀼 푸아로는 진실을 알고 있습니다. 허나 제 말을 그대로 믿으시라고 부탁하진 않겠습니다."

그러더니 내가 오늘 아침에 본 그 두툼한 봉투를 그녀에게 떠안겼다.

"사건의 전말을 이 안에 넣었습니다. 내용을 읽어보신 다음 만족스러우시다면 제게 전화 주십시오. 제 전화번호는 편지지 안에 적혀 있습니다."

마지못해 그녀는 봉투를 받아 들었다.

푸아로는 경쾌하게 말을 이었다.

"그리고 하나 더 있습니다. 부인께서는 지금 당장 이 호텔을 떠나셔야 합니다."

"왜요?"

"유스턴 근처에 있는 콘시스턴 호텔로 가십시오. 어디로 가는지
는 아무에게도 말씀하시면 안 됩니다."

"하지만 여기는……, 미니 로슨은 남편에게 제가 어디 있는지 말
하지 않을 거예요."

"그렇게 생각하십니까?"

"오, 네……. 로슨은 전적으로 제 편이에요."

"네, 하지만 마담. 남편 분은 아주 영리하십니다. 중년 여성의 속
내를 파악하는 것쯤은 쉬운 일일 겁니다. 중요한 것은 남편께서 부
인이 어디에 있는지 모르게 하는 것입니다."

그녀는 멍하니 고개를 끄덕였다.

푸아로는 또한 한 장의 종이를 건넸다.

"여기 주소를 적어 두었습니다. 짐을 싸서 가능한 빨리 아이들과
함께 이리로 가세요, 알겠습니까?"

"알겠어요."

"마담, 부인 자신이 아니라 아이들을 생각하셔야 합니다. 아이들
을 사랑하시잖아요."

푸아로의 말이 타니오스 부인의 정신을 들게 한 모양이었다.

타니오스 부인의 얼굴에 혈색이 돌더니 고개를 빳빳이 세웠다. 더
이상 겁먹은 여자가 아닌, 거만하고 아름다운 여자의 모습이었다.

"자, 그럼 다 정해졌군요."

푸아로가 말했다.

타니오스 부인과 악수를 나눈 뒤, 우리는 호텔을 떠났다. 하지만 멀리 가진 않았다. 안락한 카페 의자에 앉아 커피를 마시며 호텔 입구를 주시했다. 5분쯤 지나자 타니오스 박사가 거리를 걷는 모습이 눈에 들어 왔다. 하지만 그는 웰링턴 호텔 쪽은 눈길도 주지 않았다. 뭔가 생각에 잠긴 듯 고개를 푹 숙인 채 호텔을 지나쳐, 지하철로 향했다.

10분쯤 지나자 타니오스 부인과 아이들이 짐을 들고 나와 택시를 타고 떠나는 모습이 보였다.

"비엥(좋아)."

푸아로는 계산서를 집어 들며 입을 열었다.

"우리가 할 일은 끝났어. 이제는 하늘에 맡겨야지."

도널드슨 박사의 방문

도널드슨은 정확히 2시에 도착했다. 변함없이 침착하고 똑 부러지는 태도였다.

도널드슨의 성격이 내 관심을 끌기 시작했다. 정체를 알 수 없는 젊은이라는 생각만 들었다. 그래서 발랄하며 매력적인 테레사가 그의 어떤 점을 사랑하게 된 건지 궁금했었다. 하지만 이제는 도널드슨이 결코 하찮은 사람이 아니라는 게 보이기 시작했다. 그의 현학적인 태도 뒤에는 어떤 힘이 있었다.

인사말을 주고받은 후, 도널드슨이 입을 열었다.

"제가 찾아온 이유는 이 문제에서 선생님이 담당한 역할이 정확히 무엇인지 궁금해서입니다, 무슈 푸아로."

푸아로는 신중하게 대답했다.

"제 직업이 뭔지는 알고 계시겠죠?"

"물론입니다. 그래서인지 선생님에 대해 알아내기가 힘들더군요."

"아주 신중한 분이시네요."

도널드슨은 냉담하게 대꾸했다.

"저는 사실에 대해 확신을 가지고자 합니다."

"아주 과학적인 이성을 지니셨군요!"

"선생님에 대해서는 하나같이 똑같은 말만 하더군요. 아주 영리한 탐정이고, 양심적이며 솔직하다는 명성도 얻고 계시고요."

"과찬의 말씀이십니다."

푸아로가 중얼거렸다.

"바로 그 이유로 선생님이 이 사건과 어떤 연관이 있는지 더욱 갈피를 잡을 수가 없습니다."

"아주 간단합니다!"

"그렇지가 않아요. 처음에는 전기 작가라고 자신을 소개하셨죠."

"용서할 수 있는 속임수지요, 그렇지 않나요? 사방팔방 내가 탐정이라는 사실을 알리면서 다닐 수는 없는 노릇이지 않습니까? 물론 가끔은 그럴 때도 있지만요."

"그래서 생각을 좀 해 봤습니다."

다시 한 번 도널드슨의 목소리가 냉담해 졌다.

"그 다음에는 테레사 아룬델 양을 방문해 고모의 유언장을 무효로 만들 수 있다고 제안하셨죠."

푸아로는 동의하듯 고개만 끄덕였다.

"물론 그건 말도 안 되는 일이죠. 그 유언장은 법적인 효력이 있고 그걸 무효화시킬 수 없다는 건 잘 알고 계실 텐데요."

도널드슨의 목소리는 날카로웠다.

"그게 문제인가요?"

"저는 바보가 아닙니다, 무슈 푸아로."

"물론입니다, 도널드슨 박사님. 당신은 절대 바보가 아니지요."

"저도 좀 압니다. 많이는 아니지만 법에 대해서는 좀 알죠. 그 유언장은 절대 뒤집을 수 없습니다. 그런데 왜 그럴 수 있는 척하셨죠? 분명 뭔가 이유가 있으시겠죠. 테레사 아룬델 양이 그렇게 순간적인 기회를 잡도록 만든 이유가."

"테레사 양의 반응에 대해 아주 잘 아시는 것 같군요."

젊은이의 얼굴 위로 아주 희미한 미소가 스쳤다.

그러더니 뜬금없는 말을 했다.

"저는 테레사가 생각하는 것보다 그녀에 대해 훨씬 더 많은 것을 알고 있습니다. 그녀와 찰스는 뭔가 수상쩍은 거래에 대해 당신의 도움을 받을 수 있을거라 생각하고 있을 게 뻔합니다. 찰스는 도덕관념이라고는 조금도 없으니까요. 테레사는 유전적으로 나쁜 형질을 물려받은 데다 제대로 된 훈육을 받고 자라지 못했어요."

"피앙세가 아니라 마치 피실험자 얘기를 하는 것 같습니다."

도널드슨은 코안경을 통해 푸아로를 응시했다.

"저는 어떤 경우든 진실을 외면하지 않습니다. 저는 테레사 아룬델을 사랑합니다. 제 마음대로 상상한 그녀의 모습이 아닌, 있는 그대로의 그녀를 사랑합니다."

"테레사 아룬델 양이 당신에게 헌신적이며, 그녀가 돈을 바라는 이유는 당신의 야심을 충족시켜주기 위한 것이라는 점도 알고 있습니까?"

"물론 알고 있습니다. 아까도 말씀드렸지만 저는 바보가 아닙니다. 하지만 어떤 경우든 테레사가 저를 위한답시고 수상한 일에 말려들도록 내버려두진 않을 겁니다. 테레사는 아직 아이 같은 면이 있어요. 저는 제 혼자의 힘으로도 충분히 성공할 수 있습니다. 넉넉한 유산을 거부할 거라는 말은 아닙니다, 그런 유산이 주어진다면 좋겠지요. 하지만 그건 제게 있어 지름길에 불과합니다."

"자신의 능력에 대한 자신감이 정말 대단하시군요."

"건방지게 들릴지도 모르지만, 그렇습니다."

도널드슨은 태연하게 말했다.

"그렇다면 이야기를 계속해 보죠. 제가 속임수를 써서 테레사 양의 신임을 얻었다는 사실은 인정합니다. 제가 돈을 위해서면 적당한 눈속임……, 이렇게 말해 두죠, 적당한 눈속임은 할 수 있다고 생각하게 만들었습니다. 그리고 쉽게 믿더군요."

"테레사는 돈을 위해서는 누구든 어떤 일이라도 한다고 믿죠."

젊은 의사는 사람들이 자명한 사실을 말하듯 사무적인 어조로 말했다.

"사실입니다, 그런 것 같더군요……. 그리고 테레사 양의 오라버니도."

"찰스도 돈을 위해서라면 뭐든 할 겁니다!"

"미래의 처남에게 너무 야박하시군요."

"아닙니다, 아주 흥미로운 연구 과제라고 생각합니다. 제 생각에는 뿌리 깊은 정신적 내력이 있는 것 같습니다. 하지만 그건 잡담에 불과한 얘길 테니, 다시 본론으로 돌아가도록 하죠. 그래서 저는 왜 선생님이 그런 식으로 행동해야만 했을까 스스로에게 물어 보았고, 답은 하나뿐이라는 걸 깨달았습니다. 아룬델 양의 죽음에 테레사나 찰스가 관련되어 있다고 의심하는 게 분명하다고요. 아니요, 제 말을 반박하고 막지 마십시오! 그리고 시신 발굴에 대한 언급은, 단순히 어떤 반응이 나올지를 확인하기 위한 장치였다고 생각하는데요. 실제로 내무부에서 시신 발굴 명령을 받기 위해 뭔가 행동을 취하셨나요?"

"솔직히 말씀드리죠, 하지 않았습니다."

도널드슨은 고개를 끄덕였다.

"그럴 거라고 생각했습니다. 아룬델 양의 죽음이 자연사가 아니라는 결과가 나올 수 있다고 생각하셨군요?"

"네……. 그럴 수도 있다고 생각했습니다."

"하지만 이미 마음의 결정은 내리셨죠?"

"아주 확실하게요. 결핵에 걸린 것 같아 보이는 결핵 환자를 접한다면 결핵 검사를 하고, 그 결과 양성 반응이 나타난다면 그 환자가 분명 결핵이라고 생각하시겠죠? 그렇지 않나요?"

"이 일을 그렇게 보십니까? 그렇다면 정확히 무얼 기다리고 계시는 거죠?"

"저는 결정적 증거를 기다리고 있습니다."

순간 전화벨이 울렸다. 푸아로의 손짓으로 나는 자리에서 일어나 전화를 받았다. 익숙한 목소리였다.

"헤이스팅스 대위님? 저 타니오스 부인이에요. 푸아로 씨에게 그분 말이 모두 맞다고 전해주시겠어요? 내일 아침 10시에 이리로 오시면 그분이 원하는 것을 알려 드리겠다고요."

"내일 아침 10시요?"

"네."

"알겠습니다, 그렇게 전하죠."

푸아로는 눈으로 질문을 던졌다. 나는 고개를 끄덕였다.

그리고 푸아로는 도널드슨을 바라보았다. 태도가 바뀌어 있었다. 분명 쾌활한 태도였다.

"제가 더 분명하게 말씀드리죠. 저는 이 사건을 살인 사건이라고 진단했습니다. 살인처럼 보였고, 살인자의 모든 특징적 반응들이 나타났습니다. 이 사건은 분명 살인사건입니다! 그리고 그러한 사실에는 일말의 의심의 여지도 없습니다."

"그렇다면 어떤 점이 의심스러우셨던 거죠? 분명 의심스러운 점이 있다고 생각했는데요……. 그것도 거짓말이었나요?"

"살인자의 정체에 의문이 있었지만 지금은 아닙니다!"

"정말입니까? 누군지 알아내신 겁니까?"

"내일이면 제 손 안에 확실한 증거가 들어오게 된다고만 해 두죠."

도널드슨 박사의 눈썹이 약간 빈정대듯 치켜 올라갔다.

"아, 내일이라고요! 무슈 푸아로, 때로는 내일이 아득하게 멀기도 하죠."

"그렇지 않습니다. 시간은 항상 규칙적으로 돌아가죠."

도널드슨은 미소를 짓더니 자리에서 일어났다.

"제가 시간을 너무 뺏은 건 아닌지 모르겠습니다, 무슈 푸아로."

"전혀요. 서로를 이해한다는 건 언제나 좋은 일이죠."

도널드슨 박사는 살짝 고개를 숙여 인사를 하고는 방을 나섰다.

또 다른 희생자

"정말 영리한 사람이야."

푸아로가 생각에 잠겨 말했다.

"저는 왜 그렇게 열심인지 이해하기가 좀 힘들던데요."

"그래, 그 사람 좀 비인간적인 데가 있긴 하지만 통찰력이 아주 뛰어나더군."

"참, 아까 전화는 타니오스 부인에게서 온 거였어요."

"그럴 거라고 생각했어."

나는 부인의 메시지를 전해 주었다. 푸아로는 알겠다는 듯 고개를 끄덕였다.

"좋아, 잘 진행되고 있군. 24시간이라……. 헤이스팅스, 우리가 이제 어떤 위치에 와 있는지 정확히 파악해야 할 것 같네."

"저는 아직도 잘 모르겠어요. 우리는 정확히 누구를 의심하고 있는 거죠?"

"자네가 누굴 의심하는지 내가 알 수가 있나, 헤이스팅스! 차례차례 한 명씩 생각해 보는 수밖에!"

"절 골려먹는 게 좋으시죠!"

"아니야, 아니야. 그런 식으로 즐거움을 찾진 않아."

"아, 내가 말을 말아야지."

푸아로는 다소 멍하게 고개를 저었다. 나는 그런 그를 유심히 관찰했다.

"뭔가 문제가 있는 거예요?"

"이보게, 친구. 나는 사건의 결말이 다가오면 항상 불안하지. 만약 뭔가 조금이라도 잘못되면…….""

"뭔가가 잘못될 것 같아요?"

"그럴 것 같지는 않네만."

푸아로는 얼굴을 찡그리며 말을 멈췄다.

"뜻밖의 사고에 대비한 만반의 준비는 해 뒀다고 생각해."

"그렇다면 범죄는 잊고 영화나 보러 가는 게 어때요?"

"마 푸아(물론이지)! 헤이스팅스, 정말 좋은 생각이야!"

우리는 아주 유쾌한 저녁 시간을 보냈다. 비록 푸아로를 데리고 갱 영화를 보러 가는 아주 작은 실수를 저지르긴 했지만 말이다. 절대로 군인을 데리고 전쟁 영화를, 해군을 데리고 해군 영화를, 스코틀랜드 사람을 데리고 스코틀랜드 영화를, 그리고 형사를 데리고 스릴러 영화를 보러 가서는 안 된다. 그것이 어떤 영화든, 어떤 배우가 나오든! 그 신랄한 비평은 정말 참을 수 없을 정도였다. 푸아로는 허점투성이인 심리학에 대한 불만을 끊임없이 늘어놓았고, 질서와 체계가 부족한 영웅 형사가 나올 때면 거의 미치려고 했다. 그날 밤 집에 도착할 때까지도 푸아로는 여전히 그 영화의 결말이 1막의 중간부분에서 다 탄로 났다며 투덜댔다.

"하지만 푸아로, 그런 식으로 일일이 따진다면 어떻게 영화를 만들겠어요."

내가 지적하자 푸아로는 그제야 그럴 수도 있겠다며 마지못해 불평을 멈췄다.

다음 날 아침, 내가 거실로 들어갔을 때는 9시가 조금 넘었을 때였다. 푸아로는 아침 식사를 앞에 놓고 앉아 언제나 그렇듯 깔끔하게 편지를 자르고 있었다.

순간 전화벨이 울렸고 내가 받았다.

숨을 헉헉대는 여자의 목소리가 들려 왔다.

"푸아로 씬가요? 오, 헤이스팅스 대위님이시군요."

숨이 막히는 듯한 소리와 흐느끼는 소리가 섞여 있었다.

"로슨 양이신가요?"

"네, 네. 정말 끔찍한 일이 벌어졌어요!"

나는 수화기를 꽉 잡았다.

"무슨 일이세요?"

"웰링턴을 떠났어요……, 그러니까 벨라가요. 어제 오후 늦게 찾아가 봤더니 이미 떠났다고 하더라고요. 저에게는 아무런 말도 없이요! 정말 이상한 일이에요! 어쩌면 타니오스 박사님의 말이 맞았을지도 모른다는 생각이 들어요. 타니오스 박사님은 벨라에 대해 좋은 말만 했고 벨라가 없어져서 아주 우울해 하는 것 같았어요. 그리고 결국 일이 이렇게 되고 보니 그분 말이 옳았던 것 같아요."

"무슨 일이 일어났다는 겁니까, 로슨 양? 혹시 타니오스 부인이 아무 말 없이 호텔을 떠난 것 말씀이신가요?"

"오, 아니에요. 그게 아니에요! 오, 이런. 아니에요, 그것뿐이면 좋게요. 물론 그것도 이상하다고는 생각하지만요. 타니오스 박사님은 벨라가, 그러니까 피해망상에 시달리는 것 같아 두렵다고 말씀하셨거든요."

"그러시군요. (이 빌어먹을 여자가!) 그런데 대체 무슨 일이 일어난 거죠?"

"오, 이런……, 끔찍한 일이에요. 벨라가 자다가 죽었어요. 수면제인지 뭔지를 너무 많이 먹었대요. 아이들이 너무 불쌍해요! 정말 끔찍하게 슬픈 일이에요! 그 소식을 들은 다음부터 눈물만 나오고 아무 것도 못 하겠더라고요."

"어떻게 들으셨죠? 말씀해 보세요."

나는 곁눈으로 푸아로가 편지 열어 보던 것을 멈췄다는 걸 알아차렸다. 그는 내 말에 귀를 기울이고 있었다. 수화기를 내주고 싶진 않았다. 그렇게 한다면 로슨 양은 다시 한 번 그 야단법석을 떨어멜게 뻔했다.

"그 사람이 제게 전화를 했어요, 호텔 직원이요. 콘시스턴 호텔이라고 했어요. 벨라의 가방에서 제 이름과 주소를 발견한 모양이에요. 오, 이런. 푸아로 씨……, 아니 헤이스팅스 대위님. 정말 끔찍하지 않아요? 그 불쌍한 아이들에게 엄마가 없어지다니."

"저기요, 사고가 확실한가요? 자살이라고는 하지 않던가요?"

"오, 정말 끔찍한 생각이에요, 헤이스팅스 대위님! 오, 이런. 모르겠어요, 저도 잘……. 그럴 수도 있을까요? 그렇다면 정말 끔찍한 일이에요. 물론 벨라가 아주 우울해 보이긴 했지만 그럴 필요까지는 없었다고요. 그러니까 돈 때문에 어려움은 없었을 거예요. 제가 그녀에게 돈을 나눠 주려 했으니까. 사실은 이미 나눠 줬어요. 아룬델 양께서는 그걸 바라셨을 테니까요. 분명해요! 벨라가 직접 목숨을 끊었다는 건 생각만 해도 끔찍해요……. 하지만 설마 그러진 않았겠죠, 호텔 사람들도 사고라고 생각하는 것 같던데요."

"타니오스 부인께서 뭘 드신 겁니까?"

"수면제였는데……, 아마도 베로날이었던 것 같아요. 아니, 클로랄이에요. 네, 그거였어요, 클로랄. 오, 이런. 헤이스팅스 대위님, 정말 그렇게 생각……."

나는 예의 없이 수화기를 쾅 하고 내려놓았다. 그리고 푸아로를 바라보았다.

"타니오스 부인이……."

푸아로가 그만하라는 듯 손을 들었다.

"그래, 그래. 무슨 말을 하려는지 알아. 죽은 거지? 그렇지 않나?"

"네. 수면제를 과다 복용했대요, 클로랄요."

푸아로가 자리에서 일어났다.

"어서 가세, 헤이스팅스. 지금 바로 그곳으로 가야 해."

"혹시 지난밤에 염려하던 게 이건가요? 사건의 결말이 다가오면 항상 불안하다고 말씀하실 때요."

"그래……. 나는 또 다른 죽음을 염려했지."

푸아로의 얼굴은 험상궂게 굳어 버렸다. 유스턴으로 달리는 동안 우리는 거의 아무런 말도 하지 않았다. 한두 번씩 푸아로가 고개만 저을 뿐이었다.

나는 소심하게 물었다.

"그렇게 생각하지 않으세요? 그냥 사고일 수도 있을까요?"

"아니야, 헤이스팅스……. 아니야, 이건 사고가 아니야."

"도대체 타니오스 박사는 자기 부인이 있는 곳을 어떻게 찾아낸 걸까요?"

푸아로는 아무런 대답도 하지 않은 채 고개만 저었다.

콘시스턴은 유스턴 역에서 꽤 가까운 거리에 있는 을씨년스러운 호텔이었다. 푸아로는 신분증을 꺼내들고는 갑자기 거친 태도로 호텔 매니저의 사무실로 쳐들어갔다.

사건의 요지는 간단했다.

피터스 부인과 두 아이가 12시 30분쯤에 이 호텔에 도착했다. 그들은 오후 1시에 점심을 먹었다.

오후 4시에 한 남자가 피터스 부인을 찾는 메모를 들고 도착했다. 메모를 그녀에게 보낸 잠시 뒤, 그녀는 두 명의 아이들과 가방을 들고 아래로 내려 왔다. 아이들은 방문객과 함께 호텔을 떠났다. 피터스 부인은 사무실로 가 이제 방 하나만 필요하다고 말했다.

특별히 우울하거나 초조해 보이지는 않았으며, 오히려 아주 침착하고 차분했다. 저녁 7시 30분쯤 저녁 식사를 했고 그 이후로 쭉 방에 있었다.

아침에 객실 담당 직원이 방문을 열었을 때 이미 그녀는 죽어 있었다.

의사를 불렀는데, 그 사람 말로는 죽은 지 몇 시간 되었다고 했다. 침대 옆 테이블 위에서는 빈 잔 하나가 발견되었다. 수면제를 먹은 게 분명하며, 실수로 많이 복용한 것으로 보였다. 의사의 말로 수면제의 성분인 클로랄 화합물은 사람마다 그 효과가 다르게 나타난다고 한다. 자살의 흔적은 없었다. 아무런 편지도 남겨져 있지 않았고 가족들에게 연락하기 위해 물건을 뒤지던 중, 로슨 양의 이름과 주소를 발견해 전화를 걸었다.

푸아로는 혹시 편지나 쪽지, 예를 들어 아이들을 데리러 온 남자가 가져온 쪽지를 발견하지 못했냐고 물었다.

지배인은 그런 쪽지는 전혀 보지 못한 대신, 난로 안에서 까맣게 탄 종이 뭉치를 발견했다고 대답했다.

푸아로는 생각에 잠긴 채 고개를 끄덕였다.

피터스 부인에게는 두 아이들을 데리러 온 남자를 제외하고는 찾아온 사람도, 그녀의 방으로 들어간 사람도 없다고 했다.

나는 그 남자의 외모에 대해 물었지만 아주 모호한 대답만 들을 수 있었다. 중간 정도의 키에 금발 머리, 약간 군인 같은 체격에 별 다른 특징이 없는 외모였던 것 같다고 했다. 하지만 분명 턱수염은 없는 사람이라고 했다.

"타니오스가 아니었네요."

나는 푸아로에게 속삭였다.

"이런, 헤이스팅스! 아이들 아버지랑 아이들을 그렇게 떼 놓으려고 애쓰던 타니오스 부인이 아무런 반항도 하지 않고 순순히 아이들을 내주었을 것 같나? 아, 그건 아니지!"

"그렇다면 그 남자는 누구죠?"

"타니오스 부인이 신뢰하는 사람이던가, 아니면 타니오스 부인이 신뢰하는 제3의 인물이 보낸 심부름꾼이겠지."

"중간 키의 남자라."

나는 곰곰이 생각했다.

"그 남자의 외모에 대해 신경 쓸 필요 없네, 헤이스팅스. 분명 아이들을 데리러 온 사람은 그저 심부름꾼에 불과할 거야. 진짜는 그 뒤에 있는 거라고!"

"그럼 그 메모도 제 3의 인물이 보낸 건가요?"

"그래."

"타니오스 부인이 신뢰하는 사람이요?"

"확실하지."

"그리고 그 메모는 불타 버렸고요."

"그래, 타니오스 부인이 태워 버렸지."

"당신이 부인에게 준 사건 파일은요?"

푸아로의 표정이 아주 으스스해졌다.

"그것 또한 불탔어. 하지만 그건 중요하지 않아!"

"그래요?"

"그래, 자네도 알다시피 그건 모두 에르퀼 푸아로의 머릿속에 들어 있으니까 말이야."

푸아로는 내 팔을 잡았다.

"가세, 헤이스팅스. 여길 떠나지. 우리의 관심사는 죽은 사람이 아니라 살아 있는 사람들이니까 말이야. 그들과 이야기를 나눠 봐야겠어."

리틀 그린 하우스에서의 심판

다음 날 오전 11시였다.

7명의 사람들이 리틀 그린 하우스에 모였다.

에르퀼 푸아로는 벽난로 옆에 서 있었다. 찰스와 테레사는 소파에 앉아 있었고, 찰스는 테레사의 어깨를 팔로 감싸고 있었다. 타니오스 박사는 할아버지의 의자에 앉아 있었는데 눈가는 빨갰고 팔에는 검은 띠를 두르고 있었다.

둥근 테이블 옆의 의자에는 이 집의 소유주인 로슨 양이 앉아 있었다. 그녀 또한 충혈된 눈에 머리는 평소보다 더 흐트러져 있었다. 도널드슨 박사는 푸아로를 정면으로 바라보고 앉았고 그의 얼굴에는 아무런 표정도 없었다.

사람들의 얼굴을 차례로 관찰하면서 호기심이 일었다.

나는 그동안 푸아로를 보조하면서 이러한 광경을 수도 없이 목격

했다. 얼굴에 예의 바르고 침착한 가면을 쓴 한 무리의 사람들. 그러면 푸아로는 그중 한 사람의 얼굴에 쓰인 가면을 벗겨내고 살인자의 얼굴을 보여 주었다!

그래, 의심의 여지가 없다. 이들 중에 범인이 있는 것이다! 하지만 누굴까? 전혀 가늠이 되지 않았다.

푸아로는 습관대로 약간 빼기듯 목을 가다듬고는 입을 열었다.

"신사 숙녀 여러분, 우리가 오늘 이 자리에 모인 것은 지난 5월 1일에 벌어진 에밀리 아룬델 양의 죽음을 조사하기 위해서입니다. 이 죽음에는 네 가지 설명이 가능합니다. 첫째, 아룬델 양은 자연사했다. 둘째, 그녀의 죽음은 사고사이다. 셋째, 그녀는 스스로 목숨을 끊었다. 그리고 넷째이자 마지막으로 그녀가 알고 있거나 모르는 사람의 손에 의해 죽음을 맞이했다.

아룬델 양께서 돌아가시던 당시에는 아무런 조사도 없었습니다. 당시에는 아룬델 양의 죽음이 자연사라고 여겨졌고 그레이너 박사님께서 그것을 의학적으로 증명해 주셨기 때문이죠.

만약 시신이 매장된 후 사인(死因)에 의문이 생길 경우, 그 시신을 다시 발굴하는 것이 보통입니다. 하지만 제가 시신 발굴을 주장하지 않은 것에는 몇 가지 이유가 있습니다. 가장 큰 이유는 제 고객께서 좋아하지 않으실 방법이라는 점입니다."

그 순간 도널드슨 박사가 끼어들었다.

"당신의 고객이라니요?"

푸아로가 그를 바라보며 대답했다.

"제 고객은 에밀리 아룬델 양이십니다. 저는 그분의 의뢰를 받았죠. 그분의 가장 큰 소망은 치욕스러운 소문이 나지 않도록 하는 것이었습니다."

그후로 10분 간의 이야기는 재탕에 불과하므로 생략하겠다. 푸아로는 자신이 받은 편지에 대한 이야기를 하고는, 그 편지를 꺼내어 큰 소리로 읽었다. 그리고 자신이 마켓 베이싱에 와서 어떠한 행동들을 취했는지, 아룬델 양의 사고를 야기한 수단을 어떻게 발견하게 되었는지를 계속해서 설명했다.

그리고 잠시 멈추었다가 다시 한 번 목을 가다듬고는 계속 말을 이었다.

"이제부터는 제가 진실에 도달하게 된 여정에 여러분을 모셔볼까 합니다. 제가 이번 사건의 전말이라 믿는 것을 여러분께 알려 드리겠습니다.

먼저 아룬델 양이 어떻게 생각했는지를 정확히 알아볼 필요가 있습니다. 그건 아주 쉬웠죠. 아룬델 양은 계단에서 굴렀고 그건 다들 개의 공 때문이라고 했지만, 그녀 스스로는 진실을 알고 있었습니다. 침대에 누워 있는 동안 활발하고 예리한 두뇌로 자신이 계단에서 굴러 떨어지던 상황을 떠올려 보고 아주 확실한 결론을 내리게 되신 겁니다. 누군가가 교묘한 방법으로 자신을 해하려, 어쩌면 죽이려 한다는 것입니다.

그러한 결론을 내린 다음, 아룬델 양은 누가 범인일까를 생각하셨겠죠. 당시 이 집에는 일곱 명의 사람들이 있었습니다. 손님 네 명과 말벗, 그리고 하녀들이 두 명이었죠. 이 일곱 명 중에서 오직 한 명만 완전히 배제할 수 있습니다. 그 사람은 아룬델 양이 죽더라도 아무런 이득을 얻지 못하는 사람이니까요. 그리고 하녀들 또한 심각하게 의심하지 않았습니다. 둘 다 오랫동안 함께 한 사람들이었고 헌신적인 사람들이었으니까요. 그렇다면 네 명이 남습니다. 가족 세 명과 결혼으로 엮인 한 사람. 이 네 명 중 세 명은 직접적으로, 한 명은 간접적으로 아룬델 양이 죽음으로써 이득을 볼 수 있는 사람들이죠.

아룬델 양은 가문에 대한 긍지와 애착이 강한 분이셨기 때문에 이 상황을 아주 난처해 했습니다. 본질적으로 그분은 집안의 수치를 밖에 드러내길 원치 않으셨기 때문이죠. 그렇다고 해서 무기력하게 살인 미수를 방관하고 계신 분도 아니셨죠!

아룬델 양은 마음의 결정을 내리고 저에게 편지를 씁니다. 또한 한 발짝 더 나아가서 다른 조치도 취해 두셨죠. 아마도 그건 두 가지 동기에 의한 것이며 그 첫 번째는 가족 전체에 대한 강한 원망이었을 겁니다! 그분은 가족 모두를 의심했고, 어떻게 해서든 선을 그어 두기로 결심했습니다! 두 번째이자 더 이성적인 동기는 스스로를 보호하고자 하는 욕구였을 것입니다. 다들 아시겠지만, 아룬델 양은 고문 변호사인 퍼비스 씨에게 편지를 써서 신뢰할 수 있는 사람, 자신의 사고에 절대 관여하지 않았을 단 한 사람에게 모든 유산을 남기겠다는 유언장을 만들라고 지시했습니다.

이제 말씀드리지만, 그분의 편지에 쓰인 단어와 그분의 이후 행동으로 미루어 볼 때 아룬델 양은 네 명을 불확실하나마 의심하다 그중 한 사람을 확실히 점찍게 된 것 같습니다. 제게 보내신 편지 전반에 걸쳐, 가족의 명예가 걸려 있는 것이므로 반드시 비밀을 지켜 줄 것을 강조하셨습니다.

빅토리아 시대 사람의 관점에서 볼 때 같은 성을 지닌 가족이란 주로 남자를 가리키죠.

만약 타니오스 부인을 의심했다면 자신의 안전을 지키는 데만 노심초사하지, 가족의 명예가 걸린 일이라고는 생각하지 않으셨을 겁니다. 테레사 아룬델의 경우도 마찬가지였겠죠. 하지만 찰스는 달랐습니다.

찰스는 아룬델이죠. 가문의 이름을 이어갈 사람이었습니다! 아룬델 양께서 찰스를 의심한 이유는 분명합니다. 먼저 아룬델 양은 찰스를 속속들이 알고 있었습니다. 예전에도 이미 한 번 가문에 먹칠할 뻔한 일도 있었고요. 따라서 아룬델 양은 찰스가 잠재적인 범죄자일 뿐 아니라 실제 범죄자라고 생각했던 겁니다! 이미 수표에 아룬델 양의 이름을 위조하기도 했죠.

위조 다음……, 한 단계 더 나아가 살인일 수 있죠!

또한 아룬델 양은 사고가 나기 이틀 전에 찰스와 다소 의미심장한 대화를 나누셨습니다. 찰스는 아룬델 양에게 돈을 요구했고, 그녀가 거절하자 찰스는 그러다 큰일을 당할 수도 있다는 위협적인 발언……, 물론 가볍게 던진 것이지만 그런 식의 말을 했죠. 그 말에 아룬델 양은 자신은 스스로를 돌볼 수 있다고 대꾸했습니다! 우리가 들은 바로 조카의 대답은 이러했습니다. '너무 자신하지 마세요.' 그리고 이틀 뒤 불길한 사고가 일어난 겁니다.

침대에 누워 그동안의 일을 곰곰이 생각해 본 아룬델 양이 자신의 목숨을 앗아가려한 범인은 찰스 아룬델일 거라 결론 내린 것은 당연한 일입니다. 사건의 이치가 분명하니까요. 찰스와 나눈 대화, 그리고 사고.

아룬델 양은 굉장한 고민에 빠져 제게 편지를 썼습니다. 그리고 변호사에게도 편지를 보냈죠. 그 다음 날인 토요일, 그러니까 21일에 퍼비스 씨는 새로운 유언장을 가져오고 아룬델 양은 그 유언장에 서명을 합니다.

그 다음 주말에 찰스와 테레사가 찾아오고, 다시 한 번 아룬델 양은 자신을 보호하기 위한 절차를 밟습니다. 찰스에게 그 유언장에 대한 이야기를 한 거죠. 단지 이야기만 할 뿐 아니라 그 유언장을 직접 보여 주기도 합니다! 제 생각에 그건 아주 단호한 행동이었습니다. 잠재적 살인자에게 자신을 살해한다 하더라도 한 푼도 받을 수 없다는 사실을 분명하게 알린 셈이니까요!

어쩌면 찰스는 그 사실을 동생에게도 이야기할 수 있었습니다. 하지만 그러지 않았습니다. 왜 그랬을까요? 저는 그 나름의 이유가 있었을 거라고 생각합니다. 죄책감을 느꼈거든요! 새 유언장이 만들어지게 된 것은 자신의 탓이라고 생각했습니다. 하지만 왜 죄책감을 느꼈을까요? 찰스가 정말로 살인 미수범이라서? 아니면 아룬델 양에게서 푼돈을 훔쳐서? 심각한 범죄도 비열한 짓도, 어느 쪽이든 그의 행동을 설명하지는 않습니다. 그저 찰스는 고모의 화가 풀려 마음이 바뀌길 바라며 입을 다문 겁니다.

저는 사건의 전말을 아룬델 양의 견지에서 비교적 정확하게 재구성했다고 생각합니다. 그리고 저는 아룬델 양의 의심이 정말 사실인지 확인을 해 봐야 했습니다.

아룬델 양이 느꼈던 것과 마찬가지로, 저 또한 용의자들이 한정되어 있다는 사실을 깨달았습니다. 정확히 일곱 명이었죠. 찰스와 테레사, 타니오스 박사와 타니오스 부인, 두 명의 하녀, 그리고 로슨 양입니다. 물론 사고가 일어나던 날 밤 이곳에서 저녁식사를 한 도널드슨 박사도 여덟 번째 용의자로 포함시켰어야 했지만, 처음에는 그의 존재를 몰랐습니다.

제가 고려하고 있는 용의자 일곱 명은 쉽게 두 그룹으로 나눠볼 수가 있습니다. 그중 여섯 명은 아룬델 양의 죽음으로 적던 크던 이득을 볼 수 있는 사람들이었습니다. 만약 이 여섯 명의 사람들 중 한 명이 범인이라면 그 이유는 유산 때문이었을 겁니다. 두 번째 그룹에는 단 한 사람, 로슨 양만이 포함됩니다. 로슨 양은 아룬델 양이 죽더라도 유산을 상속받을 수 있는 위치가 아니었지만, 그 사고로 인해 오히려 어마어마한 유산을 물려받게 되었죠!

만약 로슨 양이 소위 사고라는 걸 꾸몄다면……."

"저는 그런 짓을 한 적이 없어요!"

갑자기 로슨 양이 끼어들었다.

"정말 불쾌해요! 거기 서서 그런 말을 하다니!"

"조금만 더 인내심을 가지세요, 마드무아젤. 그리고 제 말을 도중에 끊지 말아 주셨으면 합니다."

로슨 양은 화가 난 듯 머리를 흔들었다.

"계속 항의할 거예요! 정말 기분 나빠요, 불쾌하다고요!"

푸아로는 로슨 양을 무시한 채 계속했다.

"만약 로슨 양이 그 사고를 꾸몄다면, 동기는 전혀 다른 것이었을 겁니다. 즉, 아룬델 양이 자연스럽게 자신의 가족을 의심하게 만들어 그들에게 유산을 상속해 주지 못하도록 조종하는 겁니다. 그것 또한 가능성 있는 이야기였죠! 저는 혹시 그러한 사실을 증명해 줄 증거가 있는지를 찾아보았습니다. 아룬델 양이 자신의 가족을 의심하기 바랐다면, 로슨 양은 개가, 그러니까 밥이 그날 밤새 집을 나가 있었다는 사실을 강조했을 겁니다. 하지만 반대로 로슨 양은 아룬델 양이 그 일을 알지 못하도록 애를 썼죠. 따라서 로슨 양은 결백한 게 분명합니다."

로슨 양이 날카롭게 외쳤다.

"그럼요!"

"그 다음으로 저는 아룬델 양의 죽음과 관련된 문제를 생각해 봤습니다. 한 번의 살인 시도가 있었다면, 두 번째 시도도 뒤따르기 마련이죠. 첫 번째 살인이 미수로 그친 뒤 2주 내에 아룬델 양이 돌아가셨다는 점이 의미심장했습니다. 그래서 저는 탐문 조사를 시작했습니다.

그레이너 박사님은 환자의 죽음에 이상한 점이 있다고는 의심치 않는 것 같았습니다. 그건 제 이론을 약간 뒤흔들어 놨죠. 하지만 아룬델 양이 병에 걸리기 전날 저녁 일어난 일들을 자세히 물어보는 동안, 저는 중요한 사실 하나를 발견했습니다. 이사벨 트립 양이 아룬델 양의 머리 주위에 빛 무리가 나타났다고 했습니다. 이사벨 양의 언니 또한 그 말을 확인해 줬죠. 물론 그 사람들이 꾸며낸 것일 수도 있습니다, 공상에 사로잡혀서 말이죠……. 하지만 저는 그 사건이 우연이라고는 생각하지 않았습니다. 그리고 로슨 양을 탐문하던 중 그녀는 제게 아주 흥미로운 정보를 알려 주었죠. 아룬델 양의 입에서 빛나는 리본이 나와 머리 주위를 둘러쌌다는 것입니다.

서로 약간씩 표현의 차이는 있었지만, 실제 사실에는 변함이 없었습니다. 심령학적 중요성이야 어찌됐든 문제의 그날 밤 아룬델 양의 입김이 빛을 발했던 겁니다!"

도널드슨 박사가 의자에서 몸을 살짝 움직였다.

푸아로는 그를 보며 고개를 끄덕였다.

"네, 제 말을 이해하시겠죠? 인광성 물질은 그리 흔치가 않습니다. 가장 흔하고 잘 알려진 것에서 정확히 제가 찾고 있던 것을 발견했습니다. 인광성 중독에 대한 기사를 간단하게 읽어 드리겠습니다.

병에 걸렸다는 것을 스스로 인지하기 전에 사람은 인광성 호흡을 할 수 있다, 바로 이것이 로슨 양과 트랩 자매가 어둠 속에서 본 것입니다. 아룬델 양의 인광성 호흡, '빛 무리'죠. 그리고 다시 한 번 읽어 드리겠습니다. 황달은 인의 독성으로 인한 것뿐 아니라 혈액에 담즙이 정체되어 생기는 것으로도 볼 수 있다. 이 때, 인의 독성과 급성간염 같은 간 질환은 뚜렷이 구분할 수가 없다.

얼마나 교묘한지 아시겠죠? 아룬델 양은 수년 동안 간 질환을 앓으셨습니다. 인 중독 증상은 간 질환으로 인한 발작 증상으로밖에 보이지 않을 겁니다. 새로울 것도, 놀랄 것도 없는 일이지요.

오! 이 얼마나 교묘한 계획입니까! 서로 다른 요소들이 딱 맞아떨어지니……. 살충제로 간 질환을 위장할 수가 있겠죠? 인을 손에 넣는 것도 그리 어려운 일이 아닌 데다 아주 적은 양으로도 사람을 죽일 수가 있습니다. 0.0006에서 0.002그램이면 치사량입니다.

부알라(그렇습니다)! 얼마나 놀랍고 교묘한 일입니까! 물론 담당 의사는 후각에 문제가 있기 때문에 인 중독의 뚜렷한 징후인 입에서 나는 마늘 냄새도 맡지 못했을 겁니다. 의사는 전혀 의심하지 않았습니다. 그럴 이유가 없잖습니까? 의심스러운 정황도 없었고, 그에게 암시가 되었을 수 있는 증언은 있었지만 절대 들으려 하지 않았겠죠. 아니면 들었어도 말도 안 되는 심령술사의 헛소리라 치부했을 겁니다.

저는 로슨 양과 트립 자매가 준 증거를 토대로 살인이 저질러졌다고 확신했습니다. 하지만 범인이 누구일까라는 문제는 여전히 남아 있었죠. 하녀들은 제외시켰습니다. 그런 범죄를 저지를 정도의 지적 능력을 갖추고 있지는 않았으니까요. 그리고 로슨 양은 만약 그녀가 범죄와 연관이 있다면 빛나는 심령체에 대한 이야기는 떠벌리지 않았을 것이므로 제외시켰습니다. 그리고 찰스 아룬델은 고모의 유언장을 봤고 자신이 고모의 죽음으로 한 푼도 얻지 못하는 걸 알았기 때문에 제외시켰습니다.

그렇다면 찰스의 여동생인 테레사와 타니오스 박사, 타니오스 부인, 그리고 '개의 공' 사건이 벌어지던 날 저녁 이 집에서 저녁 식사를 했다는 도널드슨 박사가 남습니다.

이 시점에서 저는 갈피를 잡지 못했습니다. 범죄 심리학에 의지해 살인자의 성격을 숙고해 보는 수밖에 없었죠! 두 범죄 모두 같은 선상에 있었습니다. 간단했죠. 둘 다 교활하고 효율적인 방법이었습니다. 약간의 지식만 있으면 누구나 할 수 있는 일이었고요. 인 중독의 위험성은 누구나 쉽게 알 수 있고, 아까도 말했듯 인은 쉽게 손에 넣을 수 있습니다. 특히 해외에서는요.

처음에는 두 남자를 의심했습니다. 둘 다 의사고, 모두 영리하죠. 둘 중 하나가 인을 생각해 내어 아룬델 양을 죽이는 데 적합한 방법이라 여겼을지도 모릅니다. 하지만 '개의 공' 사건은 남자가 생각해 낸 방법이라고 보기는 어려웠습니다. '개의 공' 사건은 분명 여성의 아이디어 같았죠.

가장 먼저 테레사 아룬델에 대해 생각해 봤습니다. 그만한 자질을 갖췄으니까요. 과감하고 냉혹한 면이 있으며 그리 신중하지도 않죠. 그녀는 이제껏 이기적이며 탐욕스러운 삶을 살아 왔습니다. 그녀는 항상 원하는 모든 것을 가졌고 그 결과 돈이 절박한 지경에 이르렀습니다. 자신과 자신이 사랑하는 남자를 위해서 말입니다. 그녀의 태도에서도 자신의 고모가 살해되었다는 사실을 이미 알고 있다는 점이 명백히 드러났습니다.

　테레사와 그녀의 오빠 사이에는 아주 흥미로운 접점이 하나 있습니다. 저는 그 둘을 각기 다른 범죄의 용의자라고 보았지요. 찰스는 동생이 새 유언장의 존재에 대해 알고 있다고 말하도록 만들려고 애를 썼습니다. 왜일까요? 만약 동생이 그 사실을 알고 있다면 살인 혐의를 벗을 수 있기 때문입니다. 반면에 동생 테레사는 아룬델 양이 자신에게 유언장을 보여 줬다는 찰스의 말을 완전히 믿지 않았습니다! 그저 본인의 혐의를 벗어나려는 서투른 시도라고 생각했죠.

　또 하나 의미심장한 점이 있습니다. 찰스는 비소라는 말을 사용하기를 주저했습니다. 후에 저는 이 집의 정원사를 만나 제초제의 위력에 대해 이야기를 나누면서 찰스가 무슨 생각을 했는지 분명히 알 수 있었습니다."

　찰스 아룬델은 자세를 살짝 바꾸며 입을 열었다.

　"생각은 해 봤습니다. 하지만……, 뭐, 용기가 없었던 것 같네요."

　푸아로는 고개를 끄덕였다.

　"바로 그렇습니다. 당신이 저지를 만한 일은 아닙니다. 당신이 저지른 범죄는 항상 소심한 사람이나 저지를 법한 것이었죠. 훔치고 위조하고……. 그렇습니다, 가장 쉬운 방법을 택하는 겁니다. 하지만 살인이라? 아니죠! 누군가를 죽인다는 것은 그 생각에 온통 사로잡혀 있는 사람이라야 가능한 일입니다."

　푸아로는 다시 학생들 앞에서 강의하듯 말을 이었다.

　"저는 테레사 아룬델이야말로 그러한 계획을 실행에 옮길 수 있을 만큼 독한 사람일 거라고 생각했지만, 다른 사실들 또한 고려해야 했죠. 테레사는 한 번도 좌절해 본 적이 없습니다. 그녀는 넉넉하고 이기적인 삶을 살았습니다. 사실 그러한 유형의 사람은 살인을 저지를 만한 사람이 아니죠. 어쩌면 갑작스럽게 분노로 저지를 수 있는 살인을 제외하고는 말입니다. 하지만 저는 확신했습니다. 제초제 통에서 제초제를 가져간 사람은 테레사 아룬델일 거라고."

갑자기 테레사가 끼어들었다.

"사실대로 말씀드리죠. 그럴 생각을 했어요. 실제로 제초제를 조금 가져가기도 했고요. 하지만 실행에 옮길 수는 없었어요! 저는 산다는 게……, 살아 있다는 게 너무나도 좋은데 다른 사람에게 그럴 수가 없더라고요. 다른 사람의 목숨을 빼앗다니……. 제가 나쁘고 이기적일 수는 있지만 제가 하지 못하는 일도 있어요! 저는 살아 숨 쉬는 인간은 죽일 수가 없다고요!"

푸아로가 고개를 끄덕였다.

"네, 그렇습니다. 그리고 말씀하신 것처럼 나쁜 분은 아니죠, 마드무아젤. 단지 젊고 무모할 뿐입니다."

그리고 푸아로는 계속했다.

"그러면 타니오스 부인이 남습니다. 저는 부인을 보자마자 두려워하고 있다는 사실을 알았습니다. 부인은 제가 그 사실을 눈치챘다는 걸 알고는 그걸 이용해 재빨리 연기를 시작했습니다. 남편이 잘못될까 봐 두려워하는 여자의 모습을 그럴싸하게 보여 주더군요. 얼마 가지않아 부인은 전술을 바꿨습니다, 아주 교묘하게요. 하지만 제가 그러한 변화를 눈치 채지 못할 리가 없죠. 여자는 남편이 잘못될까 봐 두려워하거나 아니면 남편을 두려워하거나 둘 중의 하나이지, 한 번에 둘 다 두려워할 수는 없는 노릇이니까요. 타니오스 부인은 후자의 역할을 하기로 결심했습니다. 그리고 교묘하게 자신이 맡은 역할을 연기했죠. 제가 나갈 때 호텔 홀까지 쫓아와 뭔가 할 말이 있는 척 하기도 하고 남편이 뒤따라 나오리라는 것을 알고는, 남편이 나오자 그 앞에서는 말할 수 없는 이야기가 있는 것처럼 행동했습니다.

저는 그 순간 깨달았습니다. 타니오스 부인은 남편을 두려워하는 게 아니라 싫어한다는 것을요. 그리고 그 즉시 사실들을 종합해 본 결과 타니오스 부인이야 말로 제가 찾던 범죄자의 특성을 지녔다는 걸 깨달았습니다. 바로 그 '방종하지는 않지만 좌절감에 휩싸인' 사람이었던 겁니다. 별다른 존재감이 없는 평범한 소녀였고 원하는 남자의 관심을 받을 수 없었던 소녀는, 노처녀로 남기보다는 그다지 좋아하지도 않는 남자의 청혼을 받아들이는 쪽을 택했죠. 타니오스 부인이 인생에서 원하는 모든 것들로부터 격리되어 스미르나에 사는 동안, 삶에 대한 불만이 커져 나갔다는 사실을 저는 알 수 있었습니다. 그리고 아이들이 태어난 다음부터는 아이들에게 맹목적으로 집착한 겁니다.

남편은 그녀에게 헌신적이었지만 그녀의 마음속에서는 남편에 대한 증오가 점점 커졌습니다. 게다가 남편이 그녀의 돈을 투자해서 모조리 잃은 후에는 그에 대한 더 큰 원한만 생겨났죠.

타니오스 부인의 지리멸렬한 삶에 단 하나 빛을 비춰주는 것은 에밀리 이모의 죽음에 대한 기대뿐이었습니다. 이모가 죽고 나면 돈이 생길 테고 경제적인 독립을 통해 원하는 대로 아이들 교육을 시킬 수 있는 것입니다. 그녀에게 있어 교육은 엄청난 의미를 지니고 있다는 점을 명심하십시오. 그녀는 교수의 딸이었으니까요!

어쩌면 그녀는 영국으로 오기 전 이미 범죄를 계획했을 수도 있고, 아니면 그저 마음에만 품고 있었을지도 모릅니다. 그녀는 아버지의 실험실에서 보조를 했기 때문에 화학에 대한 지식이 있습니다. 아룬델 양의 병에 대해서도, 자신의 목적을 이루는 데 인이야말로 이상적인 수단이라는 것 또한 잘 알고 있었습니다.

그리고 리틀 그린 하우스에 머무르는 동안 그녀는 더 간단한 방법을 생각해 냅니다. 바로 개의 공……, 그리고 계단 꼭대기에 실이나 줄을 설치하는 거죠. 간단하면서도 교묘한 아이디어였습니다.

그녀는 시도를 했지만……, 실패하고 맙니다. 아마도 아룬델 양이 그 사고를 의심하고 있다는 것은 몰랐을 겁니다. 아룬델 양의 의심은 찰스에게로만 향해 있고 벨라를 대하는 태도에는 변함이 없었을 테니까요. 그래서 말 없고 불행하며 야심에 넘치는 이 여성은 조용히, 그리고 단호하게 자신의 본래 계획을 실행에 옮깁니다. 아룬델 양이 매 식사 후에 항상 먹는 캡슐 안에 독을 집어넣기로 한 거죠. 캡슐을 연 다음 안에 인을 넣고 다시 닫는 것은 어린 아이라도 할 수 있는 일이었습니다.

그 캡슐은 다른 캡슐들과 함께 넣어 두었습니다. 머지않아 아룬델 양은 그 약을 삼키게 되겠지요. 독극물 중독이라고 의심받을 일도 없을 것입니다. 그럴 리는 없지만, 만에 하나 누군가 독극물 중독을 의심하더라도 아룬델 양이 돌아가실 때면 그녀는 마켓 베이싱 근처에도 없을 테니까요.

하지만 그녀는 한 가지의 예방 조치를 취했습니다. 처방전에 남편의 이름을 위조해 약국에 가서 클로랄을 두 배나 구매해 둔 거죠. 그게 무슨 용도였는지는 의심의 여지가 없습니다……만약 일이 잘못될 경우를 대비해 가지고 있으려 했던 거죠.

아까도 말했듯이 저는 처음 타니오스 부인을 본 순간부터 바로 제가 찾던 그 사람이라는 확신이 들었지만, 그 사실을 증명할 증거는 하나도 없었습니다. 그래서 아주 신중하게 조사를 진행해야 했습니다. 만약 의심받고 있다는 것을 타니오스 부인이 알아채기라도 한다면, 또 다른 범죄를 저지를지도 모를 일이니까요. 게다가 저는 이미 그녀가 그 또 다른 범죄를 마음에 품고 있었다고 생각합니다. 그녀의 삶에 있어 하나의 소망은 남편으로부터 해방되는 것이었으니까요.

그녀의 살인 계획은 쓰디쓴 실망만을 안겨 주었습니다. 돈이, 그토록 원하던 돈이 로슨 양에게로 모두 가 버렸던 겁니다! 충격이었죠. 하지만 이번에는 아주 교묘한 작업에 착수합니다. 로슨 양의 양심, 제 생각으로는 그리 편하지만은 않았을, 로슨 양의 마음을 이용하기 시작한 겁니다."

순간 흐느끼는 소리가 들렸다. 로슨 양이 손수건을 입에 대고 울음을 터뜨리고 있었다.

"정말 끔찍했어요."

그녀는 흐느끼며 말했다.

"제가 나빴어요! 정말 나빴어요. 그러니까, 저는 그 유언장이 너무 궁금했어요……. 왜 아룬델 양께서 새 유언장을 만드셨는지가요. 그래서 어느 날, 아룬델 양이 쉬실 때 책상 서랍을 몰래 열어 봤어요. 그러고는 그분이 모든 재산을 제게 남겨주려 하신다는 걸 알았죠! 물론 그렇게 많은 돈일 줄은 꿈도 못 꿨어요. 그저 2000~3000파운드 정도 되는 줄 알았죠……, 그 정도라고 생각했어요. 그리고 제가 못받을 이유도 없잖아요? 어차피 아룬델 양의 친척들은 진정으로 그분을 위하지도 않았잖아요! 그런데, 아룬델 양께서 병에 걸리시자 그 유언장을 가져다 달라고 하셨어요. 저는……, 저는 그분이 유언장을 없애려 한다고 생각했어요. 분명 그럴 거라고 생각했어요……. 그래서 전 정말 나쁜 짓을 하고 말았어요. 아룬델 양께 그 유언장을 퍼비스 씨께 돌려보냈다고 말씀드린 거예요. 불쌍한 분, 아룬델 양은 건망증이 심하셨어요. 어떤 일을 했는지 곧잘 잊어버리셨죠. 그리고 제 말을 믿으셨어요. 아룬델 양께서는 유언장에 쓸 말이 있다고 했는데 저는 제가 쓰겠다고 대답했어요.

오, 이런……, 오, 이런……. 그러고 나서 갑자기 상태가 안 좋아지시는 바람에 그 일은 다시 생각할 겨를도 없으셨을 거예요. 그리고 그대로 돌아가셨죠. 유언장이 낭독된 후, 제게 돌아온 그 어마어마한 돈 때문에 저는 무서웠어요. 37만 파운드라니. 만약 그 정도로 액수가 큰 줄 알았더라면, 단 한순간도 그런 생각이나 행동을 하지 않았을 거예요.

마치 제가 그 돈을 빼앗은 것 같은 기분이 들었어요……. 그리고 어떻게 해야 할지 갈피도 잡을 수 없었고요. 일전에 벨라가 제게 찾아왔을 때, 저는 그녀에게 제가 받은 유산의 반을 주겠다고 했어요. 그러고 나면 제가 다시 행복해질 거라고 생각했거든요."

로슨 양의 이야기를 들은 푸아로가 입을 열었다.

"아시겠죠? 타니오스 부인은 자신의 목적을 달성했던 겁니다. 그래서 그 유언장을 뒤집기 위한 소송을 그렇게 반대했고요. 그녀에게는 자신만의 계획이 있었기 때문에 로슨 양에게 반하는 소송 따위는 하고 싶지 않았던 것입니다. 물론 처음에는 남편의 뜻에 따르는 척했지만, 자신의 본심은 어떤지를 분명히 말했죠.

당시에 그녀는 두 가지 목적을 가지고 있었습니다. 하나는 자신과 아이들로부터 타니오스 박사를 떼어놓는 것, 그리고 자기 몫의 돈을 챙기는 것이었습니다. 그러고 나면 자신이 원하는 삶, 즉 아이들과 함께 영국에서 부유하고 만족스럽게 사는 꿈을 이룰 수가 있을 테니까요.

시간이 지나면서 그녀는 남편에 대한 증오를 더 이상 숨길 수가 없었습니다. 사실은 숨기려 하지 않았던 거죠. 불쌍한 남편은 부인의 태도에 당황하고 고민했습니다. 이러한 갑작스런 행동 변화는 남편에게는 이해할 수 없는 일이었겠죠. 그러나 부인에게는 필연적인 일이었습니다. 그녀는 겁먹은 여자를 연기했습니다. 만약 제가 의심을 한다면 살인자는 그녀의 남편이라고 믿어 주길 바랐던 겁니다. 그리고 그녀는 제가 그럴 거라고 확신을 했고요.

제가 언젠가 일어날 수 있다고 생각한 두 번째 살인은 이미 그녀의 머릿속에 있었습니다. 저는 그녀가 클로랄 치사량을 보유하고 있다는 사실을 알고 있었죠. 저는 그녀가 그 약을 죽지 않을 정도로 먹은 다음, 남편이 자신을 죽이려 했다고 뒤집어씌우지는 않을까 우려했습니다.

그러나 여전히 그녀가 범인이라는 증거도 없었죠! 절망에 빠져 있던 저는 드디어 뭔가를 알아냈습니다! 로슨 양이 부활절 월요일 밤에 계단 위에 무릎을 꿇고 있는 테레사 아룬델을 보았다고 증언한 것입니다. 저는 곧 로슨 양이 테레사를 확실히 본 것은 아니라는 사실을 알아냈습니다. 테레사로 구분할 정도로 분명히 보진 못했죠. 하지만 로슨 양은 분명히 테레사일 거라고 확신했습니다. 그 증거로 테레사의 이니셜인 T. A.가 새겨진 브로치를 언급했습니다.

제가 테레사 아룬델 양을 탐문 조사했을 때, 그녀는 제게 문제의 그 브로치를 보여 주었습니다. 그리고 로슨 양이 말한 시각에 계단으로 내려간 적도 없다고 완강히 부인했죠. 처음에는 누군가 테레사 양의 브로치를 몰래 가져갔던 것은 아닐까 생각했지만, 거울 속에 비친 브로치를 보고 나서 중요한 사실을 깨달았습니다. 로슨 양은 잠에서 깨어 희미한 빛으로 T. A.라는 이니셜을 가진 누군가를 봤던 겁니다. 로슨 양은 그 사람이 분명 테레사일 거라고 성급하게 단정을 지은 거죠.

하지만 로슨 양은 거울을 통해 T. A.라는 이니셜을 보았고, 실제로는 A. T.였던 것입니다. 거울에는 거꾸로 보이기 마련이니까요.

그렇습니다! 타니오스 부인의 어머니는 아라벨라 아룬델이었습니다. 벨라는 그 이름을 짧게 줄인 것이었지요. 따라서 A. T. 는 아라벨라 타니오스의 이니셜이었습니다. 타니오스 부인이 테레사 양과 비슷한 브로치를 가지고 있다는 것은 조금도 이상한 일이 아니죠. 작년 크리스마스에는 구하기 힘든 물건이었지만 봄에 유행하기 시작하면서 쉽게 구할 수 있었으니까요. 게다가 저는 이미 타니오스 부인이 적은 돈으로나마 사촌인 테레사의 모자와 옷을 따라하는 걸 봤습니다.

어쨌든 제 머릿속에서는 이미 이 사건이 다 풀린 것이나 마찬가지였습니다.

저는 어떻게 해야 했을까요? 내부무의 시신 발굴 명령을 얻는다? 그것도 가능한 일이었지요. 어쩌면 아룬델 양이 인 중독으로 사망했다는 것을 증명할 수도 있겠지만, 거기에도 약간의 논란점이 있었습니다. 시신은 두 달이나 묻혀 있었고, 인 중독은 특별한 장기 손상도, 검시 결과 특이점도 발견되지 않는 경우가 많으니까요. 게다가 타니오스 부인이 인을 구입하거나 소지하고 있었다는 사실을 어떻게 밝혀낼 수 있겠습니까? 해외에서 구입했을 가능성이 높기 때문에 밝혀내기가 아주 힘들었을 겁니다.

그러한 시점에 타니오스 부인은 단호한 행동을 감행합니다. 남편을 떠나 로슨 양의 동정심에 호소한 거죠. 또한 자신의 남편을 살인

범으로 지목하기도 했습니다.

제가 그때 조치를 취하지 않았더라면 남편이 두 번째 희생자가 되었을 겁니다. 저는 타니오스 부인의 안전을 구실로 남편에게서 멀리 떨어질 것을 종용했지요. 그녀는 제 제안을 거절하지 못했습니다. 사실, 제가 염려하고 있었던 것은 남편의 안전이었습니다. 그리고……, 그러나……."

푸아로는 한참 말을 멈추었다. 그의 얼굴이 약간 창백하게 질려 있었다.

"그건 임시방편일 뿐이었습니다. 살인자가 더 이상의 살인을 저지르는 것을 막아야 했습니다. 무고한 사람들을 보호해야 했죠. 그래서 저는 이 사건에 대한 전말을 써서 타니오스 부인께 건넸습니다."

거실 안에는 오랫동안 침묵이 흘렀다.

그러다 타니오스 박사가 울부짖었다.

"오, 세상에, 그래서 벨라가 자살한 거군요."

푸아로가 부드럽게 대답했다.

"그게 최선의 방법이 아니었을까요? 그녀는 그렇게 생각했습니다. 아시다시피 아이들을 생각해야 했으니까요."

타니오스 박사는 손으로 얼굴을 감싸 쥐었다.

푸아로는 앞으로 걸어 나가 타니오스의 어깨에 손을 얹었다.

"그래야만 했습니다. 어쩔 수 없는 일이었어요. 그렇게 하지 않았더라면 더 많은 희생자들이 나왔을 겁니다. 처음에는 당신……, 그리고 어쩌면 로슨 양까지도. 그렇게 계속되었을 겁니다."

그리고 푸아로는 침묵했다.

타니오스 박사가 갈라진 목소리로 입을 열었다.

"벨라가……, 어느 날 밤 저에게 수면제를 먹으라고 했어요. 뭔가 이상했어요, 표정이……. 그래서 그냥 버렸죠. 그때부터 아내가 어딘가 이상하다고 생각하기 시작했어요……."

"이렇게 생각해 봅시다, 부인의 범죄 행위는 어느 정도는 분명한 사실이지요. 하지만 법률상으로는 아닙니다. 부인께서는 자신의 행동이 어떤 의미인지 잘 알고 있었으니까요……."

타니오스 박사는 생각에 잠긴 채 말했다.

"저에게는 항상 과분한 여자였습니다."

범행을 스스로 인정한 살인자에게는 정말 어울리지 않는 기이한 비문이었다!

후기

더 이상 꺼낼 이야기는 별로 없다.

테레사는 얼마 지나지 않아 의사 선생과 결혼했다. 나는 이제 그 부부와 꽤 친해졌으며 도널드슨의 예리한 통찰력과 내면 깊은 곳에 있는 힘, 인간적인 면모들을 높이 평가하게 되었다. 그의 태도는 변함없이 쌀쌀맞고 똑 부러져서, 가끔 테레사는 남편 앞에서 그런 그의 흉내를 내기도 한다. 그녀는 아주 행복한 결혼생활을 하고 있으며 남편의 성공을 뒷받침하는 데만 열중하고 있다. 게다가 도널드슨은 이미 의사로서 명성을 떨치며 내분비계 분야에서는 권위자로 인정받고 있다.

커다란 양심의 가책을 느낀 로슨 양은 한 푼도 허투루 쓰지 않으려고 했다. 그리고 아룬델 양의 유산을 로슨 양 자신과 두 명의 아룬델 그리고 타니오스의 자녀들에게 골고루 분배하자는 퍼비스 씨의 제안에 동의했다.

찰스는 1년도 채 되지 않아 자신의 몫을 탕진했고 현재는 캐나다의 브리티시 콜롬비아에 있다.

그리고 두 가지 사건만 더 이야기하겠다.

"그 침착한 젊은 양반이시구먼, 안 그래요?"

우리가 어느 날 리틀 그린 하우스의 정문을 나서는데 피바디 양이 나타났다.

"모든 일들을 완벽히 비밀로 했군요! 시신 발굴도 하지 않고요. 아주 점잖게 처리했어요."

"아룬델 양은 급성간염으로 돌아가신 게 분명한 것 같습니다."

푸아로가 점잖게 대답했다.

"그거 참 다행이군요. 벨라 타니오스가 수면제를 과용했다죠?"

"네, 정말 안된 일입니다."

"정말 불쌍한 여자였어요. 항상 자기가 갖지 못한 것을 원했으니…… 그럴 때는 사람이 좀 이상해지기도 해요. 우리 집에 그런 식모가 하나 있었던 적이 있어요. 평범한 여자였지만 딱 느낌이 오더라고요. 그 여자가 어느 날부턴가 익명의 편지를 쓰기 시작했어요, 그런 사람들은 마음이 이상하게 꼬여서. 아, 그리고 그렇게 일을 처리한 것은 모두를 위한 최선이었다고 생각해요."

"그러길 바랍니다, 마담. 그러길 바랍니다."

피바디 양은 자리를 떠날 채비를 하며 다시 입을 열었다.

"이것 하나만 더 말해 두죠. 정말 일을 은밀하게 잘 처리했어요.

아주 멋져요."

그러고는 자리를 떴다.

그리고 내 뒤편에서는 애처롭게 짖는 소리가 들렸다.

나는 뒤로 돌아 정문을 열었다.

"자, 이리 와."

밥이 재빨리 튀어 나왔다. 입에는 공을 물고 있었다.

"그걸 들고 산책 갈 순 없어."

밥은 안타까워하며, 뒤돌아서서는 천천히 공을 정문 안에 떨어뜨렸다. 애절한 눈빛으로 공을 바라보다 고개를 돌렸다.

밥은 나를 올려다보았다.

'주인님이 그렇게 말씀하신다면야. 전 괜찮아요.'

나는 길게 숨을 들이마셨다.

"정말이지! 푸아로. 다시 개가 생겨서 너무 좋아요."

"전쟁의 전리품이지. 하지만 이 사실을 명심해야 돼, 친구. 로슨 양이 밥을 선물한 것은 나였어, 자네가 아니라."

"그럴 지도 모르죠. 하지만 당신은 개를 별로 좋아하지 않잖아요, 푸아로. 당신의 개의 마음을 이해하지 못 한다니까요! 이제 밥과 저는 서로를 아주 잘 이해하죠, 그렇지?"

"멍멍!"

밥이 활기차게 짖었다.

<끝>

옮긴이 | 원은주

충북대학교에서 고고미술사학을 전공했으며 영어강사로 활동했다. 현재 인트랜스 번역원 소속 전문 번역가로 활동 중이다. 옮긴 책으로는 『주스테라피』, 『멘토: 지식 경영 시대의 새로운 리더』, 『벙어리 목격자』, 『다섯 마리 아기 돼지』, 『할로 저택의 비극』, 『장례식을 마치고』, 『헤라클레스의 모험』, 『시계들』, 『비즈니스맨을 위한 아티스트 웨이』 등이 있다.

애거서 크리스티 전집

벙어리 목격자

2판 1쇄 펴냄 2016년 4월 11일
2판 3쇄 펴냄 2022년 2월 25일

지은이 | 애거서 크리스티
옮긴이 | 원은주
발행인 | 박근섭
편집인 | 김준혁
펴낸곳 | 황금가지

출판등록 | 2009. 10. 8 (제2009-000273호)
주소 | 135-887 서울 강남구 신사동 506 강남출판문화센터 5층
전화 | 영업부 515-2000 **편집부** 3446-8774 **팩시밀리** 515-2007
홈페이지 | www.goldenbough.co.kr

도서 파본 등의 이유로 반송이 필요할 경우에는 구매처에서 교환하시고
출판사 교환이 필요할 경우에는 아래 주소로 반송 사유를 적어 도서와 함께 보내주세요.
06027 서울 강남구 도산대로 1길 62 강남출판문화센터 6층 민음인 마케팅부

© ㈜민음인, 2013. Printed in Seoul, Korea
ISBN 978-89-8273-732-9 04840
ISBN 978-89-8273-108-3 04840 (set)

㈜민음인은 민음사 출판 그룹의 자회사입니다.
황금가지는 ㈜민음인의 픽션 전문 출간 브랜드입니다.